Escrito nas estrelas?

AIONE SIMÕES

Escrito nas estrelas?

Rio de Janeiro, 2024

A Harlequin é um selo da HarperCollins Brasil.

Publisher: Samuel Coto
Editora-executiva: Alice Mello
Editoras: Julia Barreto e Chiara Provenza
Assistência editorial: Camila Gonçalves e Isabel Couceiro
Copidesque: Laura Folgueira
Revisão: Dandara Morena e Bonie Santos
Capa: Renata Nolasco
Projeto gráfico de miolo e diagramação: Mayara Menezes

CIP-Brasil. Catalogação na Publicação
Sindicato Nacional dos Editores de Livros, RJ

S612e

Simões, Aione
Escrito nas estrelas? / Aione Simões. – 1. ed. – Rio de Janeiro : Harlequin, 2024.
416 p. ; 21 cm.

ISBN 978-65-5970-386-9

1. Romance brasileiro. I. Título.

24-88430 CDD: 869.3
CDU: 82-31(81)

Meri Gleice Rodrigues de Souza – Bibliotecária – CRB-7/6439

Contatos: Rua da Quitanda, 86, sala 601 A – Centro – CEP 20091-005
Rio de Janeiro, RJ
Tel.: (21) 3175-1030
www.harlequin.com.br

A todas as pessoas que ainda não se descobriram como o principal projeto de suas vidas.

E a todas aquelas que descobriram, para que jamais se esqueçam.

Vou viver como se o amanhã não existisse
Como se ele não existisse
Vou voar como um pássaro pela noite
Enquanto sinto minhas lágrimas secarem

— Sia, "Chandelier"

* ✱ ✱ Prefácio ✱ ✱ *

Escrito nas estrelas? é meu terceiro livro publicado pela Harlequin, mas foi meu romance de estreia. Escrito entre 2014 e 2017, tem uma história de publicação ainda mais longa. A primeira edição foi lançada em abril de 2019, em formato digital e independente — e conquistou muito mais leitores e admiradores do que eu poderia ter sonhado! Por isso, em agosto daquele ano, recebi o convite da minha agência, Increasy, para publicá-lo em formato impresso, lançando a empresa também como editora de seus autores agenciados. Fizemos uma nova edição da história, revisando e alterando o texto, e estávamos com tudo pronto para lançá-lo entre março e abril de 2020. Não preciso dizer, considerando a data, que a edição nunca saiu, não é?

De lá para cá, a Increasy iniciou a mediação do contato entre mim e a HarperCollins Brasil, e assinei o contrato para ser publicada. *Escrito nas estrelas?*, embora só esteja sendo lançado em 2024, foi a obra que me apresentou à editora, ainda em 2020.

O ponto é: em algum momento daquele ano, eu e a Increasy decidimos atualizar o arquivo do e-book de *Escrito nas estrelas?*, subindo no site da Amazon a edição mais recente. Contudo, quem já tinha comprado o livro ou baixado pelo Kindle Unlimited havia lido a primeira versão; quem comprou a partir daquela data adquiriu a versão atualizada.

Esta em suas mãos é ainda uma terceira versão — e, sem dúvida alguma, a melhor. Anos distante do texto e a bagagem de já ter escrito, editado e publicado outros dois romances pela Harlequin me deram outra perspectiva e novas ferramentas para lapidar a história — além de vários outros pares de olhos, proporcionados por toda a equipe editorial que trabalhou comigo para entregarmos nosso melhor. Entre as principais alterações encontradas aqui, temos o acréscimo de cenas que contribuem para um maior envolvimento dos leitores e para um melhor desenvolvimento das personagens; a retirada de frases prolixas, que nada acrescentavam; o desenvolvimento de passagens que eu, como autora estreante, havia apenas *dito* na narrativa, em vez de *mostrado*.

Contudo, ainda que esta seja uma versão melhorada, é a mesma história, e procurei, também, respeitar não apenas quem já a havia lido, mas a *minha* história e evolução como escritora. Um dos meus grandes desafios foi olhar para o livro e perceber que, hoje, eu provavelmente faria escolhas diferentes sobretudo na caracterização da Nanda e no tipo de humor que aqui existe. Entretanto, quis preservar a essência da história e manter nela o máximo que eu pudesse dos traços da Aione iniciante. Dessa maneira, se não havia a necessidade de retirar ou reescrever determinados trechos, mantive-os como estavam, mesmo que houvesse a vontade de fazer de outra forma.

Espero que este novo encontro com a Nanda seja tão satisfatório para você quanto foi para mim. Enxerguei, sim, muita coisa que deixou meu cabelo em pé — ainda bem que a gente pode aprender e melhorar com o tempo, não é? —, mas também me deparei com muitas outras que me deixaram extremamente orgulhosa — de mim e da minha menina. Talvez somente a mim seja possível a experiência de ler cada parágrafo e relembrar o contexto em que foi escrito; entender que certas coisas que, em 2014, eu havia feito pensando em algo se transformaram por completo até 2017, quando finalizei a história, e ganharam ainda outros contornos durante as leituras críticas da Increasy, em 2018 — antes de enviá-lo para avaliação de diversas editoras —, e, entre 2019 e 2020, para publicá-lo na edição que nunca saiu. Porém, desejo que esses dez anos de história do livro e de todas as Aiones compreendidas ao longo da última década estejam condensados nas entrelinhas para te proporcionar uma experiência encantadora.

Boa leitura!

PARTE I

LUA

Na astrologia, está diretamente ligada às emoções.

No tarô, é símbolo das ilusões.

* * * Prólogo * * *

28 de junho de 2015

Quando entro no carro da minha mãe, ainda estou tremendo de empolgação. E pensar que duvidei até o último instante. Quem diria que eu conseguiria?

Retiro da bolsa a lista amassada e me lembro de quando a criei. Quase consigo sentir aquela expectativa sobre o que o futuro guardava, imaginando como seria correr atrás de cada item conforme os escrevia.

Agora, resta somente um.

Olho para ele com carinho, sentindo o peito transbordar de amor...

← **Vinícius**
online

4/6/2014

Já chegou em casa? 16h38 ✓✓

Já. Você vem aqui hoje? 16h39 ✓✓

Tô indo. 16h39 ✓✓

Oba ♥ 16h39 ✓✓

Não consigo acreditar. 18h14 ✓✓

O que aconteceu? Eu fiz alguma coisa? 18h14 ✓✓

Por favor, fala comigo. 18h37 ✓✓

Eu te amo tanto! A gente não pode acabar assim! 19h54 ✓✓

5/6/2014

Vini, por favor. 02h18 ✓✓

6/6/2014

Fala comigo... 22h58 ✓

Você me bloqueou? 22h59 ✓

* ✱ ✳ Capítulo 1 ✳ ✱ *

Poucas coisas na vida me machucaram tanto.

No jardim de infância, minha melhor amiga me trocou por uma menina que tinha ganhado a Barbie mais desejada do momento. Eu nunca ganhei a tal da Barbie e ainda fiquei sem a amiga. Anos mais tarde, descobri que meu primeiro beijo fora fruto de uma aposta maldosa entre os garotos da sala. E não posso deixar de citar o desespero de só ter sido aprovada no último resultado dos vestibulares que prestei assim que saí do ensino médio. A aprovação foi um alívio, mas as decepções que vieram antes...

Só que nada, absolutamente nada, se comparava ao momento em que Vinícius terminou comigo, partindo meu coração em pedacinhos e me deixando desorientada.

Nada. Até agora.

Eu devia ter resistido. Não devia ter ido fuçar as redes sociais dele.

Isso me pouparia a humilhação de perceber que fui apagada por completo de sua vida. Pouparia meu orgulho da dor de descobrir que, enquanto estou chorando, ele vive sua "melhor fase" — palavras dele, não minhas. Não é que eu deseje mal ao Vinícius, mas dói ser a única lamentando. A única que ainda se importa.

Porém, acima de tudo, me pouparia *daquela* foto. Eu não precisava vê-lo em uma mesa de bar com os amigos, um corte de cabelo novo e *umazinha* ao lado, com o braço esticado por trás da cadeira dele e a mão repousando de leve na coxa em que a *minha* mão costumava repousar.

E eu definitivamente não precisava ter revirado o perfil dela e podia ter evitado a frustração de não descobrir nada.

Droga de configurações de privacidade.

Não importa se é só uma ficada — o que eu torço mesmo para ser. O que importa é que não sou mais eu ao lado dele... e não voltarei a ser.

Ele seguiu em frente, constato, como se milhões de facas apunhalassem meu coração. Eu deveria fazer o mesmo.

Só não tenho ideia de como.

* ✱ *

Dor. É o que consigo notar. E que talvez eu tenha perdido um pouco a noção de espaço, considerando como meu cotovelo bate no braço do sofá quando resolvo me mexer.

Ouço um barulho distante e contínuo ao longe. Talvez, se eu for até a janela, possa descobrir o que é — e aproveitar o ensejo para pegar mais uma dose de tequila na cozinha.

Motivada por esse novo pensamento, me levanto.

Quando tropeço em meu próprio pé, mal conseguindo me manter ereta, noto o erro, mas ainda assim me esforço. Brasileiro não desiste nunca, e a tequila vale a pena. Qualquer coisa vale se fizer a dor sumir.

Talvez não tenha sido uma boa ideia encorajar a Dani, minha melhor amiga e colega de apartamento, a ficar conversando com o Thiago na entrada do prédio. Pensei que eu fosse aguentar ficar sozinha, mas já faz horas e a angústia só piora.

Se eu ouvisse a voz dele...

Corto o pensamento. Já passei por isso e sei bem onde vai dar.

Foco a tequila.

Meio caminho já foi. Algumas coisinhas também se foram no processo, tipo o vaso da mesinha ao lado do sofá, mas tudo bem, fazia parte da logística, afinal, para atingir certos objetivos na vida, precisamos nos desprender de algumas coisas. Para que eu precisaria daquilo? Ele ficava ali constantemente me lembrando da verdade incontestável de que não recebo flores.

Pensando bem, eu deveria ter me desfeito dele há muito tempo. Deveria tê-lo arremessado na parede.

De repente, me parece uma boa ideia. Será que tenho mais vasos?

Mas, antes, a tequila.

Uma única ligação...

Não. Arremesso de vasos. É o que quero: arremessar vasos.

Não duraria nem um minuto...

Vasos. Vasos se chocando contra a parede. Vasos em caquinhos.

Mas não adianta. A vontade irrefutável de ligar para o *infeliz* me contaminou, embora eu seja a única infeliz da história.

Finalmente chego na tequila. Com todo o cuidado do mundo, tento não derrubar nem uma gota para fora do copo.

Viro a dose de uma vez.

Enquanto sinto a queimação do álcool e vejo o apartamento girar mais do que antes, decido encontrar os vasos. Ou qualquer outra coisa jogável.

Tem tantas coisas que você deixou de dizer...

Meu celular seria uma boa opção.

Li uma vez sobre uma competição britânica de arremesso de celulares entre pessoas que odeiam essa maravilha da modernidade. Na época, me perguntei o porquê, mas agora tenho certeza de que elas tiveram o coração partido.

É isso. Vou arremessar meu celular e acabar com quaisquer resquícios de mensagens trocadas, fotos tiradas e possibilidades de eu voltar a ligar para ele.

Se bem que tenho o número decorado, seria fácil cair em tentação e arranjar outro aparelho para ligar. E quebrar o meu celular jamais apagaria as lembranças gravadas em mim.

Talvez seja mais fácil *me* arremessar.

Sinto o nó na garganta e as lágrimas se formando. Toco meu punho, entrelaçando o indicador na pulseira de couro da qual não fui capaz de me desfazer.

Ok, preciso da Dani. Estou prestes a perder o controle.

Decido pedir para o porteiro chamá-la. Quando ele atende o interfone, o som de antes fica mais nítido. Será que é uma buzina?

— Acho melhor a senhorita vir aqui — responde o porteiro, depois das minhas três péssimas tentativas de articular o pedido.

Ok, vamos nos concentrar de novo. São só alguns passos até o elevador. Não vai ser tão difícil, já fiz o caminho literalmente de olhos fechados...

O pensamento é mais rápido que eu e deixa minha tarefa um zilhão de vezes mais difícil, porque sou incapaz de conter a enxurrada de lembranças.

O dia em que Vinícius me pediu em namoro.

Lembro como meu coração batia acelerado enquanto ele me vendava, de como minha bochecha doía de tanto sorrir. Lembro a mão dele apoiada de leve na minha lombar enquanto me conduzia e como aquele simples toque, junto ao mistério e à expectativa do momento, ligou terminações nervosas pelo meu corpo que eu nem sabia que existiam.

O caminho todo no carro foi uma tortura. Uma tortura deliciosa. Era completamente excitante não saber para onde estávamos indo, e mais excitante ainda ter a mão do Vinícius acariciando minha coxa. Não tinha nada de erótico naquele gesto, mas não importava. Eu estava pegando fogo.

Quando chegamos, eu entendi o porquê de ele ter me pedido para usar o vestido chique que tinha acabado de me dar: estávamos no Terraço Itália.

No início do meu segundo ano de universitária, longe de conseguir um estágio e administrando muito bem o pouco dinheiro enviado pela minha mãe, eu jamais sonharia em pisar ali. A realidade do Vinícius não era muito diferente, mas, um ano na minha frente, ele já estagiava havia um tempo — e até hoje não sei quanto precisou economizar para bancar o jantar.

Na hora não pensei em nada daquilo. Estava vivendo minha noite de princesa, em um encontro com meu príncipe, em um restaurante dos sonhos, com uma das vistas mais lindas da cidade.

Eu nunca tinha vivido nada parecido. No máximo tinha sido convidada para dividir uma cerveja e uma porção de alguma coisa frita em óleo duvidoso em botecos perto da faculdade depois da aula. Não que eu não tivesse me divertido nessas saídas, mas era incomparável.

Eu finalmente tinha atingido o patamar com que sonhava desde pequena.

Eu finalmente era a mocinha dos filmes românticos sendo levada para jantar pelo mocinho gato.

Eu finalmente tinha sido pedida em namoro, depois de tantas desilusões com ficadas frustrantes.

E agora, dois anos depois, o sonho acabava.

Aperto o botão do elevador ansiosa, querendo me distrair das lembranças, e espero. E espero mais um pouco.

Ou tem alguém segurando a porta em plena madrugada ou a droga do elevador quebrou. Mas não interessa. Só quero chegar até a Dani o mais rápido possível.

Por isso, decido ir de escada.

Estou em meu melhor desempenho? Não mesmo, mas, por sorte, moro no primeiro andar. Se eu for bem devagar, segurando no corrimão, acho que consigo.

Desço o primeiro degrau com sucesso. Não foi tão difícil.

Mais um, depois outro e mais outro.

Nos últimos lances, o inesperado acontece. Para meu completo pavor, avisto uma barata. Assustadora. Por um milésimo de segundo, tenho certeza absoluta de que ela está olhando para mim, satisfeita com meu horror.

Decido não ficar para descobrir se ela é voadora. Mas, ao tentar me apressar, enrosco uma perna na outra.

A última coisa que penso é que o chão está se aproximando em alta velocidade.

Então, tudo fica escuro.

← **Dani**

27/6/2014

A gente precisa sair hoje. 14h47

Fiz besteira... Entrei no Facebook dele. 14h48

Não briga comigo... 14h48

=/ 14h56

O que você viu? 14h56

Ele tá com outra 14h56

Eu sabia que isso ia acontecer... mas não tão cedo! Não fez nem um mês! 14h57

Ai, Nanda =/
Sei que você tá triste, sinto muito por isso.
Vamos sair sim, pra onde você quiser! 14h58

A gente combina em casa, tá? Não tô podendo falar agora... ocupadérrima aqui. 14h58

Td bem, depois a gente conversa 14h59

♥ 14h59

HOJE

Deixa a porta aberta, pfv, já vou subir e não tô achando minha chave... 05h07

*** Capítulo 2 ***

São os bipes que me acordam. Consigo dormir com claridade, mas qualquer barulhinho me incomoda ao extremo.

Estou tão cansada que não quero abrir os olhos, mas o *pi-pi* interminável é enlouquecedor. Também estou sentindo um cheiro diferente. Aliás, minha cama parece menos macia do que de costume.

Cama que, por acaso, estou sentindo *demais*. Algo de muito estranho aconteceu com a parte de trás da minha roupa.

Então, ao tentar me virar, sinto dores em diferentes partes do corpo, especialmente no tornozelo, e abrir os olhos se torna inevitável.

Meu coração dispara quando percebo que estou num leito de hospital. Não tenho ideia de como vim parar aqui.

Flashes do que suponho ser a noite anterior tomam meus pensamentos. Eu e Dani no bar. Dani encontrando Thiago, eu cada vez mais amiga da tequila. Os dois se beijando em um canto enquanto vivo um momento muito real e sincero na pista ao som de "... Baby One More Time". Quem pode me culpar por ter me emocionado? Eu nunca tinha percebido a poesia da letra, e a identificação tocou fundo. Thiago nos levando embora. Eu subindo sozinha para o apartamento. Depois disso, as coisas estão um pouco mais obscuras. Envolvem... vasos?

No momento, Dani está dormindo toda torta em uma poltrona, o cabelo preto e liso embolado ao redor do rosto. Ela ainda está com a roupa de ontem e a maquiagem borrada cobre os olhos estreitos, deixando-a até que bem atraente para um urso panda.

Ela pula na poltrona ao me ouvir chamá-la com a voz rouca.

— Você está bem? Está com dor?

Próxima de mim, a visão da maquiagem borrada é ainda pior.

— Estou bem — minto, porque preciso de respostas. — O que aconteceu?

— Eu não devia ter te deixado sozinha!

— Mas o que aconteceu?

A agonia e a culpa dela estão me deixando mais angustiada.

— Você caiu da escada — diz ela, e então as imagens começam a voltar.

Uma barata. Dani gritando. Uma confusão de pessoas de branco e uma maca. Luzes de — imagino — uma ambulância.

Dani me encontrou desmaiada no final da escada do saguão e entrou em desespero. Falou que fiquei semiconsciente, balbuciando coisas sem sentido enquanto ela e seu Zé aguardavam socorro.

Por causa da bebedeira, me botaram no soro com glicose quando dei entrada — e numa cadeira de rodas por não conseguir apoiar o pé no chão. Como o hospital não está cheio, meu plano de saúde cobre e, aparentemente, vomitei na minha roupa a caminho daqui, me deram uma dessas camisolas da internação e um quarto para ficar em observação.

— Os médicos não me disseram muita coisa, só que estavam aguardando você melhorar para fazer uns exames de imagem, mas liguei para sua mãe e ela deve estar a caminho — fala Dani praticamente sem fôlego.

Se eu estava zonza antes, minha cabeça agora está pior do que se eu tivesse acabado de sair de uma montanha-russa superveloz e com loops infinitos. Mas pelo menos minha mãe está vindo. Moramos em cidades diferentes desde que entrei na faculdade.

— Que horas são?

— Quase oito da manhã — responde ela, olhando para o relógio. — Chegamos aqui perto das seis. — Dani parece hesitar, rodeando a mão ao redor do punho. — Tem mais uma coisa, Nanda...

Fico preocupada. Lentamente, ela remove a mão do relógio e a coloca no bolso, tirando de lá algo que, em um primeiro instante, não identifico.

Então percebo. É minha pulseira, constato ao reparar em meu punho nu. Ela me acompanha há tanto tempo que não sei como não notei a ausência.

— Arrebentou e eu encontrei do seu lado, na escada.

Dani me entrega o pedaço de couro agora inútil.

O golpe que esse sinal representa me atinge com tudo: mais uma ligação entre mim e Vinícius se rompeu.

Mas não tenho tempo de digerir: minha mãe irrompe no quarto, um furacão de quase um metro e sessenta.

— Ah, meu Deus, Fernanda! Que bom que você está acordada! Você está bem?

Ela cruza o quarto e vem até a cabeceira da cama, beijando minha testa e passando a mão em meu cabelo, provavelmente deixando-o ainda mais ensebado. Em seu desespero, ela nem tira do ombro a bolsa, que acaba escorregando por seu braço e quase me acerta.

— Na medida do possível — respondo, tentando desviar da bolsa assassina.

— E o médico, já falou com ele? Alguma enfermeira?

— Ainda não, dona Lúcia, vou chamar alguém — diz Dani.

— Ah, querida! Muito obrigada — agradece minha mãe ao se dar conta da presença de minha amiga, que a cumprimenta antes de se retirar.

Minha mãe é tudo para mim. Nasci quando ela tinha minha idade, 21 anos, e ela foi mãe solo. Não conheci meu pai porque ele não quis me assumir nem ter contato conosco, então ela arcou com o papel de ambos.

Minha infância não foi traumática, mas seria mentira dizer que foi fácil o tempo todo. Demorei para entender por que só eu dava para meu avô as lembrancinhas de Dia dos Pais feitas na escola, e era ainda mais complicado quando alguma criança me perguntava sobre meu pai.

— Quem tem um problema é ele — disse minha mãe certa vez —, que se recusou a conhecer a menina maravilhosa que você é. Nunca se permita pensar de forma diferente.

Ouço um barulho e vejo Dani, com o olhar vidrado, entrar no quarto acompanhada de um médico.

Quase perco o fôlego ao olhar para o deus grego ao lado dela, mas minha mãe não demora a enchê-lo de perguntas, praticamente o impedindo de me examinar. Acho que mães devem ser imunes a esse tipo de beleza quando seus filhos estão debilitados.

— Não parece grave — começa ele. — Mas precisamos checar a torção do tornozelo. Como você se sente?

Levo uns segundos para reagir. Não tenho certeza de que entendi o que ele me perguntou, mas achei fascinantes as covinhas em sua bochecha.

— Dolorida — finalmente respondo. — E um pouco confusa.

— Isso é perfeitamente normal, considerando o seu, ahm, quadro de admissão. Mas você pode ter sofrido uma concussão. Vou pedir uma tomo para descartar outras possíveis lesões, e você vai precisar ficar em observação algumas horas.

Fico desconcertada não só pelo efeito da voz grave, mas pelo que ele falou da minha entrada no hospital. No bom e claro português: eu estava mais bêbada que um gambá.

Agradeço mentalmente por ele ter evitado mencionar a situação perto de mamãe, que não pareceu perceber. Obviamente ela sabe que bebo, mas ontem passei bastante do limite. Não quero decepcioná-la e perder sua confiança. E admito que estou com vergonha e um tantinho de medo também. Não quero ouvir um sermão.

— Dona Lúcia, certo? — pergunta ele para minha mãe, que confirma com veemência. — Fui informado sobre uns documentos do plano de saúde da Fernanda que estão na recepção. A senhora não gostaria de ir até lá para preencher enquanto termino o exame?

Ela assente e caminha obedientemente até a porta.

— Então... — ele faz uma pausa, e, ao encontrar meu nome na ficha, retoma —... Fernanda. Foi um belo de um tombo, hein?

— Daqueles que faz a gente prometer que nunca mais vai beber.

— Ah, sei bem. Fiz algumas dessas promessas nos meus primeiros anos de faculdade. A residência e meu metabolismo mudaram um pouco as coisas — diz ele, e dá um sorriso tão branco que eu e Dani só faltamos babar.

Enquanto ele me faz outras perguntas, anotando coisas na minha ficha, observo com mais atenção. Seus olhos angulados, em um tom de mel que parece aceso na pele clara, revelam cansaço, e quase sinto a aspereza de sua barba por fazer, que recobre a mandíbula totalmente definida. Apesar disso, o cabelo está tão impecavelmente arrumado que, se ele estiver há várias horas de plantão, preciso perguntar que gel ele usa.

— Olha só — diz ele, justo quando minha mente começa a divagar sobre o que há por baixo do jaleco —, temos mais um fator para o tombo, além do álcool.

Ah, pronto. É agora que descubro um tumor na cabeça ou algo do gênero.

— Piscianos são desastrados por natureza — continua ele.

— Oi? — pergunto em choque.

Pela expressão franzida de Dani, sentada de volta na poltrona, ela também não tem certeza do que ouviu.

— Dia 15 de março. — Ele aponta para a ficha. — Você é de Peixes.

Dani revira os olhos, mas aquilo me intriga.

Nunca parei para ler sobre astrologia, mas sei meu signo e costumava ver meu horóscopo de vez em quando. Só que Vinícius achava uma baboseira, então perdi um pouco do hábito.

De qualquer forma, é bem intrigante a ideia de ter algo maior regendo nossa vida e personalidade. Por isso, sempre me encantei por filmes e livros românticos. Pessoas predestinadas uma à outra, a certeza de almas gêmeas... É reconfortante. Me faz querer acreditar que, se alguém vai embora, é porque a pessoa certa ainda vai chegar.

— Bom, então, vou solicitar a tomografia e o raio X. Qualquer coisa, é só chamar as enfermeiras — diz o médico.

Assinto e agradeço, enquanto ele se vira e nos deixa.

— Devo dizer que estou bastante satisfeita por você precisar ficar aqui mais algumas horas — começa Dani no instante em que o médico fecha a porta. — Que homem é esse?

— Fico muito agradecida por você prezar pela minha saúde, Daniela Mayumi. — Só uso seu nome quando estou sendo irônica.

Não aguento e começo a rir. Mas, subitamente, me dou conta da minha situação.

— Como foi que cheguei neste ponto? — Minha voz vacila.

— Ah, Nanda... — Dani suspira e se aproxima de mim, acariciando de leve minha mão. — Ele não merece sua tristeza, você sabe, né?

Eu sei, mas desde quando saber muda alguma coisa? Continuo triste e talvez fique assim até aceitar o que aconteceu. Se é que vou conseguir aceitar.

Vinícius terminou comigo de repente, depois de pouco mais de dois anos juntos, e eu o amava com todo o meu coração. Dani diz que costumo amar muito facilmente, mas não sei ser de outro jeito. Quando entro em um relacionamento, mergulho de cabeça, não sei gostar pela metade.

Quando ele me disse que queria terminar, eu nem sabia que estávamos tendo algum problema. Achei que fosse brincadeira, comecei a rir e ainda soltei a pérola de que o primeiro de abril já tinha passado.

Meu rosto esquenta de vergonha só de lembrar.

Isso faz quase um mês, e passei as últimas semanas tentando entender onde errei, procurando em cada palavra ou gesto algo que deixei passar.

Foi inútil.

Fui forte por alguns dias e segui o conselho da Dani: não entrei em contato e evitei saber notícias dele.

Quer dizer, isso depois de eu ter acabado com meus créditos enviando SMS e passado horas ligando, já que ele me bloqueou no WhatsApp, tendo apenas a caixa postal como resposta.

Mas então cansei e deixei meu orgulho falar mais alto. Até ontem, ao entrar no Facebook dele. Eu precisava de mais explicações.

Não conseguia entender como algo tão bom para mim podia ter sido ruim para ele. Era como se tivéssemos vivido duas histórias totalmente diferentes, sendo a minha um romance água com açúcar e a dele um terror com direito a perseguições zumbis. E, só para deixar claro, comigo no papel de zumbi.

No fim, ele derrotou os tenebrosos inimigos e saiu vitorioso, enquanto eu me afoguei na água que, de doce, não tinha nada.

— Você precisa aceitar e seguir em frente — diz Dani.

— Eu sei. Mas como é que eu faço isso? — desabafo. — Se pelo menos eu entendesse o que aconteceu.

— E você acha que entender faria doer menos? — pergunta ela, com ternura. — Acho que você está procurando uma desculpa para essa dor quando, na verdade, vai doer de qualquer jeito. É um término, Nanda, com alguém de quem você gostava. Não tem como ser diferente.

— Você está certa.

— E quando não estou? — responde ela, sorrindo, e se senta de novo.

O quarto fica em silêncio, exceto pelo som dos bipes dos equipamentos, o que me faz lembrar um detalhe.

— Dani, ontem eu ouvi um barulho na rua, quando estava sozinha em casa.

— Barulho? — Ela franze a testa.

— É. Acho que era uma buzina.

Ela abaixa a cabeça, mas noto que fica vermelha.

— Hã... — Dani fala algo que não consigo entender.

Peço para ela repetir em um tom audível.

— AchoquefuieuenquantoestavacomoThiago.

— Agora mais devagar, por favor.

Ela respira fundo.

— Acho que fui eu, enquanto estava com o Thiago. É difícil não fazer barulho com um volante nas suas costas.

É quando entendo e começo a gargalhar.

— Foi por isso, então, que o seu Zé me pediu para descer! — Rio sem parar. — Você sabe que ele viu tudo de camarote, né?

— Não precisa ficar me lembrando. Tive que aguentar os sorrisinhos dele assim que entrei.

Estou ferrada, mas pelo menos posso rir do fato de minha amiga provavelmente ser o assunto da semana entre todos os funcionários do nosso prédio.

Rio tanto que fico com vontade de ir ao banheiro, me dando conta de que não sei qual foi a última vez que fiz xixi. Como não consigo andar direito e ainda estou com o soro na veia, peço ajuda a Dani. Levando em conta tudo o que passei nas últimas vinte e quatro horas, o que menos preciso agora é tropeçar e cair de novo.

E, como mais um sinal de que o universo está contra mim, é exatamente o que acontece. Vou com as duas mãos direto para o chão, ficando com as costas descobertas.

Por sorte, é só um tombo desajeitado e nada de grave acontece, nem chego a me machucar.

Até o médico bonitão abrir a porta e dar de cara com minha bunda para o ar.

← **Mãe**

Você tem certeza de que precisa ir segunda? 19h21

Tenho, mãe, é importante. Última reunião antes das férias, não dá p/ faltar 19h22

Mas você tem atestado. 19h23

O problema não é ficar com falta, tenho mesmo que falar com minha orientadora 19h24

Ok. Mas eu te busco na terça. E pega um táxi pra lá, paga no cartão. 19h36

Tá bom, mãe, brigada 19h36

E qualquer coisa me liga. 19h36

Pode deixar 19h36

Falei pra Dani me avisar qualquer coisa. 19h37

Mãe... 19h37

* ✳ ✳ Capítulo 3 ✳ ✳ *

— Licença — falo, arfando, quando consigo abrir a porta da sala de Paula, orientadora do meu TCC. — Desculpa pelo atraso.

Chegar aqui foi um verdadeiro inferno. Tive alta no próprio sábado, mas, por causa do tornozelo imobilizado e da concussão, o médico me deu uma semana de atestado. Por isso, não fui para o estágio e tive tempo suficiente de sair de casa com calma. Eu só não contava que demoraria para conseguir um táxi, que o trânsito não colaboraria e que seria mil vezes mais difícil do que eu esperava andar de muletas pela faculdade ou fazer tarefas antes simples da rotina, tipo abrir portas. Tive que fazer um caminho bem mais longo para acessar as rampas e os elevadores — sendo que um deles estava em manutenção. Como eu nunca reparei nessas coisas?

Paula se levanta e vem me ajudar. Ela é uma das professoras de quem mais gosto, porque presta atenção no que você diz, é gentil e paciente, sem deixar de ter pulso firme quando necessário. É também uma das pessoas mais elegantes que conheço, tanto pela aparência refinada quanto pelas palavras muito bem colocadas e sempre coerentes. É daquelas capazes de nocautear alguém em uma discussão sem que a pessoa perceba a surra que está levando.

— Por que você não me disse que tinha se machucado, Nanda? A gente remarcava a reunião ou fazia por Skype.

— Não, professora, eu precisava vir. Obrigada! — digo quando ela me ajuda a sentar.

— Pois, então, vamos ao que interessa. — Ela cruza as mãos sobre a mesa ao se sentar. — Que avanços você fez?

Seus olhos escuros, mais evidentes por causa do corte curto do cabelo crespo, me encaram atentos, mas com calma.

Coço a cabeça, pensando em como dizer.

— Essa é a questão. Não tive muitos avanços.

O que significa que não fiz merda nenhuma.

A ideia do meu TCC veio do restaurante onde estagio, o Rabanada. Como estudante de Administração, consegui uma vaga para trabalhar junto da nutricionista de lá, a Gisele, com funções mais burocráticas, como fazer pedidos e realizar o controle de estoque.

A questão é que o dono do lugar, o sr. Arlindo, é a própria definição de "mão de vaca" e prefere trabalhar com uma quantidade mínima de funcionários, sobrecarregando todo mundo, além de não querer investir em quase nenhuma melhoria, o que faz o sistema de administração de lá ser totalmente ultrapassado.

Assim, tive a ideia de propor um software para o controle financeiro do Rabanada e demonstrar os benefícios que ele poderia proporcionar em comparação ao método de controle atual de planilhas. Como o sr. Arlindo não teria que gastar um tostão sequer com isso, concordou em fornecer as informações de que eu precisava depois que Paula deu o aval para eu seguir em frente.

Passei uns dois meses coletando dados e reunindo as referências bibliográficas. Em teoria, tenho tudo nas mãos, é só sentar e escrever.

Mas simplesmente não consigo. Fiz um esboço das partes iniciais, mas, cada vez que tento avançar, é como se eu me esquecesse de como sílabas se juntam.

E é o que explico para Paula, que me ouve com paciência.

— Vamos fazer assim — sugere ela. — Me apresenta sua proposta como se nunca tivéssemos falado dela e deixa eu dar uma olhada no que você produziu.

Assinto e faço o que ela pediu, entregando o pen-drive com o arquivo.

Quando termino, ela passa uns instantes lendo o documento no computador. Ela estreita os olhos, concentrada, criando rugas na pele marrom.

— Acho que você ainda não encontrou seu foco — diz, um pouco depois, virando o rosto de volta para mim.

Eu a olho sem entender. Como assim não encontrei meu foco? Sei que estou com dificuldades de passar para o papel e tal, mas tenho o trabalho bastante claro na minha mente.

— Não estou dizendo que seu trabalho ou a ideia dele estejam ruins — continua ela, se ajeitando na cadeira —, é só que olho para ele e vejo um TCC, não a Nanda.

— Hum... Mas não é justamente isso o que você deveria ver?

— Não necessariamente. Usando palavras melhores, eu deveria ver o TCC da Nanda. Por enquanto é só um TCC. — Paula se reclina no encosto da cadeira.

Não entendo aonde ela quer chegar, e é bem capaz que eu esteja deixando transparecer minha confusão, porque Paula continua falando.

— Ele está bem embasado, você tem um bom assunto. Só que me parece muito genérico.

— Mas...

— Você é uma das minhas alunas mais criativas e espontâneas, Nanda, mas só o que vejo aqui são conceitos técnicos e ideias superficiais. Algo muito diferente de outros trabalhos que você elaborou.

Agora ela me confundiu de vez. *Como* ela quer que eu escreva para parecer que fui eu? Devo colocar uns emojis? O intuito de um texto acadêmico não é ser impessoal?

É o que questiono.

— Você tem razão. Mas não estou falando da forma de escrever, e sim do seu projeto, dos seus objetivos e das propostas. Você está travada, né?

Confirmo com a cabeça.

— Já parou para pensar que a razão disso é que você pode não estar envolvida de verdade?

— Não — confesso.

— Então talvez seja melhor pensar.

Eu me contento em dar um suspiro desanimado. Eu tinha esperanças de que a reunião fosse me ajudar a desbloquear, mas Paula me deixou mais confusa.

— Só para eu ter certeza: qual é meu prazo mesmo?

Ela me encara com receio.

— Temos tempo. Mas vamos combinar o seguinte? Gostaria de ver introdução e método finalizados quando você retornar das férias, além do esboço do desenvolvimento e do agrupamento dos dados coletados. Está tudo certo com seu contato que faria a versão teste do software?

Faço um "uhum" não muito convincente, mas é o melhor que posso oferecer, porque as palavras "finalizados", "férias" e "contato" desencadearam uma leve taquicardia. Não sei se consigo cumprir o prazo e, com toda a coisa do término, esqueci completamente que precisava de alguém para me ajudar com a parte do software. Especialmente porque meu contato era um amigo do Vinícius que trabalha com TI.

Foi um milagre eu ter conseguido passar em todas as matérias este semestre, considerando o caos emocional em que eu me encontrava na época de entrega dos trabalhos e das provas, então, contava com as férias para realmente descansar.

Pelo visto, não vai ser o caso.

— Então nos vemos em agosto. Boas férias, querida!

Tenho minhas dúvidas se vão ser mesmo boas.

Mamãe chegou para me buscar, como tinha prometido, no fim da tarde. Minhas malas estavam prontas e, com a Dani no estágio, saímos sem grandes demoras.

Agora estou no carro, rumo à Terra do Caqui, ouvindo as músicas na rádio preferida dela.

— O que aconteceu, Nanda? — pergunta, de repente.

Olho sem entender, despertando do meu transe particular originado por "To Love You More".

— O que aconteceu para você ter caído? Você bebeu, não bebeu?

Fico em silêncio. Eu poderia mentir, se não fosse péssima nisso e só conseguisse pensar em desculpas esfarrapadas. Uma vez, a Dani foi a uma festa da faculdade contra a vontade da mãe e tive de acobertá-la. Dona Setsuko ligou em casa perguntando por ela e a primeira resposta que me veio à mente foi que a Dani estava em uma aula de bocha.

— Bebi... — admito, por fim.

— E não foi pouco, pelo visto — diz ela, me olhando de canto de olho, arqueando uma das sobrancelhas.

— Não.

Eu me encolho no banco, aliviada por não precisar mais esconder isso dela e, ao mesmo tempo, envergonhada.

Mamãe assente e tamborila os dedos no volante, pensando no que responder.

— Devo me preocupar? — pergunta ela por fim. — Quer dizer, isso acontece com frequência?

— Não, de verdade. O fim de semana foi... atípico.

— Foi por causa do Vini?

Não sei o que doeu mais: minha mãe ter ido diretamente ao ponto ou ter usado o apelido carinhoso dele.

— Foi. — É só o que consigo responder sem cair no choro.

— Ah, Nanda... Eu sei que dói. Mas você não pode se entregar assim. Causar mais mal para você mesma só vai te deixar pior em vez de fazer a dor passar.

Concordo com a cabeça, sem prolongar o assunto, e me encosto na janela fechada. Por mais próximas que eu e mamãe sejamos, não quero falar sobre isso, principalmente porque ela adora o Vinícius e não para de encontrar desculpas para as atitudes dele.

Por um lado, eu entendo. Ele conquistou a sogra desde o primeiro dia, chegando no almoço com a sobremesa favorita dela e, depois, brincando a tarde toda com a Bel, minha irmã mais nova.

O Vinícius tem essa capacidade de fazer a gente se sentir especial. Não sei se é o charme dele que derrete qualquer um ou se é a atenção que ele dá quando a gente fala, mas funciona. E muito.

Entretanto, neste momento, preciso que ele seja o vilão. Preciso que estejam do meu lado, não do dele.

O carro faz uma curva e a visão da cidade aparece para nós. Como Mogi das Cruzes é um vale, dá para contemplar toda a cidade do alto quando chegamos ou saímos, e a cena sempre me emociona. É ainda mais bonita como está, depois de ter escurecido e com as luzes da cidade acesas. A paisagem é, para mim, aconchegante, como só nossos lugares de origem podem ser. Mesmo que eu não planeje construir meu futuro aqui, é bom saber que tenho para onde voltar.

Quando chegamos em casa, Bel está empoleirada na janela da sala nos aguardando.

Depois de anos criando uma filha sozinha, mamãe finalmente encontrou um homem digno da sua companhia. Ela é arquiteta e conheceu Márcio na festa de inauguração do escritório de um dos clientes, de quem ele é amigo. Minha mãe diz que se encantou com "o charme do professor de geografia" — que não entendo até hoje o que significa, mas acho fofo —, e eles estão juntos desde meus 11 anos. Para a surpresa de todos, Isabel nasceu pouco depois de eu completar 15.

Apesar da diferença de idade, nós nos damos superbem, e ela me adora. Na cabeça dela, sou muito adulta e responsável, um modelo que ela vive tentando copiar.

A inocência das crianças é mesmo um mistério.

Também tenho uma boa relação com Márcio.

Quando nos conhecemos, ele me presenteou com o CD do Rouge que havia acabado de ser lançado e as edições do mês da *Capricho* e da *TodaTeen*. Fiquei em êxtase e corri para fazer os testes. Adorei descobrir que eu era uma ciumenta controlada e que Matheus seria meu Br'oz ideal.

— Você machucou o pé! — comenta Bel ao notar a bota ortopédica, seus cachos castanhos caindo feito molinhas no rosto.

Márcio não demora em me ajudar a entrar, oferecendo o braço para eu me apoiar.

Minha irmã analisa um pouco meu tornozelo imobilizado e logo perde o interesse, correndo para a frente da TV.

— Você deu um susto e tanto na gente, Nandinha!

— Eu sei — respondo para Márcio, e percebo que até agora não pedi desculpas a minha mãe por isso. — Desculpa. A vocês dois. Não queria preocupar vocês.

— O importante é você estar bem — mamãe se apressa em dizer.

Assinto com um sorriso.

O jantar transcorre tranquilamente — ou tão tranquilamente quanto os jantares na minha casa costumam ser: mamãe brigando com Sofia, nossa basset, que fica pedindo comida, enquanto Márcio assiste ao que quer que esteja passando na televisão a um cômodo de distância e Bel não para um segundo de falar.

Toda a cena me dá uma sensação boa.

De segurança.

← **Mãe**

HOJE

Sua irmã esqueceu o chinelo aí. Pede pro Márcio trazer quando ele subir, por favor? 21h45

Ele não vai olhar o celular dele, por isso mandei pra você. E não quero gritar, ela já tá quase dormindo. 21h47

Tá bom. Quem vai me ajudar a subir? 21h47

Melhor nós dois, né? Você já é meio desastrada, com um pé imobilizado, então... 21h49

Que reconfortante, sofrer bullying da própria mãe 21h50

Ué, falei alguma mentira? 21h50

Você é a desastrada mais linda do planeta ♥♥♥♥ 21h51

¬¬ 21h51

* * * Capítulo 4 * * *

Desde que me mudei para São Paulo, entrar no meu quarto é meio esquisito.

Depois de dar boa-noite para minha mãe e Márcio, acendo a luz e fecho a porta. Ao me virar, vejo as prateleiras brancas recheadas de livros e DVDs colecionados ao longo dos anos, a cama com a colcha em tons pastel, a escrivaninha onde ficava meu computador de tubo, substituído pelo meu atual notebook como presente de ingresso na faculdade. É nostálgico pensar em tudo que vivi aqui, as inúmeras noites fofocando no MSN com as amigas da escola ou as festas do pijama regadas a pizza, Coca-Cola e brigadeiro. Mas é também estranho, porque parece outra vida.

Ainda mais agora.

Porque este quarto também carrega outras lembranças.

Sento-me na cama, alisando o colchão, e respiro fundo. A enxurrada é mais forte que eu.

Quando Vinícius vinha para cá, ele dormia no sofá, lá embaixo. Minha mãe não ficava muito confortável com a ideia de a gente dividir o quarto, mesmo que soubesse que eu não era mais virgem. Mas, um dia, todo mundo tinha saído, não lembro se para o cinema ou o quê, e eu e ele ficamos aqui.

Não era tão fácil dividir uma cama de solteiro... mas eu adorei como ficamos totalmente enrolados, nossas pernas entrelaçadas e meu nariz encaixando na curva do pescoço dele.

Eu estava quase pegando no sono quando ele quebrou o silêncio:

— Você acredita em almas gêmeas?

— De onde saiu essa?

— Não responde minha pergunta com outra pergunta — falou ele, e nós dois rimos.

— É que eu não esperava ouvir isso — respondi. Não esperava ouvir *dele*, quis dizer, o coração já acelerado.

A verdade é que aquela pergunta era muito significativa. Sou apegada à ideia de almas gêmeas desde... sei lá desde quando, acho que é algo que sempre esteve comigo. Meu pai não ficou com minha mãe porque eles não eram almas gêmeas. Ela e o Márcio, sim. É bom pensar que cada panela tem sua tampa, que toda laranja tem duas metades.

Hum, acho que existe uma leve possibilidade de o culpado ser o Fábio Jr. Ou melhor, minha mãe ouvindo Fábio Jr. em looping desde que eu era pequena.

E talvez eu também tenha ouvido a minha cota quando fiquei completamente obcecada pela novela *Alma gêmea*. Serena e Rafael me fizeram soluçar no último capítulo.

Por que Vinícius queria saber aquilo? Se eu dissesse que sim, ele riria de mim?

— Sim ou não? — perguntou ele mais uma vez, enquanto seus dedos brincavam com os meus.

— Você vai me achar boba se eu disser que sim? — arrisquei, sem coragem de olhar para ele.

— Não — falou ele com calma, levando a mão até meu queixo e me fazendo encará-lo. — Porque acho que você me fez acreditar.

Então me olhou tão profundamente que foi como se tivesse entrado em mim. E, quando ele me beijou antes de voltar a estar, de fato, dentro de mim, senti que eu estava me desintegrando, de um jeito muito bom. Como nada tinha sido até então.

A gente já tinha falado "eu te amo" um para o outro, mas aquilo foi além.

Por isso, quando abro os olhos, é como se eu não estivesse aqui. É como se algo me impedisse de me sentir realmente parte daqui, do lugar que sempre foi meu.

Mas o problema não é meu quarto. Sou eu que estou vazia, e o buraco negro no meu peito afasta qualquer sensação.

Qualquer sensação *boa*.

Como é possível não sentir nada e, ao mesmo tempo, doer tanto?

Solto um soluço. O choro me rasga e ganha forças, tirando as minhas, me obrigando a deitar. Abraço o travesseiro e deixo caírem as lágrimas por tudo o que está errado.

Pelo meu TCC estagnado. Pela perspectiva de falhar e não me formar. Pelo vexame que eu dei. Pelo meu tornozelo dolorido.

Pelo Vinícius.

Levo as mãos ao bolso, retirando os restos da pulseira arrebentada da qual não tive coragem de me desfazer, mesmo sendo incapaz de consertá-la. Talvez eu também não tenha conserto.

— Vai começar! — grito da sala, paramentada com minha camiseta da seleção enquanto Bel brinca com uma vuvuzela e assusta Sofia, que dorme no sofá.

Quartas de final da Copa do Mundo. Exatamente a etapa em que o Brasil foi eliminado nas duas últimas vezes, o que justifica meu nervosismo.

Eu era muito nova quando a gente foi tetra e tenho vagas lembranças de 1998 — felizmente. A primeira Copa que realmente lembro é a do penta, mas vi poucos jogos por causa do horário. Agora, a expectativa está a mil. Seria tão simbólico o hexa vir no ano em que a gente é sede!

Fiquei chateada de não ter conseguido assistir a nenhum jogo no estádio, mas nem meu rim seria suficiente para o ingresso. Bom, poderia ter sido pior. Cogitei dar de presente de Dia dos Namorados para o Vinícius o jogo de abertura. Eu teria me matado se tivesse gastado aquela fortuna para ele terminar comigo duas semanas antes.

— Aqui está. — Minha mãe entra na sala munida de um balde tamanho família de pipoca, bem quando a execução do hino nacional começa.

Márcio vem logo atrás, trazendo uma garrafa de guaraná em uma das mãos e equilibrando os copos em outra.

Os primeiros minutos são de tensão, com todos concentrados na tela. Como um punhado de pipoca atrás do outro, por pura ansiedade.

— Seria a Colômbia o país da Páscoa? — Márcio quebra o silêncio entre nós.

— Não sei, por quê? — pergunta minha mãe, confusa, desviando o olhar da TV.

— Porque ela é quase uma colomba. — Ele abre um sorriso travesso.

— Nem sei por que eu ainda perco meu tempo — mamãe finge reclamar; no fundo, ela adora as piadas horrorosas do marido.

Então, o primeiro gol sai aos sete minutos e a casa explode em um grito, acompanhado por toda a vizinhança. Fogos de artifício eclodem e Sofia, que tinha acordado assustada, late com medo até minha mãe pegá-la no colo.

O clima é outro depois disso, e passo o jogo todo mais leve do que há muito me sentia.

— Chupa, Shakira! — berro quando o juiz apita e nossa vaga na semifinal é garantida, em uma vitória de dois a um.

Sorte no jogo, azar no amor, penso. Pelo menos isso!

— Pizza? — pergunta Márcio.

— Mais tarde? — sugere minha mãe. — A pipoca me encheu.

— Também prefiro depois. Vou ver se consigo mexer no TCC um pouco.

Talvez o estado de espírito me ajude.

Coloco O Teatro Mágico para tocar assim que me sento à escrivaninha. A poesia de Fernando Anitelli pode me ajudar a entrar ainda mais no clima.

Decido dar uma checada rápida no Facebook antes. Vou rolando a linha do tempo, mais segura desde que ocultei as publicações de Vinícius do *feed*. Por curiosidade, vejo quem são os aniversariantes do dia.

Distraída, vou rolando a página e vendo os das semanas seguintes. Sinto um leve incômodo ao ver o rosto de Rafael, uma paixão da pré-adolescência, e rio de mim mesma. Não deveria me incomodar depois de tantos anos, mas acho que a gente nunca esquece quando partem nosso coração. Fiquei meses chorando ao som de "Because of You" sem saber, graças ao meu inglês precário da época, que a Kelly Clarkson estava falando do pai dela.

Minha empolgação inicial sofre um pequeno abalo, porque, não bastasse o Rafael, também me deparo com Bruno, meu primeiro beijo.

Eu estava em uma rodinha, dançando com minhas amigas na festa de uma colega de sala. "Just Dance" era nossa música favorita do momento, e os meninos estavam mais afastados, observando e cochichando entre si. Eu estava de olho em Bruno havia algumas semanas e ele estava particularmente gato naquele dia.

Que saudade das festas de quinze anos.

Ele coçou a cabeça e, por fim, depois de olhar na minha direção, concordou com alguma coisa.

Senti um frio na barriga.

O Guilherme, amigo dele, veio dizer que o Bruno queria ficar comigo. Comecei a tremer de expectativa, mas concordei sem pensar duas vezes.

Não dei a menor importância para nossos dentes baterem um no outro ou eu ficar toda babada. Estava em êxtase, tentando me convencer de que aquela estava sendo a melhor experiência da minha vida.

O êxtase durou até segunda-feira. Passei a manhã vendo várias pessoas cochichando quando eu passava, dando risadinhas e interrompendo conversas quando eu chegava. O Bruno tinha perdido uma aposta e eu era o preço a ser pago. Se não bastasse, o filho da mãe ainda espalhou que eu tinha mau hálito.

Lucas, com quem eu ficava assim que me mudei para São Paulo e que me deu um perdido, também vai fazer aniversário. Eu comecei a fazer academia por causa desse cretino, no mesmo lugar em que ele malhava, e ele simplesmente parou de me responder e passou a me evitar!

E, dois dias depois dele, é a vez do Gabriel, um dos meus maiores "e se". Demorei tanto para me declarar para ele, no fim do ensino médio, que, quando tive coragem de fazer isso, descobri que ele ia fazer faculdade longe. Tipo, em outro estado.

Pelo menos ele foi o responsável pelo início da minha amizade com a Dani. A gente pegava o mesmo fretado no começo da faculdade e, depois de me ver chorando algumas vezes no ônibus, ela puxou assunto comigo.

Chocada com a coincidência, sigo rolando a página até meu coração quase parar.

Eu tinha esquecido de mais um aniversariante.

Vinícius.

Inferno. Como pode todos eles terem nascido em dias tão próximos? Só falta terem a mesma idade!

Rafael. Bruno. Lucas. Gabriel. Vinícius.

Todos juntos. Todos na última semana de julho.

Um incômodo, para além da coincidência bizarra, me atinge, como se eu estivesse deixando escapar algo importante, mas sem saber o quê.

Fecho os olhos, a mente revirando alguma informação que não faço ideia de qual seja.

Datas. O que as datas têm a ver?

Dia 15 de março. Você é de Peixes.

O médico bonitão! Se todos fazem aniversário no mesmo período, então, devem ser do mesmo signo.

Sou tomada por uma nova motivação. Abro uma aba do Google e digito no buscador as palavras "signo" e "julho". Tenho certeza de que será Aquário. Aquário, Peixes, tudo isso tem a ver com água. Se tenho uma conexão com algum signo, só pode ser esse. Além do mais, aquários são cativeiros para peixes. Com certeza é esta a simbologia: o aquário me limita, me prende.

Abro um site de astrologia e vou descendo, procurando a resposta que, no fundo, já sei qual será.

E então eu a encontro.

Leão.

Bom, pode fazer sentido também. Os leões estão acima dos peixes na cadeia alimentar, portanto, são mais fortes, mais dominadores e... hm, se alimentam dos peixes?

Começo a ler a descrição dos leoninos e ela bate em muitos aspectos com a personalidade do Vinícius. Não conheci os outros tão bem.

Por curiosidade, vejo meu horóscopo do dia. *Dia de sorte para os piscianos! Conquistas e revelações trarão novos ares à sua vida.*

Arfo, surpresa com a precisão.

Com o canto do olho, noto uma opção que faz meu coração acelerar na hora:

Sinastria amorosa — Veja a compatibilidade do seu signo com o da pessoa amada!

Na mesma hora, paro de ler sobre o charme, o magnetismo e blá-blá-blá dos leoninos e clico no link.

Coloco nossos signos nos locais indicados, clico em *Enviar* e aguardo.

E aguardo.

Página não encontrada.

Obviamente a internet *tinha* que cair justo agora.

Espumando de raiva e contendo um xingamento, grito para minha mãe reiniciar o modem lá embaixo e aguardo a internet, que vive dando problema, voltar. Márcio só não a cancelou ainda porque a ligação para suspender o serviço dá mais dor de cabeça que a própria internet.

Vibro empolgada na cadeira ao perceber que o truque do modem deu certo e a conexão voltou.

Aperto F5.

Começo a ler com avidez assim que o resultado surge. Porém, o entusiasmo evapora na mesma hora, dando lugar a um frio congelante que atravessa o estômago.

É como acompanhar a linha do tempo do nosso relacionamento: um começo promissor, fruto da conquista do "entusiasmado leonino" e do "romântico coração pisciano", mas que logo dá lugar às complicações, principalmente porque os leoninos não suportam se sentir controlados e os piscianos se sentem muito dependentes dos parceiros.

Como alguém teve a *audácia* de publicar isso? Deixar nosso relacionamento definido ali, escancarado para qualquer um ler?

Inconformada, abro uma nova janela e procuro outros sites. Vou abrindo inúmeras abas no navegador conforme clico nos resultados, na expectativa de encontrar algo diferente. Porém, cada novo site só confirma o que já li.

Uma pontada de esperança me atinge quando vejo alguma coisa sobre outros elementos do mapa. Parece que seria bom saber, além do signo, ascendente, Lua e Vênus, seja lá o que isso signifique, mas eu precisaria de horário e local de nascimento de cada um, o que está fora de cogitação.

Suspiro, inconformada.

Tento uma última página.

É quando leio o golpe derradeiro.

"Essa é uma relação feita para acabar."

A verdade dessas palavras faz meus olhos se encherem de água e me causa um aperto no coração.

Nós nunca ficaríamos juntos — finalmente entendo. Não somos almas gêmeas. Estávamos fadados ao fim.

Sabe aquela coisa de "nosso amor estava escrito nas estrelas"? Pois é, o nosso também, mas em um garrancho cheio de erros gramaticais e ortográficos.

Se eu tivesse sido um pouco mais atenta a essa questão do horóscopo, não teria entrado nessa furada. Teria pensado duas vezes antes de jogar meu coração aos leões — literalmente.

Será que é essa a fórmula para não sofrer mais com relacionamentos amorosos? Tão simples assim?

Se é ou não, não sei. Só tenho certeza de uma coisa neste momento: não quero nunca mais outro leonino na minha vida.

← **Gi**

Oi, Gi, td bem? 20h09 ✓✓

Vou entrar mais tarde amanhã 20h09 ✓✓

Meu atestado acabou, mas preciso passar no médico pra tirar a bota 20h09 ✓✓

Vc pode avisar o sr. Arlindo pra mim? 20h10 ✓✓

Oi, Nanda! 21h03 ✓✓

Não se preocupa, eu falo com ele sim. 21h03 ✓✓

Precisa de mais alguma coisa? 21h04 ✓✓

Não, Gi, só isso mesmo! Obrigada ♥ 21h16 ✓✓

* * * Capítulo 5 * * *

A porta do apartamento em São Paulo se abre assim que respondo Gi, minha chefe. Dani entra com um pacote nas mãos e a mala de rodinhas.

— Peguei um trânsito infernal, mas cheguei — diz ela, parecendo exausta. — Preciso de um banho, me espera aqui?

Concordo, curiosa. Pelo jeito que ela falou, imagino que tem uma fofoca boa para me contar.

Quando ela retorna, vinte minutos depois, uma toalha enrolada no cabelo e o notebook nos braços, parece estranha, olhando fixamente para mim como se estivesse se preparando para...

Xiii.

Acho que sei o que isso significa.

— Nanda... A gente precisa conversar — diz ela e se senta ao meu lado.

Era o que eu suspeitava: uma intervenção.

— Humm, tá. Aconteceu algo? — Reviro loucamente minha memória, buscando o que pode ter causado isso.

Não faço ideia. Caso típico de uma intervenção.

— Aconteceu. *Isso* aconteceu.

Dani digita no laptop.

Quando me sento, ela o vira devagar e vejo uma página do Facebook na tela.

Meu estômago dá uma cambalhota e minha mão começa a suar. Ela vai me mostrar a atualização de status do Vinícius de "solteiro" para "em um relacionamento sério".

Uma onda de alívio me atinge ao ver meu próprio perfil.

— O que é que tem?

— Dá uma lida no que você postou essa semana — diz ela, com gentileza.

Obedeço e vou relembrando os posts.

Alguns trechos de músicas que têm tudo a ver com o momento, reflexões minhas e aquelas imagens com citações a que simplesmente não resisti, de tanto que me identifiquei.

Ainda não sei o que está errado.

Rolo o *feed* para cima e releio.

Nada.

Inclusive, gostei tanto da verdade e profundidade das postagens que várias vezes abri meu perfil para admirá-las, como se fosse um visitante.

Um dos posts merece destaque. Eu estava ouvindo "My Immortal" um dia, e tudo que a Amy Lee diz é tão sincero e real! Ela cantou, e eu chorei minha dor e a dela.

É claro que compartilhei.

— Hum, o que eu preciso ver?

— Nanda, estou preocupada. — Dani faz uma pausa e eu fico em silêncio, ciente de ela mal ter começado. — Você está deixando na cara toda a rejeição, o que é alarmante por uma série de motivos. Primeiro, isso é se humilhar para o Vinícius. — Eu me encolho. Não tinha parado para pensar nessa perspectiva. Dani percebe minha reação e me olha com um misto de preocupação e pena, então continua, em um tom mais brando: — Segundo, isso é se expor. Todo mundo julga todo mundo no Facebook, e, bom, você não tem que se importar com o que pensam de você, mas guarda uma parte do seu coração. Você pode se machucar ainda mais, e não quero isso.

Estou em choque, mas ela ainda não terminou.

— E, por último, o que mais me preocupa: isso mostra que você não está lidando bem com o término.

Não sei o que responder.

Abaixo a cabeça para a tela e tento analisar meu perfil friamente, como quem não me conhece.

Uma foto de um bonito pôr do sol com o trecho de "Mais uma vez", do Legião Urbana.

"O preço a ser pago por ser quem você é", escrevi para compartilhar uma imagem que dizia: "É melhor ser REJEITADO por ser SINCERO do que ser ACEITO sendo HIPÓCRITA".

Para a imagem com a citação "Que suas lembranças não sejam o que ficou por dizer", de Fabrício Carpinejar, usei a legenda: "E o que fazer quando são justamente isso?".

Até compartilhei uma citação da Clarice Lispector. Mas, agora, relendo... Não é um pagode dos anos 1990?

Então chego na primeira da semana:

"Amanhã pode ser tarde demais. Tarde demais para pedir desculpas. Tarde demais para tentar. Tarde demais para acreditar. (Autor desconhecido)"

Ai. Meu. Deus.

— Você tem razão — admito por fim, incapaz de olhar para ela.

Não falo mais nada, e Dani percebe que estou chateada.

— Ah, Nanda! — Dani chega mais perto e coloca a mão em minhas costas. — Você sabe que estou falando isso porque me importo com você, né?

Tento segurar o choro, olhando ao redor. Nosso apartamento é simples, digno de universitárias, então, a sala não tem tantos atrativos: uma escrivaninha inútil à direita do sofá, já que nunca estudamos ali; na parede à nossa frente, a estante com a TV é enfeitada com uma foto de nós duas e alguns DVDs, e há uma mesa de jantar pequena com duas cadeiras, abarrotada de livros e cadernos, ao lado da escrivaninha. A mesinha à esquerda do sofá permanece vazia, depois que quebrei o vaso que ficava nela.

Dani continua:

— Você sabe que pode contar comigo, né? Prefiro que fale para mim mil vezes em vez de postar no Facebook.

— Tem certeza? — pergunto em tom de brincadeira.

— Ok, talvez mil seja demais. Mas novecentas e noventa e nove eu aguento. — Nós sorrimos. — Você precisa de alguma coisa? Quer que eu te faça um chocolate quente?

— Não precisa, vai descansar.

— Tá bom. Qualquer coisa, é só bater no meu quarto, tá?

— Eu sei. Obrigada por tudo! Como sempre.

Ela sorri e faz um gesto com a mão, como se não fosse nada.

— Ah, esqueci de uma coisa — diz ela e se vira em direção ao próprio quarto. Quando volta, tem um pacote nas mãos. — Chegou para você. O seu Zé esqueceu de entregar na hora que você chegou.

Fico alerta na hora, porque tenho uma boa ideia do que pode ser — só não esperava que fosse chegar tão rápido! Pego a encomenda das mãos dela e me despeço, correndo para o quarto. Fecho a porta e me sento na cama de casal, que ocupa boa parte do espaço. Encaro o remetente e o carimbo da loja online.

Sorrio.

A noite vai ser longa.

← **Dani**

HOJE

Tá, me conta. O que tem no pacote?? 22h49

Fala comigo! Tô curiosa!! 22h59

Nanda? 23h12

Qual éééé, o que é tão divertido assim pra você ignorar uma notificação no seu celular?? 23h12

Quem é você e o que você fez com minha amiga?? 23h20

Vou te mandar várias mensagens até você responder. 23h32

WHAT'S IN THE BOOOOOOOX? 23h32

Sério? Nem Seven e Brad Pitt vão te fazer ver minhas mensagens? 23h34

Naaaandaaaaaaa?? 23h34

Aaaaah, qual é!! 23h36

Desisto ¬¬ 23h40

* ✳ ✳ Capítulo 6 ✳ ✳ *

Rasgo o pacote com avidez e tiro de lá o livro *Horóscopo para iniciantes: Peixes*. Minha descoberta astrológica me deixou sedenta por mais, então fui atrás de livros específicos, principalmente sobre o meu signo. Encontrei um com preço acessível e que, pelos comentários dos compradores, era informativo e interessante.

Ter esse livro deve ser coisa do destino, porque, além de ter chegado muito rápido, chegou em pleno fim de semana. Eu nem sabia que isso era possível!

E, olha, que leitura proveitosa! Eu deveria ter me aprofundado no assunto há muito tempo, porque está sendo um banho de autoconhecimento.

Por exemplo: as pessoas vivem reclamando que me iludo demais. E, bem, é verdade, mas porque piscianos tendem ao "escapismo da realidade", um termo que achei bem chique e que vai causar impacto quando eu argumentar a meu favor.

Piscianos são bem "voltados ao lado introspectivo", além de serem "muito emocionais", e por isso vivo sonhando acordada. Também descobri que temos essa "tendência a querer sempre ajudar o outro" e, até mesmo, sentir a dor do outro.

Está aí por que é tão difícil dizer "não" para alguém. É mais forte do que eu! Não tenho culpa se nasci sob a regência de Peixes.

É como se eu tivesse descoberto o maior segredo do universo. Como é que pode as pessoas dizerem que astrologia é besteira? Parece que o autor está falando de mim!

Continuo maravilhada com vários aspectos que nunca havia percebido, até que paro de repente ao virar a página.

Minha atenção se intensifica ao ver a nova informação: uma tabela, que se estende por algumas páginas, repleta de datas. Suas linhas são divididas de acordo com cada dia de nascimento dos nativos de Peixes, então, vão do dia 19 de fevereiro até o dia 20 de março, ocupando todo o papel.

Há três tipos de colunas: "Amizade", "Amor", "Negócios".

Cada uma é preenchida com outras datas, que indicam o nascimento das pessoas que desenvolverão um melhor tipo de relacionamento com os piscianos de cada dia do mês. Por exemplo, tenho maior probabilidade de ser amiga das pessoas nascidas na intersecção das datas da coluna "Amizade" e da linha do dia 15/03, segundo esse livro, e o mesmo vale para as outras duas colunas.

Faço o teste procurando o aniversário da Dani.

Voilá! Dezoito de maio sorri para mim entre outras datas.

Analiso freneticamente todas. Na coluna "Negócios", encontro o aniversário da Gi, sete de dezembro, que também está na coluna "Amizade". E adivinhe só? Nós nos damos superbem!

Na coluna "Amizade", vou reconhecendo o aniversário de colegas que tive ao longo da vida. Por exemplo, ali está o aniversário da Vanessa, minha melhor amiga na sexta série. Fazíamos tudo juntas naquela época, mas, no ano seguinte, os pais dela mudaram de cidade e nós acabamos perdendo o contato.

Mas, pensando bem, não lembro agora se o aniversário dela é vinte e quatro de junho ou de julho...

Deve ser em junho, porque não tem a data de julho na tabela, e o livro não deixaria de fora alguém que foi marcante na minha vida. Além do mais, não sei se, nesta altura do campeonato, aguento o choque de descobrir que a Van é leonina.

Sinto uma tristeza repentina ao não reconhecer um aniversário sequer na coluna "Amor". E se eu procurar no Facebook uns *crushes* e checar se o aniversário deles está aqui na tabela?

Menos de dez minutos depois, já mudei de ideia. Além de nem todo mundo colocar quando faz aniversário, quem colocou não está na tabela.

Seria tão bom se eu pudesse encontrar minha cara metade a partir desse livro, mas é praticamente impossível.

Ou será que não?

Talvez, se eu focar em uma só data, não seja assim tão difícil encontrar os nascidos nela. Meu tio Nelson é dono de um cartório civil em Mogi — a parte rica da família. Na realidade ele é meu primo de segundo grau, mas eu chamo de tio pela diferença de idade. Não temos muito contato, porém converso de vez em quando com a Luciana, filha dele, já que temos idades próximas.

A questão é que a Lu trabalha com ele e posso me aproveitar desse contato. Talvez, se eu entregar uma data para ela pedindo que cheque nos registros os nascidos naquele dia, eu tenha uma lista com nomes para procurar!

É claro que, assim, eu limitaria minha busca aos registrados naquele cartório, mas considerar um raio maior vai deixar tudo ainda mais difícil.

E não tenho bem certeza, mas deve existir alguma questão ética/profissional que impeça o cartório de dar esse tipo de informação às pessoas. De qualquer maneira, não vai ser algo que o cartório fará, e sim um favor entre primas. E, se ninguém ficar sabendo, qual o problema?

Vou torcer para a Lu pensar assim também.

Agora, qual data vou usar?

Instantaneamente, elimino os leoninos. Nem sei como eles podem estar aqui! Ainda assim, continuo com várias opções.

Percebo então que, assim como o aniversário da Gisele aparecia em mais de uma coluna, algumas datas do "Amor" também se repetem.

Circulo com um lápis apenas as que estão em mais de uma coluna. No fim, apenas uma data aparece três vezes na tabela: nove de novembro.

Meu coração acelera e sinto um frio na barriga. É a data de aniversário do meu futuro marido!

De cara, sei que é um bom dia. É distante do meu aniversário e do Dia dos Namorados, embora seja relativamente perto do Natal. Ainda assim, é longe o suficiente para não tumultuarmos as festividades. Só restará começarmos a namorar em algum mês diferente de março, junho, novembro e dezembro para distribuir melhor as datas comemorativas. Como março está só três meses depois de dezembro, e junho, três meses depois de março, o ideal seria que nosso aniversário de namoro fosse por volta de setembro.

O problema é que só tenho dois meses para encontrá-lo, fazê-lo perceber que me ama e me pedir em namoro. Contudo, se a data está no livro, é porque estamos destinados um ao outro.

Agora só falta um detalhe: eu tenho o dia e o mês, mas não o ano, e preciso especificar um para facilitar para a Lu.

Diante do impasse, faço uma pausa. Estico as mãos e pego o celular no móvel ao meu lado, levando um susto ao ver que já é quase meia-noite. Fiquei tão absorta que não senti o tempo passar nem meu quarto esfriar. Noto que meu pé está uma pedra de gelo. Afundo no travesseiro atrás de mim e encolho as pernas para puxar o edredom. Mais confortável — e mais quentinha —, sigo de onde parei.

Qual ano vou escolher?

Não quero alguém mais novo. Também não quero alguém muito mais velho. Cinco anos é meu máximo.

Então, limito a faixa de 1988 a 1992.

Mas 1992, mesmo que mais velho do que eu, ainda é muito próximo da minha idade, então descarto. Faço o mesmo com 1988, porque está no limite superior.

Sobra o período de 1989 a 1991. Estou chegando perto!

Tentando ser lógica... prefiro números ímpares.

Sendo assim, fico com 1989 ou 1991.

Penso mais um pouco e me recordo que nove de novembro de 1989 foi o dia da queda do muro de Berlim. Algo da aula de história ficou gravado em minha mente, quem diria?

E, caramba, é o ano em que a Taylor Swift nasceu!

Não sei de nada importante em 1991 nessa data, então, para tirar a dúvida, jogo no Google. Surgem vários links sobre leis e decretos, me dando dor de cabeça só de olhar.

Definitivamente, prefiro alguém que divide o ano com quem escreveu um hino como "Love Story" e, enfim, tomo minha decisão. Afinal, também mereço viver minha própria história de amor.

Sorrindo, pego o celular para enviar um WhatsApp para a Lu.

Em seguida, faço algo muito importante: procuro no Google o signo dos nascidos no começo de novembro.

A resposta aparece em instantes na tela.

Que comece o Projeto Escorpião!

ZoroAstral
dom., 6 de jul. de 2014 · 23:34

Olá, FERNANDA! Você ativou o serviço
HORÓSCOPO PERSONALIZADO via SMS.
Digite 1 para CONFIRMAR o envio das previsões
para o signo de PEIXES ou 2 para CANCELAR.
A equipe ZoroAstral agradece pela preferência!
Saiba mais acessando nosso site:
www.zoroastral.com.br

* ✱ ✳ Capítulo 7 ✳ ✱ *

Assim que chego ao Rabanada na segunda-feira, depois de tirar a bota imobilizadora, sou bombardeada com perguntas sobre minha saúde e demonstrações de afeto.

Dona Mazé, auxiliar de cozinha e uma das funcionárias mais antigas, me entrega um saquinho com biscoitos caseiros que fez especialmente para mim.

— É para você, filha, para adoçar um pouquinho a vida.

Quando ela sorri, as rugas ao redor dos olhos redondos ficam mais aparentes na pele um pouco bronzeada pelo sol. Dona Mazé dá três tapinhas nas costas da minha mão ao me entregar os biscoitos, e fico toda comovida com a gentileza.

— Você tem certeza de que está bem? — pergunta Gisele. — Se não estiver ainda cem por cento, vai embora e eu me viro aqui. Eu falo com o sr. Arlindo e tento conseguir mais uns dias para você, mesmo sem atestado.

— Tenho, tá tudo bem!

— Tá, mas, se sentir qualquer incômodo, já sabe, né?

— Até parece que você gostou de ficar sem mim aqui — falo brincando, enquanto guardo minha bolsa dentro do armário que compartilho com ela.

— Mas não mesmo. Você não sabe o quanto eu precisava desabafar semana passada. A Adriana me tirou do sério! *De novo*.

Adriana foi uma das últimas a integrar a equipe e é a chef de cozinha. Antes, não havia uma hierarquia entre os cozinheiros, mas, quando o sr. Arlindo finalmente concordou em contratar novos funcionários, decidiu que estava na hora de termos um chef. É claro que ele não queria pagar o salário exigido pela maioria dos candidatos, então, contratou a Adriana, filha de uma conhecida dele, recém-formada em Gastronomia — e, portanto, desesperada pelo primeiro emprego.

A moça é ótima e nos damos bem, mas ela e a Gi batem muito de frente. Antes, era tarefa da Gi preparar o cardápio do Rabanada, e acho que ela teve um pouco de dificuldade de abrir mão da função para ficar só com as questões sanitárias, de boas práticas e tudo o mais. A solução foi ela e a Adriana trabalharem juntas na proposta dos pratos, mas enquanto uma foca aprimorar as receitas para agradar o paladar dos clientes, a outra pensa em cardápios mais nutricionalmente balanceados, e as duas vivem discordando.

Qual será o signo da Adriana? Será que não combina com o da Gi?

Tento não me manifestar, porque as duas têm sua razão, só são ângulos diferentes. No final, acaba vencendo quem está do lado do sr. Arlindo: ou seja, quem propõe o mais barato.

— Aliás, comecei a cultivar a ideia da sua contratação na cabeça do *big boss*.

Meu contrato de estágio vence no final do ano, junto do término da faculdade. Estávamos conversando sobre quando eu precisar sair daqui e Gisele mencionou a hipótese de eu ser efetivada. Se dependesse dela, seria uma certeza. Porém, mesmo sendo minha chefe, a Gi está abaixo do sr. Arlindo e, por ele, o restaurante teria o mínimo possível de funcionários. Nem ela mesma estaria aqui se a presença de nutricionistas em estabelecimentos que servem refeições não fosse exigida por lei.

Mas ele percebeu o aumento do rendimento do restaurante depois das últimas contratações. Uma equipe menos sobrecarregada trabalha melhor, impactando no serviço que oferecemos. E, sem querer me gabar, contribuí muito desde que entrei.

Antes, era comum que fossem feitos pedidos em quantidades erradas — ou os alimentos acabavam muito rápido ou ficavam estocados por muito tempo, alguns até acabavam estragando. Qualquer uma das situações significa "perda de dinheiro", a expressão mais odiada pelo sr. Arlindo. Quando a Gi colocou no papel, provando que seria mais barato contratar alguém para dividir as funções com ela do que manter a situação como estava, ela o convenceu e aqui estou. Na verdade, ela queria alguém já com formação, mas um estagiário é mais barato.

O restaurante é pequeno e não ganho lá grandes maravilhas, o que não vai mudar muito se eu for efetivada, mas gosto daqui e prefiro continuar por um tempo. Só de pensar na hipótese de ficar desempregada, retrocedendo um passo na minha pseudoindependência financeira, me dá um arrepio de agonia. E outra, sempre foi um sonho da minha mãe me ver sair da faculdade empregada. Não quero decepcioná-la.

— Sério. Quando toquei no assunto, ele não deu importância, disse que temos tempo e que é só contratar outra estagiária. — Faço uma careta à menção disso. — Então, falei do seu bom trabalho, que contratar outro estagiário significaria outro treinamento, que seria mais fácil ter alguém com experiência. — Ela faz uma pausa antes de continuar. — Ele pareceu considerar. Vamos ver no que vai dar!

— Sério, Gi, você é a melhor! Vou torcer para dar certo.

— Vai dar, sim! Agora deixa eu correr, preciso medir a temperatura dos pratos. — Ela coloca o jaleco branco, prende o cabelo loiro dentro da touquinha e sai apressada.

Nosso escritório é todo de vidro e fica bem de frente para a cozinha. Gi entra nela toda hora, mas eu nem sempre. Quando preciso, também tenho que me paramentar com um jaleco e touquinha.

Perto do horário de o restaurante abrir para o almoço, meu celular apita e dou um pulinho de excitação ao ver o nome da Lu na tela.

Lu prima
Oi, prima! Ai, complikdo! Vou ter q ir lá no arquivo xeio de pó, achar o de 89 e procurar esse dia sem ninguém ver. Vc vai mesmo manter entre a gnt, né??? Aliás, ainda n entendi pra q vc precisa disso 10h47 ✓✓

Rlx! Só eu vou ver, é pra um projeto pessoal. Não dá p/ explicar agora, mas JURO que n é ilegal nem nada que prejudique vc e o cartório! 10h47 ✓✓

Cruzo os dedos esperando que ela se contente com essa resposta vaga. A verdade é que eu não consegui pensar em uma boa desculpa e não posso falar a verdade — ela vai achar que estou com graves problemas emocionais e/ou psicológicos.

Hipóteses que, sinceramente, não descarto.

Hum... tá mal contada essa história, mas confio no seu bom senso rsrsrs... Vou dar um migué aki pra tirar as fotos e mando pra vc depois 10h51 ✓✓

Quero dar pulinhos de comemoração, mas fico com medo de alguém ver.

Vlw, Lu!! Vc é um anjo! Te dou um chocolate depois! 10h51 ✓✓

Rsrsrs... Tá! Quero Kopenhagen! 10h51 ✓✓

E eu pensando em uma caixa de Bis...

— Tudo isso é nervoso pelo jogo? — pergunta Gi, intrigada, ao me ver tamborilando os dedos na mesa do escritório.

Mais de vinte e quatro horas se passaram e a Lu ainda não deu sinal de vida, então, talvez eu esteja um pouco ansiosa.

— Isso — disfarço. — Vale vaga na final, né?

Hoje tem a semifinal contra a Alemanha e, milagre dos milagres, o sr. Arlindo deixou a equipe assistir no Rabanada. O expediente acabaria na hora do jogo, e a alternativa seria liberar os funcionários mais cedo.

Como estagiária, eu sairia antes do pessoal, mas preferi ficar. A Dani até me convidou para assistir num bar com ela e os amigos da faculdade, mas o transporte público fica mais caótico em dias de jogo e eu não quis me deslocar até lá.

Óbvio que estou na expectativa, mas o hexa não é minha maior preocupação atual.

— Vou ver se está tudo certo no salão! — explico, me levantando.

Quando entro no restaurante, as mesas estão agrupadas em um canto para liberar o espaço ao redor da TV, agora preenchido com cadeiras. Adriana está perto da parede, pendurando umas bandeirinhas verdes e amarelas. O cabelo afro, normalmente escondido pela touquinha, está preso no alto da cabeça, com os cachos crespos espalhados ao redor dela.

— Achei que seria uma boa dar uma decorada. — Ela sorri.

— Foi uma ideia ótima. Precisa de ajuda?

— Se você puder segurar o barbante, vai ser sucesso!

Assinto e faço o que ela pediu.

— Adorei o look, aliás — falo, e aponto para o blazer verde-bandeira, combinando com uma saia longa estampada que ela vestiu depois de tirar o uniforme preto de chef.

O meu não tem nada de especial, só vesti um *cropped* amarelo, a única peça dessa cor que eu tinha em São Paulo, e combinei com a calça e a jaqueta jeans de sempre.

— Obrigada! Fiquei na dúvida se os brincos seriam demais, mas ganhei de aniversário e ainda não tinha usado.

— São lindos. — E são mesmo. Em pedraria azul, poderiam ser muita informação com as outras peças de roupa, mas o resultado todo é muito harmônico. — Quando foi seu aniversário mesmo?

— Em maio!

Merda. Preciso do dia para ter certeza. Mas, pelo menos, agora só restam duas opções: Touro e... Câncer? Tenho que checar.

Faltando cerca de quinze minutos para o jogo, a equipe começa a chegar. Cláudio, um dos cozinheiros, traz uma travessa de bolinhos de arroz, feitos com o que sobrou do almoço. Roberval, auxiliar de cozinha, carrega um saco de pão francês e duas garrafas de refrigerante, que o pessoal fez vaquinha para comprar. Dona Mazé vem atrás, trazendo uma panela de salsicha cozida com molho.

— Vixe, o Roberval tomou antiácido? — pergunta Cláudio, olhando para a panela. — Senão amanhã vai ter um a menos trabalhando. Não foi salsicha que te fez mal aquela vez que você faltou?

— É... — Roberval faz uma pausa. — A salsicha não caiu bem depois do engradado de cerveja. — E cai na gargalhada.

— Rapaz, o bicho fica de ressaca e fala que está com intoxicação alimentar, é mole? — Cláudio finge indignação.

— É só o sr. Arlindo não ouvir — comenta Mazé, rindo.

— É só o sr. Arlindo não ouvir o quê? — pergunta Gi quando entra por último no salão, indo direto pegar um bolinho de arroz na mesa de comes e bebes.

— Que tem gente que enche a cara, fica mal e não vem trabalhar no dia seguinte com a desculpa de ter tido piriri — responde Eliana, uma das faxineiras, quebrando o silêncio que acompanhou a chegada da Gi.

Gisele é vista como um tipo de chefe, embora não seja, então a equipe tende a ter outro comportamento perto dela.

Ela arregala os olhos em um gesto teatral e se vira para a mesa, ficando de costas para todo mundo.

— Se alguém perguntar, eu não sei de nada — diz, colocando as mãos para cima e fazendo todo o salão ficar mais à vontade.

Quando ela vai se sentar, vejo que procura um lugar ao meu lado, mas o único disponível é ao lado de Adriana, que a cumprimenta com um aceno discreto de cabeça.

O jogo começa e estamos todos vibrando. Alguém trouxe uma vuvuzela, e o clima é de alegria.

Sai o primeiro gol. Aos onze minutos.

Da Alemanha.

— Bora recuperar, Brasil! — brada Roberval, batendo palmas de incentivo.

Todo mundo está mais tenso, mas foi só um gol. Ainda tem muito tempo pela frente para recuperar...

... e para tomar mais gols.

Porque o segundo sai aos vinte e três minutos.

E o terceiro, um minuto depois.

E o quarto, aos vinte e seis.

— Puta que pariu, foi mais um? — Cláudio se levanta indignado aos vinte e nove minutos do primeiro tempo. — Eu achei que fosse o replay!

Nem trinta minutos e está cinco a zero para a Alemanha. E absolutamente ninguém tem ânimo para dizer mais nada.

Assisto a tudo em choque, vendo a tragédia acontecer e sem acreditar que é real. Na tela, os jogadores estão visivelmente derrotados, desnorteados, o sonho do hexa indo por água abaixo.

Quer dizer, perder a chance do título já seria ruim, mas precisava dessa humilhação? Ainda mais quando a Copa é no Brasil?

— Eu deveria ter avisado que era pé-frio — comenta Adriana, tentando quebrar a tensão quando o jogo acaba.

Sete a um. Com o Brasil fazendo o gol de misericórdia no último minuto.

— Olha, me lembra de te dar um pacote de meias — responde Gi, incapaz de desviar os olhos da TV.

Pego o celular, me sentindo péssima. E, para piorar, sem notícias da minha prima.

Pelo visto, azar no jogo e azar no amor.

← **Dani**

HOJE

Vem pro campus! Tá rolando uma cervejada da derrota. A gente saiu do bar e veio pra cá 20h04

Ué, a facul tá aberta? 20h04

Aqui não fecha, né 20h05

Aluno de graduação tá de férias, mas pesquisa não para. E nem o CA 20h05

Entendi 20h06

Enfim, você vem? 20h06

Ai, acabei de chegar em casa =/ 20h08

Preguiça de sair rs 20h08

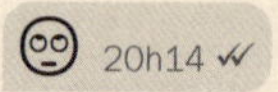

✱✳ Capítulo 8 ✳✱

Por que quanto mais você espera por alguma coisa, mais ela demora para acontecer? Mais um dia inteiro se passou e nem sinal da Lu. Estou ficando neurótica com meu celular, pior do que quando começo a sair com alguém e fico na expectativa de mensagens.

Quando recebo alguma, quase morro do coração para, no fim, não ser *aquela*. Silenciei meus grupos no WhatsApp, inclusive o da faculdade — o pessoal está particularmente falante essa semana. Parece que vai rolar um churrasco sábado para ver a partida contra a Holanda, na esperança de pelo menos a gente ficar em terceiro lugar e superar o vexame do sete a um, mas não prestei muita atenção.

Cheguei do estágio antes da Dani e, agoniada, decidi maratonar *Brooklyn Nine-Nine* para me distrair. Eu queria ver desde que lançou, mas o Vinícius não, então foi ficando para depois. Funcionou! Acho que já vi uns oito episódios, dei boas risadas e pode ser que eu esteja desenvolvendo um *crush* no Peralta.

Meu celular apita.

Lu prima
Sorry mandar só agora, espero ter ajudado e q dê pra ler, fiz meio c/ pressa. Bora marcar um barzinho em Mogi, aí vc explik melhor ;) 20h06

Aguardo o download das fotos, totalmente pilhada. Se isso não der certo, não sei o que fazer.

Felizmente, estão ótimas! Algumas meio fora de foco, mas, no geral, consigo ler os nomes. O problema é que são muitos. Se eu quiser um resultado mais rápido, preciso eliminar alguns.

Vou descendo os olhos pela lista, excluindo todas as mulheres, e paro em um nome.

Berlindo.

Acho que os pais dele quiseram fazer uma homenagem a Berlim e seu muro derrubado.

Sendo sincera, “Fernanda e Berlindo” não combina, a não ser que eu esteja pensando em uma dupla sertaneja, “Fer e Ber”.

Descartado.

E assim vou filtrando: junto meu nome com cada um daquela lista e risco os que não combinam.

Tá, esquece isso da combinação. Vou descartando os nomes de que não gosto mesmo — eu tenho o direito de não querer um marido de nome esquisito! —, até restarem onze:

PROJETO ESCORPIÃO 

1. Marcos Pereira da Silva
2. Leandro Santana Cardoso Valente
3. Diego Gomes Araújo
4. André Rodrigues
5. Rodrigo Figueiredo Teixeira
6. Caio Bueno de Faria Souza
7. João Pedro de Alencar Costa
8. Gustavo Machado Silva
9. Flávio Takio Hito
10. Isaías José Ferreira Fernandes
11. Giovanni Loureiro Pezani

Agora é começar a pesquisa! Normalmente as pessoas só usam dois nomes no Facebook, então tenho que tentar diferentes combinações. Espero que eles tenham deixado o aniversário no perfil, para não correr o risco de encontrar um homônimo.

Ouço a porta se abrir e Dani entra. Só de olhar para ela, sei que alguma coisa está errada.

— Ah, te achei.

Sei que ela só está falando para disfarçar. Onde mais eu estaria em uma quarta-feira à noite?

— Tem macarrão na geladeira — informo. — Você estava com o Thiago?

Ela assente, sem dar detalhes.

Xiii.

Ela e o Thiago se conheceram na faculdade e passaram meses conversando. Como a Dani é bem pé no chão e teimosa, demorou a admitir que sentia algo por ele, então, na cabeça dele, eles eram só amigos. Até que, há algumas semanas, foram comemorar uma das provas de final de semestre e se beijaram. Desde esse dia, estão juntos, mas sem grandes definições. A situação pegou os dois de surpresa: ele, por nunca ter imaginado a Dani além da amizade, e ela, por achar que não tinha chances.

— Hum... Aconteceu alguma coisa?

Ela suspira fundo e vejo seus olhos se encherem de lágrimas, enquanto pondera o que vai me dizer.

— É só que... é complicado.

— Tenta me explicar. — Dou um sorriso encorajador e bato no sofá ao meu lado.

— Eu gosto *mesmo* do Thiago — diz ela; eu balanço a cabeça para demonstrar que estou atenta — e acho que ele também gosta de mim.

— Isso não é bom?

— O problema não é esse. Ele tem medo de se envolver, passou por algum trauma no último relacionamento e não quer compromisso.

— Você tem certeza disso?

— Ele me falou que não está pronto.

— Mas se ele gosta de você, e você gosta dele...

— Não é simples assim, Nanda... Não acho que gostar de alguém seja suficiente para manter uma relação. Se as pessoas envolvidas não estiverem dispostas a fazer dar certo, tanto faz o que sentem.

— Mas é o primeiro passo para elas quererem estar dispostas. Você não acha que o sentimento pode falar mais alto?

— Pode ser. Não estou desistindo dele, só quero manter o pé no chão. Ele pode não mudar de ideia, e, se eu ficar fantasiando que vai, posso me machucar.

— O que você vai fazer?

— Sinceramente?

— Sempre! Se tem alguém com quem a gente pode desabafar, é uma com a outra. Você sabe disso.

— Minha vontade mesmo é sair de cena.

— Tá. — Respiro fundo, pensando no próximo passo. Ela pode me contar tudo, não falei aquilo da boca para fora, só não posso deixá-la desistir sem tentar. — Mas não seria muito cedo para isso? Tipo, você gosta mesmo dele, está tudo bem entre vocês. Não seria melhor, sei lá, tentar mostrar para ele que ele pode confiar em você?

Dani pensa um pouco e assente.

— Faz sentido. Mas é que já tem mil alertas piscando na minha cabeça mandando eu me proteger. — Ela dá uma risada desanimada. — É tão difícil saber a diferença entre tentar e dar murro em ponta de faca, sabe?

É minha vez de concordar.

— Às vezes eu queria ser um pouco mais como você — admito.

— E eu como você. — Ela ri. — No meu lugar, você já teria se jogado nessa paixão. Você é espontânea e intensa, eu controlo os sentimentos até me sentir segura.

— É, mas quando dá errado eu fico desolada. Tipo agora. — Sorrio, consternada. — E você continua inteira.

Ela faz um meneio de cabeça, e não sei se concorda inteiramente comigo.

— Me diz uma coisa: como era quando você estava bem com o Vinícius?

— Era... — Paro por um momento, me permitindo relembrar.

Consigo afastar os momentos ruins e viajo pelas boas lembranças. Paro em uma das minhas favoritas.

Meu último aniversário foi em um sábado e Vinícius planejou um dia especial. Acordei com uma entrega de café da manhã e logo depois ele me buscou. Fomos ao cinema, ganhei presentes e fui mimada o dia inteiro. À noite, ele aproveitou a viagem dos pais e me levou para a casa dele. Quando voltei do banho, a sala estava à luz de velas, com rosas pelos cantos e uma mesa maravilhosa posta no centro. Tivemos um jantar magnífico antes de ele me levar para o quintal, onde havia estendido um colchão. Ficamos deitados juntos, olhando para o céu... Não me preocupei nem um segundo que a gente estivesse ao ar livre. Foi tudo tão natural, e talvez a melhor transa da minha vida. A noite conseguiu ser ainda mais perfeita do que o dia, e meu peito se aperta com a percepção de que aquele foi, talvez, um dos últimos momentos antes de o nosso relacionamento rolar ladeira abaixo.

Quer dizer, ao menos para ele. Eu continuava vivendo na minha *fofosfera*.

— Era incrível! — respondo finalmente, ao notar como tenho saudades de me sentir apaixonada e amada. — Eu era feliz.

— Mesmo quando as coisas mudaram?

— Aham. — Penso em como o Vinícius foi aos poucos se distanciando. Como, de repente, não parecia mais tão interessado em sair comigo. Ou só em *estar* comigo. Como ficou mais impaciente, e qualquer coisinha virava uma discussão. Eu engolia tudo, acreditando que fosse só uma fase, me esforçando cada vez mais para agradar, para evitar irritá-lo. Eu gostava tanto dele que achei que poderia aguentar por nós dois. Achei que fossem sacrifícios em nome do amor. — Acho que eu me recusava a aceitar que alguma coisa tinha mudado. Continuei tentando me convencer de que tudo estava um mar de rosas, porque era o que eu queria. Ainda assim, era bom, mesmo que fosse melhor na minha cabeça.

— Pois é. Você está sofrendo agora, mas aproveitou antes, se permitiu viver aquilo. Então, o que vale mais a pena: me entregar, correndo o risco de me machucar, ou me controlar, por ser mais seguro?

Aceno com a cabeça, pensativa. Vivi momentos maravilhosos ao lado de Vinícius, mas o preço que paguei por eles foi essa dor que não desejo a ninguém. Valeu a pena? Será que aceitaríamos passar por algumas situações se soubéssemos o final delas logo no início?

Decido que sim, aceitaríamos. Ao menos, eu aceitaria. Viveria tudo de novo ao lado dele porque, como diria um outro Vinícius, foi infinito enquanto durou.

← **Admins da ADM**
toque para dados do grupo

HOJE

Bruna
Galera, tá tudo certo pra sábado? 11h37

Rafa
Ué, já não falaram ontem que sim? 11h37

Bruna
Falaram, mas tô confirmando 11h39

Xande
Desculpa, gente, me perdi nas msgs
Q q vai rolar sábado? 11h42

Verônica
Bom dia, amados. Só queria lembrar que vou levar comigo três garrafas de refri além das que estão na lista de compras. A maior parte disse que não precisa de tudo isso, mas queria lembrar que pessoas como eu, que não bebem álcool, sempre ficam sem opção porque quem bebe também toma refrigerante, mesmo falando que não vai tomar 11h43

Rafa
A minha parte você vê em breja rsrs 11h43

Bruna
Todo mundo confirmou presença? 11h43

Tem gente aqui que não se manifestou 11h44

* * * Capítulo 9 * * *

Onde eu estava com a cabeça quando tive a ideia de jerico de procurar esses caras?

Aqui estou, buscando minha alma gêmea em horário de trabalho e correndo o risco de ser demitida.

A questão é que a busca está mais difícil do que supus e não aguento mais pular da cadeira toda vez que alguém fala comigo. Bem que minha mãe diz que não sirvo para fazer nada de errado, meu sentimento de culpa sempre me entrega.

Ou escolhi os nomes errados, ou não estou sabendo procurar. Não encontrei nenhum Marcos Pereira da Silva nascido em Mogi no dia 9 de novembro de 1989, e a situação não foi diferente quando tentei Marcos Pereira ou Marcos da Silva. O mesmo para Leandro Santana Cardoso Valente e Diego Gomes Araújo — e todas as possíveis variações desses nomes.

E meu horóscopo de hoje disse que eu teria sorte. Preciso descobrir para onde mando reclamações, porque a pessoa responsável pela previsão com certeza se enganou.

Não bastasse ter dificuldades o suficiente, preciso ficar interrompendo a pesquisa toda hora, porque o telefone também resolveu dificultar minha vida e não para de tocar.

Não sou de ficar matando trabalho e cumpro minhas obrigações. Exatamente por isso achei que hoje seria um bom dia para me dedicar ao Projeto Escorpião: estou com todo o serviço em dia.

Só que eu não contava com os telefonemas nem com o sr. Arlindo, que tem uma reunião com a Gi logo mais e está rondando o restaurante para ver como estão as coisas.

Conclusão: falta pouco mais de uma hora para eu ir embora e até agora não consegui nada além de uma dor de cabeça.

Resolvo passar para o próximo nome: André Machado Rodrigues. Jogo na busca do Facebook.

Nada. Ou, ao menos, nada útil. São tantos resultados que vou perder tempo demais olhando um por um.

Tento novamente, desta vez só "André Machado".

Doze resultados.

Ignoro os muito novos ou muito velhos e que em hipótese alguma poderiam ser o *meu* André. Abro em novas guias os sete restantes, rezando para o navegador não travar ou ficar lento.

O primeiro quase não tem informações, o perfil é bloqueado. Resolvo deixar para procurar com mais afinco depois que eu descartar os outros e passo para o próximo.

Assim que abro o perfil seguinte, meu coração dispara.

Ai, meu Deus!

Ele compartilhou o banner de uma promoção no Submarino! Oitenta por cento de desconto em toda a loja virtual!

Preciso checar as ofertas.

Ok, mas, primeiro, foco.

Oitenta por cento... Livros por dez reais!

Foco, Fernanda.

— Será que vou precisar bloquear o acesso às redes sociais?

Droga. Isso que dá ter me distraído tanto! Porcaria de capitalismo.

— Errr, eu posso explicar, sr. Arlindo.

Ele me olha fixamente, aguardando.

— Bom, é... Eu estava... eu estava...

Isso é quase tão ruim quanto a Experiência de Estágio Mais Desastrosa da Era.

Quando comecei a procurar estágio, me candidatei a várias vagas e fiz entrevistas para algumas delas. Em uma das que fui chamada para continuar o processo seletivo, precisei fazer uma apresentação sobre uma empresa fictícia, buscando soluções para o problema apresentado pelos gestores.

No dia, esqueci meu pen-drive em Mogi e não tinha tempo para comprar outro. A solução foi levar meu notebook, o que, além de ter sido uma péssima ideia por causa da combinação peso e metrô, me daria mais trabalho para conectar ao projetor da empresa.

Chegando lá, expliquei a situação e, por conta disso, fui a última a apresentar.

Fiquei nervosa. E se as outras apresentações influenciassem minhas ideias e eu me confundisse quando chegasse minha vez? E se eu, de repente, esquecesse tudo que tinha treinado?

Logo relaxei. Mesmo que as ideias dos outros concorrentes fossem boas, ninguém havia tido uma parecida com a minha. *Bingo! Consegui uma vantagem*, lembro-me de ter pensado.

Na minha vez, é claro, demorei para conectar o notebook. As pessoas ao redor começaram a demonstrar impaciência, o que voltou a me deixar nervosa.

Então, comecei a apresentar. Quanto mais eu falava, mais segura me sentia e mais captava a atenção de todos. Eu me empolguei tanto que demorei demais para passar um slide. O resultado foi que o computador começou a exibir — para meu horror — a tela de descanso.

E revelou o erro que tinha sido emprestar meu notebook para minha mãe uma semana antes.

Ela não apenas montou uma galeria de fotos constrangedoras da minha infância como também as configurou para aparecerem como descanso de tela. Como resultado, meus concorrentes e os gestores da vaga viram, em tamanho ampliado, minha pepeca infantil.

Mas isso não foi o pior.

Milagrosamente, fui chamada para a última etapa do processo: um dia de vivência na empresa.

Teria sido ótimo, se não fosse pelo evento que até hoje me causa arrepios.

Fabrício, o funcionário a quem eu responderia diretamente se ficasse com a vaga, me pediu para preencher umas planilhas no computador dele, o que eu seria capaz de fazer de olhos fechados.

Porém, precisei entrar na internet para pesquisar uma informação. Quando cliquei no navegador, ele abriu diretamente no e-mail *logado* de Fabrício. O e-mail *pessoal*.

Tentei minimizar a tela e abrir outra janela, mas o computador estava mais lento do que uma lesma em coma e não respondeu aos meus comandos.

Pior. Acabei clicando sem querer em um dos e-mails da caixa de saída.

Foi impossível não ver o que estava escrito, um pedido desesperado de Fabrício para voltar com a ex. Não satisfeito em mandar para ela letras de música muito bregas, ele também mandou uma foto. Quem manda nudes por e-mail?

Acho que ele estava querendo dar um *grande* motivo para Raquel — nunca mais me esquecerei do nome — voltar para ele. Bem grande.

E, claro, foi nessa hora que Fabrício voltou para a sala.

Ele não precisou dizer nada. E nem eu consegui explicar. Simplesmente me levantei, peguei minhas coisas e saí da sala. Perdi uma ótima oportunidade de emprego e não consegui descobrir se a Raquel aceitou voltar para ele ou não.

O sr. Arlindo continua esperando minha resposta e quase consigo ouvir o tique-taque regressivo para minha demissão. A ideia subitamente me ocorre.

— Hum... Eu estava tentando falar com um fornecedor. O site deles está fora do ar, o telefone só dá caixa postal, então, fui procurar a página deles no Facebook. Hoje em dia todo mundo tem. — Menos o Rabanada. — Quer dizer, quase todo mundo. — Dou um sorriso amarelo.

Ele me olha desconfiado, as engrenagens em sua cabeça procurando um furo na minha desculpa esfarrapada.

— Espero que você tenha sorte nessa busca e que, futuramente, encontre outros meios para trabalhar que não envolvam redes sociais. — E sai da sala reclamando, rumo à reunião. Sei disso porque Gisele passa por mim, do lado de fora da sala de vidro, pedindo que eu deseje sorte a ela.

Dou um sorriso e respiro aliviada. Terei ao menos trinta minutos para continuar procurando.

Sem perder mais tempo, me fixo nos Andrés restantes. Logo descarto o que compartilhou o banner de desconto — ele é ariano, segundo um post em seu feed.

Depois de vinte minutos e mais três Andrés descartados, filtro os resultados para "Mogi das Cruzes" e sinto que, finalmente, a sorte começa a soprar a meu favor!

André Machado, Mogi das Cruzes, nascido em 9 de novembro, 24 anos.

Instantaneamente me sinto animada e começo a xeretar o álbum de fotos.

O cabelo dele é escuro, comprido até um pouco abaixo das orelhas. Apesar de eu não ser muito fã de cavanhaque, confesso que nele cai bem. Não é exatamente o tipo de homem que chamaria minha atenção em meio à multidão, mas até que é charmoso.

Logo descubro que é guitarrista e, pela frequência das roupas pretas, muito provavelmente toca em uma banda de rock.

Adorei!

Fecho os olhos e vislumbro nós dois em casa, ele tocando violão e cantando para mim. Em seguida, a cena muda para ele se apresentando em um bar, apontando para mim na plateia e dizendo: "Esta é para minha garota". Que música será que ele escolheria?

Não aceito nada menos do que "Every Breath You Take".

Se bem que essa música é meio obsessiva.

Retorno à linha do tempo, para analisar as publicações.

Ele não é de postar muito, apenas alguns clipes de músicas — roqueiro, definitivamente, e muito fã de System Of A Down — e divulgações dos eventos em que costuma tocar.

E é quando eu tenho certeza de que a sorte está do meu lado. Ele vai tocar amanhã em uma casa noturna em Mogi que eu adoro!

Acho que posso propor para a Lu aquela nossa saída!

Fecho rapidamente todas as abas e limpo o histórico, bem na hora que o sr. Arlindo e a Gi saem da sala de reunião.

Bendita sala de vidro!

Pela expressão animada da Gi, sinto que alguma notícia boa vem por aí!

— Adivinha — ela fala, já bem longe do poderoso chefão.

— Você vai ganhar um aumento?

— Não, infelizmente. A coisa boa é sobre você... — Prendo a respiração. — O sr. Arlindo concordou em te efetivar!

— Ai, meu Deus, sério, Gi? — Eu me levanto da cadeira e dou nela um abraço de comemoração. — Como foi isso?

— Ele disse que analisou o desempenho do Rabanada no último ano e viu como as coisas melhoraram. Disse que o trabalho que você começou precisa ser continuado e que uma contratação é absolutamente necessária!

Quase não consigo acreditar! Encontro um dos meus pretendentes e ainda tenho a confirmação de que vou ser efetivada?

Sabia que não deveria ter duvidado do meu horóscopo!

← **Lu prima**

HOJE

Oi, prima! Vou pra Mogi amanhã
e quero ver uma banda naquele
barzinho da praça. Vamos? :D 15h37

Capítulo 10

— E então, vai me contar qual é esse seu projeto misterioso? — pergunta Lu ao entrarmos na balada.

Para variar, minha prima está um deslumbre. Seu vestido curto e esvoaçante de mangas compridas combina perfeitamente com os brincos enormes e o cabelo preto naturalmente liso quase até a cintura.

Não posso dizer o mesmo sobre mim.

Quer dizer, não acho que haja algo de errado comigo, sou só comum. Eu e a Lu temos quase a mesma altura, mas pareço sumir hoje à noite perto dela, tanto por nossas roupas quanto pelo salto dela: lindo, mas nada confortável. Dispenso.

Vim para Mogi direto do trabalho e não tive muito tempo para me arrumar, então, tomei um banho e coloquei o primeiro jeans *skinny* que encontrei. Gastei boa parte do meu almoço em busca de uma baby look do System of a Down, mas acho que valeu a pena. Não é o look que eu normalmente escolheria, mas é uma boa para chamar a atenção do André. E, como eu não teria tempo de lavar e secar o cabelo, prendi em um rabo de cavalo, com alguns fios soltos.

Passei o dia inteiro refletindo sobre qual desculpa dar para a Lu e não consegui pensar em nada. Ainda nem consegui conversar sobre isso com a Dani, em parte porque ela tem andado muito ocupada com o trabalho e preocupada com a situação com o Thiago, e em parte por eu não ter tido coragem. Por mais animada que eu esteja com a ideia do projeto, lá no fundo, tenho consciência de que é um tantinho maluca.

— Estou tentando encontrar alguém. — Será que uma meia verdade é aceitável?

— Encontrar como? — pergunta ela, franzindo a testa. — Como informações de quase vinte e cinco anos atrás podem te ajudar nisso?

Aproveito que chegamos ao bar e uso o cardápio como desculpa. Enquanto finjo escolher minha bebida sem álcool — o porre de duas semanas atrás ainda é uma lembrança muito recente —, continuo pensando na desculpa improvisada.

Infelizmente vou ter que partir para a criatividade.

— Eu conheci uma pessoa — digo, esperando soar convincente.

Em tese, eu só "conheci" meus pretendentes a futuro marido *por causa* da ajuda dela, mas acho que a ordem dos fatores aqui não vai alterar o produto.

— Sério? Isso é ótimo! Pelo Tinder?

— Aham, isso!

— Legal, e aí?

— Bom, ele me disse que vai fazer 25 anos no dia 9 de novembro e que é daqui de Mogi. O problema é que ele não tem cara, eu daria no máximo 20 pra ele — digo, forçando um pouco a voz, para dar certa gravidade ao assunto e mascarar que agora estou mentindo abertamente.

Lu fica olhando para mim.

— Peraí, deixa eu ver se entendi direito: você me pediu para tirar fotos de um arquivo, algo que eu não deveria fazer, para ter certeza sobre a data de nascimento de um cara que você conheceu no Tinder?

— Hum... é — respondo, vacilante.

— Não seria mais fácil procurar o cara no Facebook, pelo amor de Deus? Aliás, você sabe que ele pode ter sido registrado em outro cartório, né?

Droga.

— Ai, eu sei, Lu. — Continuo tentando pensar em algo para dizer. — Eu até encontrei o perfil dele, mas não tinha essa informação lá e eu não queria me encontrar com alguém que, supostamente, já estava mentindo para mim.

Será que eu poderia ser mais hipócrita?

— Mas por que ele mentiria sobre isso?

— Sei lá... Talvez ele tenha achado que eu não fosse querer nada com ele por ser mais novo.

Estou inventando tanto que daqui a pouco até eu vou acreditar que esse cara existe.

— E ele teria razão se pensasse isso?

Por que sinto que essa pergunta é um teste?

— Talvez — respondo, insegura.

De repente, fico com calor. Agradeço por termos encontrado uma mesa no canto do palco, onde é mais escuro e silencioso, porque assim a Lu não consegue ver meu rosto vermelho.

Tento desviar do olhar dela e pego a garrafa de água à minha frente, abrindo a tampa com tanta concentração que mais parece que estou decifrando um enigma.

— Olha, Nanda, posso te dar um conselho? — Ela prossegue sem esperar minha resposta: — Você tem todo o direito de ter seus critérios, mas a idade nem sempre é relevante. Se ele fosse menor de idade, ok, mas ser mais novo não tem nada a ver.

Concordo com a cabeça, porque ela tem razão. Eu definitivamente deveria dar uma chance para o cara, se ele existisse.

— E outra, mesmo que ele acabe mostrando ser imaturo, por que não sair com ele só para se divertir um pouco? Você não precisa se casar com o cidadão! Se ele começar a te incomodar, é só dar o fora!

— Vou seguir seus conselhos no futuro!

— Isso, Nandinha, confia na sua priminha que tá tudo certo! Bora para a pista de música eletrônica? A banda vai começar daqui a pouco e você sabe que eu não sou muito do rock, né?

Até então eu não tinha reparado, mas os integrantes estão mesmo ajeitando os instrumentos para começar. Fico apreensiva ao perceber que André não está no palco. E se algo aconteceu com ele justo hoje?

— Vai indo na frente, Lu. Prefiro ficar aqui mais um pouco.

— Você é quem sabe. Qualquer coisa, me manda uma mensagem, tá?

Olho para o palco e para os arredores ansiosamente. Ele *tem* que estar aqui, eu vi a confirmação de presença dele no evento do Facebook.

Meu coração dispara assim que vejo um rapaz alto de cabelo ligeiramente comprido subindo no palco.

André não é nada fotogênico, porque as fotos dele não lhe fazem jus. Os braços são fortes e naturalmente definidos, a ponto de a camiseta preta ficar justa e deixar os contornos mais visíveis e atraentes, assim como a calça jeans escura. Como toque final, ele parece não ter a menor consciência do efeito de sua aparência, exibindo um semblante fechado e imune às pessoas ao seu redor.

E, pelo furor das garotas próximas do palco, não sou a única a me sentir atraída pelo guitarrista mal-encarado.

Resolvo me levantar da mesa e me aproximar para aproveitar o show.

Tá, quem eu quero enganar? Quero ficar estrategicamente posicionada para que ele me veja.

Infelizmente, não fui a única a ter essa ideia. Há uma clara concentração de mulheres no lado do André, enquanto o outro lado do palco está quase vazio.

Não me deixo abater e paro perto delas.

Ouço os primeiros acordes da música de abertura e fico empolgada com a escolha promissora. Adoro "Like a Stone", então os Soldiers ganharam um ponto comigo. No refrão, estou cantando a plenos pulmões. Felizmente outras pessoas estão me acompanhando na cantoria.

Olho ao redor. Algumas pessoas balançam a cabeça de leve e batem o pé no chão, ao ritmo da música. Porém, quase entro em choque com as fãs de André ao meu lado. Não sabia que era possível rebolar tanto com Audioslave.

Não tenho nada a ver com a dança alheia e nada contra garotas rebolando, é só que elas estão *realmente* passando dos limites —

em menos de cinco minutos de música. Os passos de dança são exagerados, envolvendo muita contorção corporal e jogadas de cabelo à la Calypso. Isso sem contar os olhares fatais que elas lançam para o guitarrista.

André, por sua vez, está perdido em seu mundo particular. E isso me parece positivo! Acho linda essa conexão que alguns músicos estabelecem com sua arte, a ponto de se desconectarem de tudo para ficarem ligados apenas a ela.

Foi uma ótima escolha parar ao lado delas. Vão ser meu bode expiatório: quando conseguirem chamar a atenção dele, ele vai me ver por tabela. E eu nem vou precisar me arriscar a ter um torcicolo para isso.

O repertório avança e varia, me agradando cada vez mais — Foo Fighters, The Killers, Coldplay, Snow Patrol e Nirvana. "How You Remind Me" é a música da vez. Apesar de estar me divertindo com o show, estou levemente preocupada com o fato de André ignorar friamente as mulheres tentando seduzi-lo. Ele não parece reagir a estímulo algum. Mesmo quando seus colegas conversam entre si, o máximo que conseguem dele é um aceno de cabeça. É o único da banda que, até agora, não deu um sorriso. Ou olhou diretamente para o público. Ou olhou para qualquer pessoa, inclusive da própria banda.

Quando os Soldiers fazem uma pausa, vou comprar mais água. Nem tento ir atrás de André — todas as groupies tiveram a mesma ideia de ficar na porta do que presumo ser o camarim, e não estou a fim de empurra-empurra.

Ok, eu não estaria nem aí para o empurra-empurra se tivesse uma chance de falar com ele, mas toda aquela indiferença não me deu muitas esperanças.

Em seguida, vou para a pista de música eletrônica tentar encontrar a Lu.

Não demoro a aceitar que encontrar minha prima não vai ser tarefa fácil — não sei como cabem tantas pessoas aqui!

Vou tentando passar pelos lugares menos apertados em um esforço que rende mais do que uma hora de academia.

Nunca reparei em como são bizarras as danças em baladas. Embora uma ou outra pessoa por aqui realmente dance bem, a maioria executa uns passos bem estranhos, mexendo as mãos e os pés em um ritmo, no mínimo, inusitado. Será que as pessoas sempre dançam assim? Será que *eu* danço assim e nunca reparei? E qual é a desses caras parados ao redor da pista, observando as mulheres? Parecem animais em uma caçada, prestes a atacar.

Sinto a mão de alguém em meu braço e me viro assustada. Um garoto de no máximo 18 anos — e essa estimativa é otimista, baseada no fato de que é a idade mínima para estar aqui — olha para mim na expectativa de uma conversa. Seus olhos estão tão esperançosos que, por um segundo, penso no gatinho do Shrek.

Puxo o braço, irritada. Quando é que os homens vão entender que não têm o direito de sair encostando assim em nós?

— Ei, calma. Só quero conversar, gata! — grita ele, tentando superar o *putz-putz* ao fundo.

Por que eu gosto mesmo dessas baladas?

Ah, sim. Normalmente eu tenho um pouco de álcool no sangue para me ajudar a achá-las divertidas.

— Agora não dá — falo, com firmeza, e começo a me dirigir para a área do rock.

Para minha infelicidade, ele me segue.

Tento despistá-lo, mas ele parece ter prática em perseguir garotas que estão tentando ignorá-lo.

— Só me diz seu nome!

Ele continua tentando. E eu continuo ignorando.

— Olha, vamos fazer o seguinte, você me dá um beijo e eu vou embora, simples assim.

Paro de repente, perplexa com o que acabo de ouvir.

— Oi?

— Você tem namorado?

— Não — respondo, ainda abismada.

— Então! Que diferença vai fazer pra você me beijar?

Eu escutei mesmo isso?

— Nenhuma, e é exatamente por isso que eu *não* vou te beijar!

— Calma, moça! Não quis ofender. Só estou tentando, sabe como é, garantir um beijinho. Vai que rola, né? — E sorri.

Preciso admitir que cara de pau ele tem.

— Quantos anos você tem, afinal? — pergunto.

— Tenho 17. E você, está em que série?

— Série? Estou terminando a faculdade — respondo, indignada. Por mais que muita gente prefira aparentar ser mais jovem, *odeio* quando isso acontece comigo. Eu meio que almejo a aparência de mulher adulta e bem-sucedida, sabe? — E como você entrou aqui, afinal? Você é menor de idade!

— Do mesmo jeito que você, ué. RG falso.

— Eu *não* sou menor de idade! — Saio bufando.

— Me passa seu telefone, pelo menos! — grita ele, em uma última tentativa.

Quando chego ao outro ambiente, o show já recomeçou. O espaço está bem mais cheio, mas consigo encontrar um lugar perto do palco.

As groupies não desistiram e continuam firmes e fortes dançando sensualmente em frente a André — que continua tão desinteressado quanto antes.

Logo deixo de lado minha irritação pelo babaca que encontrei e volto a curtir o show e a me concentrar em estratégias de aproximação.

Depois de várias canções e muitos pensamentos, sinto um cutucão no ombro.

É o garoto, novamente.

— Não acredito.

— Só quero seu telefone.

— Não vou te dar meu telefone!

— Por que não, qual o problema? A gente pode ser amigo!

Preciso me livrar dele. Estou perdendo "Enter Sandman" e a oportunidade de mostrar a André o quanto gosto de rock.

— Se eu te der meu telefone, você me deixa em paz?

— Prometo! — responde, já pegando o celular.

Disparo uma sequência de números, surpresa com minha facilidade de inventar tão rápido e com a quantidade certa de algarismos.

Só espero que ele tenha entendido, porque não vou ser capaz de repetir.

— Pode apostar que vou te chamar no zap! — E ele realmente vai embora.

Sinto uma alegria e um sentimento de vitória me invadirem. Por que nunca pensei nisso antes? Inventar um número é a solução: me livro das pessoas indesejadas e elas saem felizes!

Sou interrompida de minha comemoração particular quando o celular vibra no bolso da calça.

Lu prima
Kd vc, prima?? Não se preocupa comigo nem me espera... encontrei um "amigo" e tô indo embora c/ ele!! rsrsrs 02h04

Pergunto se ela tem certeza e recebo um emoji de joinha como resposta. Bom, a Lu é cinco anos mais velha que eu e sabe o que está fazendo. E, se ainda consegue usar aspas corretamente, é porque está consciente o suficiente de suas ações.

Decido ficar até o show acabar. Preciso tentar falar com André, chamar sua atenção de alguma forma.

Seria mais fácil se ele fosse capaz de fazer contato visual com seres humanos.

Eu me encho de coragem ao ouvir as primeiras notas de "Chop Suey" e sinto que é a hora de apelar.

Decidida, canto com ainda mais intensidade que antes, dançando e jogando os braços em direção ao palco.

O vocalista me nota e fica visivelmente intrigado.

Nem me importo se estou parecendo viver uma sessão de exorcismo em pleno show. Só quero que André perceba o quanto nós dois compartilhamos a paixão por essa música.

Contudo, nem System of a Down parece estar sendo capaz de despertar alguma emoção nele. Qual é o problema desse cara?

Minha garganta já está ardendo, arranhada pelos gritos, mas não desanimo.

Hora de despertar minha Joelma interior.

Balanço a cabeça com força, sem me importar com as porradas que estou levando do meu próprio rabo de cavalo, e me preparo para pular ao som das batidas da música.

Contudo, quando mexo o pé, escorrego sem nem saber como e, para meu horror, inicio uma vergonhosa queda.

A mulher ao meu lado percebe o que está acontecendo e estica a mão por reflexo. Eu a agarro sem pensar, enquanto continuo escorregando, e ela força o braço para não cair junto.

Com o movimento, todo o copo de vodca com energético dela vira na minha cabeça. Mas essa não é a pior parte.

Minha queda, segurando no braço dela, resulta em praticamente um passo de lambada, e sou girada no chão com a perna esticada como uma dançarina profissional.

Instantaneamente, ouço risadas ao meu redor. Meu rosto está pegando fogo de vergonha e, quando olho de relance para o palco, vejo o vocalista de costas se segurando para não rir, enquanto o baterista e o baixista riem escancaradamente. André, por sua vez, continua imerso em seu próprio mundo.

Levanto-me o mais rápido que consigo, sem nem agradecer a moça que tentou me segurar, e corro para os fundos.

Vou para o banheiro, esperando conseguir amenizar os efeitos da vodca. Jamais imaginei dizer essa frase sem ter bebido nem ao menos um gole de álcool.

Quando o show acaba, a maior parte das pessoas já foi embora.

Antes de outras terem a mesma ideia, corro para perto do camarim — as groupies estão tentando invadir o palco, enquanto os Soldiers guardam seus instrumentos. Não arredo o pé até ter uma chance de falar com André.

Os outros integrantes cumprimentam o público, conversando com algumas pessoas ao descer do palco. As groupies agora correm para eles, já que André parece ser completamente inatingível.

Não deixo que isso me abale. *Vou falar com ele*, penso positivamente, evocando os princípios de *O segredo*.

Como previ, ele desce do palco e se encaminha diretamente para o camarim. É claro que ele não conversaria com ninguém.

Fico com o coração disparado, animada por já o conhecer tão bem, e deixo de lado as preocupações pela vergonha anterior. Com certeza temos uma conexão!

Quando ele se aproxima, chamo seu nome, tomada por um impulso.

Ele para. Se vira. Olha diretamente em meus olhos.

Milagre! Eu sabia, o destino quer que fiquemos juntos!

— É, hã, é... parabéns! Arrasaram lá em cima! — Mal me aguento de satisfação por estar falando com ele.

Ele continua a me olhar impassível. É como se eu e a parede fôssemos a mesma coisa.

— Vocês sempre tocam aqui? — tento, sem deixar que isso me desmotive.

Ele ainda me olha sem responder. Nem ao menos acena com a cabeça. É humanamente possível ficar tanto tempo sem piscar desse jeito?

— Hã, é que eu gostei muito de ver vocês tocarem, sabe.

Então, provavelmente decidindo que já perdeu tempo demais comigo, André se vira e entra no camarim, me deixando sozinha, cem por cento sóbria e fedendo a vodca, com a certeza de que acabei de fazer um dos maiores papéis de trouxa de toda a minha existência.

← **Lu prima**
visto por último hoje às 07:06

Lu prima
Mandando notícias pra vc não ficar preocupada: tô em casa, viva e bem, tive uma ÓTIMA noite hahahaha... Vamo marcar outra, prima! 07h06

* ✳ ✳ Capítulo 11 ✳ ✳ *

— Bel, sai daí, deixa a Nanda dormir!

— Mas eu quero que ela me ajude na lição!

— Xiiiiiiu! Fala baixo! Você vai acabar acordando sua irmã! Ela te ajuda depois.

Correção: a Nanda já acordou. Tem como dormir com essa gritaria na porta do quarto?

Decido me levantar e ver o que a Bel quer. Quanto antes eu fizer isso, maiores as chances de me deitar de novo.

No caminho até a porta, paro na frente do espelho só para garantir que não estou em uma situação pós-apocalíptica. Tem tufos de cabelo emaranhados atrás da minha cabeça, com fios apontando em diferentes direções. Meu pijama, apesar de amarrotado, está no lugar. Os restos de maquiagem estão grudados no canto do olho, formando uma bolota preta. No canto da boca, um esbranquiçado de baba seca.

Espero que a Bel não se importe com o pós-apocalipse.

— Você quer minha ajuda para o quê, Bel? — falo ao abrir a porta.

Ela está sentada no tapete, usando um vestido de manga comprida amarelo. A janela ao final do corredor deixa um raio de sol entrar em sua direção. Quando ela me olha e sorri, tudo se ilumina.

Não de um jeito bonitinho e romântico do tipo "criança abençoada". Ilumina mesmo e quase me cega com a claridade.

— Caramba, abaixa esse negócio! — Tento proteger os olhos.

Não que ela se importe, já que gargalha, mexendo em um espelhinho sem parar.

— Sério, Bel, isso é irritante. Era para isso que você queria que eu acordasse? — resmungo, arrependida.

— Não, eu preciso de ajuda com a minha lição. Preciso achar a letra da semana — diz ela, ficando de pé e entrando no meu quarto sem esperar ser convidada.

— Precisa achar o quê? — O mau humor matinal se intensifica a cada segundo.

— A letra da semana! A gente tá aprendendo o "alfabético" e toda semana a gente tem que achar uma letra nova — responde ela, com as mãozinhas na cintura, tão altiva quanto uma celebridade questionada por paparazzi.

— É "alfabeto", Bel. Pelo menos nesse caso.

— Foi o que eu disse! — responde ela, ofendida.

Resolvo não insistir. E confesso que meu mau humor melhorou um pouquinho depois de ver essa carinha enfezada. Como ela consegue ser tão bonitinha?

— Tudo bem, eu ajudo. Mas você não está de férias?

— Tô. Essa é a minha lição das férias.

— E você decidiu fazer isso agora por quê? Você ainda vai ficar sem ir para a escola por mais umas duas semanas, Bel.

— Eu sei. Mas eu quero fazer agora.

Esqueça o que falei sobre ela ser "tão bonitinha".

Respiro fundo antes de responder:

— Ok. E o que é que você precisa fazer?

— Caramba, Nanda, achar a letra da semana!

— Como é que você vai procurar uma letra?

— Não é "procurar", Nanda. Preciso de palavras que comecem com a letra. Tipo, na semana do A, levei o "Amarelo", e aí fiz frases com essa palavra. Sacou?

Quem ensinou essa menina a usar gírias?

— Tá, tudo bem. — Penso em como ajudá-la. — Qual a letra da vez?

— C! A gente já viu todas as vogais.

Olho ao redor e avisto umas revistas antigas empilhadas em um canto do quarto. Pego uma delas, com a Katy Perry na capa, e entrego para Bel.

— Toma. É só folhear e encontrar uma palavra.

— Oba!

Ela abre as páginas freneticamente, me dando a certeza de que a última coisa que está procurando são palavras. Quem faria isso quando há várias páginas estampadas com pessoas como Taylor Lautner e Adam Levine?

— Bel, quão bem você já sabe ler? — pergunto com curiosidade.

— Bastante. — E se concentra para demonstrar sua perícia na arte da leitura: — "Para... deixar... o gato... li... ligadão"... Como assim ligar um gato, Nanda?

Tiro a revista das mãos dela.

— É... gato no sentido de homem bonito, Bel.

— Então tá! — Ela dá de ombros.

Folheio algumas páginas até achar uma mais apropriada: cortes de cabelo ideais para cada tipo de rosto. Perfeito! E recheada de palavras com C.

— Aqui, Bel, por que você não procura nesta página?

Ela me olha sem entender, mas pega a revista, desta vez atenta a sua tarefa.

Quando a vejo pegar um lápis, respiro aliviada e vou finalmente ao banheiro dar um jeito em minha situação pós-apocalíptica, o que não vai ser uma tarefa fácil, percebo ao encarar o espelho.

Faço um coque, uso demaquilante para tirar os restos de maquiagem dos olhos e lavo o rosto em seguida.

Quando termino, estou mais apresentável, mas ainda com cara de cansaço. Foram poucas horas de sono, sim, mas o principal é o desânimo. Fico envergonhada ao pensar na noite anterior e triste por o projeto ter começado tão mal.

André parecia tão promissor!

Volto para o quarto, pensando no que fazer. Procuro a lista na mochila que trouxe de São Paulo, jogada de qualquer jeito em um canto.

Não vai ser produtivo trabalhar nela agora. *E nem mexer no TCC*, penso, sentindo uma pontada de culpa. Nem olhei para ele a semana inteira.

Respiro fundo e me jogo na cama. A melhor coisa vai ser tirar o fim de semana de folga e voltar a pensar em tudo isso com a mente descansada.

* ⁂ *

Chego ao trabalho na segunda-feira pronta para iniciar mais uma semana e reparo que há um rebuliço incomum no ar.

— Nandinha, aí está você! — Gi vem correndo em minha direção. Só pelo "Nandinha", já sei que ela não tem boas notícias e está tentando me amansar. — Precisamos conversar!

— Hum, tudo bem. Aconteceu alguma coisa? — pergunto preocupada, me sentando em nosso escritório.

— Não, não, você não fez nada. Fui eu que fiz. — E percebo o quanto ela está aflita. — Ah, Nanda, nem sei como dizer.

Ela me olha com um misto de algo que parece pena, culpa e aflição. É impossível não sentir um frio na barriga, o medo querendo me dominar.

— Bom. Lembra que eu disse que consegui convencer o sr. Arlindo a te efetivar no final do ano?

— Claro que sim. Fui embora comemorando na sexta-feira por causa disso.

— Então... — Ela contorce o rosto, como se estivesse com dor. — Houve um mal-entendido.

— Mal-entendido? Que tipo de mal-entendido?

— Eu não cheguei a dizer diretamente para ele contratar você. Mostrei o quanto a sua saída seria prejudicial, o quanto seria necessário contratar alguém e como você já está inteirada dos procedimentos. Achei que minha indireta havia sido clara o suficiente. — Ela faz uma pausa, buscando minha compreensão. Aceno com a cabeça, concordando, e peço a ela para prosseguir. Gi pega minha mão antes de continuar, e percebo que as dela estão geladas. — Quando ele concordou, achei que estivesse falando de contratar você. Mas ele tinha outra pessoa...

De repente, somos interrompidas por alguém entrando na sala.

— Opa, me desculpem. Estou atrapalhando? — pergunta uma voz grave e ao mesmo tempo suave.

Um homem um pouco mais velho que eu está parado olhando para nós. Seus olhos ansiosos e profundos, de uma cor escura que não consigo identificar a essa distância, adquirem uma expressão mais séria sob as espessas sobrancelhas acima deles. E não são apenas as sobrancelhas que dão a ele essa seriedade, mas também sua mandíbula firme, definida, com uma leve reentrância no queixo que não chega a ser um furo.

Subitamente, a sala é tomada por aquela presença — o que não é de estranhar, considerando sua altura e um físico facilmente identificado como "atlético". Para não dizer outra coisa.

— Nanda, esse é o Carlos Eduardo, sobrinho do sr. Arlindo. Ele vai trabalhar com você para aprender a rotina do restaurante — me conta Gi, como se uma faca estivesse sendo enfiada lentamente em suas vísceras. Não estou exagerando.

— Ah, você é a Nanda, então! Prazer, pode me chamar de Cadu. — Ele estende a mão em minha direção e dá um sorriso capaz de iluminar não só suas feições como todo o ambiente. — Que pena que você vai precisar sair, espero que para uma oportunidade melhor!

Congelo.

— Como assim "precisar sair"? — pergunto a todos e a ninguém ao mesmo tempo.

Minha expressão de olhos arregalados não deve ser a mais simpática no momento. O clima ao meu redor muda na mesma hora, e Cadu olha, confuso, para a Gi.

— Era o que eu estava dizendo quando o Cadu chegou — recomeça Gi. — Ele vai substituir você depois que seu contrato acabar, Nanda.

* ✱ *

Quando chego ao nosso pub preferido, Dani já está me esperando com uma porção de fritas com queijo e bacon — nossa escolha para situações de emergência, como a de hoje. Enviei uma mensagem durante a tarde dizendo que tinha uma crise rolando e ela concordou na hora em me encontrar depois do trabalho.

— O que aconteceu?

Termino de mastigar todas as batatas que coloquei de uma só vez na boca enquanto organizo os pensamentos. Decido contar a ela sobre o Projeto Escorpião e minha saga desde sexta-feira: a conversa com a Gi, que me deixou esperançosa sobre a efetivação; o fiasco da balada; a decepção de hoje. Respiro fundo e começo. Falo ininterruptamente por vários minutos, acompanhando as expressões da Dani se alterarem entre descrença, choque e pena — não necessariamente nessa ordem.

— Ah, Nanda, sinto muito pelo emprego.

— Não sei o que eu faço! Não posso ficar desempregada. Conheço várias pessoas que se formaram e demoraram horrores para encontrar trabalho.

— Eu sei, amiga, eu sei. Bom, por um lado, tem tempo até seu contrato vencer, dá pra enviar muito currículo. Quem sabe você não encontra uma oportunidade melhor? Seria bem pior descobrir só no fim do ano.

— É, verdade. — Tento me convencer, mas a perspectiva parece errada. — Só que eu não queria procurar outro lugar, queria continuar ali.

Mordo uma batata, lambuzando a mão com cheddar.

— E que coisa estranha ele ter entrado agora para aprender com você. Quem fica cinco meses em treinamento?

— Pois é! Qual o sentido, para o pão-duro do sr. Arlindo, de manter dois funcionários? Tudo bem, é o sobrinho dele...

— Nossa, então ele deve gostar muito do sobrinho — interrompe Dani —, se o único motivo é o laço familiar. Deve ser alguma outra coisa. Agora, que ideia insana é essa de Projeto Escorpião?

Droga! Esperava que a notícia "tadinha de mim, estou sem emprego" fosse fazê-la esquecer da novidade anterior.

— Veja bem, Dani, perceber o potencial tóxico dos leoninos na minha vida foi como despertar para uma nova existência. — Assumo um tom poético. — Então, é mais que natural que meu destino seja encontrar meu escorpiano. Não posso deixar de procurar, ele deve estar por aí vagando solitariamente, vazio do amor guardado para mim!

Dani me olha como se eu estivesse sob o efeito de alucinógenos.

— Nanda, não sei qual parte é mais preocupante, mas me deixa começar daqui: por que você precisa disso agora? Quem garante que o seu "destino" esteja nessa lista maluca que você fez?

— Ninguém garante nada, mas eu preciso acreditar que sim. — E de repente meus olhos se enchem de lágrimas. — Estou cansada de me decepcionar. Eu preciso acreditar que algo vai dar certo. Só isso.

Se minha alma gêmea existe, se eu posso recorrer aos astros nessa busca, por que não fazer isso agora e evitar continuar me decepcionando?

Sua expressão se abranda e ela gentilmente pega minhas mãos, apoiadas em cima da mesa. Nós duas ignoramos a gordura e o sal das batatas.

— Eu só não quero que você se machuque mais. Como eu te conheço e sei que você não vai desistir da ideia, conta comigo, mas deixa registrado, por favor, que eu acho isso tudo maluco! Só espero que te distraia do término com o Vinícius e te faça perceber o que realmente importa na sua vida. Vai, deixa eu ver a foto desse roqueiro apático — pede ela, e pego o celular animada para mostrar o André.

É por esse e por outros motivos que amo a Dani e que ela é a melhor amiga do mundo.

— E, já que você está toda determinada com esse projeto, será que não consegue usar a mesma determinação para manter seu emprego? — pergunta Dani.

— Como assim?

— Sei lá, conversar com seu chefe, ver o quanto ele está decidido, se não pode manter você e o sobrinho dele. Negociar.

Respiro fundo. Uma conversa com o sr. Arlindo me parece aterrorizante, porque detesto qualquer tipo de conflito. Mas, por outro lado...

Por que não?

O não eu já tenho. Agora é ir atrás da humilhação.

← **Dani**
online

HOJE

Vá com calma, pisciano. O dia de hoje promete alguns desafios. Apoie-se em seus amigos verdadeiros quando sentir que precisa. Eles irão te ajudar! 22h42

Isso que dá eu não ter visto meu horóscopo hoje!! 22h42

Humm... E que diferença teria feito se você tivesse lido? 22h43

Toda diferença!! 22h43

Eu estaria preparada pros acontecimentos! 22h43

Ou seja: nenhuma diferença. Eles teriam acontecido do mesmo jeito. 22h44

Já falei que esse seu pé no chão excessivo é um saco de vez em sempre? 22h44

Taurina... Só podia ser de terra mesmo, humpft... 22h45

Ok, nada do que você disse tá fazendo sentido pra mim. Boa noite! 22h45

* ✱ ✳ Capítulo 12 ✳ ✱ *

No dia seguinte vou para o trabalho me sentindo melhor e mais confiante para conversar com o sr. Arlindo. Nada como uma dose extra de amizade, carboidrato e gordura para levantar o astral. A Gi que não me ouça.

Meu bom humor recém-conquistado evapora em poucos segundos assim que abro a porta do escritório e um parasita está sentado no meu lugar. Usando o *meu* computador.

Um parasita bastante grande e cheiroso, devo dizer. Seu perfume empesteou o ambiente.

Assim que me vê, Cadu se apressa para levantar, derrubando no chão alguns papéis que estavam sobre a mesa. Em dúvida se pega os documentos ou se fala comigo, ele faz uma espécie de dança que consiste em se virar para mim e para o chão, dobrando de leve o joelho enquanto pondera. Por fim, pega os papéis e sorri sem graça.

— Bom dia, Fernanda! Espero que não se incomode por eu estar olhando essas planilhas. — *Vai mudar alguma coisa eu me incomodar?* — Preferi ir vendo o que tinha no sistema até você chegar — continua ele —, mas pode ficar tranquila que não vou tomar seu lugar.

Ele puxa um banquinho que estava no canto da sala e que tenho certeza de que não estava lá ontem, indicando que eu continue usando a *minha* confortável cadeira. Que gentil da parte dele!

— Trouxe também meu laptop. Posso copiar e passar para cá o que for necessário — diz enquanto liga a máquina, conectando o cabo em uma tomada. — Então podemos os dois trabalhar ao mesmo tempo, cada um no seu quadrado.

Fico sem palavras. E incomodada. Não sei se por ele ter invadido o *meu* espaço ou por ter demonstrado o mínimo de respeito.

E quem, pelo amor de Deus, cita tão casualmente "A dança do quadrado" como se fosse o último hit?

— Bom dia, Cadu — respondo apenas, com indiferença, e guardo minha bolsa, rezando para que ele não tenha percebido que tropecei. Decido ser superior: — Obrigada por ter se preocupado, foi muito gentil da sua parte.

Não me custa ser educada.

Depois de Gi ter me dado a notícia bombástica ontem, fiquei em estado de choque o resto do dia, então não consegui trabalhar, muito menos explicar minhas funções para o Cadu. A Gi, culpada, explicou por cima a rotina do restaurante e parte das minhas funções. Ainda que eu não tenha conseguido prestar atenção em quase nada do que eles conversaram, percebi o quanto o Cadu estava concentrado. Pequenas rugas em sua testa e ao redor dos olhos se formaram enquanto ele ouvia as explicações e, de vez em quando, fazia anotações em um bloquinho que tirava do bolso, passando a mão pelo cabelo curto, mas suficientemente comprido para mostrar suas ondulações castanho-escuras, a cada vez que demonstrava certo nervosismo pela carga de novas informações recebidas.

Não que eu tenha reparado muito.

Agora mostro para ele os arquivos e as planilhas do computador, explicando como cada um funciona e de que maneira trabalho — horários, datas e afins. A tarefa seria tediosa por si só, mas consegue ser ainda pior por eu estar, praticamente, cavando minha própria cova.

— Para que serve essa coluna? — questiona ele, um instante depois de eu ter tirado outra dúvida.

— Para colocar a data de validade dos alimentos.

Qual a dificuldade? Está literalmente escrito isso no topo.

— Desculpa, não me expressei bem. O que quis dizer foi: qual a função dessa informação nesta planilha, se o que a gente controla aqui é entrada, saída e custos?

— Com a informação aqui, eu consigo saber se o que a gente tem em estoque é suficiente para aquela semana ou se vou ter que soltar o pedido de compra. Ou, então, se tem alguma coisa perto de vencer, eu aviso a Gi e a Adriana e elas incluem no cardápio da semana alguma receita que leve aquele ingrediente — digo, e tem boas chances de meu tom ter saído meio atravessado.

— Ah, faz sentido. Desculpa se estou perguntando demais, é que nada disso é óbvio para mim, ainda que seja. — Ele não complementa com o "para você", mas fica implícito.

É, o tom saiu atravessado. E ele ficou magoadinho.

— Tudo bem, pode perguntar — falo, me sentindo mal. — É para isso que estou aqui, afinal — completo, com mais gentileza.

Isso que dá ser uma pisciana empática e propensa a ajudar os outros!

— Não faria sentido acrescentar uma coluna com a marca de cada produto? Não acontece de ter, sei lá, duas farinhas de trigo de marcas diferentes?

Mal chegou e já quer mexer no meu sistema! E o pior de tudo é que o infeliz tem razão. Inferno.

— Eu tinha pensado nisso. — Não estou mentindo, mas nunca deu tempo de fazer o acréscimo. Eu teria que checar item por item do estoque para incluir a informação na planilha, e não só começar a incluir as novas entradas. — Mas ficamos com receio de deixar a tabela muito poluída.

Parece uma resposta mais adequada do que "tive preguiça".

— "Ficamos"?

Ele está sendo irônico, ainda por cima? Porque é o que parece, com esse sorrisinho e a sobrancelha grossa levantada.

Para minha surpresa, vejo que está quase na hora do almoço. É um milagre que a manhã tenha passado tão depressa, considerando o suplício da tarefa.

Ótimo, porque não vejo a hora de fazer uma pausa. Trouxe *A culpa é das estrelas* para ler.

— Você almoça aqui no restaurante mesmo? — pergunta Cadu, organizando seus pertences.

— Só quando trago de casa — respondo, analisando minhas unhas e notando uma lasca. Lembrete mental: tirar o esmalte no máximo até amanhã.

Ele ri e olho para ele, sem entender qual é a graça.

— Espera. — Ele para de rir. — Você não come *aqui*? Digo, a comida daqui?

— Não. Só os funcionários CLT podem almoçar aqui.

Não comento sobre as vezes que dona Mazé contrabandeia um prato de comida para mim. Ainda não sei se posso confiar nele.

Ele me olha estupefato.

— Mas por que isso?

— Uma das regras do sr. Arlindo. Para evitar gastos.

— E quantos outros estagiários existem além de você?

— Só eu — respondo, dando de ombros.

— Então quer dizer que você é a única que não almoça no restaurante? Todo mundo pode comer, menos você? — Sua voz soa um pouco mais alta do que instantes antes.

— Basicamente.

Também achei um absurdo logo que fui contratada, mas me acostumei e agora nem me importo mais.

— Meu tio é mesmo inacreditável — solta, indignado. — Bom, já que eu ainda não estou registrado, o que acha de me acompanhar almoçando no concorrente na esquina? Passei por lá indo embora ontem e o cheiro me deu água na boca.

— Mas eu tenho certeza de que você, sendo sobrinho dele, pode almoçar aqui — digo sem pensar. — Não se preocupa, acho que ainda tenho uma lasanha congelada no freezer.

Cadu estremece e faz uma careta.

— Nem pensar. E essa situação é um absurdo!

Bom, de fato *é* um absurdo. A Gi tentou mudar isso diversas vezes e não conseguiu. Ela parou depois de o sr. Arlindo ameaçar tirar o almoço de todos os funcionários.

— E então, o que me diz? Vamos ao concorrente?

Pondero. Não sei se é uma boa ideia, mas ele me encara de um jeito tão sincero, como se quisesse mesmo minha companhia.

E não posso falar pelos outros, mas tenho uma grande dificuldade de dizer "não" para caras bonitos como ele.

Por mais irritantes que sejam. E por mais que estejam dispostos a roubar o meu trabalho.

— Vou ficar por aqui mesmo — enfim decido, vendo de longe o sr. Arlindo. A esta hora ele costuma estar no caixa, mas deve ter saído para uma pausa. Preciso falar com ele. — Mas obrigada pelo convite.

Cadu assente e eu passo por ele, andando rápido até seu tio.

— Sr. Arlindo, com licença — digo quando o alcanço.

Ele para e me encara. Esqueço como se fala.

— Hum, é... — me atrapalho. — Eu poderia falar com o senhor?

— Não é o que você está fazendo agora?

— Uma reunião, no caso — explico, ficando mais nervosa.

Ele me mede de cima a baixo, intrigado. Diz:

— Bata na minha sala quando o restaurante fechar. Preciso voltar para o caixa agora.

Concordo, e o sr. Arlindo vira as costas e sai andando.

Você vai salvar o seu emprego, tento me motivar e acalmar o coração, que imita a bateria de uma escola de samba.

Volto rápido do almoço, sem nem ter tido tempo de ler — não que eu tivesse cabeça para me concentrar —, focada em me preparar para a reunião.

Mas o que eu tenho ao meu favor? Era uma missão quase impossível fazer o sr. Arlindo contratar um novo funcionário; agora, é uma missão impossível ao quadrado ele manter o Cadu e me contratar também.

Se eu conseguisse um bom jeito de amolecer o chefe...

Mas talvez tenha um jeito. É só eu saber o que funciona para ele.

Na mesma hora, abro o arquivo no computador com os aniversários da equipe do Rabanada e procuro o dele.

Dia 9 de agosto.

Tinha que ser leonino. Óbvio que a gente não se dá bem!

Correndo contra o tempo, digito "Como conquistar um leonino" no Google e procuro ávida por informações úteis — a maioria dos resultados, credo, é no sentido amoroso.

Sorrio enquanto um plano se forma na minha cabeça.

— Pode entrar — diz o sr. Arlindo quando bato na porta.

Ele está sentado à mesa, digitando algo no computador, e nem se dá ao trabalho de me olhar. Faz uma pausa para empurrar os óculos que escorregavam pelo nariz fino e em seguida leva a mão à cabeça. Ele deveria seriamente cogitar raspar todo o cabelo, porque essa passarela calva entre as metades de cabelo ralo não favorece em nada a aparência já comprometida pela carranca.

— Obrigada por ter cedido seu tempo precioso para me ouvir. Sei que o senhor é muito atarefado — digo com minha melhor voz, colocando meu plano em ação.

Ele assente com a cabeça, fazendo um gesto para eu me sentar. Impressão minha ou ele se aprumou na cadeira depois do meu comentário?

— Sobre qual assunto você gostaria de tratar, Fernanda? — pergunta ele, enfim me encarando.

Respiro fundo.

— O vencimento do meu contrato no fim do ano. Gostaria de saber se existem chances de o senhor me efetivar.

— Isso não está nos meus planos.

— Imaginei que não, agora que o Cadu ingressou na equipe.

— Perfeitamente.

— Mas eu gosto muito daqui. — Não é mentira, mas, mesmo assim, exagero: — O senhor faz um trabalho admirável, e eu não queria perder a oportunidade de me aprimorar ainda mais como profissional com a sua expertise. — Essa parte é totalmente mentira.

— Ora, fico lisonjeado que você pense assim.

Meu Deus, ele quase sorri.

Leoninos e seus egos e vaidades.

— Mas imagino que você possa se aprimorar em outros restaurantes — continua ele.

— Posso, mas eu não gostaria de fazer isso em outro restaurante, e sim no Rabanada. Porque seu restaurante é único. Tem potencial de um dia receber uma estrela Michelin.

Ele me olha desconfiado, tamborilando os dedos na mesa.

Merda. Talvez eu tenha exagerado.

O sr. Arlindo se recosta na cadeira.

— Que você quer continuar aqui está claro. Mas em que *você* agregaria ao Rabanada?

— O software que estou desenvolvendo — respondo de pronto. — É um sistema único, feito para cá. Qualquer pessoa da equipe vai poder operá-lo depois que eu instalá-lo, só aí já temos meu comprometimento com o trabalho. E ninguém vai entender dele tão bem quanto eu, que estou desenvolvendo desde a base.

Será que essa autoconfiança leonina pega?

Ele concorda com a cabeça, em silêncio. Está mesmo ponderando?

Em seguida, pega o telefone sobre a mesa e digita um número curto demais. Provavelmente um ramal.

— Cadu? Você pode vir até minha sala?

Minha barriga dá uma cambalhota. O que ele vai fazer?

O silêncio é uma agonia, mas não ouso dizer nada. Sequer me movo na cadeira.

Instantes depois, Cadu entra. Ele me olha confuso, mas não parece nem um pouco preocupado. Diferente de mim, que provavelmente tenho um Judas enorme e brilhante escrito na testa.

Bom, não que eu seja amiga do Cadu para tê-lo traído. E eu nem falei mal dele nem nada, só defendi meu cargo e minha intenção de continuar trabalhando aqui.

Mas não consigo, lá no fundo, não me sentir mal de pensar que ele pode perder o emprego por minha causa. Ainda que ele tenha acabado de chegar.

— O que foi, tio?

— Sente-se, por favor.

Cadu obedece e se senta na cadeira ao meu lado, o perfume amadeirado na hora me envolvendo.

— Estou diante de uma situação um tanto quanto interessante — continua o sr. Arlindo. — A Fernanda veio expressar o desejo dela de ser efetivada no fim do ano. Como você sabe, ela é estagiária.

Encaro o chão, de maneira que não consigo ver as expressões de nenhum deles.

— A questão — continua ele — é que você foi contratado para substituí-la, como também sabe. E eu não tenho por que manter dois funcionários na mesma função, quando um é mais que suficiente para as demandas que o trabalho exige.

— E o que isso significa? Você está me demitindo no meu segundo dia?

Continuo incapaz de levantar a cabeça.

— Não — responde o sr. Arlindo. Eu o encaro, surpresa. Ele continua. — A partir de agora, vocês estão competindo pelo cargo.

— O quê? — falamos eu e Cadu ao mesmo tempo.

— É isso mesmo. De um lado, tenho uma ótima funcionária que quer dar continuidade ao seu trabalho e está desenvolvendo um projeto exclusivo para o Rabanada. — Meu estômago se contrai, rapidamente apagando o vislumbre de satisfação que sucedeu o elogio que ganhei. — De outro, tenho você, meu sobrinho, que é um profissional competente e demonstrou certa urgência em aceitar o cargo.

Certa urgência? O que isso quer dizer?

Cadu aperta de leve os braços da cadeira, com veias saltando no dorso das mãos. Não tinha reparado, mas elas são enormes, com dedos longilíneos.

— O senhor sabe que eu preciso desse emprego — a voz dele sai ansiosa, preocupada, mas também em um tom de lembrete.

Precisa?

— Então me convença disso. Vocês dois têm até dezembro para mostrar excelência. Quem for melhor entre vocês fica com a vaga.

← **Paula**

HOJE

Boa tarde, Fernanda, tudo bem? 15h16 ✓✓

Passando novamente para ter notícias suas. 15h16 ✓✓

Teve avanços com o TCC? 15h16 ✓✓

Meu trabalho acadêmico continua, somente as aulas da graduação estão em férias. 15h17 ✓✓

Não sei se não recebi sua resposta à minha última mensagem ou se você não teve tempo de me responder, mas queria reforçar que podemos manter este canal de comunicação, tudo bem? 15h17 ✓✓

Abraços! 15h18 ✓✓

*** Capítulo 13 ***

Entro em casa totalmente aérea. O que acabou de acontecer?

Quando eu e Cadu deixamos a sala do sr. Arlindo, nenhum dos dois disse nada. E foi assim quase até o fim do turno. Ele foi embora antes de mim, mas também não fiquei fazendo hora.

Mal deixo minhas coisas em cima da mesa da sala e corro para ligar o notebook, enquanto tiro as sapatilhas e jogo no lixo os esparadrapos que coloquei para evitar ter bolhas. Depois de lavar as mãos, vou até a cozinha e pego um pacote de bolacha recheada.

Preciso trabalhar no TCC, agora mais do que nunca.

Fui conversar com o sr. Arlindo em uma tentativa de manter meu emprego, mas não desejava de jeito nenhum colocar o do Cadu em risco. Pior ainda, eu não esperava ter que *competir*. Onde fui me meter?

Eu me sento no sofá, cruzo as pernas e pego uma almofada para apoiar o laptop. Não demoro a sentir o cheiro desagradável vindo do meu próprio pé.

Lembrete mental: jamais tirar as sapatilhas em público. Se elas dão bolha e chulé, por que raios eu uso esse troço? E ainda pago caro por elas!

Respirando não tão fundo para evitar meu próprio odor, abro o arquivo.

Gestão financeira em microempresas:
estudo de caso do restaurante Rabanada

Encaro o título em uma tentativa de fazer novas ideias surgirem. Vou rolando o documento e vejo tudo o que produzi até então: quase nada.

Deveria ser mais fácil, não? Quer dizer, eu conversei com a Paula mais de uma vez sobre minhas ideias, tenho todos os dados e a bibliografia. Por que raios eu não sei por onde começar?

Já parou para pensar que você pode não estar envolvida de verdade?

A conversa com minha orientadora me volta à mente.

Continuo olhando para a tela pelo que parecem horas, porém, quando checo o relógio, nem dez minutos se passaram.

Paula me falou para ser criativa. E para encontrar meu foco.

O que esse trabalho significa para mim?

Fecho os olhos, tentando encontrar a resposta, mas só consigo pensar que ele é a chave para salvar meu emprego. Preciso terminar o TCC não só para me formar, mas porque ele é o que vai fazer o sr. Arlindo me dar a vaga.

Coloco o computador no assento ao meu lado e reprimo um grito de frustração. Penso em ligar para minha mãe, mas ela ainda não saiu do escritório a esta hora. A Dani não deve demorar para chegar.

Assim espero.

Fico de pé, andando em círculos pela sala. Talvez o movimento ative minha circulação e faça o cérebro funcionar melhor, ou seja lá como são essas coisas.

Se minha intenção é desenvolver um software, eu preciso definir: como ele vai funcionar, que dados preciso incluir, qual a relevância para o restaurante e como ele pode melhorar a gestão — além de fazer um paralelo demonstrando como a administração é atualmente.

E preciso de alguém que, de fato, o desenvolva.

Não vou de jeito nenhum mandar mensagem para o Vinícius para pegar o contato daquele amigo dele — mesmo porque estou bloqueada. Mas isso significa que preciso de um novo desenvolvedor. Urgentemente. E que tope fazer o serviço por um preço camarada.

Volto a me sentar, pegando o notebook. Vou começar o texto pela parte em que descrevo como é a administração atual do Rabanada, o que me parece mais simples de fazer agora. Mas, antes, abro o Facebook e escrevo um post procurando por indicações de estudantes de TI ou afins que possam me ajudar. Publico no feed, copio e colo em diferentes grupos da faculdade.

Já que estou por aqui, não faria mal dar uma checada no Projeto Escorpião.

Vou à barra de busca e digito o nome de Rodrigo, o seguinte ao André. Milagre dos milagres, não demoro a encontrá-lo.

Até que enfim uma vitória!

O problema é que ele, ao que tudo indica, não usa a rede social. Encontro algumas fotos — branco, loiro, cabelo curto e liso, bonitinho —, mas nada além. Nada de status de relacionamento, confirmação em eventos, nem mesmo informações profissionais.

Bom, vou deixar anotado que ele precisa ser averiguado no futuro. Se o Rodrigo não for meu príncipe escorpiano, vou ter perdido tempo buscando formas de encontrá-lo agora. Melhor deixar para depois.

Quando abro de novo o documento do TCC, estou determinada a avançar.

* ✱ *

Determinação, ao que tudo indica, não é meu forte. Eu mal tinha escrito dois parágrafos quando a Dani chegou e o trabalho ficou de lado.

Mas o que eu poderia fazer? Eu precisava desabafar!

Considerando-se que uma vez queimei um macarrão instantâneo porque estava tentando lembrar se um dos sete anões se chamava Saúde ou Espirro — precisei jogar no Google para descobrir que era Atchim —, pode-se dizer que tenho propensão a ser distraída.

Mal de pisciana.

O resultado é que fui dormir tarde e tive mais dificuldade do que de costume para acordar no dia seguinte.

— Xiii... — É tudo o que Dani diz ao perceber meu humor, ou falta dele, antes de sair de casa.

Passo o dia todo rabugenta, o que não ajuda em nada a situação com o Cadu. Se fosse possível cortar a tensão no ar com uma faca, é o que aconteceria. Mal conversamos e, todas as vezes em que somos forçados a isso, nos dirigimos ao outro com impaciência.

Não seria errado se alguém fizesse alguns comentários ácidos ao longo do expediente. E, vou dar o braço a torcer, Cadu não retrucou nenhuma vez.

Mas eu é que não vou elogiar.

Por estar irritada, passo mais uma noite, em casa, sem sequer olhar para o computador. Não estou com cabeça.

Quando entro no Rabanada na quinta-feira, minha cara segue não sendo das melhores. Estou me sentindo mal por não ter avançado com o TCC e com receio de como vai ser o clima hoje. A julgar pelos últimos dois dias — ontem e o clima pós-reunião, na terça —, vai ser igualmente péssimo.

— Pode deixar — ouço uma voz grave atrás de mim, enquanto estou fechando a porta do restaurante.

Viro de costas e Cadu está de cabelo úmido, mais perfumado que de costume, usando uma camisa salmão por cima de uma camiseta branca e calça jeans.

— Ah, bom dia — falo, meio atordoada pela chegada inesperada.

E também porque não funciono bem de manhã, ainda que eu entre às nove no estágio. Esse foi um dos principais motivos para eu optar por estudar à noite na faculdade. Os anos de escola acordando desumanamente cedo foram o suficiente para eu saber que não rendo nada a esta hora.

Vamos até o escritório sob o mesmo silêncio pesado dos últimos dias, exceto quando cumprimentamos algum funcionário que encontramos pelo caminho.

— Preciso conferir o estoque hoje — digo e fujo para lá, evitando tanto quanto possível ficar no mesmo ambiente que ele.

Para meu azar, termino rápido a tarefa e volto para o escritório um pouco depois.

— Cadê o Cadu? — estranho ao entrar, vendo apenas a camisa salmão dele pendurada no mancebo próximo ao armário.

— Bom dia para você também — diz Gi, de seu computador. — Foi ao banheiro, mas estava com uma cara tão péssima quanto a sua.

— Droga. — Bufo, me jogando na cadeira.

— Essa disputa é injusta demais — diz ela, indignada, demonstrando compaixão.

— Injusto é ter que competir com o sobrinho do dono.

— Sim, porque a única coisa que eu tenho a oferecer é um laço sanguíneo — retruca ele com ironia, quase resmungando, ao entrar no escritório, e pulo na cadeira, batendo o joelho no braço dela.

Diziam que eu era desastrada durante a infância e adolescência porque ainda não estava acostumada com meu próprio tamanho. Passei da fase de crescimento há um tempo e continuo tão estabanada quanto antes, se não pior. Pelo menos, desta vez, vou saber a origem do roxo que já sei que vai aparecer onde bati. Vivo com hematomas que não faço ideia de onde vieram.

Gisele sorri amarelo para mim e volta a trabalhar, encerrando a conversa entre nós. Disfarço tanto quanto possível, como se eu não tivesse dito nada de mais, mas estou ardendo de vergonha. Ao se sentar em frente a seu computador, Cadu evita olhar para qualquer uma de nós, sério e com o mau humor evidente.

O clima continua péssimo enquanto os três executamos nossas tarefas em silêncio. Gi é quem mais está desconfortável, porque eu e Cadu seguimos fingindo que não tem nada acontecendo, mas ela parece não saber como agir. Depois de um tempo torturante, dá uma desculpa qualquer e sai do escritório.

Não demora muito para Cadu se virar em minha direção.

— A gente pode conversar?

— Tá — respondo, depois de pigarrear.

Ele encara o chão, como se pensasse no que vai dizer. Então, levanta os olhos.

— Olha — começa —, eu não quero que fique esse clima entre a gente. Não vai fazer bem para ninguém.

A fala me desarma. Estava pronta para ele querer tirar satisfação. Suspiro, deixando os ombros caírem desanimados.

— Também não quero.

— Fui pego bastante de surpresa. Meu tio tinha sido firme quando me ofereceu o cargo e de repente informa que vou ter que "provar excelência" ou sei lá que termo ele usou.

— Tenho quase certeza de que foi "*mostrar* excelência".

Cadu me encara por um instante, e um sorriso escapa por entre a barba por fazer. Sinto uma fisgada de leve no estômago, e meu olhar é desviado para a reentrância no queixo dele.

— De qualquer forma, espero que a gente possa trabalhar bem junto, sem deixar meu tio interferir nas coisas. Não é justo com nenhum de nós dois, e essa maluquice dele pode afetar nosso desempenho. Acho que vai ser pressão o bastante sem isso, não?

Não é como se eu quisesse confraternizar com o inimigo, mas ele tem razão. Vim trabalhar esta semana como se estivesse indo para a forca. Imagine meses disso?

Estendo a mão para ele.

— Trégua?

Desta vez, ele sorri abertamente e, quando sua mão envolve a minha, é como se meus dedos se perdessem num mar de calor.

— Por favor — diz.

Fico meio aliviada, mas ainda me sinto na defensiva. É difícil não dirigir para ele minha frustração, porque, não fosse ele, eu ainda teria a oportunidade de um emprego sem precisar batalhar por isso. Aliás, onde será que ele trabalhava? Porque, se resolveu ficar com a *minha* vaga, é porque não tinha uma para ele, certo?

— E então... — Pigarreio sutilmente, tentando puxar assunto como quem não quer nada. Não quero que ele pense que estou interessada de alguma forma, porque não estou. É apenas parte do acordo de trégua. — Com o que você trabalhava?

Talvez eu esteja vendo coisas, mas ele parece um pouco desconcertado. Como se eu tivesse questionado que tipo de roupa de baixo ele prefere usar.

Ai, meu Deus. Acho que minha mente foi mais rápida e agora estou *mesmo* me perguntando que cueca ele usa.

Desvio o rosto para o computador, tentando me concentrar nos arquivos.

— Eu trabalhava no financeiro de uma empresa de equipamentos fotográficos — responde ele, sem dar mais detalhes. — Estava lá desde a época da faculdade.

— E por que você saiu? — pergunto sem conseguir me conter, em dúvida se eu deveria ter ficado blasé e encerrado o assunto.

— Acho que eu precisava de novos ares. — E não fala mais nada.

Volto a me irritar. Então o querido precisava de uma repaginada profissional e eu que me ferrei? Além do mais, ele com certeza devia ganhar bem mais lá, já que vai ser registrado como auxiliar administrativo aqui. Por que ele resolveu aceitar um cargo inferior?

— Sinto muito por isso — diz ele, inesperadamente. — Fiquei meio sem graça no meu primeiro dia quando percebi que você não sabia que... — Ele para, levando a mão à nuca, sem saber que termo usar. Ele coça a cabeça e, com o gesto, deixa o bíceps bem próximo do meu rosto. A manga da camiseta fica justa ao redor do braço e perco a concentração por um instante — É... que eu ia substituir você. E agora essa coisa da competição.

Volto minha atenção ao que ele está dizendo. E à forma como está me olhando. Fixamente. E como quem realmente se importa, embora mal me conheça.

Isso me desarma novamente.

Eu estava até há poucos minutos toda revoltada com ele, não estava? Como esse sentimento pode ter evaporado tão rápido, só porque ele disse que sente muito?

Suspiro e decido ser sincera.

— Você não foi o único pego de surpresa. Eu achava que seria efetivada, antes de você ser contratado — falo sem jeito. — Então, também sinto muito se meu comportamento não tem sido o mais simpático.

— Seria o mais justo, na realidade. Pelo pouco que vi, deu para perceber que você faz um excelente trabalho, Nanda.

Sinto algo me aquecer por dentro e sorrio envergonhada, em agradecimento.

Também não posso deixar de reparar que é a primeira vez que ele me chama pelo apelido.

— Quando fui falar com seu tio ontem, era só para saber se ele não podia me contratar também. Não tinha a ver com fazer você perder o seu emprego.

— Você não tem culpa por meu tio ser mão de vaca.

Desta vez, rio alto, antes de tapar a boca. Não esperava que Cadu fosse falar assim dele.

— Acho que não tenho muita sorte com empregos. O meu primeiro — acrescento quando ele me olha intrigado — foi um verdadeiro fiasco.

— Sinto o cheiro de uma boa história. — Cadu cruza os braços, mantendo a postura sentado no banquinho que não deve ser nada confortável.

— Foi logo que me formei no ensino médio, antes de saber que eu tinha passado no vestibular — começo incerta. Não foi meu melhor momento na vida, e não sei se é uma boa compartilhar. — Estava desanimada, tinha sido reprovada em todos até então. — Cadu assente, demonstrando entender e estar mesmo interessado, o que me deixa mais confortável para continuar. — Eu precisava de uma distração e, ansiosa por ter um dinheiro só meu, aceitei um emprego temporário como vendedora em uma loja de perfumes de uma amiga da minha mãe.

— Sofro por você de imaginar quantos "estou só dando uma olhadinha" você devia ouvir por dia.

O comentário me faz rir.

— Digamos que eu estava empolgada o suficiente para isso não me afetar. O problema é que eu aprendi desde pequena que não se dá perfume para alguém com quem você esteja tendo um relacionamento amoroso, dá azar. "Acabou o perfume, acabou o amor", era o que minha avó dizia.

— E as avós sabem das coisas — diz ele com seriedade.

— Exatamente! Então, cada vez que entravam procurando um presente pro namorado ou pra esposa, eu advertia a pessoa sobre os riscos que ela estava correndo e a convencia de comprar outra coisa. Sendo que a loja era *só* de perfumes.

Cadu morde a boca, segurando uma risada.

— Antes perder minha comissão que estragar a vida amorosa de alguém! — falo em minha defesa. — Mas a amiga da minha mãe não se solidarizou com a história da superstição.

— Quando você foi demitida?

— No primeiro dia.

Cadu ri alto, jogando a cabeça para trás. O som explode de dentro dele com vigor, e é tão contagiante que na mesma hora me sinto bem, como se não houvesse nada de ruim no mundo. Em seguida, ele fica me encarando, sorrindo para mim. Enquanto eu contava, ele me olhava tão fixamente, prestando tanta atenção... Não estou muito acostumada com isso. Pelo menos, não mais. Já fazia um tempo que, enquanto eu contava alguma coisa, Vinícius olhava o celular ou algo do tipo, dizendo que conseguia me ouvir assim mesmo.

— O que foi? — pergunto, constrangida.

— Só estou aqui pensando que seria ótimo a gente sair para almoçar. Além de eu estar com fome, acho que meu tio detestaria saber que dois dos funcionários dele foram no concorrente.

Não é uma boa ideia. Certo?

— Tudo bem — enfim aceito.

Mas só porque encaro como uma forma de protesto.

← **Gi**

HOJE

Não preciso me preocupar, não, né? 12h03

Vocês não estão indo matar um ao outro? 12h03

* * * Capítulo 14 * * *

Admito que os clientes do Rabanada devem ser tão pão-duros quanto o dono de lá. Estamos no Caramelo, restaurante da esquina e vizinho do Sagu — não sei qual é a fixação desses proprietários com nomes de doces —, e o lugar não só é extremamente aconchegante e bem decorado como estamos sendo muito bem atendidos, além de o preço ser só um pouco mais alto. Ainda não posso falar da comida, mas o Cadu tem razão, o cheiro é delicioso. Minha barriga dá cambalhotas de fome enquanto aguardamos nosso pedido, e temo que o som ambiente não esteja sendo suficiente para encobrir os roncos.

— Então, você é do interior? — me pergunta Cadu, puxando assunto.

— Interior? Não, por quê?

— Por causa desse "interior", do "por" — pronuncia ele, forçando o som do último "r" — e de outras palavras que você fala do mesmo jeito. Ainda que bem de leve.

Ah, pronto. Lá vem o paulistano que acha que não tem sotaque, *meu*.

— Mogi das Cruzes é Grande São Paulo, não interior. — Faço questão de acentuar o "r" como o de um paulistano, só para mostrar que minha fala é multifacetada. — E tenho um pouco de sotaque de lá, sim. — Cruzo os braços, na defensiva.

— Ei, não é uma crítica, desculpa. É que percebi que não era o sotaque da capital, só isso.

Tá, esse paulistano sabe que tem sotaque. Eu talvez não precisasse ter sido ríspida. Tinha gente na faculdade que tirava sarro quando eu arrastava algum "r", e comecei a me policiar para evitar.

— Nunca fui para Mogi — continua ele —, é longe daqui?

— Não é longe, não. De trem leva umas vinte músicas e de carro, sem trânsito, umas quinze — respondo, distraída com as lembranças da faculdade.

Agora é a vez dele de me encarar, um sorriso discreto se formando no canto dos lábios.

— Você conta o tempo em músicas? — finalmente me pergunta.

— Hum... conto. É que não consigo viajar sem ouvir alguma coisa, então, às vezes monto *playlists* com as minhas músicas favoritas do momento, e normalmente essa é a quantidade que coloco para ouvir nesses trajetos.

Mentira. Quer dizer, em parte. Eu faço mesmo essas *playlists*, mas com um número muito maior de faixas do que vou conseguir ouvir e deixo no aleatório para ser surpreendida, ainda que eu pule várias para chegar nas que quero mesmo ouvir. Eu me acostumei a medir o tempo em músicas porque, sempre que estou chegando ao meu destino, tem alguma que ainda não tocou e preciso saber se consigo ouvi-la a tempo. Virou natural fazer contagens do tipo "são tantas músicas de distância".

— Que legal — responde ele. — Também faço isso, as *playlists* e a contagem de tempo, mas nunca coloco uma quantidade certa de músicas, sempre ponho algumas a mais e deixo no aleatório. O pior é que não sei por que faço isso, já que acabo pulando várias para chegar nas que realmente quero ouvir.

Não me lembro de, alguma vez, ter sentido como se minha mente estivesse sendo *escaneada* por outra pessoa.

— O que foi? — pergunta ele.

Noto que estava com a boca aberta, fecho rapidamente e rezo para não ter deixado cair nenhuma baba.

— Nada... É só que... Acho que você é a primeira pessoa que admite fazer o mesmo que eu. Toda vez que menciono isso para alguém, costumam me chamar de doida.

Ele sorri de uma forma que me deixa com vontade de rir também.

— Sabe o que não entendo? — diz ele, e continua sem esperar minha resposta. — Todo mundo tem alguma mania, mas, quando se depara com a do outro, acha que a pessoa é maluca por causa daquilo, como se ela própria não tivesse sua cota de esquisitice.

Quando nossos pedidos chegam, entendo por que provavelmente alguns fregueses escolhem o Rabanada. Esses donos do Caramelo acham que as pessoas vivem de luz? Nossa porção é tão pequena que duvido muito que isso conseguirá me manter alimentada por, sei lá, meia hora.

Cadu e eu não falamos nada, apenas comemos em silêncio. Percebo que ele preza esses momentos sagrados do dia — as refeições — tanto quanto eu.

Assim que terminamos e o garçom retira nossos pratos, trazendo a conta em seguida — Cadu insiste em pagar, dizendo que foi ideia dele almoçarmos aqui —, levantamos da mesa rumo à porta e me pergunto se ele está satisfeito ou se ainda sente uma espécie de vazio no estômago, como eu.

— Olha, não sei você — começa ele —, mas esse almoço mal serviu de entrada para mim. Vi um carrinho de cachorro-quente perto daqui. Quer arriscar ou o fato de você trabalhar com uma nutricionista vai fazer com que me diga algo como "é intoxicação alimentar na certa"?

Graças a Deus!

— Não, a Gi não conseguiu tirar esses hábitos de mim. Sei qual é o carrinho — falo, já salivando por um dogão e andando mais rápido. — E essa rodada é por minha conta!

* * *

— Te atrapalha se eu sentar aqui? — pergunta Cadu no dia seguinte, ao entrar na cozinha dos funcionários, onde estou almoçando minha lasanha congelada acompanhada de *A culpa é das estrelas*.

Em teoria, como trabalho apenas seis horas por dia, eu não teria direito a uma hora de almoço, apenas a uma pausa de quinze minutos. Contudo, a Gi conseguiu fazer o sr. Arlindo concordar em me deixar ter a uma hora inteira. Segundo ela, não faz bem comer depressa.

— Não, fica à vontade — respondo e me sento mais para o lado, embora tenha espaço à minha frente.

Ele coloca uma marmita no micro-ondas e me observa enquanto aguarda a comida esquentar.

— É sobre o quê esse livro?

— Uma garota com câncer terminal conhece um menino em remissão e eles se apaixonam, o que é uma coisa que ela não esperava, já que não tem muito tempo de vida.

— Que animador — diz ele, arregalando os olhos.

— Já leu Nicholas Sparks? Consegue ser pior. A única coisa que você pode esperar em um livro dele é que alguém vai morrer. — Fecho o livro e o coloco ao meu lado, cortando um pedaço da lasanha em seguida.

— Ele escreve o quê, suspense? Terror?

— Romance. Bem água com açúcar.

O micro-ondas apita e Cadu se senta à minha frente depois de pegar sua comida.

— Não consegui entender se isso foi uma crítica ou um elogio.

— Nesse caso, uma crítica. Eu sinceramente seria o público-alvo perfeito dele, mas fico tão brava com os finais que não consigo mais ler.

— Fã de água com açúcar, então?

— Qual é! Comecei a ler com *Crepúsculo*, o que você acha?

— Não foi com Harry Potter?

— Não mesmo. Eu só vi um dos filmes porque tinha o Robert Pattinson no elenco.

— Justo, ele é mesmo bonitão.

Sorrio enquanto corto mais um pedaço da lasanha. Um fio de queijo fica pendurado no meu queixo e tento tirá-lo com o máximo de elegância que uma situação dessas permite.

Ou seja, nenhuma.

É quando me dou conta de algo.

— Por que você não está comendo a comida daqui?

— Se você não pode comer, então, também vou trazer marmita. Se é para a gente disputar essa vaga, que seja em condições iguais. — Ele dá de ombros.

Meu peito se aquece. Eu definitivamente não esperava por essa.

— Bom, sinto dizer que a gente já não está em condições iguais. Você é funcionário, eu sou estagiária — falo, deixando implícito que não ganhamos a mesma coisa. Sem contar o registro na carteira.

Cadu se debruça sobre a mesa, aproximando a cabeça de mim.

— Em *off*? Ainda não fui registrado. E aceitei trabalhar por um salário menor.

É minha vez de arregalar os olhos.

— Assim fica mais fácil de entender por que nós dois estamos aqui — digo, com ironia. Continuo sem fazer ideia do motivo de ele ter aceitado o trabalho. E do porquê de ele *precisar* estar aqui. — Você fez ADM, mesmo?

— Isso. Me formei no meio do ano passado.

O que significa que ele tem o quê, uns 23, talvez?

— Faço 24 em pouco mais de um mês, se é isso o que você está pensando.

Acho que não sei disfarçar muito bem minhas caras.

Mas paro momentaneamente de ouvir o que ele me diz, ainda presa à informação muito importante que ele, sem perceber, deixou escapar. Se falta um pouco mais de um mês para o aniversário dele, Cadu é virginiano.

Sinto um frio na barriga quando, subitamente, noto mais uma coisa.

Virgem é o signo complementar de Peixes.

A percepção me deixa completamente aterrorizada. E não consigo entender por quê.

Dani

online

HOJE

Aproveita muito, amiga!! Boa viagem :) 22h42

Obrigadaaaa! Não faça nada que
eu não faria na sua ausência ;) 22h43

Por favor me diga que você jamais trabalharia
em um TCC em pleno sábado... 22h44

* ✳ ✳ Capítulo 15 ✳ ✳ *

Acordo no sábado disposta a trabalhar no meu TCC. Dani foi para o interior participar dos jogos universitários. Quer dizer, sendo as habilidades motoras dela tão boas quanto as minhas, obviamente ela não vai jogar, só participar da farra.

Fui a um desses jogos no meu primeiro ano, e foi megadivertido. Conheci o Vinícius no ano seguinte e nunca mais fui. Pensando bem, só meu primeiro ano foi das festas, cervejadas e tudo o mais. Ele preferia sair para baladas e barzinhos, e eu também não fazia mais questão de ir.

E pensar que ontem recebi minha confirmação de matrícula para o último semestre. Como pode ter passado tão rápido? Ao mesmo tempo que quero me formar logo, é uma sensação estranha pensar que essa fase vai acabar.

Para o próximo semestre, tenho, além do TCC, algumas disciplinas voltadas para criação de empresas, gestão de negócios e tudo o mais. Quando recebi a grade curricular, quase no fim do expediente, fiquei com o coração apertado ao perceber que aquela seria a última vez.

Termino meu café da manhã reforçado e, depois de escovar os dentes, ligo o computador na mesa da sala, onde me sento com a postura o mais ereta possível.

Nada de trabalhar do sofá hoje.

Depois de um dia todo mais produtivo do que qualquer outra tentativa recente, estou me sentindo confiante para arriscar buscar meus pretendentes do Projeto Escorpião. Consegui escrever quase três páginas do TCC, então, peço uma pizza e me dou o direito de descansar, procurando meus possíveis futuros maridos.

Minha lista, por enquanto, está assim:

PROJETO ESCORPIÃO 

1. ~~Marcos Pereira da Silva~~
   não encontrado (procurar de novo?)
2. ~~Leandro Santana Cardoso Valente~~
   não encontrado (procurar de novo?)
3. ~~Diego Gomes Araújo~~
   não encontrado (procurar de novo?)
4. ~~André Rodrigues Roqueiro Apático~~
   (não mesmo!!)
5. Rodrigo Figueiredo Teixeira
   (averiguar futuramente)
6. Caio Bueno de Faria Souza
7. João Pedro de Alencar Costa
8. Gustavo Machado Silva
9. Flávio Takio Hito
10. Isaías José Ferreira Fernandes
11. Giovanni Loureiro Pezani

Quando começo a digitar o nome do Caio, recebo uma notificação de pedido de amizade.

Carlos Eduardo Montinelli deseja ser seu amigo.

Clico em "Sim" sem pensar no frio na minha barriga, abandonando por instantes o projeto. Ele me envia um *inbox* na mesma hora.

Cadu
Olha só quem está online. 00h00

Ai, caramba, será que eu deveria ter demorado um pouco para aceitar? Porque agora ficou parecendo ou que eu vivo online ou que estava esperando pelo pedido de amizade dele.

Coisa que eu não estava. Eu nem sabia que ele tinha Facebook.

Não que eu tenha tentado procurar. Até porque seria loucura procurar um "Carlos Eduardo" sem ter o sobrenome.

O que me faz perceber uma coisa: Fernanda é um nome bastante comum, então como ele me achou?

Espero que não se incomode por eu ter te adicionado. Vi seu sobrenome nas planilhas, então, ficou fácil te encontrar. Quer dizer, depois de ter apanhado no Instagram. Não achei seu perfil, aí vim tentar aqui. 00h02

Oi! Não tem problema não, rs. E eu mal uso o Instagram, acho que meu perfil tá até sem foto (além de ser privado). E deve ter algumas Nandas Cardoso por aí 00h03

Curioso... Eu tenho usado cada vez menos aqui. Migrei totalmente pra lá 00h03

Isso significa que ele fez questão de me adicionar? Em um sábado à noite?

E agora? O que mais falo para ele?

E aí, fazendo o quê de bom? 00h04

Palmas, Fernanda. Muito original.

Enquanto aguardo, aproveito para dar aquela fuçada básica no perfil dele. Vejo fotos de viagens, principalmente de paisagens, algumas com amigos e familiares, mas o post mais recente é do começo do ano, e ele só compartilhou uma piada que não entendo sobre futebol americano. Percebo, também, que ele não tem nenhum status de relacionamento ou qualquer indício de haver uma pretendente a sra. Montinelli. Ou de já existir uma sra. Montinelli.

Fuçando no seu perfil. Você é mesmo fã de Friends, hein? Bom saber. É minha série favorita! 00h05

Ok. Eu jamais admitiria estar bisbilhotando o Facebook de alguém.

Nossa, admitiu na lata estar me stalkeando. Sobre Friends, quem não é? 00h06

E vai dizer que você não faz a mesma coisa quando alguém acaba de te adicionar? Pergunta rápida: Ross e Rachel ou Chandler e Monica? 00h06

Droga de sr. Sabichão.

Vou ignorar o fato de ele ter me pegado no pulo e focar o que me faz feliz: estamos realmente tendo uma conversa sobre os casais de *Friends*?

Certo, vc tem um bom argumento. Estou mesmo xeretando seu perfil, rs. A propósito, adorei a imagem das montanhas! 00h07

Mondler, sem dúvida alguma. 00h07

Campos do Jordão. Adoro ir pra lá, principalmente no frio. 00h07

Sério? Você parece uma pessoa mais do tipo Ross e Rachel, mas prefiro Chandler e Monica também. 00h07

E como se pareceria uma pessoa do tipo "Ross e Rachel"? 00h08

E vc é uma pessoa do tipo "frio", então? 00h08

Sei lá, foi só uma impressão. 00h08

Se você estiver se referindo às estações do ano, sim! Qual sua estação favorita? 00h08

Meu corpo esquenta na mesma hora ao pensar em que outro sentido ele poderia ser frio. Ou quente.

Não tenho uma, gosto tanto do frio quanto do calor, desde que não sejam extremos. Prefiro viver em harmonia com o clima do que passar parte do ano reclamando de algum deles ;) 00h09

Impossível não preferir uma estação, todo mundo tem uma, srta. Poliana 00h09

Hum, a Poliana faz o Jogo do Contente, é um lance de ver o lado bom das coisas. Não tenho certeza se isso se aplica aqui. A harmonia com a natureza é mais a cara da Pocahontas 00h10

Se você diz... Desculpa, meu conhecimento de desenhos da Disney se limita a O Rei Leão. E aos filmes da Pixar. 00h10

Pois você deveria ver Pocahontas. E A Bela e a Fera. E Aladdin. Todos, na verdade. São clássicos! 00h10

Tudo bem, conselho anotado. Mas vou deixar pra depois. Por enquanto vou focar em comer, tomar banho e descansar. Você me deu uma canseira de planilhas essa semana, e sou capaz de ver células do Excel se fechar os olhos 00h11

Então aproveite seus momentos de sossego, sr. Montinelli. Nós ainda nem chegamos perto do estoque – e lá sim vc vai descobrir o que é trabalho pesado. 00h11

Certo, isso foi assustador. Vou indo, então, antes que piore e você resolva me ameaçar dizendo que preciso usar aquelas touquinhas que a Gisele usa. 00h12

Ah, eu ainda não te contei? 00h12

Ok. Você tá brincando, né? 00h12

Sim :D 00h12

Ah, certo. Eu sabia. É sério ;) 00h13

Aham. Rs. 00h13

Tá. Boa noite, então, Nanda. 00h13

Boa noite, Cadu! 00h13

O que é que eu deveria estar fazendo no Facebook mesmo?

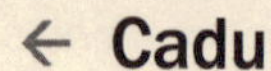

online

HOJE

Pronto, adicionada. Salva meu número aê! 22h47

Salvo! 22h47

Mais fácil assim.
Desacostumei do Facebook 22h47

Diz a pessoa que passou
o domingo todo lá 22h47

Só porque a senhorita é do tempo das cavernas e
ainda não descobriu que tem vida fora de lá 22h48

Fazer o quê, sou fiel aos meus hábitos 22h48

Que bom. Ser fiel é uma boa qualidade.
(O Facebook não é ruim assim.
Eu que desacostumei mesmo) 22h48

Bom, até amanhã então, Cadu! 22h51

Até amanhã, Nanda 22h51

✳ Capítulo 16 ✳

Na segunda-feira, chego ao Rabanada muito mais cedo do que meu horário habitual. Não consegui dormir direito e, depois de ficar rolando na cama, desisti de tentar.

— Caiu da cama, menina? — pergunta dona Mazé quando me vê entrar.

— Pior que sim — respondo desanimada.

— Vai lá sentar que eu te levo um café. — Ela pisca para mim.

— A senhora tem passagem direta para o céu, sabe disso, né?

— Deus te ouça, mas não vou pra lá tão cedo, não!

Damos risada e vou para o escritório, onde Gi, sentada com uma xícara nas mãos, encara uma parede.

— Ué. Fazendo o quê aqui a esta hora? — pergunta ela ao me ver entrar.

Tiro o cachecol e penduro no mancebo. Hoje está um dia bem típico do inverno de São Paulo: gelado e seco.

— Tive insônia. Tem problema eu ficar fazendo meu TCC enquanto não dá meu horário?

— Nenhum. Boa sorte. — Gi estremece. Acho que ninguém tem boas lembranças dessa época da faculdade.

Abro o arquivo e continuo de onde tinha parado no sábado. Tentei escrever ontem, mas me distraí conversando com o Cadu. E pensar que, há menos de uma semana, minha vontade era de estrangular o pescoço dele.

Acho que foi por isso que não consegui dormir direito. A preocupação com o TCC, o Projeto Escorpião, essa proximidade com ele, considerando que a gente quer o mesmo emprego... É coisa demais.

Quer dizer, como essa amizade pode dar certo no longo prazo? Sem afetar meu foco no trabalho? Mais ainda, eu consigo lidar se ele for efetivado, e não eu? Consigo lidar se *o Cadu* não suportar que eu fique com a vaga e acabar se afastando?

Já me passou pela cabeça que ele pode estar se fazendo de meu amigo para me passar a perna, mas não consigo acreditar nisso. Ele parece tão sincero, tão bem-intencionado.

Foco meu texto, mas não consigo produzir muita coisa. Perto das nove, Cadu chega e meu coração dá um salto.

— Oi — digo sem jeito.

É meio estranho cumprimentar alguém com quem você trabalha quando vocês passaram boa parte do fim de semana conversando. É como se a gente tivesse uma intimidade nova — na verdade, eu não sei se a gente tem mesmo.

— E aí, é hoje que vou conhecer o famigerado estoque? — fala ele, sorrindo e preenchendo todo o ambiente, como se nunca tivesse ouvido a palavra "insegurança".

Tenho alguns minutos antes do meu horário de almoço acabar e resolvo dar uma volta para arejar a mente e, quem sabe, me inspirar um pouco. A ideia é voltar a trabalhar no TCC assim que eu tiver um tempo livre, já que passei a manhã toda ocupada.

Vou para a cozinha, parando apenas para pegar um copo de água no bebedouro ao lado do escritório. Os funcionários ou estão cuidando da louça suja ou iniciando as receitas de amanhã que precisam de algum tipo de pré-preparo.

Fico em um canto para não atrapalhar ninguém e observo o movimento. Embora dê para ver toda a cozinha pelas janelas do escritório, é diferente estar aqui, em meio à agitação. Há uma sintonia entre os trabalhadores, muitos deles juntos desde quando o restaurante abriu. Enquanto andam de um lado para o outro lavando panelas, cortando alimentos, guardando a louça, soltam provocações e piadas internas ao mesmo tempo que conversas sussurradas surgem em grupos menores.

É um trabalho que exige sincronia. Adriana, por exemplo, está concentrada dando instruções a Roberval, dona Mazé e mais três funcionários, provavelmente sobre algum corte de carne, a julgar pelos seus movimentos com as mãos, simulando uma faca. A equipe formada por dois garçons e duas garçonetes está dividida entre lavar e guardar louças, enquanto os demais auxiliares continuam focados nas receitas de amanhã.

Vejo que, por trás dos sorrisos, há também cansaço e preocupação. Todos estão aqui porque precisam estar e, portanto, dão o seu melhor. É por isso, percebo, que gosto tanto do meu trabalho. São essas pessoas que tornam meu dia a dia suportável, que me fazem sentir acolhida.

Preciso continuar aqui.

— Preocupada com alguma coisa, menina? — Dona Mazé se aproxima de mim.

Viro o rosto para responder.

— Com meu TCC, dona Mazé.

— Queria poder te ajudar — diz ela —, mas minha ignorância não me deixa saber muita coisa.

— Que é isso! A senhora não é ignorante.

— Não falo isso em um mau sentido, filha, só que tenho pouco estudo — diz ela. — Mal fiz o ginásio. As coisas não eram nada fáceis naquela época, sabe?

Assinto com a cabeça, embora não saiba exatamente a que ela se refere.

— Hoje tenho meu trabalho aqui, eu e meu marido conseguimos manter nossa casa. Minha filha trabalha desde os 15 anos e agora está decidida a voltar a estudar. — Um lampejo de orgulho estampa sua feição. — Ela é uma moça muito inteligente, era uma das primeiras da sala! Terminou a escola, continuou trabalhando e juntou um dinheirinho dela, que é para a faculdade. Vai começar mês que vem, enfermagem! É a primeira da família a fazer curso superior. — Seu sorriso explode.

— Parabéns, dona Mazé! Vocês devem estar tão felizes — falo, passando o braço em seus ombros.

— Ah, filha, estamos, sim! Com a graça de Deus, a Noêmia vai ter um futuro melhor que os pais dela. Tenho sorte de ter meu trabalho, de ter comida na mesa e um teto para viver — explica —, mas viver para trabalhar e receber o mínimo... Isso não é vida, não.

Ela retorna ao serviço e respiro fundo, vendo que acabou minha hora de almoço.

Quando chego no escritório, Cadu está discutindo com a Gi algum detalhe da planilha. Como eles parecem estar se entendendo, resolvo não me intrometer e me sento quietinha em frente ao computador.

Fico tão concentrada na tela que levo um susto ao perceber Cadu me encarando da outra cadeira.

— Tudo bem aí, Nanda?

— Estou meio travada no meu TCC. Meio não, completamente. Eu sei o que quero escrever, mas não consigo!

Ele faz uma careta.

— Vi aquele seu post pedindo indicação de gente de TI. É para o TCC?

— É. Decidi fazer um software.

Não digo mais nada, me dando conta de que contar minha ideia é entregar a única carta que tenho na manga para conseguir a vaga.

Ele percebe que parei de falar e me olha sem entender.

— Topa fazer uma coisa? — diz em seguida. — Que tal a gente ir naquela cafeteria pertinho daqui quando der nosso horário, e aí eu tento te ajudar? Tenho uma proposta para você.

Olho para ele por alguns segundos antes de responder.

— Não quero te atrapalhar, você deve estar cansado e...

— Não, corta essa — interrompe ele. — Não tenho nada importante hoje e não me custa te ajudar. E um *mocha* quentinho vai cair bem com o frio de hoje.

— Ah, sabia que tinha uma segunda intenção por trás dessa ajuda.

— Mas é claro que sim. Por que não teria?

Sinto, novamente, um frio na barriga quando ele sorri, e me pergunto se ainda estamos falando sobre o café.

Percebo que não sei qual opção eu prefiro.

— E então, posso ser seu garoto de programa?

Estamos sentados em uma mesa mais reservada e distante do burburinho dos clientes. Cadu, sentado à minha frente, ri da própria piada. Enquanto ele me contava que começou recentemente a fazer um curso técnico de desenvolvimento de sistemas, não só tomei todo o meu chocolate quente como também mordi as bordas do copo de isopor descartável, sem conseguir controlar a ansiedade.

Ainda não expliquei a ele para que é o software e não sei se devo dizer. De qualquer forma, ele estava tão empolgado para me contar como achou que seria uma formação útil no currículo, que havia um tempo não sentia tanto interesse por algo, que não percebeu que eu, na verdade, falei bem pouco.

— Você precisa dizer alguma coisa, Nanda, senão vou ser obrigado a continuar falando.

Ou talvez tenha percebido. E está matracando *porque* eu estou desconfortável em falar.

— Tem algo que eu preciso te contar — decido. Não posso esconder isso dele.

Ele franze a testa.

— Devo me preocupar?

— O software é para o Rabanada. É o que o sr. Arlindo colocou de condição para, talvez, me dar o emprego. Se você me ajudar, vai também estar se sabotando.

— Ah. — É só o que ele responde.

— Pois é.

— Bom — ele se apruma, como se não estivesse disposto a desanimar ou desistir —, eu não me importo de te ajudar. Seria bom para treinar, então você não seria a única a ter alguma vantagem.

Fico chocada olhando para ele, que sorri para mim com gentileza. Ele está mesmo se oferecendo para fazer isso, sabendo que se prejudicaria na disputa pela vaga?

O burburinho ao nosso redor diminuiu, somos praticamente os únicos clientes do café. Avisto de longe uma garçonete limpando o balcão, enquanto outra retira louças e restos de alimentos de cima das mesas agora vazias. Além de nós, só há uma garota da minha idade no sofá lendo um livro e um homem de terno em uma mesa, mexendo no celular.

Respiro fundo.

— É muito gentil da sua parte, Cadu, mesmo. Mas não posso aceitar.

Já tem sido muita pressão. Não preciso adicionar uma dose extra de confusão a essa situação toda.

Ele assente, resignado.

— Posso ao menos indicar quem possa te ajudar? Ou te ajudar com ideias?

— Pode. — Sorrio. — Obrigada!

— Tá, então, de que software estamos falando?

— Um que substitua o uso das planilhas.

— Para controle de estoque?

— E controle financeiro em geral.

Cadu segura o queixo, me encarando pensativo.

— E qual o benefício do software em relação às planilhas?

— Ué — digo sem entender. — Um software é muito mais moderno, para começo de conversa.

— De fato. Mas as planilhas funcionam bem no restaurante. Para que investir numa tecnologia mais cara se não vai ser mais funcional?

— Quem disse que não? — Começo a me irritar. Ele quer ajudar ou atrapalhar?

— Os computadores do Rabanada não são muito modernos. — Ele tem razão nessa parte. — E se o software não rodar bem neles? Se for muito pesado? E o que de novidade ele teria em relação às planilhas, que não dão nenhum problema?

Abro a boca para responder, mas nada sai. Porque não sei responder nenhuma dessas questões.

Cadu percebe meu silêncio, então, tenta de outra maneira:

— O que você escreveu? Qual foi sua proposta?

— Ainda não cheguei nessa parte — digo, fingindo indiferença.

— Como assim? Você não precisou desenvolver a ideia do software para apresentar a proposta do TCC?

— Eu apresentei como um software para controle interno, para trazer melhorias — defendo.

— Mas, Nanda, isso é muito genérico. Você precisa de algo específico, tanto para desenvolver o programa quanto para defender seu trabalho.

— Eu sei que preciso, obrigada por apontar o óbvio! — explodo.

Ele arregala os olhos e joga o corpo para trás, quase que se esquivando.

— Merda. Desculpa — digo em seguida.

— Não, você tem razão. Eu passei do limite — responde ele, mais contido do que há instantes. — Eu é que peço desculpas.

Coloco a cabeça entre as mãos, o que provavelmente me deixa descabelada. Nenhum dos dois diz nada, e não sei o quanto Cadu está ofendido.

Não sei também o que estou sentindo. Sei que quero chorar de desânimo, porque essa conversa toda só me deixou mais ciente do quanto meu TCC está cru.

— Você está certo — digo baixinho. — Eu preciso mesmo focar.

— Pode repetir?

Olho para ele sem entender.

— Repetir? — questiono.

— O que você disse. Sobre eu estar certo. — E sorri com presunção.

Reviro os olhos, mas sorrio de volta.

— É que parece que eu tenho nadado, nadado e vou morrer na praia.

— Calma — diz ele, colocando o corpo por sobre a mesa e tocando um dos meus braços. Um pequeno choque me faz estremecer no segundo em que a mão do Cadu encosta em mim. Ele também parece notar, então, se apressa em se sentar normalmente, recolhendo a mão para o próprio colo. — Você não está nadando em vão. Primeiro, você tem os dados do Rabanada e, pelo que entendi, já fez a apresentação de lá, certo? — Assinto. Ele prossegue: — Isso significa que você tem onde encontrar respostas.

Ele está certo de novo. Mas algo me diz que, se eu falar isso em voz alta, aquele sorriso presunçoso vai voltar ainda maior.

— Segundo, nenhum trabalho foi perdido, tudo isso só vai te dar uma maior compreensão do restaurante. Agora só falta *você* enxergar de que ele precisa. Eu não sei o que é, meu tio não sabe, a Gisele não sabe. — Ele aponta para mim — É o seu olhar sobre as demandas de lá que vai te dar a resposta. — Cadu cruza as mãos sobre a mesa. — Esse software vai sair quando você diagnosticar um problema real, não um pseudoproblema. A gente só consegue fazer a diferença quando está mesmo disposto a ouvir, seja o que vem de fora ou o que vem de dentro.

Sinto uma vontade enorme de dar um abraço nele, mas me controlo.

— Obrigada. — É tudo o que digo, além de sorrir.

— Não precisa agradecer — fala ele, também sorrindo. — Já é ótimo saber que estou certo.

Pronto. Está aí a droga do sorriso.

← **Dani**

HOJE

Olha, miga, sei que o papo deve estar bom, mas cê não pode rir mais baixo, não?? 00h14

Aii, desculpa, Dani 00h15

Só joguei um verde hahaha
Tá falando com ele de novo, né?? 00h15

¬¬ 00h15

SABIA hahahahahhaha 00h16

* * * Capítulo 17 * * *

A conversa com o Cadu explodiu tanto minha mente que cheguei em casa vomitando tudo para a Dani, que estava de folga do estágio e descansando da viagem. Talvez, falando para ela, eu organizasse melhor as ideias e tivesse uma luz sobre o que fazer.

A única coisa que ela apontou foi a quantidade de vezes que citei o nome do Cadu.

Joguei uma almofada nela e perguntei sobre os jogos. Ela chegou enquanto eu estava no Rabanada, então, eu ainda não tinha tido a oportunidade de conversar com ela.

— Mas sério, Nanda — diz ela, depois de contar as fofocas e antes de ir dormir. — Talvez seja melhor você tirar uma folga do seu TCC. Ficar uns dias longe pode te ajudar a enxergar as coisas com mais clareza.

Sigo o conselho dela.

Por isso, na quinta-feira, quando fico sozinha durante o meu horário de almoço, resolvo voltar para o escritório e usar o computador para o Projeto Escorpião. Meu horóscopo do dia disse que era um bom momento para o amor, o que tomo como um sinal.

Primeiro tento conseguir mais informações sobre o Rodrigo. Fuço seu perfil do começo ao fim, abro todas as fotos, mas não descubro nada.

Quem tem uma rede social e não usa?

Sem me deixar abater, busco de novo os perfis dos três primeiros da lista, que não encontrei na primeira pesquisa.

Nada novamente.

Eu me recosto na cadeira bufando, decepcionada pela dificuldade em reunir as informações. Seguir a ordem não está me dando sorte. Será que vou ser mais bem-sucedida se pegar um dos nomes aleatoriamente?

Fecho os olhos e passo o dedo pela lista. Tento sentir as batidas do meu coração como se fossem um guia e, quando pressinto que é o momento certo, paro.

Flávio Hito.

Determinada, jogo o nome no campo de busca e aguardo, a ansiedade percorrendo minhas veias.

Uma lista de perfis aparece, encabeçada por um de Mogi das Cruzes. Clico nele sem pensar duas vezes e vou direto na data de aniversário.

Dia 9 de novembro, 24 anos.

É ele!

Não consigo me controlar e solto um grito de empolgação, jogando os braços para cima.

— Pode continuar, não se incomode comigo — diz Cadu, caminhando em direção à nossa mesa, e percebo que ele está levemente molhado. Só então me dou conta de que começou a chover. — Descobriu que ganhou na loteria ou tem a ver com o cara da foto aí? — Ele aponta para o computador.

— Não foi nada de mais, eu... Só precisei me alongar um pouco — invento e me viro para fechar a tela.

— O que é isso? — indaga Cadu, com minha lista nas mãos, para meu completo horror. — "Projeto Escorpião"?

Fico mortificada.

Reviro a mente, tentando criar alguma explicação. Só que absolutamente nada me ocorre. Cadu percebe meu desconcerto e coloca a lista na mesa, como se ela queimasse. De repente, não sei quem está mais sem graça: eu ou ele.

— Não precisa responder — ele se apressa em dizer. — Acho que é pessoal, né? Eu não deveria ter perguntado, é que estava aí em cima e achei que fosse trabalho, então...

— Não, tudo bem — consigo dizer. — Eu não devia ter deixado aí.

Com isso, encerramos o assunto.

Fico aliviada por não ter precisado dar mais informações e, ao mesmo tempo, um pouco surpresa com a reação do Cadu. Acho que eu estava esperando que ele continuasse naquela postura de gozador e eu acabasse me sentindo pressionada a falar, o que não seria legal.

Ele me avisa que vai conferir no estoque se os funcionários deram baixa corretamente dos produtos retirados hoje e fico outra vez sozinha, pensando em como Cadu reagiu.

O mais plausível seria ele ter ficado desconfortável por ter percebido que invadiu minha privacidade sem querer. Mas e se não for isso? E se foi pelo conteúdo da lista, cheia de nomes de homens?

Mas também, por que isso seria um incômodo?

Talvez exista uma outra pergunta que estou evitando fazer.

Por que *eu* fiquei tão desesperada com a hipótese de ele descobrir o que é o Projeto Escorpião? Será que foi só vergonha mesmo, receio de ele me achar doida? E por que eu me importo tanto com o que ele vai pensar de mim?

Antes que comece a sair fumaça da minha cabeça, Gi entra no escritório.

— O sr. Arlindo não entrou aqui, né? — pergunta preocupada, guardando sua bolsa um tanto quanto afobada.

Quando nego, ela suspira aliviada, explicando que se atrasou por causa do temporal.

O sr. Arlindo não tolera atrasos. Nem parece que mora em São Paulo, a cidade dos imprevistos e do trânsito caótico.

— Preciso que você me faça um favor — começa Gi, enquanto se paramenta. Ela sempre me faz pedidos desse jeito, mesmo quando se trata das minhas obrigações. — As datas de validade dos produtos abertos no estoque precisam ser atualizadas. Você faz isso para mim? Eu tenho que colher as amostras de hoje.

Todos os dias, a Gi guarda no freezer um pouco de cada alimento preparado, por um mês. Isso é necessário quando, por exemplo, surge a hipótese de um surto de intoxicação alimentar. A Vigilância Sanitária precisa investigar se a comida estava contaminada e utiliza essas amostras para fazer os testes. Graças a Deus nunca tivemos nenhum problema do tipo, porque a Gi pode até ser presa se acontecer.

Respondo afirmativamente e me dirijo ao estoque.

Entro casualmente e Cadu levanta os olhos.

Ele está com o tronco inclinado sobre o balcão, onde apoia os cotovelos. A luz mais fraca do estoque deixa seu rosto escurecido e com um ar misterioso. Seu cabelo já está seco, mas ficou meio bagunçado, de um jeito estiloso.

— Vim atualizar as datas de validade — digo, e aponto para qualquer produto que esteja mais perto.

Ele concorda, e ficamos absortos em nossas atividades.

Dou um pulo quando a luz se apaga com um estalo, e tudo ao nosso redor fica mais silencioso do que antes.

Acabou a energia.

Só não estamos em meio à escuridão total porque há uma pequena claraboia bem no centro do teto, mas a luz que vem dela é insuficiente para continuarmos com nossas tarefas.

— Acho que a chuva não quer que a gente trabalhe — fala Cadu, sorrindo. — Melhor voltar para o escritório, lá não deve estar tão escuro.

Concordo com ele e nos dirigimos à porta.

— Ai, droga! — exclamo quando me dou conta de um pequeno detalhe.

— O que foi?

— Estamos trancados.

O estoque é o lugar do Rabanada onde também fica o cofre. Duvido que o sr. Arlindo deixe dinheiro aqui, mas certamente guarda documentos importantes. A questão é que aqui tem uma segurança extra: a porta se tranca automaticamente quando é fechada e precisamos digitar uma senha para abri-la.

Procedimento esse que exige eletricidade.

Logo ouvimos uma batida na porta, seguida de uma voz.

— Nanda? Cadu?

— Estamos aqui, Gi.

— Ai, caramba. Eu tinha esperanças de que vocês tivessem saído antes de a energia acabar.

— Não tivemos essa sorte — resmunga Cadu.

— Vocês estão bem? Tem algo que eu possa fazer?

— A não ser que você saiba como abrir a porta, acho que não — falo, desanimada. — Estamos bem, fica tranquila. Sorte que não é verão! — E estremeço só de pensar no sufocamento daqui com o ar abafado.

— Não deve demorar muito. — Cadu suspira, sendo otimista.

Gi avisa que estará no escritório tentando falar com a companhia de energia e nos deixa a sós.

Esperando.

E esperando.

— Ou talvez demore — ele quebra o silêncio depois de vários minutos.

Não sei se dou risada da situação ou se choro.

Estou cansada, mas não quero me sentar. Já tivemos problema aqui uma vez com ratos e, por mais que a Gi ordene inspeção e limpeza regulares para que não aconteça de novo, fiquei traumatizada.

— Não sei você, mas vou me sentar no chão mesmo — fala Cadu, como se tivesse lido minha mente.

Ele se acomoda e parece bem mais confortável do que segundos antes.

Ah, dane-se!

— Acho que vai ser mais uma das minhas histórias sobre ficar preso para contar.

— Devo me preocupar em estar trancada com um criminoso?

— Estava pensando mais em situações como ficar preso no elevador.

E então ele me conta sobre sua sorte — ou azar — com elevadores, e que já ficou preso pelo menos quatro vezes.

— A pior foi, com certeza, quando eu tinha uns 12 anos — conta. — Eu morava em um prédio e tinha acabado de dar meu primeiro beijo.

Tento imaginá-lo como um pré-adolescente, mas só me vem à cabeça sua imagem atual. Um arrepio percorre minha espinha.

— Se tivessem me contado, algumas horas antes, que eu ficaria preso no elevador com a menina por quem eu estava interessado, eu teria pulado de alegria. O problema foi que, depois que consegui finalmente beijá-la, toda a idealização acabou. A experiência foi horrorosa, tanto para mim quanto para ela. — Ele ri.

Dou risada, não sei se pelo comentário dele ou se por minhas próprias lembranças. É engraçada essa fase de quando estamos deixando de ser crianças e não sabemos como agir. Alguns ao nosso redor parecem mais avançados e acabamos nos sentindo pressionados a acompanhar. Lembro as vezes que eu ficava com vergonha por querer brincar, mas minhas amigas preferiam falar sobre garotos.

— Decidimos voltar cada um para o seu apartamento. E foi quando ficamos presos. Acho que foram os quinze minutos mais longos da minha vida, porque eu não sabia o que fazer! Dava para ver que ela estava com receio de que eu retomasse o beijo. Foi muito constrangedor. E provavelmente a pior história de primeiro beijo que você já ouviu.

— Ah, mas não é mesmo.

Talvez o fato de estar escuro me deixe mais à vontade e narro minha história vergonhosa de ter sido o castigo de uma aposta perdida sem me sentir mal com ela. Agora, meus olhos estão acostumados à escuridão e consigo distinguir os contornos de Cadu. A cabeça está apoiada na parede e virada de lado em minha direção, enquanto seus braços estão jogados por cima das pernas dobradas e seus pés, firmemente apoiados no chão.

— Ok, você venceu — reconhece ele quando termino. — Adolescentes tendem a ser meio panacas de vez em quando, e falo por experiência própria, mas esse cara merece o troféu de maior babaca do ano. Como ele pode ter dispensado alguém como você?

Um milhão de borboletas levantam voo em minha barriga.

— Você não conheceu minha versão de 15 anos — brinco, tentando disfarçar como o comentário dele na verdade mexeu comigo.

— Duvido que fosse tão ruim assim. E, mesmo que fosse, ninguém deveria ser tratado dessa maneira.

Ainda não consigo discernir as expressões de Cadu muito bem, então, não sei se seus olhos aparentam o carinho que acredito ter ouvido em sua voz. Por outro lado, agradeço pela falta de luz. Acho que não gostaria que ele visse tudo aquilo que *meus* olhos certamente estão entregando.

— Só para você ter noção, o Márcio, meu padrasto, brincava que eu parecia um bonecão do posto. Eu era excessivamente magra, e meus pés e braços cresceram mais rápido do que o resto de mim.

Cadu gargalha, mas logo emenda uma pergunta:

— Isso não te deixava mal? Quer dizer, nessa época, a gente costuma ser inseguro.

— Seria mentira se eu dissesse que não me importava um pouquinho, até porque era frustrante comprar roupas de manga comprida e todas ficarem curtas. As que serviam no braço ficavam enormes no tronco. — Graças a Deus que essa fase passou. Hoje, me dá uma satisfação enorme colocar roupas de inverno e vê-las tão bem ajustadas no meu corpo. — Mas eu sabia que ele estava brincando, fazia parte da nossa rotina implicar um com o outro.

— Seus pais são separados há muito tempo?

— Nunca foram casados. Na verdade, não conheço meu pai.

O clima fica instantaneamente pesado.

— Sinto muito, Nanda. E desculpa se perguntei algo que cause algum tipo de desconforto.

— Não tem problema.

— Você sente falta dele?

Paro para pensar.

— Para ser bem sincera, não. É claro que às vezes me pergunto sobre ele, o que pode ter acontecido, se ele construiu uma família, se tenho irmãos. Mas acho que não me permito sentir falta. Ele nunca se interessou por mim, então, por que sentir falta de alguém para quem não faço diferença? Minha mãe e meus avós sempre me deram tudo de que precisei e foi mais do que suficiente.

Não sei há quanto tempo estamos aqui, mas, em algum momento, a situação se tornou estranhamente aconchegante. E talvez seja essa percepção, aliada ao escuro, que me faz começar a falar antes que eu me dê conta do que estou fazendo.

— Terminei um relacionamento de dois anos há pouco mais de um mês e fiquei arrasada. — Cadu fica surpreso com a confissão repentina, mas permanece atento. — Comprei um livro de astrologia algumas semanas depois e, segundo ele, a pessoa ideal para mim nasceu em um dia 9 de novembro.

Não explico como consegui os nomes, afinal, eu poderia comprometer a Lu e o cartório do meu tio, mas falo que montei a lista que ele encontrou apenas com pessoas nascidas nesse dia.

— Então você tem procurado esses caras para tentar encontrar o amor da sua vida?

Percebo nele tom de curiosidade e nada além disso. Nenhum sinal de desdém ou julgamento.

— Falando assim, parece mais importante do que é, mas... hm, é — respondo, constrangida.

Para minha completa surpresa, em vez de fazer piada, Cadu sorri e balança a cabeça.

— Você é mesmo única, Nanda.

E pronto.

Ele simplesmente aceita.

— E você já encontrou algum?

O que me faz narrar minha saga com o Roqueiro Apático.

Assim que termino, Cadu dá aquela risada alta e vigorosa jogando a cabeça para trás, como costuma fazer.

É de novo tão contagiante que, desta vez, começo a rir também.

— Olha — diz ele, assim que para de rir —, você tem que concordar que poderia ter sido pior.

— Claro, como se ter ido até lá achando que eu encontraria meu príncipe encantado e, em vez disso, ter tomado um banho de vodca e a maior esnobada da história não fosse ruim o suficiente. Quem, pelo amor de Deus, não é capaz de dizer ao menos "oi" para alguém, especialmente uma possível fã? — falo, indignada.

— Pensa assim, Nandinha: todo mundo já fez papel de trouxa pelo menos uma vez. Encare como uma história para contar. Eu tenho as minhas de elevador, você pode ter as suas com roqueiros.

— Eu realmente espero que não!

Estamos rindo quando solto um grito e fico em pé.

— O que foi? — Ele se levanta na hora.

— Acho que senti alguma coisa no meu pé.

Foi só uma roçada, mas suficiente para disparar meu coração.

— Vem aqui. — Cadu pega meu braço com delicadeza e me puxa. Fico atrás dele enquanto ele encara o chão atento, tentando me proteger. — Acho que não era nada. Espero. — E dá risada, virando o corpo.

Mas, quando ele faz isso, tropeça no próprio pé e se apoia em meus braços, ficando perigosamente perto de mim.

O ar sai quente de suas narinas e resvala meu rosto. Suas mãos seguram meus braços, e meu peito quase encosta em seu tronco. Meus olhos estão fixos no rosto dele, que me encara de volta, como se estivéssemos presos neste instante.

Sinto as mãos dele subirem de leve até meus ombros, e meu corpo dispara choques, como se eletrizado. A respiração dele está ofegante, assim como a minha, e, quando ele engole em seco, o pomo de adão subindo e descendo, sinto uma fisgada quente entre as pernas.

Minha calcinha acaba de ficar molhada. E tenho certeza de que quero beijá-lo.

A luz volta de repente e ele pula para trás. Instintivamente, levamos as mãos aos olhos, sensíveis com a luminosidade repentina.

Gi chega, pelo lado de fora, e a ouço digitar o código de destravamento. Em instantes, estamos livres.

O ar está mais gelado fora do estoque, e não consigo dizer nada, atordoada demais pela explosão de sentimentos de instantes atrás. Eu realmente quis beijar o Cadu? Quero?

Engulo em seco só de imaginar os lábios dele nos meus, suas mãos firmes no meu pescoço... Mas não é possível. Como a gente faria isso disputando a mesma vaga? Esse cara pode me deixar desempregada!

Sento no meu lugar, agradecendo mentalmente por faltar pouco até meu horário de saída.

Para minha surpresa, recebo uma ligação. Márcio.

Na hora fico em estado de alerta e Cadu percebe minha tensão. Normalmente só minha mãe me liga, e quando já estou em casa. O que pode ter acontecido? Mamãe? A Bel?

— Oi, Nanda! Espero não estar te atrapalhando.

— Não, Márcio, pode falar. Está tudo bem?

— Está sim, fica tranquila — responde ele ao perceber o pânico na minha voz. Relaxo no mesmo instante. — Só queria saber se você, por acaso, deu meu telefone para alguém.

— Seu telefone? Não, não passei o número para ninguém. Por quê?

— É que estou há quase duas semanas recebendo mensagens de um número desconhecido procurando por uma "gatinha", dizendo ser o "cara da balada" que a "gatinha", aparentemente, não quis beijar e o deixou "sonhando com isso". Entre outras coisas. — Mordo o lábio, segurando a risada. O Márcio não parece estar achando graça. — No começo, achei que fosse engano. Mas as mensagens não pararam de chegar, mesmo quando avisei que era o número errado e pedi para parar. Ele disse que não acreditava e que era para eu mandar foto de agora. O que isso significa, afinal?

Eu jamais passaria o meu número para alguém que não conheço, muito menos o do Márcio! Fiquei tão orgulhosa de mim na balada aquele dia por ter me livrado do garoto insistente...

Mas, talvez, exista uma mínima chance de eu não ter inventado e ter dito o telefone do Márcio sem perceber.

Explico tudo isso, pedindo desculpas, mas ressaltando como a culpa era da nossa pouca comunicação.

— Acho, inclusive — continuo — que a gente devia se ligar mais vezes. Vai ser ótimo para o nosso convívio familiar!

— O que vai ser ótimo para o nosso convívio familiar é você parar de dar meu telefone quando não quiser dar o seu — fala ele, irritado, e me encolho. — Acho bom o *da balada* parar de encher o meu saco antes que *eu* dê o *seu* número de verdade para o menino!

Me desculpo de novo antes de desligar e pressinto que é melhor começar a rezar para a questão se resolver logo.

— Você realmente deu o telefone do seu padrasto para um cara na balada? — pergunta Cadu, segurando o riso.

Ele deve ter entendido a história, apesar de ter ouvido apenas meu lado da conversa.

— Eu não sabia o que estava fazendo!

Ele gargalha.

— Para de rir de mim! — peço, já rindo também.

Passa das quatro, meu horário de saída, mas nenhum de nós parece ter percebido. Ou se importado.

← Família Cardoso-Santos

Mãe, Márcio, Você

HOJE

Mãe
<Foto> 08h12

<Foto> 08h12

Eca, mãe. Presumo que o dente da Bel tenha caído. Que legal e tal, mas não precisava mandar foto dele com sangue... Meu pão de queijo ficou superapetitoso agora ¬¬ 08h37

Mãe
Não fui eu, sua irmã pegou meu telefone de novo 08h37

E já não te falei pra não ficar comendo essas comidas de metrô, Nanda? 08h40

Relaxa, mãe, tô criando imunidade ;) 08h41

Mãe
Espero que não comece a criar bactérias, isso sim. Espera só você virar rainha por um dia, sem conseguir sair do trono, aí você não come mais. 08h42

Márcio
Obrigado, amor, pela imagem do dente ensanguentado da Bel e da diarreia da Nanda pra ficar na minha mente. Tudo que eu precisava pra começar bem o dia! 08h49

* ✳ ✳ Capítulo 18 ✳ ✳ *

Estação: Tatuapé. Ao desembarcar, cuidado com o vão entre o trem e a plataforma.

Estou em pé, prensada entre sei lá quantos cidadãos e a barra de apoio, ao lado dos assentos, lidando com as consequências das minhas escolhas — no caso, voltar para Mogi em pleno horário de pico numa sexta-feira. Quero rir de mim por ter sido inocente a ponto de achar que conseguiria ler um pouco durante a viagem. É uma vitória conseguir respirar. Uma vez, numa situação semelhante a esta, cometi a besteira de levantar o pé, porque queria coçar meu joelho. Resultado: fui parte do caminho com uma perna meio levantada simplesmente porque não tinha como abaixá-la, de tão lotado o vagão.

Eu poderia ter ido amanhã de manhã, sem estresse e empurra-empurra, mas fiquei com medo do que poderia acontecer se eu ficasse em São Paulo.

Quando descobri que ia perder meu emprego para o Cadu, só o que senti foi angústia e desespero, além de uma decepção gigantesca por ter dado como garantido o meu cargo. Mas ir para o trabalho estranhamente se tornou ainda mais gratificante, não só por eu agora ter a perspectiva de talvez continuar no Rabanada, mas porque a companhia do Cadu tem sido incrível. Acho que eu seria capaz de chamá-lo para sair e, considerando aquele momento no estoque ontem, não garanto quais seriam minhas sinceras intenções. E eu teria que me esconder de vergonha se ele recusasse.

Mas, pensando bem, eu o peguei tantas vezes me observando, mesmo que fosse para desviar o olhar logo em seguida... E não vendo a minha aparência, mas *eu*, a parte mais sincera e verdadeira de mim, onde moram meus pensamentos e sentimentos. Então, a verdade é que tenho dúvidas se ele recusaria meu convite. E a parte de mim que acredita nisso se sente muito, muito feliz com a ideia, então, quero mantê-la comigo mais um pouquinho, porque pensar nisso... simplesmente me faz bem.

O que é completamente insano, até mesmo para mim.

Me sentir bem tem sido tudo de que mais preciso. Mas eu não deveria estar me envolvendo assim com o Cadu. Não com o meu emprego em cheque. Não com o Projeto Escorpião em andamento.

É melhor confiar em algo guiado pelos astros do que apostar no incerto.

Tentando me distrair e buscando ignorar o desconforto proporcionado pela lata de sardinha em que me encontro, foco o PE. Afinal, amanhã é dia de encontrar o Flávio. Descobri que ele trabalha em um sebo no centro de Mogi, então vou dar uma passadinha casual por lá. O bom é que adoro sebos, vai ser tipo aquelas promoções de pague um, leve dois!

O clima se altera ao meu redor, o que significa que chegou a hora de fazer a baldeação em Guaianazes e pegar o trem que segue até Mogi. As atenções estão concentradas na porta, aguardando pelo momento em que ela se abrirá. Nesse momento, é sempre bom que "a sorte esteja sempre a seu favor", porque o risco de ser pisoteado é alto. Nem me iludo em pensar que há uma chance de eu conseguir me sentar, então, é melhor sair com calma e classe.

E é óbvio que faço exatamente o oposto e saio correndo junto com a massa desesperada para entrar no vagão mais próximo. Em minha defesa, só faço isso porque, caso contrário, eu seria levada pela multidão, e prezo por minha integridade física, que é o que dá para proteger. A emocional já se foi faz tempo. Essa rotina de trem lotado em horário de pico fere a dignidade de qualquer um.

Só mais cerca de nove músicas e finalmente estarei em casa!

Ou pelo menos na estação, onde minha mãe vai me buscar. Mas de lá até em casa são duas músicas no máximo, então, não conta.

* * *

— Você tem certeza de que esse sebo abre hoje? É feriado, Nanda — diz minha mãe quando conto meu plano de ir ao centro da cidade, enquanto corto o pão francês que vai ser meu café da manhã.

Merda, eu tinha esquecido. Dia 26 de julho é o dia da padroeira da cidade, Sant'Ana — mãe de Maria e avó de Jesus. Por isso, é também considerado o Dia dos Avós.

Mogi é bastante católica. Uma das festas principais daqui é a Festa do Divino, que dura vários dias, tem romaria na alvorada e uma quermesse enorme, minha parte favorita. Meu coração se aperta quando lembro que perdi a deste ano, porque foi bem quando Vinícius terminou comigo.

Eu estava afogada demais na minha própria fossa para me deslocar até Mogi por um afogado.

— Bom... Menos mal que ainda não tirei o pijama — respondo, tentando ver o prato meio cheio.

— O que acha de a gente almoçar no shopping?

Assinto, animada. Quer dizer, não com o shopping em si, que não tem muita coisa na vastidão de seu único andar — ao menos, não comparado com os shoppings de São Paulo —, mas porque é sempre gostoso comer fora. Especialmente quando não sou eu quem vai pagar a conta.

A tarde é tranquila. Depois de comermos, Bel pede para brincar na área infantil e eu, mamãe e Márcio aguardamos tomando café no quiosque central do shopping enquanto isso. Como minha ida ao sebo foi por água abaixo, minha mãe oferece de irmos até a livraria antes de voltarmos para casa. Aceito, toda feliz, e vou embora com um exemplar de *Não se apega, não*, que estava em destaque e me pareceu muito propício.

De noite, depois de colocar a Bel para dormir, mamãe faz brigadeiro de panela para nós duas. Márcio fica na sala vendo um jogo, enquanto eu e ela nos debruçamos, uma de cada lado, no balcão da cozinha.

— Como estão as coisas, filha? — pergunta ela, pegando uma colherada do doce.

Por “coisas” entendo “superação pós-término”.

— Estou tentando seguir em frente.

O que é verdade. Não menciono o Projeto Escorpião, nem digo que ainda tenho crises de choro. Não quero preocupá-la e, para ser sincera, elas têm diminuído.

— Bom. E está tudo certo no trabalho?

Conto tudo o que aconteceu nas últimas semanas: a confusão da Gi; a chegada do Cadu; a disputa pela vaga.

— E você está avançando no TCC?

— Mais ou menos. — Faço uma careta e pego outra colherada de brigadeiro. O sabor macio do chocolate preenche minha boca e me deixa instantaneamente mais feliz. — O Cadu vai me passar o contato de um amigo dele e falou umas coisas que me deixaram pensativa. Acho que vou conseguir avançar mais nos próximos dias. Aliás, preciso. É a última semana de férias, e prometi para Paula que teria mais coisas para entregar para ela quando as aulas voltassem.

— Esse Cadu parece bastante solícito.

— Ah, ele é legal — respondo com sutileza, fingindo não ter notado que ela farejou algo no ar.

— Só legal? — pergunta com um olhar desconfiado e uma risadinha.

Fui tão sutil quanto um elefante.

— Tá, e bem gato também. — Eu não conseguiria esconder mesmo, caso ela me perguntasse diretamente.

Ela ri.

— Que bom que você já está conseguindo reparar em outras pessoas, minha filha — começa, levando a panela e os talheres para a pia —, mas não se esqueça de ir com calma. Sei que você costuma se empolgar rápido. Dói em mim ver minha menina sofrendo, então cuida do seu coração, tá?

— Prometo.

Dou um abraço apertado nela. O que menos quero são novas mágoas, então, sei que ela tem razão.

A Dani disse a mesma coisa quando percebeu minha quedinha pelo Cadu. Não que fosse algo tão difícil assim de notar, considerando que falo com ele o tempo todo por mensagem com "cara de boba alegre". Palavras dela.

Fui sincera sobre estar confusa. Eu sei que costumo me interessar rápido pelas pessoas, mas desta vez foi rápido *demais*. Com complicações *demais* envolvidas.

— É que ele é gato *demais*, e é bom que esteja te distraindo do babaca do Vinícius — tinha falado a Dani. — Só vai com calma para não se machucar, amiga. E, se precisar, vem fazer umas aulas de ioga comigo, eu saio de lá renovada!

Não sei onde a Dani arranja energia, ela está sempre envolvida com alguma atividade paralela ao estágio e à faculdade. Também vai se formar esse ano, em design gráfico. Somos da mesma faculdade, mas prédios diferentes, então, nem sempre a gente se cruza. A Dani é aquele tipo de pessoa incrível em tudo o que faz, então, sua efetivação está mais do que garantida. Ela estagia numa agência de publicidade e começou, de forma muito clichê, servindo café em reuniões e coisas do tipo. Exausta do pouco valor que recebia, explodiu durante uma reunião e deu soluções incríveis para os problemas da campanha em debate. Desde então, passou a realmente atuar na área dela e se tornou uma das estrelas em ascensão da agência.

— Como estão as coisas com o Thiago? — perguntei naquela conversa, percebendo que tinha alguma coisa a mais no fato de ela ter acabado de voltar da ioga.

— Do mesmo jeito — Ela pareceu um pouco mais segura do que da última vez que tínhamos conversado. — Tenho tentado não pensar muito no futuro. Quando chegar a hora certa, que vou saber qual vai ser — disse ela, enfatizando essa última parte —, vou ter A Conversa com ele para esclarecer nossa situação. Se ele não quiser que um "a gente" exista, trato de continuar cuidando de mim.

Eu ainda tenho muito o que aprender com a Dani no quesito cuidar do meu coração.

← **Cadu**
online

23/7/2014

Responda rápido: se você tivesse que escolher entre perder um rim ou parte do fígado, o que escolheria? 19h57

Devo me preocupar caso eu te veja com uma faca na mão? 19h58

Com certeza, mas só porque acidentes podem acontecer. Não planejo ser o novo Jack, o Estripador, relaxa. Enfim, sua resposta é...? 19h59

Hum... Acho que o rim. Depois da minha experiência com um pouco a mais de álcool, é bom ter o fígado intacto e tal. 20h03

Você é estranha. Eu com certeza preferiria manter os rins. 20h03

E qual é a do episódio bêbada? 20h03

Ah, claro, porque é realmente muito normal fazer uma pergunta dessas DO NADA... 20h04

Longa história. Em outro momento te conto rs... Ou não :P 20h04

Certo, minha vez. Tomar banho gelado no inverno ou greve de fome? 20h04

(Sim, estou ouvindo "Por você") 20h04

Precisa responder?? Banho gelado, óbvio! 20h06

De acordo ;) 20h06

Claro que sim. Você é estranha, não eu ;) 20h06

* ✱ ✳ Capítulo 19 ✳ ✱ *

Quando volto para meu quarto, entupida de brigadeiro e sem sono, decido me dedicar ao Projeto Escorpião.

Sentada na cama, não sei se me sinto feliz com os resultados ou se desanimo por completo. Encontrei os perfis de todos os que faltavam, porém só localizei dois deles: o Flávio, que eu já sabia; e o João Pedro, o candidato mais promissor, apelidado por mim de JP. Morador de São Paulo como eu, ele corre no Parque Ibirapuera às quartas, então, é lá que vou emboscá-lo.

Quer dizer, *encontrá-lo*.

E é claro que ele foi considerado o mais promissor por ter hábitos saudáveis e interesses semelhantes aos meus — ele gosta de O Teatro Mágico! —, não por ser disparado o mais bonito da lista. Não é difícil imaginar nós dois correndo lado a lado, sorrindo um para o outro, dividindo um par de fones ao som de "O anjo mais velho"...

Se bem que, para dividir o mesmo fio, a gente teria que correr no mesmo ritmo e bem próximos, o que é meio difícil. Bom, por outro lado, quer algo mais romântico que isso? Além da proximidade, seria uma demonstração e tanto de amor do JP correr mais devagar para eu acompanhar!

Sei lá qual foi a última vez que me exercitei, mas estou superdisposta a voltar. Não por ele apenas, mas porque vai ser bom para minha saúde e tudo o mais.

A parte ruim da busca é que risquei outros três nomes: o Caio e o Gustavo estão namorando, e o Giovanni é um verdadeiro babaca. Em cinco minutos na sua linha do tempo, encontrei uma publicação machista, um meme machista *e* racista, além de outras coisas absurdas que fizeram meu estômago revirar de raiva.

O fato de JP morar fora de Mogi me deu a ideia de retirar esse filtro das buscas, então, procurei mais uma vez quem eu ainda não tinha encontrado. Só deu certo com o Leandro, que agora mora no Rio de Janeiro, e o eliminei de vez. Realmente ainda não faço ideia de como encontrar o Rodrigo, que não posta nada, ou o Isaías, que até posta, mas nada de útil.

Encaro o atual estado do projeto uma última vez e dou por encerradas as buscas de hoje.

PROJETO ESCORPIÃO

1. ~~Marcos Pereira da Silva~~
   não encontrado (procurar de novo?) desisto
2. ~~Leandro Santana Cardoso Valente~~
   não encontrado (procurar de novo?) mora no RJ
3. ~~Diego Gomes Araújo~~
   não encontrado (procurar de novo?) desisto
4. ~~André Rodrigues Roqueiro Apático~~
   (não mesmo!!)
5. Rodrigo Figueiredo Teixeira
   (averiguar futuramente) ?????
6. ~~Caio Bueno de Faria Souza~~
   NAMORANDO (nem pensar!)
7. João Pedro de Alencar Costa
   Ibirapuera, quarta!
8. ~~Gustavo Machado Silva~~
   NAMORANDO (nem pensar!)
9. Flávio Takio Hito
   ir ao sebo no centro!
10. Isaías José Ferreira Fernandes
    ??????
11. ~~Giovanni Loureiro Pezani~~
    MACHISTA OPRESSOR!!!

Ainda sem sono, me ajeito entre as almofadas e o edredom, ligo a TV e entro na Netflix. Enquanto rodo o perfil procurando algo, noto meu celular piscando. Sinto um frio na barriga quando descubro ser uma mensagem do Cadu.

Cadu
Responda rápido: camisa branca ou preta? 22h46

Nem sei como isso começou, mas acabamos desenvolvendo essa brincadeira de pedir para o outro escolher uma entre duas opções, sejam elas quais forem. Além de divertido, porque algumas vezes são alternativas bem bizarras, isso tem permitido que a gente se conheça um pouco melhor.

Porém, Cadu pegou pesado agora: enviou duas fotos, cada uma com uma camisa, querendo saber qual fica mais bonita nele.

As duas?

Nenhuma?

Não consigo evitar uma pontinha de ciúmes. Será que ele está se preparando para um encontro?

A branca. Mas as duas ficaram boas. 22h43

Elas costumam ficar mesmo ;) 22h43

Exibido... Quem é a vítima da noite? 22h45

Só estou sendo realista. 22h45

Nenhuma. Aniversário da minha avó, amanhã. E por aí?
Alguma distribuição de número de telefone planejada? 22h45

O que falta na minha autoestima sobra na do Cadu. E, não que eu devesse me importar, já que estou trabalhando em "cuidar do meu coração" e no Projeto Escorpião, mas gostei de saber que ele não tem nenhum encontro.

"Netflix", digito, ignorando deliberadamente a piadinha.

Sem baladas hoje, então? Como que você vai garantir o suprimento de mensagens da semana pro seu Márcio? 22h48

Já viu A origem? FILMAÇO! 22h48

Já vi e quero algo menos complexo... Vou acabar ficando (de novo) com Brilho eterno de uma mente sem lembranças. 22h49

Você vai continuar ignorando minhas piadas, né? E qual é sua definição de "complexo"? Precisei ver esse filme umas três vezes pra ter certeza de que entendi. 22h50

Vou ;) E sou apaixonada por ele, é meu filme favorito da vida! 22h50

É muito bom mesmo. Mas meio deprimente, também. 22h51

É lindo ♥ Esquecer por completo alguém só para se apaixonar de novo pela mesma pessoa? É incrível! 22h53

E deprimente. 22h53

Pergunta: viver uma grande paixão e sofrer com as lembranças ou esquecer absolutamente tudo, como se não tivesse vivido? 22h55

A informação de que ele está digitando aparece e desaparece repetidas vezes até ele enfim enviar:

Foi profunda agora, hein? Acho que escolheria me lembrar. Apagar a memória me faria esquecer quem me tornei. 23h03

Concordo. Ainda mais se as boas lembranças compensam as más... 23h04

Tá. Eu disse que esse filme é deprimente. Vou ali me encolher em posição fetal e já volto! 23h06

Sem graça! 23h06

Rsrs... Mas, sério, esse astral não combina com uma noite de sábado. 23h08

E o que combina? 23h08

Muitas coisas... divertidas principalmente. 23h13

Ainda bem que ele não pode ouvir o ritmo alucinado no meu peito. É inevitável não lembrar aquele momento no estoque, quando estivemos bem próximos um do outro. A vontade que senti de beijá-lo.

Tudo depende do conceito de diversão. 23h14

Ah, tenho o meu muito bem definido. Mas te garanto que "filme deprimente" não se enquadra nele. 23h16

Resolvo não perguntar qual é, para o bem da minha sanidade.

Nem com um cobertor para esse frio? E guloseimas? 23h17

Bom, assim e com uma boa companhia a coisa muda de figura. O que acha de tentar me provar que essa deprê pode se tornar divertida? 23h21

Meu coração para um segundo. Ele está mesmo me chamando para sair?

Ai, meu Deus. O que eu respondo? Faço alguma piada?

Que tipo de proposta é essa, sr. Montinelli? 23h24

Uma na qual eu convido uma amiga para ver um filme deprimente comigo. 23h24

Não sei se fico aliviada ou decepcionada.

Rsrs, tá, então depois a gente marca essa sessão pipoca! 23h15

Fechado ;) Vou te deixar voltar pra sua depressão. Melhor eu ligar mais tarde pra saber se você continua viva, sã e bem? 23h15

Não precisa, pode ficar tranquilo. Com a quantidade de brigadeiro que comi com minha mãe, a serotonina tá garantida! 23h26

Ih, papo de Gi? 23h26

Hahaha... Sim, papo de Gi! 23h27

Boa noite, Nanda! 23h27

Boa noite, Cadu! 23h27

← **Dani**

online

HOJE

Acho que o Cadu me chamou pra sair... 23h28

QUÊ? CONTA TUDO! (Tava no banho, sorry) 23h47

Então... A gente tava conversando, falando de filmes e... Ah, pera que eu te mando print 23h48

Tá 23h48

<Foto> 23h50

<Foto> 23h50

<Foto> 23h50

<Foto> 23h51

Você acha que ele te chamou pra sair?? 23h53

Ai, que foi? Viajei?? 23h53

Miga, eu não acho que ele fez isso... eu tenho CERTEZA 23h54

Cinema amanhã? Faz tempo que a gente não vai, e aí você dá mais detalhes :D 23h54

TOPO! Vou voltar depois do almoço, aí a gente consegue ir mais cedo \o/ 23h54

* * * Capítulo 20 * * *

Não foi fácil convencer minha mãe de que eu precisava voltar para São Paulo logo depois do almoço. Ela reclama que passo pouco tempo em Mogi, mas acabou compreendendo, então, estou agora no trem, aguardando a partida.

Assim que ele apita, um rapaz entra correndo. Olha para trás e ri enquanto soa o aviso de "não embarcar após o sinal de fechamento das portas". Ele se senta na minha diagonal e não posso evitar a sensação de que o conheço de algum lugar. Será que estudamos juntos?

Aproveito que estou de óculos escuros e posiciono meu rosto de forma a não parecer que o estou encarando, enquanto desvio os olhos e o analiso descaradamente.

De cabelo comprido preso em um rabo baixo, ele parece fazer um estilo meio *hipster* e está maravilhado com algo em suas mãos.

Onde foi que eu já vi esse ser, meu Deus?

Só na estação seguinte é que me dou conta de quem pode ser.

Não. Seria *muita* coincidência.

Será?

Pego o celular e aguardo o 3G conectar, enquanto ele continua olhando admirado *sei lá o quê*. Assim que consigo sinal, procuro o perfil do Isaías, um dos rapazes que eu não conseguia localizar.

Bingo!

Quais as chances de isso acontecer? Tudo bem que Mogi é um ovo, mas mesmo assim! Preciso me aproximar. Se eu simplesmente sair daqui e puxar papo, existe uma boa possibilidade de ele se assustar e ficar na defensiva.

Estou mesmo com sorte, e Isaías pega o celular para tirar uma foto. Ninguém faz isso se não for para postar ou enviar para alguém. Torço para ser a primeira opção e me preparo para atualizar o perfil dele.

Pela expressão concentrada e o movimento das mãos, ele está digitando. Espero que não seja um textão.

Quando ele para, deslizo a tela do meu celular... E lá está a foto recém-tirada!

Você sabe que um dia é bom quando finalmente consegue um dos decks mais desejados da vida! #Magic

Continuo sem saber do que se trata. E por que isso seria mágico?

A foto mostra um amontoado de cartas na mão dele, como um baralho, mas com imagens grandes de paisagens e criaturas fantásticas, posicionadas acima de um bloco de texto.

Espero os comentários para ver se terei alguma pista, porém tudo o que consigo são amigos dele dizendo coisas como "Agora vai parar de floodar" ou "Esse é mono?".

Me rendo ao Google, pesquiso algumas das palavras e tudo se explica.

Magic é um jogo de estratégia que, segundo a Wikipédia, consiste em cartas a partir das quais os jogadores formam seus baralhos — ou decks — para vencer os dos adversários.

É como se o mundo tivesse se desvendado, e me acho o máximo por agora entender os comentários: o primeiro amigo disse que o Isaías vai parar de comprar territórios, e o segundo perguntou se o deck é de uma só cor.

Tudo bem, *entender* é muito forte. Digamos que eu traduzi as expressões, mas não faço ideia do que significam no contexto do jogo.

Pelo menos agora posso puxar assunto!

Guardo o celular e me preparo para ir até ele, tentando montar uma conversa na minha cabeça. Por sorte, o trem está quase vazio, então, o lugar ao lado dele continua vago.

— Licença, posso me sentar aqui? — pergunto com o melhor sorriso que Papai do Céu me deu.

— Hum, claro — responde ele, como se eu o tivesse despertado de um transe.

— Estava reparando, isso aí é um deck? — indago, como se fosse uma palavra recorrente no meu vocabulário.

Ele me olha surpreso.

— Você joga Magic?

— Hã, ainda estou aprendendo, mas você tirou a sorte grande hoje, hein? — Aponto para as cartas.

— Nem me fale, ainda não acredito que consegui. Olha!

Isaías mostra o deck todo usando terminologias que, definitivamente, nunca ouvi na vida.

Continuo sorrindo e assentindo, soltando eventuais "Nossa!" e "Uau!".

Ele tem um jeito tão intenso de falar que acho bonitinha a vibração. É bom ter paixão por algo na vida, e essa claramente é a dele.

Imagino nosso futuro juntos e começo a gostar da ideia. Penso nele me ensinando a jogar, em nós dois rindo em plena madrugada após derrotarmos uma dupla inimiga. Nem sei se dá para jogar em equipe, mas tenho certeza de que faríamos uma parceria imbatível!

Tudo bem que não me sinto atraída por ele, mas isso pode mudar com o tempo. Certo?

— Uau, arrasou! — falo ao perceber que ele terminou de mostrar as cartas.

— Precisei vender meu carro para conseguir esta belezinha, mas valeu a pena.

Como é que é?

— Você vendeu seu carro? Pelas cartas?

— E venderia de novo — assume ele, orgulhoso. — Tem cartas realmente raras aqui!

Primeiro: quem, pelo amor de Deus, troca um carro por cartas de um *jogo*? Ok, não sou ninguém para julgar as prioridades alheias, mas de repente imagino um futuro diferente.

Vejo nós dois, sentados à mesa, jantando após um longo dia de trabalho. Nosso filho no cadeirão, próximo de nós dois para receber a papinha tanto da mãe quanto do pai.

Aqui trabalhamos com divisão de tarefas.

— Comprou o leite para o Miguelzinho, querido? — pergunto.

— Não, amor, mas encontrei algo muito melhor. — Ele faz uma pausa, antes de continuar, os olhos brilhando de empolgação: — Um videogame de última geração! O Miguel consegue esperar até o mês que vem, não consegue, *meninão fortão do papai*? — Essa última parte é dita com uma voz normalmente utilizada pelas pessoas ao se dirigirem a crianças. Ou cachorros.

Não, muito obrigada. Nem ao menos sei se quero que meu filho se chame Miguel.

Segundo: esse cara é idiota ou o quê? Como assim ele sai ostentando em pleno trem um bolo de cartas que custa o preço de um *carro*? E conta isso para uma completa desconhecida?

Rio de nervoso e digo que preciso descer na próxima estação.

— Foi um prazer ter te conhecido — declaro, me encaminhando para a porta.

— Espera, não sei seu nome — pergunta ele, meio decepcionado.

Desembarco, como se não tivesse ouvido.

Assim que o trem parte às minhas costas, retorno à plataforma de embarque, enviando uma mensagem para a Dani.

Vou atrasar uns 15, depois explico. Mas me espera em casa, preciso deixar a mala!! 14h47

Logo que saímos do cinema, ligo o celular para conferir se tenho notificações no check-in que publiquei quando chegamos.

— Topa um temaki? — pergunto, com o estômago roncando de fome.

— Você vai ficar brava se eu furar? Estou sem grana e preciso acordar cedo amanhã. O projeto no estágio vai me deixar doida.

Desanimada, concordo em ir para casa. Quando Dani toma uma decisão, ela não muda de ideia nem por um decreto.

— Nanda? — escuto uma voz me chamar quando estamos perto da saída.

Hoje é o dia dos encontros improváveis e ninguém me avisou? De tantos shoppings em São Paulo, qual a chance de o Cadu estar justo nesse, no mesmo horário que eu?

— Oi, Cadu! — respondo surpresa.

— Ah, *você* é o Cadu? — Dani já se adianta, olhando descaradamente para ele com o maior sorriso do mundo.

Eu vou matá-la. Maldita hora em que fui abrir a boca sobre ele.

— Você deve ser a Dani, né? Prazer! — Ele se inclina para cumprimentá-la com um beijo no rosto. — A Nanda fala direto de você!

— Ela fala bastante de você, também.

Morte lenta e dolorosa. Pode apostar nisso.

— Mas, e aí, você não tinha o aniversário da sua avó? — pergunto, tentando aliviar o desconforto.

— Foi na hora do almoço. Bateu a fome e resolvi passar aqui.

— Pronto, resolvido — começa a dizer Dani, e pressinto que eu vou *mesmo* assassiná-la. — A Nanda acabou de me convidar para um temaki, mas, como eu sou meio estraga-prazeres, não topei e estávamos indo embora. Agora posso ir sem medo de ser a chata do rolê, e ela fica aqui para te acompanhar.

Sinto como se tivesse 11 anos de novo, e mamãe estivesse decidindo algo sobre mim com o Márcio na minha frente, sem me deixar opinar. E a sensação se intensifica, porque Cadu diz:

— Ótimo, então! Pode ficar tranquila que ela vai estar em boas mãos.

— Obrigada por cuidar da minha amiga. — Dani sorri cheia de simpatia para ele, mas, ao virar o rosto para mim, vejo a expressão diabólica.

Trucidá-la com minhas próprias mãos ou esganá-la?

— Vou indo, então. Prazer em te conhecer, Cadu! Sem pressa para voltar, Nanda, não se preocupa comigo!

Eles se despedem e, quando ela vem me dar um beijo de tchau, está segurando o riso. A única coisa que consigo fazer é lançar discretamente um olhar mortal para ela.

— E então, qual restaurante você prefere? Aquele self-service? Ou o menor? — pergunta Cadu depois de Dani partir. Como respondo que tanto faz, vamos para a praça de alimentação para decidir lá.

Cadu me pergunta sobre o filme, e falo dos efeitos especiais, da história que me prendeu do começo ao fim. Ele diz que está bem curioso para assistir e o assunto acaba, fazendo nascer um silêncio constrangedor. E inédito.

Seguimos em silêncio até o restaurante e pegamos a comida sem trocar qualquer palavra. Pagamos nossos pratos separadamente e sentamos em uma mesa que acabou de vagar.

— Como foi...

— Encontrou...

Sorrimos um para o outro.

— Você primeiro — diz ele.

— Eu só ia perguntar como foi o aniversário.

— Ah, foi legal. Como qualquer festa de família. Muita comida, reencontros com parentes que a gente nem sempre vê, perguntas indiscretas. O pacote completo!

Dou risada, enquanto ele me pergunta se encontrei o Flávio, já que foi justamente por causa dele que o Cadu descobriu sobre o Projeto Escorpião.

Respondo que não, mas que, milagrosamente, encontrei o Isaías, e conto a saga do Magic no trem. Pouco a pouco, o clima entre nós relaxa e a descontração usual volta a preencher nosso contato.

Ficamos sentados mais um pouco, jogando conversa fora e aguardando nos sentirmos menos estufados — não faço ideia de quantos sashimis e *hot rolls* eu comi, além do temaki.

Cadu me propõe dar uma volta e andamos sem rumo, olhando as lojas e comentando sobre qualquer coisa que tenha chamado nossa atenção. Aproveito que ele parou para olhar uma vitrine de roupas masculinas e vou ao banheiro.

Quando volto, ele está com um pacote pequeno nas mãos, de uma loja próxima aos sanitários, mas não comento nada. Não quero ser invasiva.

— Você se importa se a gente passar ali? — Ele aponta para uma loja de perfumes no fim do corredor.

— Desde que você não esteja saindo com alguém e pretendendo comprar um presente.

Ele dá risada, antes de dizer:

— Não estou. E o presente é para mim.

Basta colocar o pé dentro da loja para cheiros de todos os tipos invadirem meu nariz: florais, amadeirados, frutados, cítricos.

— Boa noite, casal! Estão buscando algo específico?

Abro a boca para explicar à vendedora que não somos um casal, mas Cadu é mais rápido.

— Preciso de um perfume novo. Minha namorada se recusou a me dar. — Ele olha de forma carinhosa para mim e preciso me segurar para não o esganar. — Disse que dá azar na relação, então, eu trouxe ela para me ajudar a escolher, e quem vai pagar sou eu. Melhor garantir!

— Minha madrinha fala a mesma coisa — concorda a vendedora, sorrindo. — Mas, quando existe amor, nada pode destruir, não é?

— Sem dúvida. — Ele faz uma cara exagerada de apaixonado, e a vendedora só falta se desfazer em açúcar, colocando as mãos no peito e formando um "oun" inaudível com a boca.

É brincadeira que ele quer?

— Escolhe um bem cheiroso, bebê. — Engancho meus braços no de Cadu, que disfarça um sobressalto quando encosto meu corpo no dele. — Afinal, eu é que vou cheirar esse cangote, né? — Fico na ponta do pé e aproximo o nariz do pescoço dele, sem encostar de fato.

— E quem mais cheiraria, benzinho? — Cadu continua a brincadeira, agora virando o rosto na minha direção e segurando meu queixo.

— Ninguém, *puquê exe picoçu* é só meu, tchutchuco. — Minhas bochechas doem de tanto que estou sorrindo.

O sorriso da vendedora, por outro lado, não está mais natural como antes. Ela, inclusive, nos encara um pouco assustada.

Nós dois trocamos um olhar de cumplicidade e seguramos a vontade de rir.

Cadu pede para provar algumas fragrâncias, e percebo que ele estava falando sério sobre comprar um perfume. Por um instante, achei que só queria zoar com minha cara.

Ainda encenando, mas de forma mais comedida, ele pede minha opinião. Gosto mais de um aroma do que de outro que ele tinha preferido. No fim, Cadu leva o de que mais gostei, para minha surpresa.

Saindo da loja, nós dois estamos nos contendo para não cair na risada, mas basta virarmos o corredor para explodirmos em risos.

— Você ficou doido?

— Eu não resisti! Mas você mandou bem no improviso, entrou rápido no jogo como namorada grudenta.

— E quem falou que era simulação?

Cadu gargalha, não acreditando nem por um instante que é daquela forma que me porto quando namoro.

Olho para o relógio de pulso e vejo que está ficando tarde.

— Te dou uma carona — oferece Cadu.

Tento recusar, em vão. Ele diz que é perigoso eu ir embora sozinha nesse horário.

No carro, dou as direções para minha casa.

— Quantas músicas até lá, mais ou menos? — pergunta ele, da maneira mais natural possível.

— Depende. Sem trânsito, umas quatro.

Ele assente, e ficamos novamente em silêncio, mas, desta vez, não há nada de constrangedor nele.

— Entregue — diz ele ao parar na frente do prédio.

— Valeu, Cadu — agradeço, tirando o cinto de segurança. — A gente se vê amanhã?

— Claro. — Ele parece em dúvida, o que é estranho considerando o jeito autoconfiante com que se porta geralmente. — Eu, hã... isto é para você. — E estende o pequeno pacote que estava carregando quando saí do banheiro.

Franzo a testa.

— Eu só achei sua cara. Fiquei sem graça de te entregar lá, então... Enfim.

Abro a sacola, curiosa, e tiro de dentro dela uma caixinha. Percebo Cadu me observando de canto de olho, esperando minha reação.

Arfo quando retiro um colar dourado, de bijuteria, com um medalhão do signo de Peixes.

— Já que você curte essa coisa de signos, achei que poderia gostar. Fica como um agradecimento por ter me ajudado no trabalho, mesmo sabendo que eu estava lá para te substituir.

Olho do pingente para Cadu, maravilhada. A sensação é de que meu peito se expandiu. É como olhar o mar em um dia quente ou a primeira mordida em um chocolate caro derretendo na boca.

— Eu amei! Obrigada. — E sorrio, na dúvida se o abraço.

Ah, dane-se. Ele acabou de me dar um presente.

Me inclino sobre o câmbio e coloco os braços ao redor do pescoço dele. O gesto é inocente, mas ainda assim sinto um arrepio quando uma das mãos dele toca minhas costas.

Volto à posição anterior e abaixo o para-sol, buscando o espelho.

— Deixa que eu te ajudo — diz Cadu, ao me ver tentando colocar o colar.

Seguro o cabelo em um coque e fico de costas para ele. O ar dentro do carro fica mais pesado, e percebo meu peito subir e descer com a respiração profunda. Com cuidado, sem sequer encostar em mim, Cadu prende o fecho, e não sei como é possível que eu praticamente veja cada movimento estando de costas para ele.

Minha nuca queima ao sentir seu olhar. Viro de volta para ele e nos encaramos, um milhão de perguntas flutuando ao nosso redor.

Quando me despeço, sigo em direção ao elevador flutuando com as perguntas que me acompanham até eu enfim adormecer.

Chego ao Rabanada no dia seguinte cerca de dez minutos antes de o turno começar.

— Olha só quem chegou cedo! Bom dia, Nanda — me saúda Gi assim que me vê entrar. — Como foi o final de semana?

— Gostoso, deu para descansar! E o seu?

— Ah, poderia ter sido mais longo. Preciso de férias, isso sim!

As férias da Gi estão vencidas, mas o sr. Arlindo ainda não quis deixá-la tirar, porque não tem ninguém para substituí-la. Acho que ele ainda não ouviu a expressão "treinamento" e, pelo jeito, nem "processo", que é o que ele vai acabar levando se não agir de acordo com as leis.

Como ainda tenho uns minutos antes do trabalho, entro na internet. Sem nada de muito interessante no Facebook, pego o celular e abro o Instagram, já que nunca lembro de fazer isso.

Mas basta descer pela *timeline* para uma foto roubar meu ar.

Devo ter perdido a cor, porque ouço ao fundo a Gi perguntar o que aconteceu.

Ignoro e, tremendo, volto ao Facebook, buscando o perfil que jurei não voltar a visitar. Sou tomada pela náusea, e toda a dor das últimas semanas me atinge com mais intensidade quando confirmo minhas suspeitas.

Uma atualização de status do Vinícius preenche a tela do computador, acompanhada da versão em maior escala da imagem que vi no Insta.

Mas não é a notícia de que ele está namorando com a garota da foto que despedaça meu coração.

E sim a prova — estampada para o mundo — de que ele me traiu com ela.

← **Dani**
visto por último hoje às 11:49

HOJE

Nanda, acabei de ver... Você tá bem? 10h07

Manda mensagem quando puder.
Quero saber de você. 11h48

Tô aqui pra você SEMPRE ♥ 11h49

← **Mãe**
visto por último hoje às 13:17

HOJE

Filha, deixei agora sua irmã na escola e parei pra te mandar mensagem... Vi o Facebook de manhã... Não acreditei, Nanda. Você tá bem? Me liga quando puder, tá bom? 13h16

Não se deixe abater por quem não merece... 13h17

Não esqueça que te amo muito!
E que você é maravilhosa. 13h17

* ✳ ✳ Capítulo 21 ✳ ✳ *

Como não percebi?

De repente, tudo ficou mais claro: o término súbito, a rapidez com que Vinícius começou a sair com ela... Natália, pelo visto.

Não consigo evitar a humilhação que me domina. Me sinto estúpida por não ter desconfiado, idiota por ter acreditado que ele teria qualquer consideração por mim.

Tudo por causa de uma simples imagem — que eu não teria visto se não tivesse me esquecido de deixar de seguir o perfil do Vinícius no Instagram. Uso tão pouco o aplicativo, e ele também mal entrava, que nem me toquei que lá não era terreno seguro.

Na declaração de amor pública, uma típica selfie dos pombinhos apaixonados: os dois sorrindo abraçados, Vinícius com o braço que segura o celular esticado. E no outro, apoiado nos ombros dela, a pulseira de couro, que agora permanece guardada em minha gaveta desde o dia do nosso término, quando ele a devolveu para mim.

Pouco depois de termos começado a namorar, surgiu o assunto das alianças de compromisso. Vinícius achava banal, e eu fiquei sem graça de admitir que gostava da ideia. Será que eu era banal?

Ele deve ter percebido minha reação, ainda que eu jamais vá ter certeza.

Na mesma semana, Vinícius apareceu em casa com uma caixinha quadrada. Senti na hora um frio na barriga. Ele teria mudado de ideia?

Quando abri, não encontrei um par de anéis prateados, mas sim duas tiras de couro enroladas para que coubessem no estojo.

— Pensei que seria legal se a gente usasse pulseiras. Seria algo só nosso e uma forma de, ainda assim, dividir um símbolo do nosso namoro.

Eu o amei ainda mais naquele momento. Não pensei duas vezes em aceitar e me atirei nos braços dele, feliz pela surpresa, por ele ter adivinhado o que eu queria, por me sentir tão amada.

Nunca imaginei que ele seria capaz de me trair. Sequer cogitei isso como motivo para o término. E agora me sinto uma porta. Era tão *óbvio*.

Os meus medos, inseguranças e questionamentos surgidos após o rompimento retornam, iniciando um revirar de lembranças em busca de pistas daquilo que não fui capaz de enxergar na época.

Uma nova torrente de lágrimas me toma, e começo a soluçar pela mágoa da traição, pela dor de perceber que até mesmo as boas recordações que eu tinha do Vinícius foram manchadas pela descoberta. Não sei o quanto da nossa história foi real.

Agora sim ele conseguiu destruir tudo, acabar com cada pedacinho do que vivemos. E, por consequência, com a parte de mim que havia nascido da nossa história.

— Nanda, pelo amor de Deus, o que está acontecendo? — quer saber Gi, ao meu lado.

— O Vinícius... — mal consigo responder, então, apenas balanço a cabeça em negação.

Gi olha para a tela, reparando na notificação de status. Ela só vê a declaração de amor. A traição é explícita apenas para mim.

Respiro fundo, tentando me acalmar.

— Ele me traiu com ela — enfim consigo dizer, minha voz um fiapo do que é. O fiapo que sou.

— Eu sinto muito. — Ela me abraça com compaixão.

O gesto é suficiente para fazer as lágrimas voltarem.

— Você não tem condições de trabalhar desse jeito — fala ela. — Por que você não tira o dia? Se o sr. Arlindo aparecer, digo que você não estava se sentindo bem. Logo o Cadu chega e pode cobrir você.

Assinto com a cabeça e me levanto, sem pensar em contra-argumentar. Só quero me jogar na cama em silêncio, isolada do mundo.

Quando estou passando pela porta, esbarro em alguém entrando. Cadu.

No momento em que me vê e percebe meu estado, seu rosto se fecha.

— Nanda, o que aconteceu? — pergunta, assustado.

— Eu preciso ir — me desvencilho.

Sigo em direção ao metrô sem perceber o mundo ao meu redor. Coloco os óculos escuros, pouco me importando com o clima nublado, desejando apenas ser invisível.

Quando chego em casa, vou direto para a cama e choro até pegar no sono.

Acordo desorientada. Não sei que horas são nem por quanto tempo dormi.

Lentamente, as lembranças da manhã vão surgindo, fazendo renascer em mim a dor de horas atrás. Antes de apagar, eu sabia que me sentiria dessa forma. Sabia que, assim que abrisse os olhos, voltaria a doer tanto quanto doía naquele momento.

O primeiro despertar depois de um trauma é o pior. Durante o sono, as sensações são desligadas e conseguimos escapar da dor por algumas horas. Só que, assim que abrimos os olhos e retomamos a consciência, ela volta em uma enxurrada, mostrando que nada mudou. Seja lá o que de tão horrível aconteceu, não pode ser desfeito.

Neste instante, não há como fugir. Já dormi, já acordei, já me lembrei. O único consolo é que, da próxima vez, vai ser um pouco menos ruim.

Meu celular pisca e desbloqueio a tela para ver as notificações.

São 15h37, e há chamadas perdidas da minha mãe e da Dani. E do Cadu.

Todos eles mandaram mensagens também, várias delas.

Tanto mamãe quanto Dani viram a atualização de status do Vinícius e querem notícias minhas. Não tenho como saber se elas perceberam a mesma coisa que eu, mas, pela urgência, suponho que sim. A pulseira estava visível na foto, e qualquer um que nos conhecesse bem o suficiente sabia o que ela significava.

Cadu pediu notícias. E meu endereço. Disse que a Gi contou mais ou menos o que aconteceu e que quer me ver, mas não sabe como chegar, apesar de ter me dado carona ontem à noite.

Ontem?

Parece ter acontecido em outra vida.

Respondo cada uma delas, falando o essencial.

Quando chego na de Cadu, penso no que dizer. Querendo ou não, ainda não o conheço bem o bastante e este momento exige um amigo, porque estou completamente exposta. Me pergunto se quero a presença dele.

Digito meu endereço e clico em "Enviar".

Levanto para atender o interfone. Lavo o rosto e escovo os dentes enquanto ele sobe.

Abro a porta logo após o soar da campainha. Cadu está parado, mais sério do que já o vi, segurando um pacote de papel pardo.

Ele passa por mim e assume o comando, indo à cozinha. O apartamento, apesar dos dois dormitórios, é pequeno o bastante para ser possível identificar os cômodos logo na entrada.

— Como você ainda não deve ter comido — começa ele —, trouxe hambúrguer, batata frita e milk-shake, caso comida te anime.

Fico tocada pela preocupação, mas só de pensar em comer, o estômago embrulha.

— Obrigada, Cadu, mas não quero.

Ele assente e se apressa em dizer:

— Também pensei na possibilidade de você ser do tipo que perde o apetite quando não está bem, então, trouxe uma salada e um suco. E, mesmo que você queira recusar, come pelo menos isso? Não é bom ficar em jejum. Papo de Gi!

Ele consegue me tirar um sorriso fraco. Agradeço e me sento, depois de pegar talheres.

— Eu cuido do lanche e das batatas.

Comemos em silêncio, e me sinto grata pela companhia, por ele não estar forçando o assunto. Ele come com gosto, lambendo os dedos e a parte inferior do lanche quando o misto de maionese, molho e queijo começa a pingar. Eu, por outro lado, preciso forçar cada garfada.

Enquanto mastigo, encosto a cabeça na parede e observo o arredor. Tudo está exatamente como eu e Dani deixamos de manhã, inclusive meu sapato jogado ao lado do sofá e a toalha da Dani no encosto da única cadeira vazia da mesa, entre mim e o Cadu, sentado à minha frente. Porém, é como se algo não se encaixasse.

Quando terminamos, ele junta todo o lixo em um saco e deixa a louça na pia. Então me pega pela mão e me leva até o sofá.

— Não precisa me contar o que aconteceu. A Gisele me contou o essencial — diz ele, e me retraio ao pensar nas palavras não ditas. — Sei como é difícil falar ou pensar no assunto, então, não fala nada, se preferir. Eu só precisava te ver e oferecer meu apoio.

Aquilo rompe minhas barreiras e choro com o descontrole de antes.

Ele não pensa duas vezes e me abraça, como se quisesse me proteger do mundo.

Soluço em seus braços por vários minutos, suas mãos acariciando minhas costas em gestos suaves. Pouco a pouco me acalmo e consigo me afastar.

Entre a compaixão em seu olhar, há uma nuance de algo.

Dor.

— Eu não sabia até hoje de manhã — conto. — Passei quase dois meses tentando entender por que a gente terminou. Eu já tinha ficado magoada ao ver que ele estava com outra logo depois de me dar um pé e, agora, descobrir que ele estava com ela *antes*... — Balanço a cabeça em negação. — Não consigo aceitar.

— E nem consegue saber até que ponto ele foi sincero com você, né?

Concordo.

Ele respira fundo e então diz:

— Quero te contar uma coisa. E só vou falar porque talvez ajude. — Ele espera minha confirmação e então continua. — Eu fui traído também, no começo do ano.

Antes mesmo de ouvir a história, sei que não será fácil. Não consigo explicar a sombra que aparece no olhar de Cadu e percebo o quanto isso ainda o afeta.

— Aliás — prossegue —, eu descobri no começo do ano, mas o caso rolava tinha meses. A gente namorava desde os 16 e resolvi pedir ela em casamento. Parecia a coisa óbvia a se fazer depois de quase oito anos. Eu trabalhava com o pai dela e minha vida se resumia, basicamente, a ela. Na noite em que fiz o pedido, ela começou a chorar compulsivamente. Imaginei que fosse de emoção e chorei junto, de alegria. Só depois de um tempo notei que tinha algo de muito errado acontecendo.

"Ela me disse que não podia aceitar, que tinha se apaixonado e estava com ele há um tempo. Disse que sentia muito, que não conseguiu evitar nem me contar. Foi o pior momento da minha vida.

"Pedi demissão no dia seguinte e fiquei um mês inteiro sem rumo. Tomei um porre monumental — mais de um, para ser sincero — e não estava nem aí para nada. Não queria saber da minha carreira, de relacionamentos nem de coisas básicas como comer, dormir ou tomar banho. Não foi uma época da qual me orgulho.

"Um dia, meu pai teve uma conversa muito franca comigo. Foi ele quem me mostrou que o fim de uma etapa não era o fim da minha vida e que, por mais difícil que fosse, eu não podia continuar sentindo pena de mim mesmo. Eu precisava aceitar o que tinha acontecido e seguir em frente, porque a outra opção seria pouco a pouco acabar por completo comigo.

"Na hora, não aceitei tão bem, mas aos poucos vi que ele tinha razão. Precisei de mais alguns dias para me recompor e tomei a decisão de procurar minha ex. Eu precisava entender o porquê de ela ter agido como agiu.

"Ela aceitou quando pedi para nos encontrarmos e estava bastante sem graça quando chegou. Pediu mais um milhão de desculpas, sabendo que elas não mudavam nada, mas disse que nunca quis me magoar. Explicou que fui o primeiro tudo dela — beijo, parceiro, amor — e que não conhecia uma vida sem mim. Tanto que não soube reconhecer que não estava mais apaixonada, só percebeu quando se apaixonou de novo. Por outro. Ela tentou lutar contra os sentimentos e, quando viu que não daria, passou a enfrentar o medo de terminar comigo. Isso significaria terminar com minha família, com nossos amigos em comum, com a vida que nós conhecíamos, e ela seria julgada por desistir do namorado da adolescência, por me magoar. Seria a vilã, ainda que não tivesse culpa por deixar de me amar, e não teve coragem de fazer o certo. Disse que esperava que, um dia, eu pudesse perdoá-la, porque, caso contrário, nós dois carregaríamos um fardo muito pesado, e ela ainda estava lidando com o fato de que precisava perdoar a si mesma."

Não sei o que pensar sobre o que Cadu viveu nem o que ele quer me dizer com tudo isso — além do fato de também ter sido traído.

— Olha, Nanda, sei que são histórias diferentes, e que eu e a Sabrina — pela primeira vez ele diz o nome dela — ao menos tivemos uma conclusão. Ela me devia uma explicação e foi sincera, o que me ajudou a continuar. Mas, antes, houve momentos em que eu achei que aquela dor nunca ia passar.

— E passou?

Ele sorri sem graça, antes de responder:

— Não completamente. Tem dias que ainda sinto tanta raiva dela ou então me sinto tão infeliz que não sei como lidar. Mas já foi pior. E eu consegui reparar uma coisa que achei que tinha sido totalmente danificada: as lembranças boas. Ela me magoou muito, mas também esteve ao meu lado em muitos momentos. Não posso negar a importância que ela teve na minha vida, nem que foi muito mais minha amiga do que uma namorada por diversas vezes. Acho que jamais poderemos ser amigos de novo, mas hoje não a vejo como uma pessoa ruim, só alguém que tomou uma má decisão em um momento conturbado. Como todos nós já fizemos ou ainda vamos fazer.

Assinto, enquanto me ajeito colocando os pés sobre o sofá e dobrando as pernas para o lado. Cadu parece distante.

— É por isso que preciso do trabalho no Rabanada — volta a dizer ele, sem me olhar. — Começar o curso de TI e aceitar esse cargo me ajudou a reestabelecer uma rotina. Me ajudou a ter um propósito e a sentir que as coisas continuam, de alguma forma. Eu tenho medo de como posso ficar se não tiver algo para preencher os dias, e a reserva que eu tinha guardada já era, depois dos meses que fiquei desempregado. Ter que depender do dinheiro dos meus pais, depois de formado, tendo perdido o futuro que eu achava que teria... É como se eu tivesse fracassado em absolutamente tudo.

Agora tudo faz sentido. O porquê de ele ter aceitado um cargo aquém da experiência dele. Por um salário menor.

Nossos motivos podem não ser os mesmos, mas eu não sou a única desesperada.

— Obrigada por ter sido sincero.

— Mentir para você não faz parte dos meus planos.

Um silêncio se instaura entre nós, e há uma cumplicidade diferente na maneira como nos olhamos.

Então ele recomeça a falar, e o momento se perde.

— Tudo ainda é muito recente, então, sente essa raiva. Você não merecia ser tratada assim. — Vejo compaixão em seu olhar, e um lampejo de ira. Não sei dizer se por mim ou por ele mesmo. — Só que tem hora para tudo. Até para o luto, e vai ser sua a escolha de se entregar ou não para a dor quando essa hora chegar.

Ele está certo, sei que está. Abaixo a cabeça para esconder as lágrimas que recomeçam a cair, agora com mais calma.

Cadu me abraça de novo e, de repente, fico ciente dele. Seu calor me envolve e me mantém aquecida, apesar do frio paulistano de julho. E, embora ele tenha vindo direto do trabalho, ainda há um traço do perfume doce e almiscarado que ele comprou comigo, bem suave, misturado ao seu próprio cheiro, mais forte e envolvente. Esse cheiro e o contato com seu corpo lentamente me acalmam.

Ficamos abraçados mesmo quando não estou mais chorando, um silêncio pesado entre nós, carregado de tensão. O único som é o de nossas respirações, que aceleraram sem que eu notasse. Através da camisa, a palpitação no peito dele é tão intensa quanto a minha.

Afasto aos poucos o rosto e encaro seus olhos.

A sombra que esteve ali deu lugar a uma intensidade que toma todo o meu ar. Jamais fui olhada assim em toda a minha vida.

Suavemente, ele passa as mãos pelo meu cabelo, ainda com os olhos nos meus. Mantém uma mão atrás da minha cabeça, a outra passeia pelo meu rosto, tão delicada quanto uma pena. Seu polegar percorre minhas bochechas até atingir os lábios, deixando um rastro de calor por onde passa. Pela primeira vez, ele desvia o olhar, que se dirige a minha boca, e prendo a respiração.

Ele parece despertar de um transe e fecha os olhos, com rugas de concentração cada vez mais evidentes. Quando os abre, a intensidade de antes foi embora, dando lugar a uma distância. Um receio.

Ele pigarreia e avisa que precisa ir embora.

Assinto com a cabeça, minha boca seca demais para que eu consiga falar.

Ele se aproxima e beija de leve minha testa, antes de se levantar e partir.

Continuo sem reação minutos após ele ter saído, ainda sentindo na pele o fogo onde seus lábios estiveram.

* * *

Quando fico sozinha, me preparo para o que vinha evitando. É hora de exorcizar de uma vez meus fantasmas.

Sento-me na cama, abro a gaveta do móvel ao meu lado e retiro do fundo dela o estojo escondido, o mesmo que Vinícius me entregou há mais de dois anos. Assim que o abro, os restos da minha pulseira arrebentada, atrelados à que ele me devolveu intacta no dia em que a gente terminou (e que não teria como aparecer em uma foto no punho dele em nenhum outro momento depois daquele), performam uma metáfora ridiculamente perfeita de nossa situação. Passo os dedos pelas tiras de couro, sentindo sob minha pele o calor que elas despertam. Só noto que estou chorando quando uma lágrima atinge minha mão.

Viro para a gaveta ainda aberta e busco uma tesoura. O coração acelera, o peito se aperta, a respiração ofega.

Sinto raiva de mim mesma. Como posso hesitar depois de tudo? Por que romper esse último laço ainda machuca?

Balanço a cabeça e fecho os olhos, tentando afastar qualquer vestígio da ternura que nossas alianças provocam. Lentamente, vou me esvaziando.

Quando os abro, não me sinto mais em meu próprio corpo. Sou alguém no piloto automático, como se observasse a cena de fora.

Fernanda pega a tesoura e, sem dó, picota o que um dia foi a pulseira de Vinícius. Começa com fúria, intensificada pela resistência que o couro oferece à lâmina, até pegar o jeito e se aquietar — não porque a atividade a tranquiliza. Ela a anestesia.

Assim que termina, repete a operação com o que restou da sua. Em seguida, abre as redes sociais e bloqueia o ex em todas elas.

Quando enfim vejo as ruínas de nosso relacionamento sobre a cama, estranhamente volto a me sentir um pouco mais eu mesma.

AS
CEN
DEN
TE

PARTE II

(as·cen·den·te)
adjetivo de dois gêneros

1. Que está ou se dirige para a nascente ou ponto de origem.
2. Que ascende ou sobe.

Na astrologia, é a máscara social: como nos expressamos e como somos vistos no mundo.

← **Dani**
visto por último hoje às 19:18

Consegui terminar aqui! Estou indo pra casa, tá?? 19h18

← **Mãe**
visto por último hoje às 20:04

Filha, você está bem? Comeu? Quando quiser e puder, me liga, tá bom? 20h04

← **Gi**
visto por último hoje às 20:39

Nandinha, como você está? 20h39

← **Cadu**
online

Só tenha certeza de uma coisa: vai passar. 21h15

Obrigada... por tudo! 21h15

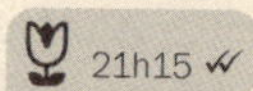

* ✳ ✳ Capítulo 22 ✳ ✳ *

Estranhamente, acordo na terça-feira me sentindo melhor. O estômago ainda embrulha quando penso em tudo; porém, parece suportável.

Fez muita diferença o apoio que Dani me deu quando chegou em casa, confirmando que concluiu o mesmo que eu quando viu a foto. Um pouco sem graça, assumiu que tinha cogitado essa hipótese lá atrás, mas não disse nada porque era só uma suposição. E fez muita diferença ouvir como minha mãe ficou indignada. Ela adorava o Vinícius, então, o golpe foi duplo: além de sofrer por mim, ficou decepcionada com ele.

E o Cadu fez muita diferença. Não sei como é possível meu peito parecer tão quente ao mesmo tempo que minha espinha gela quando penso nele. Se a traição me deixa vazia, basta me lembrar do olhar de Cadu, da forma como sua mão deslizou pelo meu rosto ou do som de sua respiração misturada à minha para os maus sentimentos se diluírem, como uma gota de água contaminada jogada no oceano.

Mas é impossível não me sentir receosa também. O que está acontecendo entre a gente? Se eu for muito sincera, tenho que admitir que cruzei a linha da "quedinha" pelo Cadu, e pensar no que ela pode estar se transformando é assustador.

Quando termino de lavar a louça do café, vou para o quarto me arrumar. Abro o armário e encaro as peças. Seria mentira dizer que a opinião de Cadu não passou pela minha cabeça, mas estou me vestindo principalmente para mim. Eu, minha autoestima, é que precisa dessa levantada.

Checo satisfeita o resultado final. A calça jeans escura bem ajustada combina com a blusa de linho verde-oliva de mangas compridas, mais soltinha. A bota bege, de cano baixo, é quase da mesma cor do meu blazer. Para ajudar, as ondas castanhas do meu cabelo formam cachos largos nas pontas, e jogo o cabelo de lado para dar um pouco de volume na raiz.

Ao lado da cama, olho para a caixinha do meu presente. Com delicadeza, pego o colar e o coloco ao redor do pescoço. Toco o pingente, sentindo uma força maior percorrer as veias. É, sim, um símbolo de algo que veio do Cadu, mas, acima de tudo, um lembrete de quem eu sou. E eu sou essa pisciana cheia de emoções, que não sabe, nem quer, ser de outro jeito.

Dou o toque final com um batom que puxa para o pêssego, espirro meu perfume e saio de casa, desejando me sentir tão bonita e confiante quanto a mulher que me olhou de volta no espelho.

— Fiu-fiu! Dá uma voltinha, por favor. — Gi vem ao meu encontro e me abraça quando passo pela porta do restaurante.

— Obrigada pelo apoio, tá?

Ela se afasta e faz um gesto como se dissesse que não foi nada.

— Se esse look caprichado significa que você está melhor, então, estou feliz!

Sorrio para ela em confirmação e entro no escritório com o coração aos saltos, sem saber o que esperar quando vir Cadu.

Mas eu não deveria ter ficado apreensiva. Ele abre um sorriso.

— Não preciso mais me preocupar se você vai ficar um mês em guerra com o chuveiro.

Rio alto, aliviada por ele me deixar tão à vontade.

— Obrigada por ontem — falo ao me sentar. — De verdade, você me ajudou muito. Não deve ser fácil para você falar sobre isso.

— Eu só quis mostrar que você não é a única ferrada por aqui.

— Diz a pessoa que me orientou a não ter pena de mim mesma!

Ele ri daquele jeito único e estrondoso, e volta a encarar a tela do computador.

Apesar da nossa conversa, volto a me preocupar conforme o dia vai passando. Cadu parece estar me evitando.

É como se o computador, de repente, estivesse exercendo uma forte atração sobre os olhos dele. Vidrado na tela, não desvia a atenção mesmo quando se dirige a mim.

Melhor deixar para lá, decido. Deve ser só impressão.

Na noite de quarta-feira, estou de legging, tênis e moletom no Ibirapuera há quase meia hora, esperando pelo JP — nenhum sinal dele.

Dani veio comigo. Ela ainda está preocupada com meu estado emocional de corna recém-descoberta e decidiu me acompanhar. Segundo ela, melhor eu não estar sozinha, porque "vai que o cara é um estuprador?".

Precisei lembrá-la que sou eu que o estou perseguindo e não o contrário.

Analisei minunciosamente os check-ins do JP pelo Facebook, além de suas fotos com #PartiuCorrida, para verificar seu horário de chegada e tentar identificar em que área ele costuma ficar, afinal, este lugar é enorme. Para minha sorte, em mais de uma selfie de #TáPago, dá para distinguir a Oca no fundo, então, achei melhor ficar por aqui. Sério, seria muito fácil sequestrar as pessoas só acompanhando a vida delas online.

Não que eu tenha tendências criminosas.

— Tem certeza de que ele vem?

— Não. Mas quase — acrescento rapidamente, após Dani lançar um olhar assassino. — Ele vem aqui toda semana, seria muito azar não vir justo hoje.

JP costuma estar aqui por volta das sete. Já são quinze para as oito e estou começando a temer não o encontrar.

— E se você não o reconheceu? E se ele estiver aqui, mas tiver feito outro caminho?

Dani tem razão. Onde é que eu estava com a cabeça de vir até este parque gigantesco achando que encontraria um cara que pode ser totalmente diferente das fotos?

O JP *precisa* estar aqui. Não vou aguentar se ele não estiver.

Como se minhas preces tivessem sido ouvidas, de repente, o avisto de longe.

— Dani, Dani! — Cutuco-a empolgada, fazendo com que ela pule de susto. — É ele!

Já estabelecemos que JP é, de longe, o cara mais bonito da lista. Bom, ele é ainda melhor ao vivo. Passando fácil de um metro e noventa, os músculos fortes da perna ficam mais visíveis conforme ele se aproxima, e algo me diz que, por baixo do moletom, há um tanquinho bem interessante. Não bastasse ser gostoso, ele sorri e cumprimenta todo mundo que passa por ele, e as covinhas, visíveis apesar do cavanhaque extremamente bem-feito sobre a pele marrom escura, o tornam ainda mais irresistível.

— Certo, recapitulando — começo a falar. — Nós não podemos ficar perto uma da outra. Você mantém distância e só observa de longe, tá?

Dani assente e se afasta.

Procuro não ser vista e, assim que JP passa correndo por mim, também começo a correr, tentando alcançá-lo. Vejo de canto de olho Dani sair de sua posição fingida de alongamento para nos seguir. Nossa sorte é que ele segue um ritmo lento.

Aperto o passo e, quando estou perto o suficiente, tento chamá-lo.

— Ei, moço! — grito, começando a ofegar.

Definitivamente não estou em forma.

Ele olha para trás, surpreso, e para.

Obrigada, Senhor, obrigada.

Enquanto continuo correndo, olho discretamente para trás. Dani se abaixou, fingindo amarrar os cadarços.

— Desculpa te abordar assim — falo com um pouco de dificuldade. — É que normalmente venho com minha amiga, mas hoje ela furou e tenho medo de correr sozinha. Já te vi por aqui outras vezes, então, queria saber se podemos correr juntos. — Faço uma cara o mais angelical possível.

— Sem problemas — responde ele e me encara, tentando me reconhecer. — Desculpa, acho que não me lembro de você, sou meio desligado. Meu nome é João Pedro, mas pode me chamar de JP.

Isso só pode ser um sinal divino! Quando formos mais velhos, sentados em uma cadeira de balanço na varanda de nossa chácara de veraneio, vamos contar para nossos netos, brincando aos nossos pés, como eu sabia o apelido dele antes mesmo de ele me contar. E, entre risadas, JP vai dizer que lembra como se fosse ontem de quando olhou para trás e me viu chegar, toda esbaforida, correndo em direção a ele, e como ainda não tinha visto nada tão belo...

Ok, forcei a barra. Com o cabelo preso cheio de frizz, vermelha e suada, o último adjetivo que eu usaria para mim é "bela".

— Prazer, JP, sou a Fernanda! Ou melhor, Nanda.

— Você já se aqueceu?

— Já, sim — minto.

— Beleza. Eu costumo começar mais calmo e depois acelero. Posso pegar leve hoje, se preferir.

— Obrigada! — E recomeçamos a correr.

— Sempre que posso, corro acompanhado também — diz ele —, mas os horários do meu parceiro são muito instáveis.

Apenas sorrio e balanço a cabeça. Estou ficando de novo sem fôlego e algo me diz que conversar não seria o mais sábio neste instante.

Meu tornozelo dá uma fisgada.

Merda.

Faz quase um mês desde o tombo; correr, talvez, ainda não seja o mais indicado. Seria ótimo se eu tivesse pensado nisso antes.

Tento manter o ritmo e disfarçar, mas as pontadas estão gradualmente se transformando em algo próximo à dor. Além do mais, quase não consigo respirar.

— Você está bem? — Ele me olha desconfiado. Quão acabada devo estar parecendo?

— Só estou — ofego — um pouco... sem fôlego.

— Talvez seja melhor a gente parar um pouco.

Concordo com a cabeça e vou ao banco mais próximo.

— Você está mancando ou é impressão minha?

Inferno.

— Eu, hum, meu tornozelo está incomodando um pouco.

— Nossa, deixa eu te ajudar! Será que você torceu?

Sério. O homem é lindo, gentil, simpático e preocupado. Encontrei meu destinado!

— Não precisa se preocupar. Torci o pé há pouco tempo, acho que ainda não devo estar cem por cento.

— Ué, mas você não tem corrido esses últimos dias? — Ele me olha desconfiado.

Esse é o problema da mentira. É só a gente se distrair com um rostinho bonito que somos pegas.

— Voltei a correr na segunda — invento rapidamente —, mas não senti nada nos últimos dias. Deve ser a sobrecarga.

— Ah, deve ser isso — fala ele, mais relaxado. — Acho que é por isso que você está meio ofegante também, né? Achei estranho você estar cansada assim, para quem costuma correr.

Acho que eu já tinha sido pega na mentira antes de me enrolar com o rostinho bonito.

Uma estranha movimentação em nossa lateral chama minha atenção. JP vira a cabeça na mesma direção.

Ai, meu Deus.

Dani está atrás de uma árvore, falhando completamente em tentar disfarçar seu esconderijo.

— Mas o que aquela menina está... — diz ele e, para minha sorte é interrompido pelo som de uma notificação, que o distrai e o força a pegar o celular. — Meu parceiro está chegando! Por que você não espera e ele olha seu pé? Ele é médico.

Aceito. Assim, posso continuar conversando com ele sem precisar me exercitar e posso distraí-lo da atitude bizarra de Dani.

Aos poucos, descubro que ele é jornalista; "acidentalmente" menciono que sou de Mogi, só para termos uma grande coincidência. Ficamos um tempo conversando e, como todo conterrâneo que acaba de se encontrar, tentando descobrir se temos conhecidos em comum, os lugares que costumamos frequentar, até sermos interrompidos por um segundo homem, tão lindo quanto JP.

Congelo, completamente incrédula.

Não resisto e olho para Dani, cuja boca está escancarada, alheia ao fato de que ela pode ser vista se qualquer um deles resolver virar em sua direção.

— Ah, ele chegou — diz JP, e rezo para não ser reconhecida. — Nanda, esse é o Tom, meu namorado.

Levo um tempo para processar que Tom não é o "parceiro" de JP da forma que eu tinha imaginado. E que Tom e o médico bonitão que me atendeu depois do tombo — e que já viu a minha bunda — são a mesma pessoa.

— Prazer, Nanda — ele me cumprimenta como se nunca tivéssemos nos encontrado. Primeira vez que fico satisfeita por ser esquecível. — Espera! — continua Tom, e contraio a boca. — Eu já não te conheço?

Por favor, não se lembre. Por favor, não se lembre.

— Ah, eu não te atendi há algumas semanas? Não foi você que caiu da escada e torceu o pé? — Sem nem me esperar responder, ele emenda: — Epa, você ainda não deveria estar correndo.

Não deveria mesmo. Definitivamente não deveria.

Chego em casa tomada pela frustração de mais um desastre do Projeto Escorpião. Vim o caminho todo pensando sobre o que fazer e ainda não me sinto segura para decidir, embora uma ideia esteja ressoando cada vez mais alto na minha mente.

Só tenho mais duas oportunidades: Rodrigo e Flávio. Será que estou disposta a correr atrás deles, a me sujeitar a mais uma desilusão — ou duas?

Fecho os olhos e é como se o Cadu estivesse de volta aqui, sentado no sofá ao meu lado. Quase consigo sentir suas mãos na minha cabeça e percorrendo meu rosto.

Pego o celular.

Quando a gente sabe que é a hora certa de desistir de alguma coisa? 21h03

Então espero.

Espero.

E espero.

Cadu sempre me responde na hora. Qual o problema?

De repente, ele fica online. Mas minha mensagem continua marcada como não visualizada.

E permanece assim quando acordo no dia seguinte, me deixando com a sensação de haver outras interrogações não respondidas entre nós, além daquela que inutilmente enviei a ele.

online

5/8/2014

Boa tarde, Fernanda, tudo bem? 10h02

Espero que tenha tido boas férias e um retorno tranquilo às aulas. 10h02

Gostaria de agendar uma reunião para tratarmos dos avanços do seu trabalho. 10h02

Qual sua disponibilidade de horários? 10h03

* * * Capítulo 23 * * *

Não acredito que estou indo para o Rabanada em pleno sábado.

É aniversário do sr. Arlindo e ele resolveu de última hora que queria fazer um almoço entre os funcionários para comemorar. Não sei o que me chocou mais: ele agir como se fosse o chefe mais querido de todos ou perder um dia de faturamento, já que o restaurante não vai abrir para o público hoje.

O resultado desse capricho é que fiquei em São Paulo, sendo que tinha prometido voltar para Mogi para o jantar que mamãe vai dar para uma amiga dela que não conheço. Tudo de que eu menos precisava depois de uma semana infernal.

A rotina do Rabanada é bastante agitada normalmente, mas tivemos mais esse aniversário com que nos preocupar nos últimos dias e, no meu caso, tive que também lidar com a reclamação da dona Lúcia, que não gostou do meu não comparecimento ao jantar, e com o cansaço da faculdade, porque as férias acabaram.

Um único mês foi suficiente para me fazer esquecer de como é puxado trabalhar durante o dia e correr para a faculdade à noite, o que resultou em eu ter pescado algumas vezes durante as aulas, principalmente no segundo horário. Sorte que essa primeira semana é sempre mais introdutória e, por ser o último semestre, tenho janela alguns dias, podendo voltar para casa mais cedo. Por uma graça divina, não tenho mais aula às sextas-feiras. Nem a Dani.

Mas o pior é que estou deliberadamente dando um perdido na Paula. Ela já me mandou e-mail e mensagem no WhatsApp querendo marcar uma reunião, e eu disse que não conseguiria esta semana. Preciso avançar um pouco mais no TCC para não chegar de mãos abanando.

Eu poderia estar em casa, concentrada nisso. Mas não, estou no metrô, pronta para fazer média com um patrão que nem faz questão de mim na equipe. Mandei mensagem para o Cadu antes de sair de casa para saber a que horas ele iria chegar, mas ele ainda não respondeu.

Não consigo esquecer como ele me apoiou. Ou me olhou. Muito menos como me senti quando ele me abraçou.

Mas nada semelhante aconteceu desde então, muito pelo contrário, e não entra na minha cabeça como nossas conversas evaporaram da noite para o dia.

Aquela conexão existiu. Eu não imaginei.

Não posso ter imaginado.

Deixo meus devaneios para lá assim que entro no Rabanada. Os funcionários juntaram as mesas do salão do restaurante, e o cheiro de feijoada impregnando o ar faz meu estômago roncar alto. Roberval e dona Mazé começaram a prepará-la ontem, o resultado deve ter ficado dos deuses.

O que me deixa boquiaberta é o bolo enfeitando a mesa de doces. Adriana disse que ficaria responsável por ele, já que as sobremesas são sua especialidade.

Eu sabia que ela era talentosa, mas isso é quase uma obra de arte.

O bolo tem três camadas, cobertas com chocolate. Porém, ela fez rabanada para colocar no topo, formando uma cascata com elas apenas de um lado. Acompanhando, há folhas douradas bem delicadas, talvez feitas de açúcar. Elas parecem flutuar e a sensação é que, com uma garfada, o doce fará minha boca explodir em sabor e leveza.

Fica claro o quanto a Adriana deve sentir falta de exercer a criatividade gastronômica. No dia a dia do restaurante, ela tem que seguir as refeições padrão, impostas pelo sr. Arlindo, que não permitem muita elaboração. Segundo ele, o Rabanada "não é lugar de frescura".

— Que diferença um final de semana não faz no visual de uma jovem. — Gi vem me cumprimentar. — Olha isso, dona Mazé!

Dou risada e tento ver discretamente se Cadu está por perto. Ele ainda não chegou.

Modéstia à parte, estou me sentindo estilosa de short jeans, meia-calça e camiseta, com lenço, bota de cano baixo e um casaco que desce até as coxas para completar o visual.

— Olha quem fala — digo para ela. — Adorei esse vestido!

Gi é básica no trabalho, até porque o jaleco encobre suas roupas, mas hoje seu estilo está evidente. O vestido curto rosa-claro de mangas compridas é justo e discreto sobre a pele alva. De sapatilhas e cabelo em um rabo de cavalo, ela aparenta o equilíbrio exato entre o casual e elegante.

Olhando ao redor, todo mundo está bem-vestido. Estou tão acostumada com os uniformes que é gostosa a sensação proporcionada pelo visual diferente, mostrando quem somos no mundo, e não só os funcionários que devemos ser.

Até o clima mudou. Está mais leve, com as pessoas rindo mais, sem o cansaço e a responsabilidade típicos do trabalho.

Hoje é dia de festa.

Dou o braço a torcer: talvez a ideia do sr. Arlindo tenha sido legal, mesmo.

Ofereço ajuda, mas Gisele avisa que está tudo pronto. Quando vejo todo mundo com um copo na mão, decido me servir de suco e me sento perto de Adriana ao vê-la acenar da mesa.

— Preciso te parabenizar — falo após cumprimentá-la. — Que bolo é aquele, menina?

— Modéstia à parte, mandei bem, né? — Ela sorri orgulhosa, com os cachos curtos e pretos emoldurando o rosto e se espalhando livremente por todas as direções.

O bom gosto do colorido que ela exibiu no dia do sete a um se repete na combinação do amarelo da calça com uma camisa colorida de cetim, dando a ela um ar sofisticado.

Embalamos em uma conversa, até que Gisele se aproxima do centro do salão, pedindo a atenção de todos.

— Pessoal — fala Gisele —, o Cadu acabou de avisar que eles estão chegando. Vamos nos organizar para recebê-los com um "Parabéns", pode ser?

Discretamente, pego o celular. Como falou com a Gi, o Cadu deve ter me respondido e eu não ouvi a notificação, entretida com a Adriana.

Porém, minha mensagem continua sem resposta.

Mal coloco o celular de volta na bolsa e ouço a porta se abrir. Gi puxa a cantoria e logo estamos todos batendo palmas, no ritmo do "Parabéns a você".

Cadu entra cantando com o tio, que sorri e agradece com a cabeça pela atenção recebida. Até o sr. Arlindo parece diferente, menos carrancudo. Quase consigo simpatizar um pouco mais com ele.

Quase.

Vamos nos reunindo ao redor do aniversariante e Gi entrega o vale-presente que compramos. Como não fazíamos ideia do que dar, decidimos que era a melhor opção, sem contar que cada um poderia contribuir com o que pudesse sem se expor.

Ainda não cumprimentei Cadu, porque ele não se virou em minha direção. Não sei se não me viu ou se está fingindo não me ver.

— Não vai me dar oi, não? — decido chegar brincando.

— Desculpa, Nanda, estava distraído — fala ele, antes de me dar um beijo no rosto. — Meu tio mora do lado oposto da minha casa e quase não parei hoje de manhã.

Deve ter sido por isso que não me respondeu.

— O que é isso? — pergunto ao notar uma bolsa a tiracolo.

— Minha máquina — diz ele. — Vou ser o fotógrafo do dia!

Pelo estilo da bolsa, não estamos falando de uma simples máquina digital. A câmera dele deve ser, no mínimo, semiprofissional.

— Não conhecia esse seu lado.

— Foi um hobby que adquiri no meu antigo trabalho.

Faz sentido. A empresa do ex-sogro dele é de equipamentos fotográficos, então, mesmo que ele fosse responsável pelo setor financeiro, deve ter sido natural se interessar pelos produtos.

— Ei, vocês dois, venham pegar comida antes que o Cláudio acabe com ela! — grita Roberval.

Cadu coloca a bolsa em um canto e vai para trás de mim, que já estou na fila, com um prato na mão. Ele é o último a se sentar e fica procurando um lugar. O último vago é ao meu lado, e aceno indicando. Ele parece hesitar, mas enfim se acomoda.

Alguém ligou o rádio e há um samba baixinho ao fundo. Alguns grupinhos se formam, principalmente pela disposição de cada pessoa à mesa. Seria difícil manter mais de quinze pessoas em uma mesma conversa.

Eu, Gisele, Adriana e Cadu engrenamos uma conversa sobre nossas formações, até Gi ser interrompida pelo celular tocando em meio a uma história da época de faculdade. Ela se levanta pedindo licença e sai para atender, deixando nós três conversando.

Adriana conta que se formou há quase dois anos e descobrimos que ela tem a idade do Cadu. Antes de Gastronomia, ela fez curso técnico em Nutrição e chegou até a entrar nessa faculdade, mas desistiu depois de dois semestres por não ser a praia dela. Mudou para Gastronomia e se formou como uma das melhores da turma.

— Cadu! E as fotos? — grita o sr. Arlindo do outro lado da mesa. — Daqui a pouco o pessoal vai querer ir embora e você não tirou nenhuma.

Ele pede licença e vai pegar a câmera.

— Uma amiga minha da faculdade mora em Mogi — comenta Adriana.

— Sério? Ela mora em que lugar de lá?

— Quem mora onde? — pergunta Gi, ao retornar.

Como Cadu se levantou, agora há um lugar vago ao meu lado e um ao lado de Adriana. Gisele parece ponderar, mas acaba se sentando ao lado da chef de cozinha, que se ajeita desconfortavelmente na cadeira.

— Uma amiga minha é da cidade da Nanda. Até fui lá uma vez, ela me levou para conhecer aquela quermessona...

— A Festa do Divino? — Gi é mais rápida do que eu, e Adriana concorda. — A Nanda já falou dela algumas vezes, eu morro de vontade de conhecer.

— Você precisa ir, Gisele. Tem um salgado, o tortinho, que é delicioso. Eu tentei fazer em casa, mas não ficou igual.

Apesar das diferenças entre elas, é bom que hoje estejam tendo uma boa convivência. A conversa segue e, embora eu esteja atenta, também presto atenção no Cadu.

Ele optou por começar fotografando a mesa de doces e assume sua típica expressão concentrada enquanto procura o melhor ângulo. Está na cara, literalmente, o quanto ele gosta de tirar fotos. Completamente imerso, clica incontáveis vezes em busca da imagem perfeita. Às vezes ele olha para a tela e franze a testa, quando não gosta de alguma fotografia, ou então sorri com o canto da boca, quando visivelmente se orgulha de outra.

Fico com medo de perceberem que estou prestando tanta atenção nele, então, tento me concentrar na conversa entre Gi e Adriana.

Mas é mais forte que eu.

Cadu circula pelo ambiente e captura momentos sem que as pessoas percebam. Agora, ele está parado, olhando fixamente para a tela da câmera com uma expressão que quase me deixa sem fôlego.

Aquela intensidade que vi em minha casa se manifesta de novo, como se ele quase estivesse sendo tragado pela máquina em suas mãos. O dedo indicador deixa a lateral da câmera e passa suavemente pela tela em um gesto que, por mais estranho que seja, parece acariciá-la, não limpar.

Cadu levanta os olhos em minha direção e me pega o observando. Sorrio para ele, para disfarçar que o estava analisando. Inesperadamente, é ele quem tenta desviar o olhar, constrangido.

Fico sem entender, mas não consigo pensar a respeito disso. Todos estão se levantando para cortar o bolo. A sobremesa é ainda mais deliciosa do que bonita e realmente explode na boca. A cada garfada, um êxtase.

Logo, um mutirão se forma para organizar o restaurante. As mesas vão sendo recolocadas no lugar, a louça, lavada, e o clima de final de festa toma conta de todos. Pouco a pouco, os funcionários vão embora, agradecendo ao sr. Arlindo pelo almoço.

Cadu decide passar as fotos para o computador e sai. Antes de se dirigir ao escritório, o sr. Arlindo me chama:

— Fernanda, você pode descarregar as fotos para o meu sobrinho? Estou precisando dele aqui.

— Tudo bem — falo e pego a máquina com o Cadu.

— Finge que isso aqui é a coisa mais preciosa da sua vida — pede ele, e faz mil e uma recomendações, inclusive sobre que cabos utilizar.

— Prometo cuidar bem dela.

Quando entro no escritório, conecto os cabos certos enquanto o computador liga. Assim que inicia, faço login.

Crio uma pasta nova na área de trabalho e copio as fotos para lá.

Quando termino, desligo a câmera e guardo tudo na bolsa com cuidado, seguindo as recomendações de Cadu.

Minha curiosidade fala mais alto e resolvo ver as fotos.

Cadu leva jeito mesmo. O trabalho parece de um profissional, combinando ângulo, foco e luz de maneira exemplar. O que poderia ser um simples registro de uma reunião entre colegas de trabalho parece ter vida pela forma como ele capturou cada instante.

E então meu coração quase para quando me vejo na tela.

Cadu me enquadrou de forma que houvesse somente a parede atrás e mais nada ao redor. A maneira como ele focou meu rosto fez com que o cenário ao fundo ficasse borrado e, com isso, eu assumisse um ar quase etéreo.

Ele me fotografou sem que eu visse, provavelmente enquanto conversava, porque há um sorriso espontâneo em meus lábios, mas como se guardasse um mistério. Meus olhos brilham, e acho que nunca me senti tão bonita quanto nessa imagem.

Olho para ela admirada, tentando descobrir se realmente sou essa mulher que ele viu por detrás da lente e como ele foi capaz de enxergá-la.

← **Cadu**
visto por último hoje às 18:29

9/8/2014

Oie! Que horas vc chega no Rabanada? 10h10 ✓✓

Vi as fotos... Ficaram lindas! 18h53 ✓✓

Valeu! 23h02 ✓✓

13/8/2014

E aquele nosso filme, hein? 20h37 ✓✓

Opa! Vamos marcar 22h16 ✓✓

14/8/2014

Acho que vou pra Mogi amanhã, tentar encontrar o Flávio de novo no sábado... 19h37 ✓✓

Responda rápido o que vc acha que vai acontecer: ele não trabalha mais no sebo ou vai ter faltado no dia? 19h57 ✓✓

* ✳ ✳ Capítulo 24 ✳ ✳ *

Na manhã do sábado seguinte, como não encontro vaga na frente do sebo, paro o carro da minha mãe em um estacionamento próximo e vou andando até lá.

Meu coração está aos saltos, nervosa pela expectativa.

Tudo tem sido tão frustrante. Por mais que eu não tenha tido sorte com os encontros para o projeto até agora — e o último tenha sido um desastre tão grande que me desanimou por semanas —, preciso tentar uma última vez. Não posso desistir antes de ir até o fim, senão, ficará sempre uma dúvida de como seria se eu tivesse continuado.

As coisas com o Cadu, na última semana, foram como na anterior: ele falando comigo o essencial e nossa troca de mensagens não sendo mais a mesma. E não acho que eu esteja sendo paranoica. Eu comprovei com *fatos* que a interação diminuiu: contei a quantidade de mensagens que costumávamos trocar antes do fatídico dia em que ele foi me consolar e o que passamos a conversar depois.

Tá, talvez isso tenha sido um pouco obsessivo. Mas não muda o fato de que ele se afastou.

Será que confundi tudo e nunca houve outra intenção além de amizade? Será que ele só estava sendo gentil? Mas o que foi aquela tarde no meu apartamento? Ou a foto no aniversário do sr. Arlindo?

Porém, a gota d'água para eu retomar o Projeto Escorpião foi meu TCC. Paula me intimou a marcar nossa reunião, depois de mais uma semana minha dando migué, e entrei em desespero. Quer dizer, se simplesmente não consigo avançar no trabalho, eu precisava fazer a única coisa que parecia viável.

Logo que chego, vejo Flávio do outro lado do balcão. A foto do perfil dele está bem desatualizada, porque seu cabelo tem um corte arrepiado, estiloso, em vez do tigelinha. Além disso, lá ele parecia mais novo. Agora, está mais encorpado, menos um adolescente desajeitado e mais um homem jovial.

Nada mal.

Vou andando entre os livros, fingindo estar entretida. Pego alguns e, enquanto olho para eles, aproveito para disfarçadamente analisar Flávio, que está distraído.

Não noto nenhuma esquisitice aparente, mas não me deixo animar por isso. Os outros também pareciam promissores e onde foi que eu cheguei? Pois é.

Para minha alegria, encontro uma edição de capa dura linda de *O morro dos ventos uivantes* e resolvo levá-la. Tenho vontade de ler esse livro desde que a Bella o citou em *Crepúsculo*.

Como o sebo não é muito grande, não tenho mais por onde vagar. Logo, só me resta ir até o caixa e estabelecer contato.

Respiro fundo para tomar coragem e vou.

— Bom dia. — Deve ser o cumprimento mais sorridente que ele já recebeu.

— Ótima escolha. — Ele sorri de volta, pegando o livro das minhas mãos. — Um pouco sombrio? Sem dúvida. Mas arrebatador.

— É mesmo?

— "Ele é mais eu do que eu mesma. Seja lá do que nossas almas são feitas, a dele e a minha são iguais" — declama ele, e meu coração estremece. — Quem não se sente impactado por isso está morto por dentro.

Fico sem fala, encarando-o encantada.

— Uau — consigo dizer. — Confesso que não sei muita coisa. Tive vontade de ler por causa de *Crepúsculo*.

— É ótimo como os livros instigam a gente a conhecer ainda outras leituras. Você não quer dar outra olhada na loja? Estamos com cinquenta por cento de desconto em vários títulos.

— Você tem alguma coisa para me indicar? — pergunto, animada.

— Sem dúvida. Vem comigo! Aliás, meu nome é Flávio.

— Fernanda. Muito prazer!

Será que finalmente consegui? Quer dizer, além de Flávio ser bonito e simpático, gosta de ler. E, qual é, livros pela metade do preço!

Vislumbro nós dois, lado a lado na cama, antes de dormir, lendo para o outro trechos em voz alta dos nossos respectivos livros. Flávio tiraria uma mecha do meu cabelo caindo sobre o rosto, atento a cada palavra minha, mas eu brigaria com ele, de brincadeira, por não estar prestando atenção.

Ele me apresenta um título após outro, trazendo curiosidades sobre os autores e as coisas de que gosta em cada história. Mal vejo o tempo passar, cada vez mais entretida. Como ninguém mais entra no sebo, sou a única cliente que ele precisa atender.

— Você gosta de astrologia? — pergunta ele de repente, ao olhar para o pingente no meu pescoço.

— Pode-se dizer que sim.

Mal sabe ele.

— Então você precisa desse livro. Espera um instante! — Ele sai em direção às prateleiras de não ficção.

Um pouco depois, retorna com um livro surrado nas mãos.

— Este aqui é obrigatório para quem gosta do assunto. Explica de um jeito muito didático como cada planeta, casa e signo se relacionam no nosso mapa.

Lembro-me vagamente de ter lido alguma coisa sobre termos outras influências além do nosso signo, que é o sol, se não me engano, mas não me aprofundei.

— Obrigada — agradeço com sinceridade, colocando o livro que ele me entregou sobre os outros dois que resolvi levar além de *O morro dos ventos uivantes*.

E agora? Será que eu o convido para sair? Pego o telefone dele? Volto aqui outro dia? Preciso ser rápida, porque ele está passando os livros no caixa.

— Vocês fazem sempre promoções assim? — pergunto para ganhar tempo e me decidir.

— Na verdade, não. É queima de estoque. O sebo vai fechar agora no fim de agosto.

— Não acredito!

— Pois é. Mas é por um bom motivo. A loja é dos meus pais, mas eles voltaram ano passado para o Japão. Vieram para cá antes de eu nascer e sentiam falta da terra natal. E agora eu vou me mudar para lá também. Toda a nossa família é de lá. Por mais que eu vá sentir falta daqui, estou empolgado para começar essa nova etapa.

Toda a minha animação evapora, desaparecendo mais rápido que meu salário quando cai na conta.

Desejo boa sorte e saio da loja, desnorteada.

O Projeto Escorpião chegou ao fim.

* * *

Volto para São Paulo no domingo me sentindo tão mal quanto no dia anterior: não tenho mais o Projeto Escorpião, estou atrasada com o TCC, provavelmente vou ficar desempregada e sigo sem ter a menor noção do que se passa na cabeça do Cadu.

De tudo isso, o TCC é o único cuja solução está mais ao meu alcance. Assim, entro em casa decidida a me dedicar a ele.

Jogo a bolsa de qualquer jeito em cima da cama e pego todo o material de que vou precisar. Troco de roupa para ficar mais à vontade e vou para a sala, sentando-me confortavelmente no sofá. Assim que o computador liga, abro os arquivos do TCC e tento estabelecer uma linha de raciocínio.

Levando em conta o que fiz até agora, preciso olhar para os dados sobre gastos, custos e lucros que recolhi.

Pego meu caderno e abro em uma página em branco. Com o notebook no colo, vou olhando para as planilhas que copiei no pen-drive e que demonstram toda a gestão financeira do Rabanada. Olho os custos, que vão desde os alimentos até o local em si e os funcionários. Conforme passo os olhos pelas planilhas, vejo muitos números.

E não sei o que fazer com eles.

Agarro uma almofada e sufoco um grito de frustração.

Será que eu deveria desistir? Mudar o foco do TCC?

Não daria tempo. E meu emprego depende disso.

Mas... Será que não seria melhor também desistir do Rabanada? Quer dizer, em teoria, eu já não tenho o cargo, ele é do Cadu. E ele precisa mais do que eu.

Eu posso procurar outra coisa. Não é o que vim idealizando, mas quando a vida corresponde às nossas expectativas? De certa forma, me alivia não ter mais essa pressão.

E, sem a disputa, o que mais não seria possível entre nós dois?

Ouço a chave girar na porta e fico aliviada por Dani ter chegado. Mas é só ela entrar para eu saber que tem algo errado. Seus olhos estão vermelhos e o rosto, inchado.

— Terminei com o Thiago.

Mal tenho tempo de tirar o computador do colo e correr até ela, que desaba, aos prantos. Nunca vi Dani nesse estado e meu coração se parte por ela.

Sento-me encostada na porta e deixo que ela se deite no chão, com a cabeça no meu colo, e chore até se acalmar. Quando as lágrimas dão lugar a soluços contidos, pergunto o que aconteceu.

— O que eu tinha previsto — começa ela. — Ele não está pronto. Até agora eu vinha controlando o que sinto, e foi só eu finalmente aceitar que me apaixonei para tudo dar errado.

Dani volta a chorar, e eu a abraço.

— Nosso fim de semana foi ótimo — continua. — Tão bom que não deu mais para negar o que eu sinto. Foi quando eu soube que precisava ter *a* conversa, que a hora tinha chegado. A gente estava vendo um filme e, assim que acabou, virei e me declarei. — A voz vacila, mas ela se mantém firme. — Ele ficou em silêncio. Quando eu vi que ele não ia falar nada, perguntei para onde a gente estava caminhando. E tudo o que ele respondeu foi: "Não sei". Isso partiu meu coração, Nanda... Não saber já é uma resposta. E não era a que eu queria ouvir. — Ela se permite derramar mais algumas lágrimas. — Falei que eu precisava de certezas. Que ele não precisava dizer que estava apaixonado, mas que eu precisava saber se havia a possibilidade de isso acontecer. Se ele estava disposto a abrir o coração.

Ela para de falar e sei que está se segurando para não chorar.

— E ele disse que não estava? — Ela nega com a cabeça, então tento mais uma vez: — Disse que não poderia te garantir isso?

Quando ela concorda, eu a abraço.

— E você então terminou, porque precisa de uma garantia, né?

Ela assente outra vez.

— Ah, Nanda...

— Eu sei, Dani, eu sei.

Perco a noção de quanto tempo ficamos ali, comigo a embalando e acalmando. Quando ela para de chorar, delicadamente a encaminho até o sofá e peço para aguardar enquanto faço um chocolate quente.

— Eu já esperava por isso — diz ela quando entrego a caneca. — Então não foi um choque.

— Mas, ainda assim, dói, né?

Ela concorda.

— Estou triste agora e sei que vai passar. Eu fiz tudo que poderia ter feito, certo? — diz ela. Respondo que sim, porém, percebo que ela está tentando se convencer. — Agora preciso respeitar a escolha dele. E assumir a minha. Afinal, fui eu que decidi terminar — conclui, resoluta.

— Você fez o melhor para você, Dani.

— Eu sei. E é isso o que me conforta. Está doendo agora, mas doeria muito mais se eu ficasse em uma situação que não quero.

Ela assopra a caneca e toma um gole do chocolate.

— Você é uma das pessoas mais fortes que eu conheço, sabia?

— Você também é forte, Nanda, só talvez não saiba disso — fala ela com um sorriso triste.

— Forte, eu? Alô-ô, você viu quanto tempo fiquei na *bad* pelo Vinícius? Aliás, acho que ainda nem me recuperei totalmente!

— A gente não ter o mesmo tipo de força não te faz fraca. Ser sensível não é sinônimo de ser frágil — diz ela, convicta. — Você se permite *sentir*, Nanda, seja o que for, com a intensidade que vier. Não é qualquer um que aceita as próprias emoções, a dor muito menos. Você olha para ela de frente e a recebe de braços abertos, porque sabe que só assim ela vai poder ir embora quando for a hora.

Meus olhos se enchem de lágrimas. Aqui está minha melhor amiga, arrasada, mas ainda assim encontrando uma maneira de motivar nós duas. Achando uma forma de lidar com a própria dor e me dizer, do seu jeito, que entende a minha.

Seguro sua mão e a aperto, sorrindo e fazendo força para segurar as lágrimas. Ela entende o gesto e aperta minha mão de volta.

Nós podemos estar com o coração partido, mas temos uma à outra.

E somos imensamente sortudas por isso.

← **Mãe**
visto por último hoje às 07:59

HOJE

<Foto> 07h58

<Foto> 07h58

<Foto> 07h58

<Foto> 07h59

Bom dia, mãe! Também te amo! 08h06

Que seu dia também seja abençoado =* 08h06

* ✱ ✱ Capítulo 25 ✱ ✱ *

Há uma estranha movimentação quando chego ao Rabanada na quarta-feira de manhã.

— Ah, é você. — Gi me olha aliviada, enquanto vejo pelo vidro os funcionários agitados com alguma coisa. Um bolo?

— O que está acontecendo? — pergunto, pendurando o casaco, antes de guardar a bolsa.

— O sr. Arlindo ligou mais cedo avisando que é aniversário do Cadu e pediu que eu comprasse um bolo. Não era mais fácil ter avisado ontem? Eu teria pedido para a dona Mazé fazer e combinado com todo mundo para chegar mais cedo. Sabe o que é pior? — Ela não me espera responder e continua: — Ele mesmo só vem para o almoço.

Esqueci totalmente que o Cadu estava para fazer aniversário. E é bem a cara do sr. Arlindo dar uma festa para comemorar o dele e só pedir um bolo de última hora para o sobrinho.

Fico estranhamente incomodada, sem conseguir identificar com o quê.

Ouvimos um barulho de alguém se aproximando, e Gisele, com o bolo em mãos, sinaliza para todos fazerem silêncio e ficarem a postos. Quando Cadu entra, o Rabanada explode em um "Parabéns a você" desafinado, acompanhado pelas palmas. Ele se assusta com a recepção acalorada, e não consigo evitar rir do discreto pulo que dá.

Ele recebe os cumprimentos, e fico aguardando minha vez, com o conhecido frio na barriga.

— Feliz aniversário, Cadu — falo, com um abraço. Será possível ele estar ainda mais cheiroso? — Se eu soubesse, teria te comprado uma lembrancinha.

— Poxa, como assim você não comprou nada? Fala sério, Nandinha, caiu no meu conceito.

— Só estava querendo ser simpática. Na realidade, se eu soubesse que hoje era seu aniversário, teria é faltado, isso sim — retruco.

Ele sorri antes de me responder:

— Essa é a Fernanda que eu conheço!

Depois do bolo, cada um segue com seus afazeres: Cadu vai para o estoque, eu e Gi ficamos no escritório.

Enquanto checo os pedidos para a próxima semana, não consigo deixar de lado a sensação de que tem alguma coisa errada.

Olho ao redor, buscando algo diferente. Tudo continua exatamente igual.

— O que foi? — pergunta Gi ao notar minha testa franzida.

Respondo que não é nada e tento me concentrar nos pedidos, enquanto ela vai para a cozinha. Depois de cinco minutos olhando para a tela do computador e sem fazer ideia do que estava lendo, resolvo caminhar pelo pequeno espaço do escritório.

Checo o quadro de avisos na parede, mas não há nele nada urgente ou que eu possa ter esquecido. Olho pela janela, abro o armário, mexo inclusive nos bolsos do meu casaco.

Absolutamente nada.

Sento-me novamente, frustrada. Eu não me sentia assim antes de chegar aqui. Logo que cheguei, todo mundo estava se preparando para o aniversário do Cadu. Eu guardei minhas coisas e...

Sinto um arrepio na espinha.

O aniversário do Cadu.

Hoje é aniversário dele.

Olho para o calendário no computador para confirmar o que já sei.

Dia 20 de agosto.

O Cadu não é virginiano. Não é meu signo complementar.

Ele é *leonino*.

Não pode ser, ele falou que era virginiano!

Fecho os olhos e me lembro da nossa conversa. Prendo a respiração ao perceber meu erro. Ele não me disse seu signo nem me falou o dia do aniversário. Disse que faria 24 anos em mais ou menos um mês e eu supus que seria depois do dia 23.

Lerda, lerda, lerda!

Fiquei assim a fim dele não por sermos de signos compatíveis, mas por causa dessa minha atração ridícula por leoninos! E foi por isso que ele não correspondeu.

Mas que droga! Eu fiz uma *lista* para conhecer novas pessoas e não correr o risco de me apaixonar de novo por alguém de Leão e me encanto pelo primeiro leonino que me aparece?

Ai, meu Deus.

Me apaixonar?

E justamente agora, quando não tenho mais esperança alguma com o Cadu, admito que foi isso o que aconteceu.

Eu me apaixonei por ele. Não é só uma quedinha. É mais profundo do que isso.

Penso em seu sorriso, que parece iluminar o ambiente, seja onde estiver. Lembro sua maneira de me olhar, como se visse algo além de mim. Sinto seus lábios pousando de leve em minha testa e ouço o barulho rápido de sua respiração enquanto me abraça. Mais do que tudo, penso em como ele sempre foi gentil, em como me faz rir e como me deixa confortável para ser eu mesma.

Então percebo como meu peito se aperta quando tento imaginar um futuro entre nós e não consigo, porque a disputa pelo cargo no Rabanada inviabiliza até mesmo sonhar com isso. Ou jamais conseguiríamos sequer começar ou, se começássemos, como uma relação se sustentaria com um de nós ressentido por não ter o emprego do outro?

É óbvio que eu estou apaixonada.

— Algum problema com os pedidos? — pergunta Cadu ao entrar na sala.

Acho que praguejei em voz alta.

— Hã, não, tudo sob controle. Eu só.... Bati o joelho na mesa — invento.

Um estranhamento desconfortável paira no ar, mas, pela expressão de indiferença de Cadu, talvez só eu esteja sentindo isso.

Eu deveria falar algo. Puxar assunto, talvez? E se eu fizer alguma pergunta e ele perceber que estou interessada nele? E se eu não perguntar nada e aí sim ele achar estranho? Aquela coisa de psicologia reversa, sabe?

Não sei mais como agir perto dele.

— Você está estranha — diz Cadu.

Para meu completo horror, dou uma gargalhada estridente, como se ele tivesse acabado de contar a maior piada do universo. Ele me olha sem entender, ainda mais desconfiado depois do meu surto maníaco.

Suspiro.

O dia vai ser longo. Bem longo.

Saio da faculdade exausta.

Passei o dia fugindo do Cadu no Rabanada. Pela primeira vez, agradeço por não estarmos tão próximos como antes.

É bom saber que estou deixando para trás a sombra do Vinícius em minha vida. Por outro lado, de que adianta gostar de alguém com quem não tenho a menor chance?

Cheguei totalmente aérea na faculdade, de maneira que, quando Paula surgiu no fim do corredor, não percebi e não pude fugir a tempo.

— Quero te ver segunda-feira sem falta — disse ela, educada, mas com determinação, e a postura de quem já deve ter gastado um bom dinheiro com RPG deixou a quase intimação ainda mais impactante.

Concordei. Ia fazer o quê, com ela me olhando tão firmemente?

Quando chego em casa, Dani está terminando de lavar a louça do que deve ter sido seu jantar.

— Chegou mais cedo? — pergunto ao fechar a porta.

— Não tive a segunda aula.

Ela aparenta estar se recuperando bem. Dani é daquelas que se permite chorar e sofrer por um dia e, no seguinte, está de pé como se nada tivesse acontecido.

É claro que, no fundo, sei que ela ainda sente. Quando acha que não estou vendo, percebo como às vezes fica olhando para o nada ou como o fundo dos seus olhos parece trazer uma mágoa.

Mas ela seguiu sua rotina. Vai à ioga, fica doida com o trabalho, vai para a faculdade. E adora cada segundo dessa correria.

— Está tudo bem? — pergunta ela ao se virar para mim.

— Ah, Dani... Não sei.

É suficiente para ela sair da cozinha. Sento-me ao lado dela no sofá e conto minha descoberta do dia.

Ela me ouve com atenção e não sei o que está pensando.

Só quando termino é que ela se pronuncia.

— Bom — diz e se ajeita antes de continuar —, primeiro de tudo: você realmente está disposta a evitar um relacionamento com alguém por causa do *signo* da pessoa?

Fico estupefata.

— Mas é claro, Dani! Eu falei para você de todos os fiascos dos leoninos na minha vida. Não preciso de mais um!

— Tudo bem, eu concordo com você que foi uma coincidência e tanto — fala, colocando o cabelo atrás da orelha —, mas você acredita mesmo que foi eles serem leoninos que estragou as coisas?

Não sei o que dizer. Se não foi isso, qual o problema, então?

Precisa ser isso.

— Sabe o que me preocupa?

— O quê? — pergunto em um sussurro, temendo o que está por vir.

Ela parece procurar as palavras. Abre a boca uma vez e desiste, pensando melhor. Então, como se tivesse encontrado coragem, dispara olhando para mim:

— Por que você está sempre emendando um cara no outro?

Fico surpresa. Não esperava essa pergunta.

— Como assim? — pergunto, franzindo a testa e esticando as costas.

— Ah, Nanda — Ela parece se alterar. — Você fez uma lista de possíveis pretendentes e saiu em busca deles assim que terminou com o Vinícius. E aí colocou essa maluquice de lado não só porque ela, obviamente, não estava dando certo, mas porque o Cadu apareceu e você tinha uma alternativa. E então, assim que as coisas com o Cadu não pareceram bem, você voltou para o projeto e só o abandonou de vez porque não tinha outros caras para procurar.

Não foi isso o que eu fiz. Foi?

Então fico constrangida, porque sei que, no fundo, foi *exatamente* o que fiz.

— E é assim desde que a gente se conheceu.

Gabriel. Lucas. Vinícius.

— Mas eu não faço isso de propósito — falo na defensiva.

É só que... É importante para mim encontrar minha alma gêmea. E, se eu não estiver aberta, como isso vai acontecer? Mas não acho que Dani vá entender.

— Não estou dizendo que é de propósito ou que não é verdade o que você sente — ela logo se explica. — Mas parece que você vive em função de homem.

Olho para Dani confusa e um pouco ressentida.

Não tem nada a ver com viver em função de homem. Tem a ver com estar com quem vai me complementar. Tem a ver com encontrar quem vai continuar comigo, não importa o que aconteça.

— E tem algum problema querer ter alguém na minha vida? — questiono, e acho que sou um pouco ríspida.

Se Dani percebe meu tom, não fala nada.

— Não, não tem problema algum. Só você sabe o que é melhor para você. Você é livre para querer se casar ou não, morar com alguém ou não. Mas, caramba, Nanda, para qualquer uma dessas coisas você precisa *saber* qual delas você quer. Sei lá, às vezes acho que, se o Vinícius tivesse te proposto abrir a relação, era capaz de você aceitar, mesmo sendo totalmente monogâmica, só porque assim continuaria com ele.

Não sei se consigo entender o que ela está dizendo, até porque ela parece tropeçar nas palavras. É verdade que eu tenho facilidade em me interessar por alguém, mas não faço disso meu objetivo de vida.

Ou faço?

Sinto um bolo na garganta. E meu coração está acelerado. Um milhão de coisas passam pela minha cabeça, e não consigo organizar meus pensamentos.

Estou atônita. Não, percebo, estou nervosa.

Não sou essa pessoa que ela pintou, sou?

— Eu não sou carente, Dani — minha voz sai seca. Cortante.

Ela me olha surpresa. Acho que não esperava essa reação.

Dani estica a mão, tentando encostar em meu braço antes de continuar.

— Não estou dizendo que você seja, Nanda, só...

— Então o que você está dizendo? — Retiro o braço de forma automática.

Ela se levanta.

— Olha, eu não quero discutir com você. Me desculpa se eu te magoei. De verdade. Eu passei dos limites.

— Eu só acho que você não entende, Dani. Nós somos diferentes, só isso.

— Sim, nós somos — concorda ela. E então parece cansada. — Só me preocupo com você.

— Não precisa se preocupar — respondo sem nem pensar.

Ela me olha magoada, mas não fala nada. Murmura um "tudo bem" e diz que precisa dormir. Solta um "boa noite" ao me deixar na sala ainda mais perdida em pensamentos do que eu já estava.

Estou frustrada. Estou confusa. Apesar de meus sentimentos sobre o Cadu terem me atormentado o dia todo, são as coisas que a Dani disse que ressoam na minha mente.

Será que não me interesso pelas pessoas por acaso, mas porque estou sempre *procurando* por alguém?

Nunca pensei em mim dessa forma. Nunca nem *percebi* que faço isso.

Será que a Dani está exagerando?

Não vou encontrar essa resposta sozinha.

Preciso da ajuda da pessoa que melhor me conhece no mundo.

Pego meu celular, sem me importar com o horário — sei que ela só vai ver amanhã cedo — e digito:

Mãe, vc acha que eu dependo de outras pessoas pra ser feliz? 00h57

online

19/8/2014

namda to coum saldadi qamdo
vose veim aqi pra caza 18h19

Mãe, a Bel pegou seu celular de novo 18h47

Pelo menos ela usou pra falar com você!
Esses dias ela tava quase pedindo uma pizza
quando tirei da mão dela, acredita? 18h52

Hahaha... Diz pra ela que também
estou com saudades =* 18h53

* ✳ ✳ Capítulo 26 ✳ ✳ *

Levo um susto quando saio do Rabanada, na sexta, e encontro minha mãe me esperando.

— O que você está fazendo aqui? Aconteceu alguma coisa? Está todo mundo bem? — disparo, temendo o pior.

— Não aconteceu nada, só quis fazer uma surpresa. Achei que estávamos precisando de um tempinho juntas. Entra no carro!

Fico aliviada por estar tudo bem, mas ainda não entendo o que está acontecendo. Acho que eu ainda estava no ensino fundamental na última vez que ela me buscou na escola. E nós definitivamente morávamos na mesma cidade.

Dou a volta no carro e entro pela porta do passageiro, tentando entender o que faz minha mãe estar às quatro da tarde de uma sexta-feira na porta do meu trabalho, e não no dela.

Sei que ela ficou preocupada com a mensagem que mandei. Me ligou no dia seguinte logo de manhã e, quando expliquei, falou que conversaríamos melhor depois. Fiquei meio chateada na hora, porque não tinha planos de ir para Mogi tão cedo, então não sabia quando poderia ser esse "depois". Jamais passou pela minha cabeça que ela apareceria aqui, assim. Aliás, será que foi por isso que ela veio?

— Esta é a hora em que eu finjo que não é esquisito você aparecer sem aviso? — pergunto, colocando o cinto de segurança.

— Como falei, achei que estávamos precisando de um tempinho só nós duas. E então pensei: por que não fazer uma pequena viagem, um final de semana nosso, só das mulheres Cardoso?

Pequena viagem? Ela quer passar o fim de semana no apartamento?

— Hum, mãe, não é por nada, não, mas acho que você esqueceu uma das suas filhas. Cadê a Bel?

— Em casa, ué. Ela ainda é uma garotinha Cardoso. — E pisca para mim, como quem sabe das coisas.

— Mas ela vai ficar sozinha o fim de semana todo?

Mamãe quase me fuzila com o olhar, mas responde com a maior calma e elegância que podem existir.

— Ela não vai estar sozinha, Nanda. Vai estar com o pai dela, que é perfeitamente capaz de cuidar da filha. — As sobrancelhas arqueadas deixam claro que falei uma asneira bem grande.

E isso porque eu acredito na divisão de tarefas. Parabéns para mim.

Embora eu não consiga imaginar muito bem nós duas tomando drinques de pijama e assistindo a comédias românticas, estou curiosa por esse final de semana à la *Gilmore Girls*.

E um tiquinho assustada. Ainda não faço ideia do que ela tem em mente.

Antes de mamãe conhecer o Márcio e ter a Bel, estávamos sempre fazendo algum programa. Íamos ao cinema, comíamos em lugares diferentes, fazíamos dias de beleza.

Não que tudo tenha acabado com a chegada dos outros dois membros da família, mas a dinâmica mudou. Primeiro, passamos a ser três, e as nossas saídas sozinhas foram diminuindo. Depois, veio a gravidez e, quando a Bel nasceu, era difícil fazer qualquer uma dessas coisas com um bebê a tiracolo. Então eu estava focada no ensino médio, em vestibular, nas minhas amigas e, é claro, nos garotos.

Pensando bem, desde que vim para a faculdade e me mudei para São Paulo, a quantidade de vezes que só nós duas fizemos algo do tipo foi...

Nenhuma.

Quando olho para fora, percebo que mamãe ou está perdida, ou está fazendo um caminho muito alternativo para meu apê.

— Você perdeu a entrada para a minha casa.

— Não estamos indo para lá.

— Estamos indo para onde, então?

— Aguarde!

Acho que estou sendo sequestrada por minha própria mãe.

Chegamos a Bertioga perto das seis. Mamãe manteve o suspense até pegarmos a estrada para o litoral, e aí entendi qual era o destino.

— Você sabe que está sendo uma mãe nada convencional, né? Que eu tenho reunião com minha orientadora na segunda-feira e ia me isolar no fim de semana para trabalhar no TCC? — perguntei na serra.

— Estou exercendo meu papel de outra maneira.

Quem sou eu para discutir?

Meus avós têm um apartamento na cidade, então, eu vinha com frequência quando era mais nova. Nos últimos anos, porém, deixei de acompanhar a família.

Pegamos nossas bagagens no porta-malas e vamos para o elevador. Minha mãe trouxe uma mala de Mogi para mim e, apesar de eu não fazer ideia do que tem nela, imagino, pelo peso, que nada esteja faltando.

Logo que entramos, sou atingida por duas sensações.

A primeira é o leve cheiro de mofo, já que o apartamento fica fechado por um tempo considerável.

Poderia passar sem essa.

A segunda são as lembranças de períodos diversos da minha vida. É impossível olhar para a mesa de jantar e não lembrar as partidas de buraco que eu, meus avós e minha mãe jogávamos, a maneira como eles fingiam ficar bravos por eu toda hora pegar as cartas do descarte. Ou a vez em que a Bel, que devia ter uns dois anos, fugiu do Márcio enquanto ele dava banho nela e saiu correndo pela casa toda cheia de espuma.

Senti saudade daqui. É estranho como, com o passar do tempo, vamos abrindo mão de coisas de que gostamos sem perceber, quase como se esquecêssemos do que faz parte de nós. Como se esquecêssemos de uma parte de quem somos.

Deixamos as malas nos quartos e abrimos as janelas para ventilar um pouco a casa. Como estamos com fome, minha mãe resolve fazer um macarrão ao alho e óleo com muito queijo para nós.

Vou guardando nos armários da cozinha os mantimentos que trouxemos. Não tem muita coisa, são mais ingredientes para lanches. Acho que mamãe planeja almoçar fora amanhã.

— E como estão as coisas entre você e a Dani? — pergunta ela, enquanto corta o alho.

Fico desconfortável ao lembrar de nossa situação. Acho que é a primeira vez que nos desentendemos, depois de quatro anos de convivência.

— Estranhas — finalmente respondo. — Ficou um clima meio pesado, sabe? A gente mal se viu, cada hora uma saía de casa quando a outra chegava.

Minha mãe assente, refletindo sobre o que dizer.

— E você ficou magoada com o que ela falou porque discorda ou porque acha que ela tem razão?

Ela me lança um olhar gentil, como se já soubesse da resposta, ainda que eu mesma não tenha certeza.

Passei os últimos dois dias refletindo e não sei a que conclusão chegar. Ao mesmo tempo que parece ter algum sentido no que Dani falou, não consigo me ver assim. Essa imagem de mim é tão... desesperada. E fútil.

— Posso estar enganada, mas acho que você concorda com ela e se culpa por isso, certo?

— Acho que sim... — Estou prestes a chorar.

— Filha — começa ela —, você se lembra de quando era pequena? Das nossas sessões de desenhos da Disney?

Faço que sim, estranhando a mudança abrupta de assunto.

— Não esqueço como você se encantava com eles, como seus olhos brilhavam. — Ela parece perdida em lembranças. — Você ficava fissurada quando via um novo filme e passava meses querendo ser aquela princesa. Aliás, você e quase todas as suas amiguinhas. — Ela sorri. — Perdi as contas dos aniversários com o tema *Mulan* a que nós fomos.

Eu me lembro. Das mochilas, bonecas, convites de aniversário. Das horas intermináveis assistindo ao mesmo desenho, rebobinando as fitas e recomeçando quando acabavam.

— Mas os seus favoritos — continua ela — eram os clássicos. Você ficava vidrada com *A Bela Adormecida* ou *Cinderela*. Cantava todas as músicas de *A Bela e a Fera*. Temia a bruxa de *A Branca de Neve* e passou meses se recusando a comer maçã com medo de ser envenenada.

Nós duas rimos. Eu tinha me esquecido do período de greve da maçã.

— E sabe o que eles têm em comum?

— Finais felizes? — arrisco.

— De certa forma, sim. Mas finais felizes que dependem de um príncipe.

Ela termina de colocar o macarrão para cozinhar e se senta na bancada à minha frente.

— Essa é uma das coisas difíceis de se nascer menina — continua. — Quantos exemplos a gente não tem de que precisamos encontrar nosso príncipe para sermos felizes? E é claro que eu concordo que é possível ser feliz assim. Mas não seria muito triste se esse fosse o *único* jeito? Se nossa felicidade dependesse inteiramente de outra pessoa?

Concordo e ela continua:

— É difícil se desvincular dessa ideia quando ela nos cerca o tempo todo, filha.

— Mas a Dani não é assim — digo. — Temos a mesma idade, crescemos na mesma época...

— Mas vocês são pessoas diferentes — ela me corta. — Vocês podem ter tido as mesmas influências, e não estou dizendo que tiveram, e ainda assim ter sido afetadas de formas diferentes. E isso não te torna menos ou pior do que ela, Nanda.

— É que... como não me sentir errada por ser de um jeito que eu nem sabia que era?

— Você não tem que ser uma coisa ou outra — fala minha mãe, enquanto escorre o macarrão e eu arrumo os pratos no balcão. — Aliás, você não "tem que" nada. Só você sabe o que é certo para você, filha, e, se não souber, só cabe a você descobrir.

Um eco do que a própria Dani havia me dito.

— Isso tudo me deixa confusa, mãe. Estamos tendo esta conversa porque, em primeiro lugar, não é bom estar sempre focada em algum cara, certo? Mas aí você me diz que só eu sei o que é melhor para mim. E se isso for o melhor para mim?

— Filha... — Ela respira fundo. — Não acredito que o melhor para *ninguém* esteja nas mãos de outra pessoa. É isso que quero que você entenda. Você é livre para escolher como deseja viver sua vida, se quer compartilhá-la com alguém ou não. Mas essa não precisa, e nem deveria, ser sua única preocupação. Se for, sua capacidade de ser feliz pode não depender das suas escolhas. Não vai estar ao seu alcance e sim sujeita à vontade de outra pessoa. Ou das situações. Sua vida é o que você vive agora, da hora em que acorda até quando dorme. Ela não vai começar ou só acontecer quando você tiver um parceiro ao seu lado. Tenho certeza de que existem outros sonhos aí dentro de você, outras vontades e necessidades que se bastarão simplesmente com você mesma. Não?

Só o que sinto é um vazio. Não consigo pensar em nada.

Fico envergonhada por não ser capaz de dizer meus sonhos.

Mamãe percebe meu olhar assustado e vem até mim. Quando passa os braços ao meu redor, fecho os olhos e então choro. Me deixo ser confortada por seu calor, por seu cheiro, agora levemente misturado ao de alho.

Ela passa a mão no meu cabelo e dá um beijo suave em minha cabeça.

— Você é tão nova. Você ainda precisa se descobrir. Que tal olhar um pouco mais para dentro de você em vez de estar tão atenta ao que está aqui fora?

Balanço a cabeça, concordando.

Ela me entrega um guardanapo e nos sentamos para comer, em silêncio.

Quando acabamos, ela me diz para deixar a louça na pia, parecendo pensar em algo. Decidida, se vira e pega minha mão, me levando para a sala.

— Sabe, você me lembra muito de mim mesma na sua idade. Sempre fui muito romântica e sonhava com o dia que encontraria meu primeiro namorado — começa ela. — E então conheci seu pai.

Congelo quando ela solta essas palavras.

Conheço a história por cima — eles namoravam, ela engravidou, ele não quis assumir e sumiu —, mas sinto que, desta vez, ouvirei a versão estendida e sem cortes.

— Ele era o clichê com que as garotas sonhavam: bonito, carismático, inteligente, com um futuro promissor. Caí de amores por ele, assim como quase todas as garotas do colégio. E não acreditei quando ele me chamou para sair.

O ar sonhador em sua expressão me faz ter um vislumbre da jovem que ela foi. Ela me conta sobre como eles começaram a namorar e como a paixão dele por medicina a influenciou a optar por estudar Enfermagem.

Como eu nunca soube que ela fez outra faculdade antes de Arquitetura?

Sempre achei que ela ainda estudasse, depois que nasci, porque tinha trancado o curso quando engravidou, não por ter mudado de área.

Tenho vagas lembranças de querer brincar enquanto ela estudava e de sua colação de grau. Provavelmente, me lembro melhor dessa última por causa da nossa foto: ela de beca, olhando e sorrindo para mim, com quase 5 anos, e eu com seu capelo, em seu colo, rindo para a câmera.

Ela me diz que ficava fascinada ouvindo meu pai contar sobre os planos dele para o futuro. Ela idealizou como seria trabalharem juntos, no mesmo hospital, e se convenceu de que seu destino era a enfermagem, já que ela ainda não sabia o que queria fazer.

Os dois foram para a mesma faculdade, mas quase não se viam.

— No começo, tentei acreditar que as dificuldades eram única e exclusivamente por causa da mudança gritante das nossas rotinas e que logo tudo melhoraria. Mas não só fomos nos afastando como fui me decepcionando cada vez mais com o curso, percebendo o quanto aquilo não tinha nada a ver comigo. Só que eu queria tão desesperadamente aquele nosso futuro que me negava a enxergar a verdade.

É quando ela me diz que engravidou depois de dois anos de namoro, mesmo tomando anticoncepcional. Ela estava assustada, mas se sentia confiante da reação do meu pai e que juntos enfrentariam as dificuldades.

Bom, como eu nunca o conheci, já dá para imaginar que as coisas não foram bem assim.

— Por mais assustada que eu estivesse, no fundo estava empolgada com a gravidez. Eu já amava você!

Eles reuniram os pais para contar a novidade e foi um susto para todos. Mas, enquanto meus avós maternos demonstraram apoio, os pais dele acusaram minha mãe de ter dado o golpe da barriga.

Obviamente, mamãe ficou arrasada. E tudo piorou quando, poucos dias depois, meu pai disse que sentia muito, mas que não podia ser pai naquele momento, que estava focado na carreira e um bebê atrapalharia seus planos. Ele havia conseguido uma bolsa de estudos para o exterior, estava esperando a aprovação para contar, então, "obrigado por tudo", "sinto muito mais uma vez" e "adeus".

A raiva e a indignação me tomam como poucas vezes na vida. Sinto um calor dentro do peito e um bolo se formar na garganta, mas não sei como colocá-los para fora. Não sinto isso por mim ou pelo pai que nunca tive.

Sinto por Lúcia, pelo que ela passou. Pela primeira vez, não a estou enxergando só como minha mãe, mas como a mulher que é. Pela garota que foi. E pelos sonhos que perdeu.

Não consigo me imaginar vivendo o mesmo que ela. Ela tinha quase minha idade quando aconteceu e, ainda assim, superou.

— Fiquei destruída — continua ela. — Tranquei a faculdade e me tranquei para a vida. Mal tinha forças para me levantar da cama e só comia por sua causa. Naqueles primeiros meses, foi você que me manteve viva.

Vejo em seus olhos como é difícil lembrar esse período e sou capaz de imaginar todo o seu sofrimento.

— Mas aí, em uma das minhas consultas do pré-natal, a médica me fez ouvir seu coração. Não sei expressar a emoção que senti com aquele som. — Nós duas estamos chorando, lágrimas silenciosas escorrendo pelo rosto. — Aquilo me fortaleceu. E me fez tomar uma consciência que, até então, eu ainda não tinha.

— A de que você seria mãe?

— Não, filha. É claro que senti isso também. Mas me conscientizei de que *eu* existia. Não quero que você pense que fui egoísta. — Isso jamais passaria pela minha cabeça. — Mas ao ouvir seu coração percebi que, mesmo você existindo dentro de mim, nós éramos dois corpos diferentes. E, por mais que eu estivesse prestes a me tornar mãe, eu ainda existia independentemente desse papel. Eu ainda era a Lúcia e precisava sobreviver *por mim* para ser alguém para você.

— Você amava mais a ideia do relacionamento com meu pai do que ele — concluo, atônita, uma percepção que, de alguma maneira, parece mudar tudo ao meu redor, ao mesmo tempo que ainda não consigo saber exatamente o quê.

— Sim. E, como fiz minha vida girar em torno dele, seu pai levou tudo que eu tinha dado a ele quando partiu, inclusive meus sonhos. Sonhos que eu nem havia descoberto ainda.

Ela fica uns instantes em silêncio, encarando o nada. Talvez esteja me dando tempo para assimilar, mas acho que está vagando pelas próprias lembranças.

Então, como se despertasse, minha mãe vira o rosto em minha direção e continua falando:

— Comecei Arquitetura um mês antes de você fazer um ano, e a experiência de fazer aquilo de que eu realmente gostava foi completamente diferente e transformadora. Aquilo me deu a sensação de que eu estava no caminho certo e de que o pior havia ficado para trás.

Ficamos em silêncio por um minuto, assimilando a conversa.

— Você precisa se conhecer, Nanda. Só assim vai saber o que é melhor e o que realmente quer para você. — Ela segura minha mão. — Sou sua mãe e estarei sempre ao seu lado.

Eu me inclino e lhe dou um abraço apertado. O zíper do meu casaco enrosca em sua blusa de linho, mas nenhuma de nós se importa com isso.

Pela primeira vez em semanas, me sinto tranquila. Ainda tenho um longo caminho pela frente, mas faz toda a diferença saber por onde começar a jornada.

Faz diferença saber que, no fim, vai ficar tudo bem.

Família Cardoso–Santos

Márcio, Mãe, Você

HOJE

Márcio
Bom dia, amadas! Chegaram bem? 08h07

Mãe
Bom dia, amor! Chegamos, sim.
Não avisei porque pegamos firme na conversa e só acordei agora rsrs 11h12

Tudo bem por aí? 11h13

Márcio
Aproveitem o dia! Por aqui tudo bem! 11h17

A não ser pelo fato de a Bel ter levantado chorando, dizendo que foi abandonada pela mãe, que fugiu pra virar sereia 11h19

Mãe
Pode deixar! Vocês também! 11h19

Ainda a fase do medo das sereias? 11h20

Márcio
Ainda... 11h21

Mãe
Pelo menos ela parou de tapar o ouvido quando ouve alguma música? 11h22

Márcio
Considerando que tirei um chumaço de algodão da mão dela enquanto ela tentava enfiar ele no ouvido para se proteger, acho que não. 11h23

* ✱ ✳ Capítulo 27 ✳ ✱ *

Acordo perto das nove da manhã, renovada.

Minha mãe ainda está dormindo, então, vou até a cozinha e passo um café para nós duas, para quando ela levantar. Sei lá qual foi a última vez que ela pôde dormir até tarde, então, que descanse.

Com minha caneca, caminho até a varanda. Sento-me em uma namoradeira e sorvo o líquido que desce quente, forte e doce, exatamente como gosto. O sol saiu e me sinto aquecida por ele e pela bebida, apesar do vento gelado que sopra.

Estamos fora de temporada, então, a cidade está vazia, com pouca movimentação na rua abaixo. A alguns quarteirões da praia, consigo ver o mar, de longe, e ouvir o barulho das ondas.

Assim que termino o café, decido dar uma volta. Rapidamente, vou até o quarto trocar de roupa. Coloco uma legging, meu All Star que um dia foi branco e um moletom com capuz. Prendo o cabelo em um rabo de cavalo, escovo os dentes, pego minha bolsa e deixo um bilhete avisando aonde fui.

Ainda no elevador, coloco os óculos escuros e conecto meus fones de ouvido ao celular, escolhendo a primeira música da trilha sonora do meu dia. "Chandelier", da Sia.

Caminho rumo à praia, o que normalmente não leva nem uma música.

Conforme o refrão se aproxima, vou sendo embalada pelo ritmo, que entra pelos ouvidos e é sentido por cada parte do corpo. É como se as notas soassem dentro de mim e tenho que me controlar para não saltitar pela rua.

Quando Sia explode a plenos pulmões, sou tomada por suas emoções e por seu desejo de libertação. Como ela, sinto que também quero voar como um pássaro até minhas lágrimas secarem.

De repente, não sou mais uma garota indo para a praia. Sou Fernanda Cardoso, vivendo em meu próprio mundo, onde só existimos eu, a música e uma euforia inédita. Preciso me controlar para não rir alto.

Meu momento é interrompido abruptamente quando tropeço na calçada, na orla da praia, e perco o *feeling* poético.

Bom, pelo menos eu não caí.

Passo a prestar mais atenção por onde caminho, até porque a calçada parece um tabuleiro de campo minado graças aos donos de *pets* que não carregam saquinhos durante o passeio de seus cachorros.

Vou andando sem pressa, olhando para o mar, curtindo a tranquilidade que tanto a paisagem quanto a voz de Michael Bublé me proporcionam. É quando decido me sentar na areia.

Com cuidado, tiro o tênis e paro por um instante, deixando os pés afundarem. A areia está fria, o calor do sol não é suficiente para esquentá-la, e gosto da sensação dela por entre os dedos. Dou mais uns passos e me sento, os braços apoiados nos joelhos.

Pego na bolsa o livro sobre astrologia que comprei no sebo. Por sorte, eu o tinha levado ontem para o Rabanada, então, ele veio comigo.

Li pouca coisa durante a semana, mas o suficiente para ficar encantada. Pelo visto, pensar em mim como nativa de Peixes é redutor — porque todo mundo tem muito mais influências do que só o signo solar. Fiquei maravilhada descobrindo sobre as casas e os significados dos planetas, e minha cabeça explodiu quando entendi como os aspectos podem se cruzar, uma coisa afetando a outra.

Obviamente fiz meu mapa astral na internet.

Sou pisciana, mas também tenho traços de outros signos. Por exemplo: minha comilança? Culpa de Touro, que tenho em algum lugar do mapa que já esqueci.

Passei as últimas semanas empolgada com como a astrologia poderia me ajudar a entender minha alma gêmea, enquanto eu poderia tê-la usado para *me* entender.

É então que me permito pensar na conversa com minha mãe.

De tudo o que ela disse, uma das coisas que mais me marcaram foi ela ter assumido que gostava mais da ideia de um relacionamento com meu pai do que dele próprio.

Será que é o que faço também? Me apaixono pelo que posso vir a ter com uma pessoa *antes* de me apaixonar por ela? Foi assim com Vinícius?

Penso em quando nos conhecemos, como fiquei empolgada com o interesse dele por mim.

Lembro como tudo começou maravilhosamente, como fiquei empolgada em poder chamá-lo de "meu namorado". Isso até virou uma brincadeira entre nós: a cada vez que eu usasse a palavra "namorado", porque ele percebeu que eu comecei a incluí-la nas minhas frases em qualquer oportunidade, eu tinha que revelar alguma coisa sobre mim. Se conseguisse me conter a tempo, ele é que deveria contar seus segredos.

Nós nos divertimos bastante juntos, pelo menos nos primeiros meses. Mas a leveza inicial foi deixando de existir.

Fomos descobrindo, pouco a pouco, muitas diferenças. Por exemplo, Vinícius adora sair à noite, conhecer bares e baladas diferentes. E não que eu não goste, mas não toda semana. Isso passou a ser um problema.

No começo, fui me deixando levar pelo ritmo dele, até que me cansou. Sugeri que fizéssemos algo de diferente ou até mesmo que ficássemos em casa. Porém, frequentemente eu acabava cedendo para agradá-lo, e ele se ressentia, mesmo que eu não reclamasse.

E não era só isso. Em várias situações, eu esperava certa atitude dele, que acabava fazendo o oposto. Como quando fiquei de cama, com febre e dor de garganta um final de semana todo, e ele não foi me visitar sequer uma vez. Quando ele ficou doente, até sopa eu fiz para ele.

A verdade é que queimei a comida, porque me distraí com o filme que estava passando. Sim, eu queimei uma sopa. Depois de já ter queimado um macarrão instantâneo.

O que importa é a intenção, certo?

De qualquer forma, fiquei chateada, e Vinícius rebateu dizendo que eu o cobrava demais.

Nós tínhamos nossos problemas, mas, na minha cabeça, eram apenas coisas banais. Não imaginei que ele estivesse insatisfeito a ponto de terminar comigo.

A ponto de me trair.

A conhecida pontada de dor me atinge. Contudo, ela vem sob controle e não me domina mais.

Lembro o que Cadu falou sobre ser minha a decisão de ceder ou não à dor e aceitar a parte que me cabe quanto ao fim do relacionamento.

Pela primeira vez, consigo entender.

Não tenho culpa de ter sido traída. Mas, se nosso relacionamento não estava bom, eu tinha responsabilidade por isso tanto quanto ele. Idealizava Vinícius segundo o que eu gostaria e me decepcionava com sua real personalidade. Eu não era obrigada a gostar de como ele era, mas não podia cobrar mudança.

Ele deu sinais de sermos diferentes desde o começo. E ignorei todos, na ânsia de finalmente ter o namorado que eu queria. Lá no fundo, disse para mim que aquilo não importava.

Mas importava.

Entendo finalmente o motivo de precisar descobrir quem sou. Sem essa definição, como posso estabelecer qualquer tipo de limite sobre o que aceito ou não em alguém? Como posso saber com o que consigo ou não lidar em um relacionamento ou ao menos o que estou disposta a tentar?

Não quero entrar nessa jornada interior simplesmente para estar pronta para alguém. Quero estar bem comigo mesma.

E acho que só conseguirei isso quando eu me bastar. Quando souber o que me faz feliz e for capaz de, sozinha, providenciar aquilo de que preciso. Pelo amor de Deus, eu cogitei abrir mão de um emprego que adoro porque me apaixonei por quem está competindo pela vaga comigo!

Eu ia mesmo desistir tão fácil de algo importante para mim?

O que, então, me faz feliz?

Certamente, viajar o mundo me faria feliz. Ganhar na loteria também. Acho que isso faria qualquer um feliz.

Melhor começar sendo mais pé no chão.

Fazer um bom trabalho me alegra. Comer uma coisa gostosa me faz *muito* feliz. Ou ver um bom filme. Astrologia é uma descoberta recente, mas tem sido bastante satisfatória. Penso em como o Projeto Escorpião me deixou empolgada. Entendo, então, que estar envolvida em algum tipo de projeto me faz feliz, não era a possibilidade de conhecer um cara o que me motivava.

Tudo bem, isso ajudou. Mas fui incentivada principalmente pela ideia do projeto.

De repente, tenho uma ideia. Se eu fiz uma lista de pessoas que gostaria de conhecer, por que não fazer uma lista de coisas para que eu possa *me* conhecer?

Procuro papel e caneta na bolsa assim que a velha sensação de sangue correndo mais rápido nas veias, que sempre vem quando tenho uma boa ideia, toma conta do meu corpo. Mesmo que algumas vezes as ideias não tenham se provado tão boas assim, *sei* que dessa vez é diferente.

Pego um bloquinho que costumo carregar e vou virando as páginas até encontrar uma em branco.

Penso por uns instantes e decido nomear meu novo projeto de *Quem é a Fernanda?*, mas já sei que vou chamá-lo de *Projeto Nanda* por praticidade.

Vai ser muito simples: fazer aquilo que me faz bem. E, com isso, descobrir, ou relembrar, maneiras diferentes de ser feliz, motivadas por mim. Por exemplo, eu adorava as festas da faculdade, mas há séculos não vou. Tenho só mais alguns meses como universitária, preciso viver essa fase antes que ela acabe.

Por que nunca pensei nisso antes?

Preencho a folha com cada vez mais itens. Vou de coisas mais simples e imediatas, como ir ao cinema sozinha, até pretensões futuras, como me casar e ter filhos.

Não preciso determinar tempo para cumprir os itens. Esse pode ser um projeto de vida, e posso incluir novas coisas conforme for vivendo e descobrindo minhas novas facetas.

Percebo que o importante é descobrir o que quero. Porque esse é um jeito de descobrir quem sou. O que eu faria se pudesse fazer qualquer coisa no mundo? Sem me importar com nada nem ninguém?

Fecho os olhos e jogo a cabeça para trás, buscando outras respostas. Apesar da brisa refrescando meu rosto e trazendo um leve aroma de maresia, noto o sol, mais forte do que antes, esquentando minha pele.

Espero a visão se ajustar à claridade ao reabrir os olhos e sou tomada de inspiração. Coloco coisas que jamais percebi que gostaria de fazer e me surpreendo com isso.

Saltar de paraquedas?

Quer dizer, eu morria de medo de ir nos brinquedos radicais de parques de diversão. Agora, percebo que seria uma experiência desafiadora, que me dá medo, mas também traz expectativa.

Talvez eu tenha sido influenciada pela Sia e nossa vontade de voar.

Quando termino, olho para o papel satisfeita, com as energias renovadas. Tenho um novo propósito e ele é muito maior do que uns escorpianos aleatórios.

Meu celular vibra com uma mensagem da minha mãe. Há várias notificações também em nosso grupo de família, mas só respondo mamãe, coloco o telefone de volta na bolsa e aproveito um pouco mais antes de ir embora.

O sol está mais forte, apesar de não o bastante para fazer o dia quente, mas me sinto aquecida. Enrolo as mangas do moletom e vou até a beira do mar. Caminho devagar, até sentir a água fria tocando meus pés. Levanto um deles em reflexo, mas logo me acostumo à temperatura.

Fecho os olhos e sou privada da paisagem paradisíaca à minha frente. Sem esse sentido, os outros ficam mais sensíveis e me forçam a estar mais consciente.

Sob a planta dos pés, a água e a areia refrescam. Ao meu redor, o calor do sol e o frescor da brisa que vem do mar parecem beijar minha pele. Cada um dos elementos está aqui.

Sorrio, em sintonia com o mundo e comigo mesma.

Ao abrir os olhos, minha sombra em formato de cruz não tem nenhuma relação com um sacrifício. Estou entregue e tão aberta a novas possibilidades quanto meus braços estendidos indicam.

Percebo que preciso incluir mais uma coisa na lista. Retiro o bloquinho novamente da bolsa e acrescento o último item, antes de voltar para o apartamento.

PROJETO QUEM É A FERNANDA?
(ou simplesmente Projeto Nanda)

- Terminar o TCC
- Garantir meu emprego
- Me consultar com uma astróloga
- Ir a pelo menos uma festa da faculdade
- Ir ao cinema sozinha
- Fazer um tour pelo centro de São Paulo
- Aprender a cozinhar e fazer um jantar para mim
- Fazer aula de dança
- Ter um gato
- Pular de paraquedas
- Me casar e ter filhos
- Vir mais vezes para Bertioga

Família Cardoso-Santos

Márcio, Mãe, Você

HOJE

Estamos saindo agora de Bertioga! Mamãe vai me deixar em São Paulo e depois vai praí. 15h13

Márcio
Eu e Bel estamos desejando boa viagem! 15h19

<Foto> 15h27

Mamãe pediu pra vc mostrar pra Bel, pra ela ver que a mamãe ainda é humana. 15h27

Ela ficou aliviada. Estava preocupada em como a Lúcia faria para usar calça com a cauda. 15h29

* ✱ ✳ Capítulo 28 ✳ ✱ *

Dani está no banho quando entro em casa. Meu estômago revira de nervoso, porque tenho que pedir desculpas.

Nunca estivemos nessa situação e fico sem saber como abordá-la. Espero na porta do banheiro para resolver de uma vez assim que ela sair de lá? Se bem que pode ser que ela saia só de toalha, e prefiro ter essa conversa com ela, sabe como é, vestida. E seria meio maníaco ficar de guarda na porta.

Mas e se ela se trancar no quarto? E se não quiser falar comigo?

De repente, imagino nossa nova vida desse jeito estranho. Uma sucessão de dias tensos e a sensação de sufocamento por querer falar e não poder, e...

Nanda, para. Só para. É da Dani que você está falando.

Ela é sua melhor amiga.

Respiro fundo e tento controlar os pensamentos frenéticos.

Decido esperar na sala. Ouço o chuveiro ser desligado e fico em pé na mesma hora. A porta do banheiro se abre... e a do quarto de Dani se fecha.

Tudo bem, digo para mim mesma, buscando me acalmar e me sentando. Ela só deve estar se trocando.

Espero mais uns cinco angustiantes minutos e, como tudo indica que ela não pretende sair de lá tão cedo, decido ir até seu quarto.

Paro à porta fazendo uma prece rápida para a Santa Protetora das Melhores Amigas, se houver uma. Se não houver, aceito qualquer outra entidade, não estou em posição de exigir. Respiro fundo e dou dois toques com o nó do dedo.

Assim que ela abre, percebo como minha preocupação foi inútil. Quando dou por mim, estamos abraçadas, murmurando desculpas.

— Eu fui insensível — diz ela. — Ultrapassei um limite e...

— Não, você estava certa — corto sua explicação.

Eu me afasto e olho para ela, que me leva para dentro do quarto. Ela se senta na cama e afofa uma almofada no colo, enquanto sento em um pufe, contando sobre o final de semana.

— Mas isso é maravilhoso! Vai até ajudar com seu TCC.

Volto a me inquietar. Não sei o que fazer na reunião de amanhã. Dani não parece perceber e continua dizendo:

— De qualquer forma, me desculpa de novo. Tudo o que eu queria ter dito era que você não precisa buscar um relacionamento para ser feliz, porque você não é incompleta por estar solteira. Eu sei que você *quer* alguém ao seu lado, mas você não *precisa*. Eu espero, sim, que você encontre quem agregue felicidade a sua vida, porque é muito bom quando a gente pode compartilhá-la com alguém. Mas isso não significa que, se não encontrar, você tem algum problema ou vai ser infeliz. A gente pode ser feliz de tantos jeitos diferentes. — Ela sorri envergonhada, abaixando a cabeça. — Mas eu me embananei e tudo saiu errado.

— Eu sei. E agora eu entendo. Aliás, acho que lá no fundo eu sabia, por isso fiquei na defensiva e piorei as coisas.

— Ah, eu também tenho novidades — fala ela, mudando de assunto. — Conversei com o Thiago no final de semana.

Dani conta que ele vinha mandando mensagens pedindo para conversar e ela foi firme, explicando que não havia mais o que ser dito.

— E aí, no sábado, estava em casa e ele me ligou perguntando se eu podia encontrá-lo no shopping! Acredita?

Fico empolgada na hora. Qual é? Não é só porque estou em uma busca interior que vou deixar de ser romântica e torcer por um casal.

— Ah, Dani, ele foi até sua cidade te encontrar. É óbvio que ele gosta de você!

— De novo, Nanda: ele até pode gostar de mim, mas, se não quiser o mesmo que eu, de que adianta? Terminei por isso, não por achar que ele não sentia alguma coisa.

Está aí algo que não entra na minha cabeça. Se duas pessoas se gostam, por que elas não ficam juntas logo de uma vez? O Thiago não assistiu a *Um dia*, não?

— Assim que cheguei, ele me abraçou, nervoso, como se não me visse há séculos, e é claro que fiquei toda derretida. — Ela dá de ombros. — Ele explicou que ficou em choque quando o coloquei contra a parede e que, por isso, não respondeu nada. Mas que ele também gosta de mim. Bastante.

Dani não consegue esconder o sorriso de satisfação.

— Então vocês estão juntos? — Não aguento mais de ansiedade.

— Não.

Sério, eu vou enviar pelo correio o DVD de *Um dia* para o Thiago e fazer a Dani assistir comigo de novo, porque, aparentemente, ela não aprendeu *nada* com a Em e o Dex. Aliás, vou mandar os dois lerem o livro, que é ainda melhor que o filme, só por precaução.

— Perguntei qual era a nossa situação. Ele me olhou confuso e quis saber o que eu queria dizer. — Dani dá uma risada sarcástica. — Ele achou que ia se declarar e eu ia pular no pescoço dele como se nada tivesse acontecido.

Eu também achei. E, sinceramente, eu teria pulado.

— Expliquei que ficava feliz por não ser a única a desenvolver sentimentos — "Desenvolver sentimentos"? Quem fala isso em uma DR? —, mas que eu precisava de mais. Perguntei se ele quer namorar, porque é o que eu quero — conta ela, com tanta segurança que até imagino como deve ter falado para ele. — E aí ele gaguejou e demonstrou não fazer *ideia* do que quer. Ao menos, foi o que pensei. Então me dei conta de que ele sabia a resposta, mas não queria admitir para não me perder.

— E, no fim, ele te perdeu do mesmo jeito, né?

— Sim. Ele me pediu para entender o lado dele. Falei que entendo completamente e que ele tem o direito de fazer o melhor para ele, no tempo dele. Mas que ele também precisa entender meu lado e que não estou disposta a ficar nessa situação, empurrando com a barriga, sem saber para onde estamos caminhando. O Thiago não sabe quando vai querer namorar de novo, nem se vai querer. Mas eu sei que *eu* quero. E se nossas intenções são diferentes... paciência! — Dani dá de ombros de novo, com a maior naturalidade possível.

— Como você ficou depois da conversa?

Dani pensa por um instante.

— Confesso que, na hora, fiquei um pouco abalada. Mas, no fundo, não esperava nada muito diferente, sabe? Semana passada doeu, mas me conformei. Não adianta ficar de outro jeito. Se eu não aceitar, sou eu que vou ficar me machucando, e não preciso disso.

— Onde faz curso intensivo para ser uma Dani, me conta?

Ela dá risada e, com isso, tenho certeza de que qualquer mal-estar que possa ter existido entre nós já está bem longe daqui.

* * *

Depois de ter conversado um pouco mais com Dani, vou para o quarto. Preciso encarar meu TCC.

Com o laptop no colo e o arquivo de texto aberto, leio várias vezes o pouco que escrevi, tentando achar uma brecha para continuar.

Sigo focada na minha descrição do restaurante, que destaca as instalações, os serviços oferecidos, a quantidade de funcionários e tudo o mais que poderia caracterizá-lo. Logo depois, viria a discriminação financeira, se eu tivesse escrito.

Minimizo o documento e abro as planilhas. Como das outras vezes, meus olhos vagam pelas linhas e colunas até que os números começam a se embaralhar e eu deixo de absorver qualquer informação individual.

Contenho um gritinho de frustração, mas não vou deixar o desânimo falar mais alto.

O grande problema, penso, tentando entender o que sinto...

... é que a ideia do software me sufoca.

Arfo, surpresa.

Eu não quero fazer um software. Eu não acho que é disso que o Rabanada precisa, quem acha isso é o sr. Arlindo.

Meu coração acelera, junto dos pensamentos. Estou chegando a algum lugar.

Eu me sinto pressionada a continuar com a ideia do software porque ele virou a condição para eu manter meu emprego — condição que não é garantida de jeito nenhum. Eu posso desenvolvê-lo, e ainda assim o sr. Arlindo não querer me efetivar. Meu TCC não pode ser para ele, precisa ser para mim. É meu projeto de conclusão de curso.

Tento me concentrar no restaurante, no que vejo quando penso nele.

Vejo as risadas entre mim e a Gi, que nos ajudam a relaxar e seguir com nosso trabalho, principalmente nos dias corridos e mais cansativos. Penso nela esgotada, precisando tirar as férias atrasadas e sem conseguir, por não ter quem a substitua.

Vejo a dona Mazé, gentil e preocupada comigo, exausta de trabalhar há anos ganhando pouco.

Vejo a Adriana, tão jovem e talentosa, aceitando menos do que merece para não ser parte das estatísticas de desemprego e impossibilitada de exercer sua aptidão.

Leio mais uma vez o texto e, para minha surpresa, não encontro *nada* do que visualizei.

Descrevi o esqueleto do Rabanada, mas deixei sua alma de fora.

Volto para a planilha e tudo o que encontro são números.

Números, que também usei para descrever o quadro de funcionários.

Números.

Enxerguei o que o sr. Arlindo enxerga.

E foi aí que eu errei.

Uma ideia começa a se formar. Ela chega vaga, translúcida, somente um sopro, mas, pouco a pouco, ganha força e adquire contornos, preenchimentos, cores e solidez. É empolgante...

... mas também assustadora.

Porque vou mudar todo o meu TCC com pouco menos de quatro meses para entregá-lo.

E, com a mudança, vou assumir de vez o risco de perder meu emprego.

← **Dani**
visto por último hoje às 21:19

HOJE

Tá tudo bem aí? Preciso arrombar a porta, invadir o quarto ou algo do gênero?? 21h17

EU CONSEGUI AAAAAAHHHHHHH 21h18

A cura do câncer? 21h18

Brincs! 21h18

Seu TCC????? 21h18

Meu TCC!!! 21h18

AAAHHHHHHHHH 21h19

VEM JÁ AQUI FAZER A DANCINHA DA COMEMORAÇÃO COMIGO 21h19

Esquece, você já tá batendo na porta 21h20

* ✱ ✳ Capítulo 29 ✳ ✱ *

Fiquei até tarde esquematizando as ideias para o TCC. Agora, ele parece não só bem mais concreto como também mais próximo de mim. É a primeira vez que sinto isso desde que comecei, o que me deixa ainda mais confiante de estar no caminho certo.

Vou ter muito trabalho pela frente, tanto nos próximos dias quanto pelos próximos meses, mas estou animada e segura de que dará certo.

Também pedi para Gi me acobertar e pela primeira vez coloquei meu trabalho no Rabanada de lado, usando todo o tempo disponível para trabalhar no TCC. Produzi mais do que em qualquer outro momento do ano.

Antes de chegar ao restaurante, estava receosa. Seria a primeira vez que eu veria o Cadu depois do insight sobre minha dependência emocional e não sabia como eu reagiria. Será que a paixão por ele era fruto dela?

Seria incrível olhar para ele e me sentir imune, e só cogitar isso me fez sentir mais poderosa.

Entrei de uma vez. E dei de cara com ele.

Bastou um olhar para minhas pernas virarem gelatina e minha boca secar.

Droga.

Mas nada daquilo era prioridade naquele momento. O TCC, sim.

Por isso, desta vez chego à faculdade mais confiante. Termino de comer e vou até a sala de Paula, respirando fundo pelo caminho e me lembrando de que tenho tudo sob controle.

Bato na porta, e ela não demora a abrir.

— Boa tarde, Fernanda! Confesso que estou curiosa para saber se você me trouxe novidades. — Ela aponta para uma cadeira, oferecendo que eu me sente.

— Trouxe, sim. Demorei, mas descobri o foco do meu projeto.

— Fico feliz em saber. E sobre o que será o software?

— Não vai ser um software.

E começo a explicar como o Rabanada carece nesse sentido.

— O gerente e administrador do restaurante é o responsável por esse setor, bem como pelo Financeiro. Só que ele administra o local focando os lucros e despesas, encarando os funcionários como cifrões, não pessoas. Também, como só vai até lá para realizar a função de caixa durante o período de almoço, não conhece as reais necessidades dos funcionários e o que eles podem oferecer. Aliás, a postura intransigente, típica de quem é chefe em vez de líder, cria uma barreira entre ele e os demais, impossibilitando uma relação saudável de troca de experiências. De um modo geral, ele manda e os outros obedecem, independentemente de aceitarem ou não.

Ela não me interrompe, ouvindo meu discurso com atenção.

— Minha proposta é criar o setor de Recursos Humanos. Proponho um real investimento nessa área, suprindo necessidades financeiras dos funcionários e criando uma rotina de interação entre eles e a chefia para que haja uma participação ativa de todos. Minha intenção é que, com isso, não só haja o reconhecimento e a valorização dos colaboradores, de forma que eles se sintam mais motivados, mas também a integração deles ao Rabanada, para que se sintam parte dali. Tenho certeza de que eles podem colaborar e muito com a melhora do desempenho do restaurante, só que primeiro precisam sentir que serão ouvidos. Caso contrário, para quê sugerir algo?

Paula assente e reconheço um brilho de aprovação em seu olhar.

— As sugestões me parecem excelentes, Fernanda. Mas, pela maneira como você descreveu o administrador, me pergunto o quanto ele vai estar aberto a essas mudanças, principalmente no que se refere ao investimento financeiro. Sabemos que sua proposta de trabalho não precisará ser aplicada, mas o intuito é que haja a possibilidade de isso acontecer. Como você pretende que isso se realize? E como pretende dar conta da mudança repentina em tão pouco tempo?

Eu estava preparada para os questionamentos, afinal, eles fazem parte da minha metodologia. Assim, respondo sem hesitar, tão firme quanto antes:

— Tenho os dados financeiros do Rabanada desde a inauguração. Pela análise deles, a última contratação acarretou lucros à empresa. Esse fato vai servir de base para o argumento de que é necessário continuar investindo na satisfação dos colaboradores bem como de que existe o capital necessário para investimento. E, em relação à segunda pergunta, me dedicando ao máximo que sei ser capaz de oferecer.

O sorriso dela é toda a resposta de que preciso.

— Com manteiga, por favor. E um desse chocolate aqui. — Aponto para a vitrine abaixo de mim. — E um refrigerante.

Vou deixar um rim no cinema, mas vou ter a experiência completa. Minha primeira vinda sozinha merece!

Estava quase saindo do Rabanada quando recebi um e-mail do professor de quinta-feira falando que não poderia dar aula hoje. Era a minha única do dia, já que eu tinha janela no segundo horário. Ou seja, ganhei um vale-*night* e resolvi aproveitá-lo com sabedoria.

Quer dizer, sendo uma aluna responsável, eu poderia usar o tempo extra para o TCC. Porém, sendo responsável de outro jeito, um descanso não me faria mal. Pelo contrário!

Munida de meus quitutes, me encaminho até a catraca, que separa o hall do cinema das salas de exibição. Respiro fundo ao entregar o ingresso para o funcionário depois de ficar uns minutos na fila, contendo a vontade de explicar que vim desacompanhada. Mas ele mal me olha, até porque o cinema está cheio. Aparentemente, tive a sorte de chegar a tempo para uma sessão especial de pré-estreia de *Se eu ficar*, e obviamente foi ele que decidi ver.

Quando me sento, a sala já está bastante ocupada, mas ainda há lugares, inclusive nos assentos ao meu lado. Olho o tempo todo para a entrada e para as pessoas ao redor. Na minha cabeça, uma voz diz que as pessoas devem estar achando estranho e triste eu estar aqui sozinha. Pelo que pude reparar, todo mundo está acompanhado, sejam casais ou grupos de amigos e familiares.

Mas a verdade é que ninguém está dando absolutamente a mínima para mim.

Reprimo uma risada, pegando um punhado de pipoca quentinha. Incrível o quanto a gente tem a capacidade de se superestimar, achando que as pessoas estão preocupadas demais com o que fazemos da nossa vida — quando, na verdade, cada um está ocupado demais consigo próprio.

E sinceramente? Mesmo que elas estivessem reparando em mim, pensando exatamente isso... Eu deveria me importar?

É fim de tarde de uma quinta-feira. Eu escolhi sair do trabalho para ver um filme. Pude pagar pelo meu ingresso e pela minha pipoca, que está uma delícia. Tenho cerca de duas horas pela frente sem precisar me preocupar com nada, exceto o sabor salgado da manteiga derretendo na língua e o que acontecer na tela.

Ninguém para me interromper. Ninguém a quem dar satisfação. Nenhum problema que eu possa resolver daqui. Qualquer coisa que eu tiver para fazer vai ter que esperar.

Quando a luz se apaga, relaxo na cadeira e aproveito cada segundo da minha própria companhia.

Paula

online

HOJE

Bom dia, Fernanda! Encaminhei por e-mail links de estudos de caso sobre o desempenho de empresas que investiram no setor de RH. São artigos bastante completos, que podem fundamentar seu trabalho. 10h58

Muito obrigada, professora! Vão ser muito úteis!! 11h06

* ✻ ✻ Capítulo 30 ✻ ✻ *

Acordo mais cedo na sexta-feira, me sentindo renovada depois de ter cumprido o primeiro item do Projeto Nanda. Estabeleci a rotina de acordar uma hora mais cedo durante a semana para dar conta do TCC, então, preciso trabalhar nele antes de ir para o estágio. Tenho que preparar um formulário de pesquisa para os funcionários. Se meu intuito é melhorar a qualidade do trabalho deles, não faz sentido não saber o que eles pensam.

Isso me deixa um pouco preocupada, porque o Cadu também é funcionário.

Olho para o calendário e me dou conta de que se completou um mês desde que descobri sobre a traição do Vinícius. Consequentemente, faz um mês que as coisas entre mim e o Cadu esfriaram.

Ainda não entendo o que aconteceu, só sei que não é fácil estar todos os dias ao lado dele, com o coração apertado por todos os sentimentos que sou incapaz de controlar quando ele se aproxima, e agindo como se nada estivesse acontecendo.

Preciso falar com ele. Não posso continuar desse jeito.

Os últimos dias me fizeram abrir os olhos para muita coisa sobre mim que eu sequer imaginava e, desde então, venho me analisando por uma ótica inédita. Se pretendo descobrir quem eu sou, também preciso aprender a me ouvir e a seguir aquilo que acho certo. Caso eu me omita e deixe que ele dite qual a dinâmica entre nós dois, vou novamente deixar a opinião e a escolha de outra pessoa me definirem.

Preciso saber o que está acontecendo. E, então, lidar com as consequências da decisão que acabo de tomar.

Pego o celular e digito uma mensagem, informando Cadu de que preciso conversar com ele antes do expediente.

* ⁕ *

— Obrigada por ter chegado mais cedo — digo na cozinha dos funcionários, vazia a esta hora.

Estou trêmula, mas consigo disfarçar a voz e cruzo as mãos na frente do corpo para que Cadu não perceba. Assim como eu, ele está em pé, encostado em um armário com as pernas cruzadas na frente do corpo.

— Aconteceu alguma coisa? Você parecia meio séria na mensagem. — Ele sorri, mas percebo que está, no mínimo, intrigado.

Respiro fundo.

— É isso o que eu queria saber. Aconteceu alguma coisa?

Cadu vira a cabeça, e seu pomo de adão sobe e desce no pescoço.

— Como assim?

— É que já faz algumas semanas que acho que as coisas entre a gente estão diferentes. Desde aquele dia em casa, para ser mais exata.

Ele assente, demonstrando saber muito bem a que dia me refiro. Cadu se remexe e coça a cabeça.

— Só quero saber se fiz alguma coisa, porque eu gosto de ser sua amiga, mas parece que você mudou de ideia. Eu entendo se você não quiser misturar as coisas, por causa do trabalho — me apresso a dizer, incomodada.

Cadu tem diferentes tipos de silêncio enquanto me olha. Tem aquele que funciona como represa, enquanto ele fervilha de raiva. Tem o atento, que parece se apegar a cada detalhe. Tem o interessado, que é quase um raio X me observando por dentro. Mas este de agora é impassível. Não faço ideia do que ele está pensando e não gosto dessa sensação.

Então, alguma coisa nele se rompe, e vejo carinho em seu olhar.

— Não, você não fez nada, Nanda. Desculpa se foi isso que te fiz sentir. É que — ele suspira, fazendo uma pausa — eu me dei conta que não seria bom mesmo misturar as coisas. Como eu falei, eu preciso deste trabalho.

É minha vez de assentir. Em parte, estou aliviada por ser esse o motivo, mas também fico triste por confirmar que nossa dinâmica mudou e que não pode ser diferente.

— Acho que preciso contar uma coisa — falo, me dando conta de algo. — Eu mudei meu TCC. Desisti do software. Tenho outra proposta que, se der certo, pode garantir o meu emprego e o seu.

Afinal, com um novo setor, será necessário um novo cargo. Cargo que Cadu é mais do que competente para assumir, deixando a vaga atual totalmente livre para mim. Estou mantendo a calma e segurando a empolgação com essa hipótese, até porque é uma chance mínima. Mas, de vez em quando, só o que precisamos é de um pouquinho de esperança. De acreditar que é possível.

Seus olhos cintilam por um breve instante, enquanto me encara. Então, ele abre um sorriso, totalmente sincero.

— Fico feliz em saber, Nanda, que você se encontrou. Não que eu tivesse dúvidas de que aconteceria. Quer me contar qual é a nova ideia?

— Talvez eu ainda prefira manter o suspense. Mas você logo vai entender.

Ele sorri, menos animado desta vez. Penso em dizer que não tem a ver com não confiar nele, mas me calo. Se ele escolheu não misturar as coisas, eu também preciso me proteger. Contar sobre o TCC é revelar algo maior sobre mim, e não posso me entregar dessa maneira para alguém que precisa que eu seja apenas uma colega de trabalho.

A primeira quinzena de setembro passa em um piscar de olhos. Estou exausta, trabalhando como nunca. Depois de Paula aprovar meu embasamento teórico e o formulário que criei, Gi concedeu cinco minutos para que eu aplicasse hoje a pesquisa.

— Oi, pessoal, bom dia! — falo, assim que todos se acomodam na sala de reuniões. — Obrigada pela atenção de vocês. Como devem saber, estou para acabar meu curso e preciso entregar um trabalho final. Estou fazendo um estudo de caso sobre o Rabanada e preciso da colaboração de vocês. Na minha mão estão cópias de um questionário sobre a satisfação com o trabalho.

Como eu previa, algumas expressões de desconforto surgem, e os funcionários se entreolham.

— Podem ficar tranquilos — continuo —, porque as respostas vão ser sigilosas e só eu vou ter acesso. Vocês não vão ter que se identificar. Vou entregá-lo, mas vocês só vão respondê-lo em casa. Amanhã, vocês devolvem no escritório antes que eu chegue. O importante não é quem preenche, mas sim o que está escrito, ok?

Algumas pessoas ainda exibem feições desconfiadas, incertas.

— Sei que não é agradável o que estou pedindo, mas dou minha palavra de que vocês não vão ter problemas por serem sinceros se estiverem descontentes com alguma coisa. E mais: o que estou pedindo é para o bem de todos. Se tudo funcionar, mudanças vão acontecer, para melhor.

Talvez eu tenha conseguido deixá-los mais à vontade, então, começo a distribuir os papéis.

— Como vocês vão ver, as perguntas são abertas, dependem completamente das palavras de vocês. — Preferi fazer assim para não induzir nenhum tipo de resposta. — São perguntas gerais e, se tiverem qualquer dúvida, podem me perguntar até o fim do expediente, tudo bem?

Assim que retornamos ao escritório, Gi comenta comigo:

— Não vejo a hora de responder, Nandinha! Estou com tanta coisa engasgada que vai ser ótimo poder desabafar. — E, assim que vê Cadu atrás de mim, se apressa em dizer: — Nada pessoal contra seu tio, Cadu. Mas, como chefe, ele precisa de uns toques.

— Finja que você não está falando com alguém da família dele — responde Cadu com as mãos para cima, em rendição.

Desde nossa conversa, nosso contato tem sido puramente profissional. Para não mentir, teve um dia em que ele me mandou uma mensagem com o link de um vídeo.

Lembrei de você, ele escreveu, e na mesma hora senti um frio na barriga.

Quando abri, era o vídeo de uma linguista explicando que o som típico do R caipira, o som que eu faço e do qual tanto tiram sarro, é exatamente o mesmo usado no inglês — e qualquer coisa em inglês é vista como chique ou refinada. Ela ensinava o nome do som, retroflexo, por causa da curva que a língua faz para produzi-lo, e que era um entre tantos casos de preconceito linguístico. O problema, na verdade, não tem nada a ver com o som em si, mas com a quem ele é associado.

Obrigada, digitei de volta tocada, não me contendo em incluir um coração. Foi muito fofo da parte dele ter me enviado.

— RH, então, hein — diz ele, com um sorrisinho. Eu sabia que ele entenderia quando visse o questionário. — Mandou bem!

— Obrigada! Espero que dê certo.

— Considerando que eu me beneficiaria dessa, eu também.

Dou risada, percebendo que ele está brincando.

Logo começamos a trabalhar, e resolvo me paramentar e acompanhar um pouco do trabalho na cozinha, com um interesse puramente pessoal, desta vez.

Tenho assistido a uns vídeos de receitas na internet sempre que posso para cumprir minha meta do Projeto Nanda de aprender a cozinhar. Comecei com o básico e, por mais que eu não tenha queimado nada até agora, o resultado foi apenas razoável.

Paro de forma a não atrapalhar os funcionários.

— Precisa de alguma coisa, menina? — pergunta dona Mazé logo que me vê.

— Não, dona Mazé, obrigada! Pode continuar o que a senhora está fazendo. Quero aprender a cozinhar, então, vim ver vocês trabalhando.

— Ora, mas a melhor forma de aprender é colocando a mão na massa. Vem aqui!

— Hum, não sei se o sr. Arlindo vai gostar disso. E se eu fizer alguma coisa errada?

— Mas eu é que vou fazer tudo, ora, você só vai ficar por perto, acompanhando cada passo e ouvindo minha explicação. — Ela me dá uma piscadinha.

Logo está me mostrando os diferentes cortes de hortaliças e carnes, como isso influencia no resultado e como cada parte deve ser aproveitada. Ela me dá diversas dicas e truques sobre cozimento, além de uma aula sobre temperos.

Estou aprendendo muito mais aqui do que com os vídeos, porque lá só vejo as instruções de como misturar os ingredientes e os tempos de preparo de cada um. Agora, estou compreendendo o que está por trás e que cozinhar não é só seguir receita. Muita coisa depende da prática e de conhecer o alimento.

— Será que eu posso vir aqui sempre que tiver um tempinho, dona Mazé?

— Mas é claro, Nanda, vou adorar!

A ideia realmente a empolga, o que vai ao encontro de minha proposta de valorização dos funcionários.

— Então combinado!

— Que bom saber que você é dedicada assim a outras coisas, não só aqui no restaurante e na faculdade — fala ela com carinho, e me sinto instantaneamente aquecida.

Também estou gostando de saber que sou assim, dona Mazé, penso em responder.

Porém, apenas sorrio em agradecimento.

Admins da ADM
toque para dados do grupo

HOJE

Bruna
Quem vai hoje?? 14h18

Rafa
Não vou poder T.T 14h27

Xande
Eu vou!! o/ 14h42

Verônica
Também não vou conseguir, mas aproveitem! 14h53

Eeeeeeeu 15h01

Bruna
Ah, vá!!! 15h01

* ✳ ✳ Capítulo 31 ✳ ✳ *

— E não é que quem é vivo sempre aparece? — Bruna, uma das minhas colegas de classe, me saúda quando apareço na área externa do prédio da faculdade na noite de sexta-feira.

Hoje tem festa dos cursos de Administração, Economia e Contabilidade, e era uma oportunidade imperdível.

— E aparece mais viva do que nunca — brinco, empolgada.

— Assim que se fala! — Xande, outro colega, coloca no meu pescoço a bandoleira com uma caneca de plástico pendurada.

— Vou abastecer. — Aponto para a caneca e vou em direção à mesa de chope.

Dividida entre São Paulo, Mogi, aulas, estágio e TCC, eu não tenho muito tempo para as festas da faculdade, então tentei escolher bem. Preferi aproveitar esta que, além de ser do meu curso, é no próprio campus. Nem sempre é fácil para mim quando as festas acontecem em outros lugares.

Ainda é cedo, a festa não encheu. Tem muita gente em aula também, que provavelmente só vai aparecer depois das dez. De qualquer forma, o clima é animado, com uma caixa de som tocando de fundo uma dupla que suponho ser Jorge & Mateus. Perto das onze da noite, tem um DJ programado para tocar.

— A gente precisa registrar esse momento — fala Bruna quando retorno. — Xande, você é maior, fica na ponta e faz a selfie.

Nosso grupo se ajeita para caber na foto. Algumas pessoas se abraçam e quem fica na frente, como eu, se agacha, dobrando os joelhos como se fosse dançar funk. Seguramos nossas canecas de chope em frente ao corpo e sorrimos.

— Vou mandar no grupo — avisa Xande.

Na mesma hora, posto no Facebook, marcando todo mundo. "Aproveitando antes que acabe", digito como legenda.

A noite voa. Danço sozinha, danço em grupo, danço arrocha e danço funk, descendo até o chão. Rio das piadas, bebo muito chope e, mais tarde, Dani me encontra. Quando eu disse para ela que viria à festa, ela comprou um convite também, sem hesitar.

— Vocês têm que ir! — fala Bruna, alterada, quando surge o assunto de uma festa à fantasia que terá no próximo mês.

— Essa eu não garanto — respondo, mas também não descarto a ideia.

— Poxa, Nandinha. Mas não te culpo, eu vinha em todas quando era bixo, mas essa reta final tá foda — desabafa Xande.

— Vocês vão nos jogos mês que vem? Fui no campeonato de julho, e foi muito bom! — pergunta Dani.

A conversa se anima, com cada um contando suas experiências dormindo em colchonetes nos ginásios, pegando insolação torcendo nas arquibancadas ao longo do dia e depois quase congelando de frio na madrugada. Dou risada com as histórias de quem bebeu demais, ou de menos, e meu peito se aperta por perceber que são memórias que não terei, por todas as oportunidades de ir nessas viagens que deixei passar.

Mas, ao mesmo tempo, me alegro por, ao menos, estar criando a memória de agora.

Quando chego em casa com Dani, no meio da madrugada, as duas rindo e suadas depois de terem aproveitado a noite muito bem, abro o Facebook enquanto espero Dani sair do banho.

Cadu deixou um comentário na minha foto. Vários emojis de mãos aplaudindo.

Sem saber o que responder, apenas curto e fecho o aplicativo.

Decido ir para Mogi no sábado cedo, apesar do sono. Deixo para comprar um chocolate quente e minipães de queijo na estação e aguardo para comê-los depois de embarcar.

Encosto a cabeça na janela, depois de comer, e durmo quase na mesma hora. Acordo só em Guaianazes, com uma sacudida. Dormi tão pesado que não ouvi o aviso de chegada. Sorte que uma alma bondosa veio me acordar!

Levanto-me um pouco zonza e caminho em direção ao outro trem, que já estava na plataforma. Basta eu me sentar para voltar a dormir. Desta vez, o sono não é tão pesado, então, acordo a poucas estações da minha e aviso minha mãe que ela pode me buscar.

Quando saio da estação, avisto Bel no banco de trás do carro, acenando enlouquecidamente pela janela. Sofia está ao seu lado, em pé, latindo para as pessoas que passam na rua.

Basta eu me sentar para Bel grudar em minhas costas, como se o encosto do banco de passageiro não estivesse impedindo nosso contato. Nossa cachorrinha também se alegra ao me ver e pula em meu colo.

— E aí, baixinha? Como vão as coisas? — pergunto à minha irmã enquanto dou um beijo em mamãe e faço um carinho em Sofia, que tenta enlouquecidamente lamber meu rosto.

— A mamãe é um zumbi.

Olho para minha mãe sem entender. Teria a Bel visto alguma cena de *The Walking Dead* sem que ninguém percebesse?

— Coisas da sua irmã. — Ela sorri e revira os olhos. — Vou fazer uma aula experimental de zumba hoje à tarde, ela entendeu o nome errado e agora colocou na cabeça que vou para algum tipo de convenção de mortos-vivos. Aliás, quer ir comigo?

— Se for rolar degustação de cérebros ou sei lá, acho melhor não.

— Somos zumbis, não Hannibal Lecter. Sério, quer ir comigo?

Por que não? Eu adoraria riscar mais um item do Projeto Nanda menos de vinte e quatro horas depois de ter riscado o da festa da facul. Se eu gostar, posso procurar uma academia em São Paulo e fazer por lá.

Só preciso encontrar energia.

E é exatamente por isso que, assim que entro em casa, me tranco no quarto e durmo até Márcio vir me chamar para o almoço.

Chegamos à academia animadas com nossas roupas de ginástica combinando. A estampa da minha mãe é roxa e a minha, rosa. Isso me lembra de quando eu era pequena e adorava usar roupas iguais às dela. Ela comprava pijamas em lojas que tinham o mesmo modelo para adultos e crianças.

Somos recepcionadas por uma loira alguns anos mais velha do que minha mãe, mas que facilmente passaria por uma década mais jovem. Sei disso porque, no caminho para cá, mamãe comentou sobre Samantha, a professora, que não parece ter um filho mais velho do que eu.

— Filha, essa é a Samantha, minha amiga.

— Que bom que finalmente conseguimos nos conhecer — diz Samantha. — Soube que você fugiu de mim quando fui à sua casa.

Olho para ela, sem entender. Acho que nunca tinha ouvido falar dela até hoje.

— Ela é quem foi jantar em casa naquele dia que você não pôde por causa do aniversário do seu chefe.

— Que susto! — exclamo. — Por um segundo achei realmente que eu tinha sido indelicada sem saber.

Samantha dá risada e nos acompanha até a sala de dança, onde outras mulheres aguardam. Sou a mais jovem do grupo e isso alivia o constrangimento de eu não conhecer ninguém além da minha mãe. Como tenho pelo menos uma década e meia de vantagem sobre as demais, provavelmente sou a que tem mais disposição e não vou destoar tanto por nunca ter feito uma aula de zumba na vida.

A sala é ampla, recoberta por linóleo preto, com um espelho por toda a parede lateral. Samantha coloca uma música animada e começa com um aquecimento. A atmosfera é de empolgação e divertimento.

Já estou adorando e pensando onde posso me matricular em São Paulo. Além de ser bom para minha saúde, será um hobby prazeroso, uma maneira agradável de me livrar do estresse semanal e de me distrair.

Eu estava certíssima de ter incluído esse item no Projeto Nanda!

— Agora que estamos aquecidas — fala Samantha —, vou dar as instruções dos primeiros passos, mais básicos, para que vocês possam acompanhar a música, tudo bem?

Todas concordamos, ela volta a seu lugar na frente da sala e começa a indicar os passos, fazendo cada movimento dentro de uma contagem que vai de um a oito. Primeiro nos pede para observar, enquanto demonstra o que devemos fazer. Depois, pede para a gente acompanhar, e não demoro a pegar o jeito.

Devo ter um talento natural, porque estou me saindo muito melhor do que imaginei!

Assim que ela percebe que decoramos a sequência, avisa que fará a contagem um pouco mais rápido. Desta vez, sinto um pouco de dificuldade, mas consigo acompanhar. Ao aumentar o ritmo, acabo me embaralhando. Porém, tudo sob controle!

Repetimos mais algumas vezes até estarmos no jeito certo.

— Agora, vou soltar a música e fazer a contagem no ritmo dela. Bora acelerar, mulherada! — E dá o play.

Quero sentar e chorar.

Como essa mulher consegue se mexer desse jeito?! Tenho certeza de que, na primeira tentativa, vou embolar absolutamente todos os meus membros.

Quando é nossa vez, sou a única completamente dessincronizada. Minha mãe sorri para mim pelo espelho para me incentivar, e vejo como ela dança graciosamente.

Devo ter herdado os genes ruins do meu pai. Além de ter me abandonado, ele com certeza me transmitiu a descoordenação motora.

Na primeira pausa de Samantha, estou suando em bicas, acabada, enquanto as demais parecem ter feito apenas um esforço físico leve. E ainda tenho mais quarenta minutos de tortura pela frente.

Item riscado da minha lista, sem previsão de ser novamente incluído.

* * *

— Não foi tão ruim assim — mamãe tenta me animar quando entramos no carro.

— Só porque você se saiu bem! Você olhou para mim durante as músicas?

— Bom... Você só estava tendo um pouquinho de dificuldade.

— Um pouquinho? Um avestruz descoordenado teria sido mais bem-sucedido do que eu!

Estou destruída quando entramos em casa e vou direto para o chuveiro. Minha mãe faz o mesmo, indo para o banheiro dela.

Quando saio, estamos sozinhas, exceto pela Sofia, dormindo no sofá. Márcio deve ter saído para passear com a Bel, aproveitando que não estávamos em casa. Vou fazer companhia para a cachorrinha da família e ligo a TV, parando em um filme que já vi um milhão de vezes.

Minha mãe vem me acompanhar e se senta ao meu lado. Sofia imediatamente levanta abanando o rabo e vai para o colo dela. Grude!

Estou quase cochilando quando acordo em um sobressalto ao ouvir a notificação do meu celular.

Samantha Figueiredo Teixeira
deseja ser seu amigo.

— Ah, a Samantha me adicionou — comento com minha mãe.

— Imaginei que ela fosse fazer isso. Ela adora o Facebook.

Aceito a solicitação e começo a ver suas postagens.

Ela é mesmo fã da rede social: há vídeos de dança; imagens de animaizinhos fofos; mensagens religiosas; notícias políticas acompanhadas por alguma frase de protesto; mensagens de bom--dia, boa-tarde e boa-noite; selfies e diversas outras fotos.

Fico tão compenetrada que perco a noção do tempo, rolando a tela para baixo e vendo cada vez mais publicações. Percebo que cheguei nas publicações do início de agosto quando reconheço a sala da minha casa. Ela postou uma foto do jantar daquele dia.

Mamãe e ela estão no centro da foto, ladeadas por Márcio e, provavelmente, o marido de Samantha. Sofia está no colo da minha mãe, e Bel, à sua frente.

E é quando meu coração quase para.

Aproximo o celular para ter certeza do que estou vendo.

Não estou ficando louca.

Olho para o sobrenome de Samantha para confirmar e fico surpresa por não ter percebido antes.

Justamente agora, quando eu tinha desistido e perdido as esperanças de encontrá-lo, ele aparece. E, pior, eu já poderia tê-lo conhecido.

Ao lado de Bel, com um sorriso simpático, está Rodrigo, filho de Samantha e o único escorpiano do projeto que, até este momento, eu ainda não tinha encontrado.

← **Dani**
online

HOJE

<Foto> 17h24

Quem são essas pessoas com sua família? 17h38

A Samantha, o marido dela e o Rodrigo, filho deles 17h38

Hummmm... Legal? Eu deveria ter reparado em algo e comentado? 17h39

Fui numa aula de zumba com a minha mãe hoje. A Samantha é a professora e amiga dela 17h40

E o Rodrigo é o Rodrigo 17h40

E eu sou eu 17h40

A Samantha é a Samantha 17h41

Miga, são expressões tautológicas, caso você não saiba, o que significa que querem dizer a mesma coisa e não trazem informações novas ao texto 17h42

Contudo, elas podem ser usadas pra expressar outros significados, entendidos pelo contexto em que foram inseridos... 17h43

O que indica que eu deveria ter entendido 17h43

Ou que você não tá falando coisa com coisa mesmo 17h43

PERA AÍ... É O RODRIGO DO PROJETO ESCORPIÃO????? 17h44

* ✱ ✱ Capítulo 32 ✱ ✱ *

— Vocês estão muito ocupados? — Gi entra esbaforida no escritório.

— Pode falar. — Cadu vira o corpo em direção a ela.

— Fizemos um pedido errado essa semana e faltou coisa para amanhã. Preciso que peçam com urgência para o fornecedor, precisa ser entregue no máximo até o almoço acabar, a cozinha tem que começar o pré-preparo ainda hoje.

— Eu avisei que não dava para fazer de outro jeito. — Adriana chega em seguida atrás de Gi, de braços cruzados.

Apesar de visivelmente irritada, ela está calma, como se saboreasse a satisfação de estar certa.

Gisele respira fundo e morde o lábio, tentando manter a calma. Ela vira o rosto em direção a Adriana e abre a boca para retrucar, mas muda de ideia. A discussão já deve estar acontecendo há um tempo. Em vez disso, ela se volta para nós com a expressão em súplica e diz:

— Vocês conseguem resolver?

Nem eu nem Cadu perdemos tempo. Pego o telefone do escritório, ele abre o celular, e começamos a ligar para diferentes mercados.

Porém, pela quantidade de itens e o horário que queremos, ninguém pode fazer a entrega.

— Você consegue ir até lá? — quase suplico para Cadu. — Pode ser qualquer atacadista.

— Vem comigo — propõe ele.

— Por quê? — estranho. Não são necessárias duas pessoas para fazer uma compra.

— Porque assim é mais rápido. Cada um vai para um lado, pegando um ingrediente diferente, e acabamos depressa.

Faz um pouco de sentido.

Aviso Gi sobre o que decidimos e ela concorda, sem questionar. Aflita como está, acho que só quer que a gente resolva logo o problema.

Entrando no carro, Cadu coloca o endereço do supermercado mais próximo no GPS e partimos. A ida é tranquila, e chegamos relativamente rápido. Da mesma forma, a sugestão do Cadu se mostra uma boa ideia: dividir as tarefas é bem útil, no fim.

De volta ao carro, estamos os dois orgulhosos por termos resolvido depressa a questão...

Até o trânsito ficar totalmente parado. Aconteceu algum acidente com um motociclista mais à frente, e Cadu não tem como sair em busca de uma rota alternativa.

— O jeito é esperar — diz ele, bufando e passando a mão na cabeça.

O cabelo de Cadu cresceu e está mais volumoso do que quando a gente se conheceu, mas a barba por fazer continua do mesmo jeito impecável de sempre.

De repente, nós dois parecemos perceber que estamos trancados sozinhos dentro de um espaço limitado, e o clima na hora fica desconfortável.

Acho que a gente não sabe mais como agir um com o outro.

— Legal que você gostou. — Ele aponta para o pingente no meu pescoço.

— Eu adorei. Estou sempre usando.

Tanto que nem reparo mais quando coloco. Virou natural.

— Eu percebi.

Silêncio.

Andamos alguns metros, mas o trânsito continua lento, quase parado.

— E como está o projeto?

— Ótimo! — respondo, empolgada, e Cadu me olha alarmado. — Consegui avançar bastante, acho que consigo terminar em tempo.

Ele franze a testa, até ter um lampejo de reconhecimento.

— Ah, o TCC. Não, perguntei aquele seu outro projeto. O dos caras.

Nem por um segundo cogitei que o Cadu estivesse perguntando sobre isso.

— Ah. — Não sei o que dizer. — Teve uma reviravolta meio doida.

Faz cerca de dez dias que descobri sobre o Rodrigo e ainda não tomei nenhuma atitude. Foi muito confuso tê-lo encontrado justo agora, e ainda não consegui entender o que acho que isso significa. Seria só uma coincidência? Seria um teste para ver o quanto estou firme na decisão de encerrar o Projeto Escorpião?

Mas outras dúvidas persistem e, de vez em quando, saem de onde estão escondidas para me cutucar.

E se o Rodrigo for a pessoa certa para mim? Talvez eu não o tenha achado antes porque era para tudo ter acontecido quando fosse para acontecer, não quando eu desejava. E, talvez, o Cadu não tenha correspondido aos meus sentimentos não só por ser leonino, mas porque o acaso preferiu me manter disponível para quando eu encontrasse o Rodrigo.

Essas vozes soam próximas demais à loucura, mas seria mentira não assumir que parte de mim acredita nelas, um pouco que seja.

E, por isso, sigo ignorando o fato. Não vou entrar em contato com o Rodrigo, me enfiando em situações doidas como fiz com os outros caras da lista.

Mas também não consigo esquecer de vez a verdade de que, se eu quiser, sei exatamente como encontrá-lo.

— Descobriu que algum deles foi registrado errado e é de outro signo? — pergunta Cadu, tentando brincar e andando com o carro. Parece que enfim a pista foi liberada.

— Meu Deus, imagina? — Dou risada. — Não, nada desse tipo. Eu meio que tinha desistido do projeto e, do nada, encontrei o único que eu ainda não tinha encontrado.

— Você tinha mesmo desistido?

— Tinha. — Suspiro. — Estava sendo frustrante, e era muita coisa para eu lidar.

Ele assente. Então percebo o que ele disse.

"Mesmo."

— Você sabia que eu tinha desistido?

— Ah — ele parece sem jeito —, acho que você chegou a comentar alguma coisa.

Se não estou enganada, foi uma das mensagens que mandei e ele não respondeu.

Entendo que o que estamos fazendo agora é jogar conversa fora e que Cadu está só se esforçando com assuntos que já tínhamos comentado. Mas, se ele não estava me respondendo na época que mandei a mensagem porque não queria misturar o trabalho com amizade, então por que se importou com o que eu faria a ponto de lembrar disso até agora, quase dois meses depois?

Minimizo o documento do TCC quando sinto o cheiro vindo da cozinha e corro para lá.

O resultado dos questionários foi ótimo! As respostas foram como eu esperava, tornando meu diagnóstico preciso. Mais do que isso, me fizeram enxergar a equipe com mais profundidade, conhecendo melhor seus anseios e aspirações.

Pego uma luva térmica, abro a porta do forno e puxo de lá uma forma fumegando, encoberta por papel-alumínio.

Estou me sentindo a própria chef. As aulas com a dona Mazé estão dando resultado, e aproveitei a Semana do Saco Cheio na faculdade para testar minhas habilidades. Saí do Rabanada na segunda e fui direto a um supermercado para abastecer a geladeira. E cumpri com o prometido: a cada dia, fiz um prato diferente, desde o básico, como arroz, feijão e macarrão, até preparações mais elaboradas, como estrogonofe — o de verdade, com direito a carne flambada e molho de mostarda — e, pasme, lasanha, que cheira deliciosamente bem na minha mão. Nada de molho de tomate industrializado na minha cozinha!

— Tá pronto, Dani! — grito para que ela me ouça do quarto.

Tudo bem, o arroz ficou papa, faltou sal no feijão, o macarrão passou demais do ponto e o estrogonofe ficou muito ácido. Mas só de saber que sou capaz de melhorar e que estou apta a fazer meu próprio almoço me dá uma satisfação tão grande!

— Aqui está — falo, servindo uma fatia para Dani, que olha para a forma cheia de expectativa.

— Olha só. Não parece nada mau!

— Assim espero — respondo, cortando um pedaço para mim.

— Bom apetite! — dizemos uma para outra e provamos a garfada.

A primeira sensação é a de que a massa está muito quente, então volto o talher e assopro. Aí, quando consigo morder, o queijo derrete na boca, o molho está saboroso...

Mas a massa ficou um pouco dura. Precisa de mais cozimento.

— Ei, tá uma delícia — diz Dani.

— Na próxima vai ficar melhor — falo confiante.

Enquanto Dani termina de lavar a louça depois do jantar, descubro que acabou o arroz para amanhã.

Não penso duas vezes.

Coloco música para tocar no celular e corto alho e cebola, que logo levo para refogar. Despejo os grãos de arroz e, em seguida, jogo água — menos do que usei da última vez.

Dani voltou para o quarto, então solto a voz na cantoria, lavando a louça que acabei de sujar enquanto o arroz cozinha. Desta vez, quando ele fica pronto, passo a colher pela panela e os grãos se soltam, nem um pouco papa.

Na sexta-feira à noite, chego em Mogi contando animada para minha mãe sobre meu mais novo lado cozinheira. Amanhã é aniversário dela e vai ter um churrasco para comemorar. E sou eu quem fará a sobremesa.

Optei por uma torta mousse de maracujá com massa de biscoito e cobertura de chocolate, e decido prepará-la hoje mesmo para pegar melhor o sabor de cada ingrediente — dica da dona Mazé.

Como a receita é simples, faço tudo relativamente rápido e sem a ajuda da minha mãe. O resultado final parece ótimo, mas, ainda assim, me bate um medo de não ter ficado bom. A mousse pode não estar no ponto certo ou a sobremesa, doce demais.

Enfim, só saberei amanhã, então coloco na geladeira e paro de me preocupar.

Faltam poucos minutos para a meia-noite e subo para pegar o presente que comprei. Assim que desço, Márcio já está cumprimentando mamãe e fico aguardando para não os interromper. Ela sorri e ele a beija com doçura, entregando, logo depois, o que imagino ser uma joia. Gosto de ver como, mesmo após quase onze anos, eles ainda são apaixonados.

Entro na sala cantando parabéns baixinho para não acordar a Bel e abraço minha mãe. Entrego a ela o pacote, composto de dois itens diferentes. O primeiro, em um envelope, é um *dia de spa*, para que ela possa tirar uma folga só para ela, quando preferir. O segundo é mais pessoal. Mandei fazer um desenho da nossa fotografia na formatura dela e pedi para emoldurar.

Seu sorriso ao rasgar o pacote é de puro carinho.

Eu a abraço e digo em seu ouvido:

— Você me mostrou que caminho seguir para descobrir quem eu sou. Quero que você nunca se esqueça da mulher incrível que é e de tudo o que conquistou.

Nossos olhos se enchem de lágrimas e a abraço mais uma vez.

— Você e sua irmã serão sempre minhas maiores conquistas. Nunca vou acertar tanto quanto acertei com vocês!

Assim como dei privacidade a ela e Márcio, ele também se retirou, silenciosamente, para termos nosso momento.

Enxugamos os olhos, sorrindo, damos boa-noite uma para a outra e subimos.

* * *

Os convidados começam a chegar perto do horário do almoço, e Márcio assumiu sua posição na churrasqueira. Minha mãe está fazendo o papel de anfitriã, enquanto ajudo como posso, pegando talheres, utensílios diversos e os pratos com as comidas.

Bel está correndo por aí, brincando com outras crianças, filhas dos amigos de minha mãe. Ela não convidou muitas pessoas além dos meus avós e dos pais de Márcio.

Já levei uma "bronca" de vovó por fazer bastante tempo que não a vejo. Como passo mais tempo em São Paulo do que em Mogi e minhas voltas para cá costumam durar pouco, faz tempo que não vou visitá-la, quase só falo com ela e com vovô por telefone.

De qualquer forma, eles entendem minha rotina e não falam a sério, mas sei que preciso mesmo visitá-los mais. Não sei por quanto tempo ainda os terei por perto, então, preciso aproveitar.

Mamãe pede que eu busque a maionese na cozinha e, quando volto ao quintal, quase derrubo a travessa. Samantha chegou com o marido...

... e Rodrigo também está aqui.

Respiro fundo, coloco a travessa na mesa e, fingindo a maior indiferença de que sou capaz, me aproximo.

— Fernanda, querida! Como vai você? Desistiu mesmo da zumba?

— É, acho que não é para mim, Samantha. Mas soube que minha mãe está arrasando.

— Ah, ela é ótima. Deixa eu te apresentar. Esse aqui é o Túlio, meu marido. E essa gracinha é o Rodrigo, meu filho lindo.

Ele enrubesce e não posso evitar sorrir.

— Minha mãe também gosta de me constranger — falo baixinho, quando vou cumprimentá-lo, mas Samantha me ouve.

— E qual seria nosso papel senão fazer nossos filhos passarem vergonha, né, Lu?

Resolvo tirar Rodrigo do constrangimento e pergunto se aceita alguma bebida, já que seus pais se serviram de uma lata de cerveja cada.

— Uma água — responde ele, e fico surpresa. — Não bebo álcool e evito açúcar — explica, percebendo minha reação.

— Que bacana! — comento, pedindo para ele me acompanhar até a cozinha. — Você é vegetariano também?

— Sou sim, mas aí é mais por estilo de vida mesmo.

— Que bom que a minha mãe fez vários pratos sem carne. Não deve ser muito animador receber um convite para um churrasco, né?

— Na verdade, estou meio acostumado. Sou o único vegetariano do meu grupo de amigos. — Ele dá de ombros.

— Mas você come leite e ovos ou é vegano?

— Como, ainda não consegui cortar eles. Tenho um fraco por queijo, preciso confessar.

— Eu te entendo. Minha mãe chegou até a me chamar de ratinha durante uma época. Você vai gostar de saber, então, que tem espetinho de queijo coalho.

— Em menos de dez minutos, você já me conhece tão bem, Fernanda.

Rodrigo é bonito, mais do que as fotos em seu Facebook indicavam.

Meu nervoso inicial se dissipou sem que eu percebesse. Quando retornamos ao quintal, pegamos uma mesa só para nós, praticamente os únicos da mesma faixa etária.

O assunto continua e, sutilmente, incluo o Facebook na conversa, para tentar descobrir o mistério da ausência dele no mundo virtual.

— Ah, eu até tenho uma conta, mas, para ser sincero, não uso. Tenho usado mais o Snapchat.

Ele me conta que é fisioterapeuta e atende em uma clínica daqui da cidade, além de em um hospital particular, uma vez por semana. Também fala que está fazendo curso para ser instrutor de ioga e fico fascinada com o que me conta sobre suas experiências com meditação. A calma que emana dele me encanta, talvez por ser tão diferente de mim mesma. Estou sempre tão agitada e preocupada que é interessante ver o oposto.

Comento com ele que iniciei há pouco tempo um projeto de autodescoberta e pergunto como a meditação poderia me ajudar. Ele se empolga e fala de todos os benefícios da prática.

Nosso papo é interrompido para cortar o bolo. Junto-me a minha família atrás da mesa e entoamos um "Parabéns a você" animado.

Discretamente, percebo que Rodrigo me observa com atenção.

Mamãe faz um pedido e corta o bolo de baixo para cima, como sempre nos ensinou, dividindo o primeiro pedaço entre mim, Bel e Márcio. Além do bolo, mamãe colocou na mesa outras sobremesas, entre elas, minha torta. Fico nervosa quando os convidados começam a se servir, com receio do que vão achar.

Fico aliviada quando vejo os olhares de aprovação e só então começo a comer.

Esse foi meu melhor desempenho culinário da semana. Modéstia à parte, arrasei!

— Não vai comer sobremesa?

— Prefiro não abusar, já exagerei nos laticínios hoje com o queijo coalho. E, apesar de estarem com uma cara ótima, devem ter bastante açúcar, então, melhor deixar para lá.

Assinto com a cabeça, em respeito à sua decisão, embora eu mesma seja incapaz de me imaginar rejeitando doce por ter muito açúcar.

Ou rejeitando qualquer comida, para ser sincera.

As pessoas começam a partir, agradecendo pelo dia agradável e pela deliciosa refeição. Quando Samantha chama Rodrigo para irem embora, ele me abraça em despedida.

— Gostei muito de conversar com você, Fernanda. Aliás, posso te chamar de Nanda?

— Claro! Também gostei muito, Rodrigo.

— Se você não se importar, posso pegar seu telefone?

Meu coração bate um pouco mais forte com esse pedido. Peço o aparelho dele e anoto meu número.

— Me manda uma mensagem que adiciono você.

Sorrindo, fico me perguntando que outras mudanças ainda estão por vir, enquanto ele vai embora.

← **Rodrigo**
digitando...

11/10/2014

Agora você já pode me adicionar 17h54

Que eficiência! Prontinho. 17h55

Não quis esperar pra te mandar um oi...
Adorei ter te conhecido, Nanda! 17h55

Também adorei :) 17h56

HOJE

E quais os planos pra hoje? 10h28

Nada muito empolgante... TCC :(10h28

Por favor, faça seu domingo valer a pena em meu nome. Que ele seja mais do que Domingão do Faustão seguido de Fantástico 10h29

Sinto te decepcionar, mas talvez eu só mude os programas pra alguns documentários sobre ioga. 10h30

Não que eu não goste, mas não vai ser nada além de ver TV deitado no sofá 10h31

Aliás, posso te passar algumas técnicas de meditação pra te ajudar a relaxar 10h32

Nossa, eu agradeceria muito! Vai ser útil! 10h32

Vai ser um prazer! Baixa o Snapchat e me segue lá, posto umas dicas bem legais para quem está começando 10h33

*** Capítulo 33 ***

Passo boa parte do meu horário de almoço na cozinha dos funcionários comendo a marmita que eu mesma fiz e conversando com Rodrigo, como temos feito nas últimas semanas. Gosto de falar com ele, porque me ajuda a manter a calma. Ainda mais agora, na fase final do TCC, é bom ter alguém que me ajude a desacelerar e não sucumbir ao estresse.

Por insistência dele, baixei o Snapchat. Não estava a fim e ainda uso com relutância, mas é a única rede que ele usa e achei que não faria mal pelo menos conhecer. Ainda me enrolo um pouco, mas acho que estou pegando o jeito.

Tiro uma foto da minha marmita e posto. Quase na mesma hora, Rodrigo visualiza e responde.

"Meio mequetrefe esse PF que você pediu, hein."

Entro na brincadeira. Não é a marmita mais bonita do mundo, mas é a minha marmita e vou defendê-la.

"Minha marmita caseira disse que ficou ofendida #OrgulhoDoMeuMarmitex"

"Opa, desculpa. Mas é que essa carne aí tá com cara de passada. Quando você vai grelhar, precisa esquentar bem a chapa, assim ela sela em volta e mantém a suculência interna."

Pera. O "mequetrefe" era verdade? E eu tinha contado ontem à noite que estava preparando meu almoço. Ele esqueceu ou ignorou?

E ele não é vegetariano?

Agradeço pela dica e aviso que vou voltar ao trabalho. Assim que me despeço, meu celular vibra e olho imaginando ser uma nova mensagem dele.

Mas não. É Márcio ligando.

— Ai, me diz por favor que não dei seu telefone sem querer para alguém — brinco.

— Nanda — corta ele —, vou falar rápido porque minha bateria está para acabar. — Ele diz mais alguma coisa, mas não entendo. A ligação falha.

— Repete a última parte, Márcio, falhou aqui — peço, assustada.

Por pior que esteja a ligação, ela não encobre seu tom de voz alarmado.

Ele fala alguma coisa e só entendo duas palavras: "sinal" e "hospital".

Fico em pé na mesma hora, com o coração aos saltos.

— Espera um pouco — diz ele, e percebo que está se deslocando. — Consegue me ouvir melhor?

— Sim. Pelo amor de Deus, o que foi?

— Sua mãe. Ela sofreu um acidente e...

A ligação cai.

Tento ligar para ele, mas minha mão treme tanto que não consigo digitar.

Não, não, não.

Isso não pode estar acontecendo.

Assim que consigo, a chamada cai direto na caixa postal.

A bateria do celular dele deve ter acabado.

Tento ligar para o da minha mãe, para o caso de ele estar com Márcio.

Em vão. Recebo a mesma mensagem automática da caixa de mensagens.

— Nanda, o que aconteceu? — Cadu pergunta ao entrar na cozinha, e Gisele chega logo depois, tão preocupada quanto ele.

Eu não havia percebido, mas estou aos prantos. Eles devem ter me ouvido do escritório.

— Eu não sei — respondo entre soluços e lágrimas.

Explico a ligação de Márcio: sobre ele estar no hospital, minha mãe ter sofrido um acidente e eu não fazer ideia da gravidade, graças à bateria que acabou.

— Vem, vamos para lá, eu te levo — fala Cadu em um tom que não permite discussões. — Gi, se meu tio perguntar, explica por favor o que aconteceu. E, se ele quiser reclamar, manda conversar diretamente comigo. — Ele muda bruscamente seu jeito ao se virar para mim com delicadeza, passando o braço nas minhas costas. — Você consegue respirar fundo? Você não está sozinha, tudo bem? Vou te levar para ver a sua mãe.

Tento agradecer, mas nenhuma palavra sai.

E se...

Não. Não consigo nem imaginar.

Gi prepara um copo de água com açúcar e me entrega, aflita. Levo o copo aos lábios, tremendo, e tento seguir a orientação de Cadu para respirar fundo. Assim que ele percebe que consigo me controlar, me pega gentilmente pelo braço e me encaminha para o escritório. Gi vai na frente e se apressa em pegar minha bolsa, entregando ao Cadu antes de sairmos. Ele confere se está com a chave e os documentos, e partimos.

Seguimos em silêncio, de vez em quando acompanhado da mão de Cadu pegando a minha e a apertando, em um gesto tranquilizador.

Continuo tentando ligar para Márcio, na esperança de ele ter encontrado um carregador, mas não tenho sucesso. Assim que entramos na rodovia, Cadu acelera até o limite de velocidade permitido. Fico um pouco mais aliviada quando chegamos ao pedágio, porque sei que agora falta pouco.

É quando me ocorre que não sei em que hospital eles estão. São dois os hospitais particulares que atendem nosso convênio, então, teremos que tentar a sorte. Só espero acertar de primeira. Não sei quanto tempo mais vou aguentar essa angústia.

Quando entramos na serra e temos o primeiro vislumbre da cidade, não consigo apreciar a vista que tanto me agrada. Mas não posso deixar de me sentir grata por avistá-la: é um lembrete de que estamos quase lá.

Apenas quando já estamos na cidade consigo, enfim, falar com Márcio.

Por causa do nervosismo, quase não consigo colocar a chave na fechadura e abro o portão de qualquer jeito, sem esperar por Cadu.

Corro para dentro de casa, mal notando o carro de mamãe, levemente amassado na frente. Ao abrir a porta, vejo ela, Márcio e Bel sentados no sofá. Minha mãe está com um colar cervical ao redor do pescoço e um curativo na testa.

Ela está bem. Viva. Inteira.

Eu me jogo em seus braços aos prantos, quase me esquecendo de que ela deve estar dolorida.

— Calma, calma — diz ela, passando a mão nas minhas costas —, eu estou bem.

— Nanda, sinto muito pelo susto — fala Márcio. — Assim que meu celular desligou, procurei um carregador ou outro telefone pra te tranquilizar, mas não consegui. Um absurdo que um hospital só tenha um telefone público e que ele esteja quebrado! Implorei para que me deixassem te ligar do aparelho deles, mas não permitiram — continua, arrasado. Ele consegue imaginar a agonia que causou por eu ter suposto o pior.

— O importante é que está tudo bem — mamãe ainda tenta me acalmar. — Vou precisar tirar uns dias de folga forçada, só isso.

Ela se distraiu em um semáforo e bateu no carro da frente, que, por sorte, saiu ileso. Porém, com o tranco e o estresse da situação, ela travou o pescoço.

— Pena que só consegui avisar quando você já tinha chegado.

— Eu teria vindo de qualquer jeito, Márcio. Não ia ficar tranquila enquanto não visse mamãe com meus próprios olhos.

— Com licença. — Finalmente Cadu entra, após bater na porta, um tanto quanto sem jeito.

Entrei tão desesperada que me esqueci dele lá fora.

Ele segura minhas chaves. Deixei para ele a tarefa de fechar o portão.

— Ai, Cadu, desculpa — falo, me levantando. — Gente, esse é o Cadu! — Evito olhar para minha mãe. — Ele trabalha comigo no Rabanada e me trouxe assim que soube o que tinha acontecido.

Ele primeiro vai até minha mãe, estendendo a mão para cumprimentá-la e desejando melhoras. Então, vira-se para Márcio, se apresenta e, em seguida, ajoelha, ficando com os olhos na altura dos de Bel e perguntando se pode abraçá-la.

Percebo o olhar de encantamento de minha irmã e sei que, assim como eu, ela também foi enfeitiçada por seu charme.

— Obrigada, Cadu, por ter trazido minha filha — agradece mamãe, e percebo que ela o está analisando.

— A senhora não tem que agradecer. Imaginei que vocês precisavam uma da outra, e, no estado em que a Nanda estava, vir sozinha não era a opção mais segura.

— Então mais uma vez te agradeço por ter se preocupado. Mas, por favor, esqueça esse "senhora", que você me faz sentir uns trinta anos mais velha.

— Eu devia ter imaginado — diz ele. — Minha mãe, que passou dos 60 e tem carteirinha de idosa, é igualzinha.

Minha irmã quase não pisca enquanto olha para ele e preciso segurar uma risada.

Márcio oferece café, Cadu aceita e os dois vão para a cozinha, seguidos de Bel. Cadu se vira para mim, gentilmente colocando a mão em minhas costas e perguntando se quero alguma coisa. Peço um copo de água e ele assente com a cabeça antes de se retirar.

Quando viro para minha mãe, ela me observa com atenção.

— Não é de se admirar que até a Bel esteja encantada — fala baixinho. — Além de um gato, que educação!

— Mãe! — repreendo, mas dou uma risada.

— Ué, e falei alguma mentira? Mas o mais importante — continua ela — é que ele se preocupa com você.

— Ele é só um colega de trabalho — respondo, sentida com a própria verdade que escapa da minha boca.

Mamãe me olha desconfiada e sei que estaria balançando a cabeça, caso seu pescoço não estivesse imobilizado.

— Não é o que parece. Não pela forma como ele te olha.

Meu coração pula quando ela diz isso.

— E como ele me olha? — não consigo evitar perguntar.

Ela para por um instante, refletindo sobre o que dizer, em busca da palavra mais precisa.

— Como se você fosse preciosa — diz finalmente.

Saímos de Mogi um pouco depois das quatro da tarde, com a promessa de que minha mãe me manterá informada sobre sua melhora. Se fosse sexta-feira, eu ficaria; contudo, ainda estamos no começo da semana e tenho mais três dias de trabalho e de aulas pela frente.

Agora, o clima no carro é bem mais leve.

Bel alugou Cadu, inclusive o levou para ver seus desenhos e tarefas da escola. Nos momentos em que minha irmã não estava tagarelando, ele conversou com mamãe e com Márcio; até a Sofia fez graça para ele.

— Não tem problema, não me importo — respondeu ele quando minha mãe pediu desculpas, tirando a cadela de seu colo. — Já tive um cachorro e adoro! Sinto muita falta de ter um.

— O que aconteceu com o seu? — eu quis saber.

— Não era só meu — respondeu ele, depois de um tempo. — Ficou com a Sabrina.

Me arrependi na mesma hora de ter perguntado, e Márcio se apressou em mudar de assunto, percebendo o constrangimento no ar.

Esse foi o único momento estranho; no geral, nossa visita forçada foi tão agradável quanto poderia, dentro das circunstâncias.

— Espero que o seu tio não tenha surtado com a Gi e que não brigue com a gente amanhã — falo, quebrando o silêncio da viagem.

— Ele vai entender — fala Cadu. — Por mais difícil que ele seja, não é um monstro.

— Desculpa — digo, rapidamente. — Não foi isso que eu quis dizer.

— Não, não tem problema. Eu é que me expressei mal. Sei que meu tio faz muito bem o papel de vilão. — Ele sorri. — Não estou querendo defendê-lo. Mas, conhecendo sua história, até compreendo que ele aja assim.

— E qual seria essa história?

Cadu se ajeita no banco.

— Bom, acho importante dizer que meu avô era dono de uma loja e muito bem-sucedido nos negócios. Começou do zero e foi no comércio que cresceu e construiu a própria vida.

— Do que era a loja dele?

— Era uma mercearia. Lembro quando eu era criança e ficava ouvindo as histórias dele da época de comerciante. Eu simplesmente adorava! — Ele sorri. — Como meu avô teve sua trajetória de sucesso, ainda que não tenha enriquecido, ele cobrava muito dos filhos que seguissem pelo mesmo caminho. Se ele, sem nada, conseguiu, minha mãe e meu tio, com tudo o que meu avô oferecia, tinham a *obrigação* de ter boas conquistas.

“Meu tio cresceu sob essa pressão e acho que isso contribuiu para que ele se tornasse tão severo quanto o pai. Quando mais jovem, ele resolveu seguir a tradição e abriu seu próprio negócio. Não sei dizer o que era, porque foi antes de eu nascer e não ouvi a história com tantos detalhes. O que sei é que ele não tinha o mesmo talento do pai. Como resultado, acumulou dívidas e escondeu de toda a família, com vergonha do fracasso. Mas a situação ficou insustentável e ele não conseguiu mais manter o segredo. Para quitar as contas, meu avô precisou vender a loja e abriu mão daquilo que levou uma vida para construir. É claro que meu tio nunca deixou de se culpar, principalmente porque meu avô faleceu antes que o visse prosperar. Hoje em dia, ele é extremamente controlador, porque tem medo de se endividar. Não é mão de vaca por ganância, mas porque tem medo de falir, mais uma vez, e nunca fazer jus à expectativa do meu avô."

Acho que nunca pensei no sr. Arlindo como uma pessoa, com um passado. Pela primeira vez, sinto compaixão por ele. Como Cadu falou, não acredito que nada disso justifique seus erros, mas faz dele mais do que alguém que só quer lucrar.

Ele é, afinal, humano. E eu havia me esquecido de enxergá-lo assim.

— Imagino que seja tradição na sua família ter grandes aspirações. E você? Quais as suas?

Cadu leva um tempo para responder.

— Acho que ainda preciso descobrir. Comecei a trabalhar cedo na empresa do meu ex-sogro e isso me fez parar de pensar em outras opções. E, bom, entrei no restaurante não por ser o que eu queria, mas porque eu precisava.

Concordo com a cabeça.

— Venho me perguntando isso desde então. Mas continuar no Rabanada ainda é a melhor opção, não só pelo bem da minha sanidade mental. — Seus olhos brilham. — Sei que não é o emprego dos sonhos, mas é o negócio da família e sinto que posso ajudar meu tio a prosperar. Acho que eu ficaria feliz em vê-lo realizar o sonho de se redimir aos olhos do meu avô, que na verdade são os olhos dele mesmo. Meu avô já havia parado de cobrá-lo muito tempo antes de morrer.

— Não é pouco, Cadu — finalmente consigo falar, quando domino a emoção. — Nada que você faça por lealdade a quem você ama pode ser considerado pouco. Você preza a realização do seu tio mais do que um salário astronômico. Não haveria problema se você sonhasse com isso, mas acho que suas aspirações são ainda mais grandiosas. E falam muito sobre quem você é. Você deveria se orgulhar.

Ele se vira e olha profundamente em meus olhos, com aquela intensidade que apenas ele consegue, e é como se eu estivesse sendo atingida por um raio. Por um instante, consigo entender o que minha mãe disse sobre ele me ver como se eu fosse preciosa.

Por milésimos de segundo, é como se o ar do carro fosse sugado e só existisse a força que atrai nossos olhares.

Ele engole em seco e *sei* que está tão abalado quanto eu.

O laço entre nós se quebra e ele volta a atenção para a estrada. Estamos prestes a entrar na Marginal Tietê.

— Obrigado — é tudo o que ele diz, antes de pairar um silêncio profundo entre nós.

Apesar de compartilharmos a mania de contar o tempo em músicas, tenho certeza de que jamais seríamos capazes de medi-lo por essa nossa quietude, e não porque ela é ausência de som.

Esse silêncio é denso. Intenso.

É infinito.

← **Nanda**

5/11/2014

Oi. Como você tá? Sei que pode parecer estranho, mas só queria notícias suas... 12h14 ✓

Gostaria que a gente pudesse manter contato 22h10 ✓

6/11/2014

Sei que essas mensagens são repentinas... Mas falei sério. Queria muito que pudéssemos ser amigos. 16h39 ✓

Passamos muito tempo juntos e é difícil não estar mais na vida um do outro. 16h40 ✓

7/11/2014

Ok, até agora você não recebeu nenhuma das minhas mensagens... Acho que você me bloqueou, né? 20h03 ✓

HOJE

Fazendo o último teste... 17h16 ✓

É, acho que bloqueou... 17h29 ✓

* ✳ ✳ Capítulo 34 ✳ ✳ *

Conforme prometido, volto para Mogi no final de semana e fico feliz ao ver que minha mãe não usa mais o colar cervical, apesar de sentir um pouco de dor dependendo do movimento.

Amanhã é 9 de novembro, aniversário do Rodrigo, e ele me convidou para comemorar hoje. Vamos nos reunir em um restaurante vegetariano e estou ansiosa! Rodrigo se ofereceu para me buscar, mas preferi ir com o carro da minha mãe, que está só levemente amassado, assim fico mais livre para voltar quando quiser.

Sou a primeira a chegar e encontro Rodrigo esperando, sentado à mesa. Logo que me vê, ele se levanta e abre um sorriso. Hoje está usando uma bermuda jeans com uma sandália marrom e uma bata branca de viscose, com gola em V, amarrada por um cordão entrelaçado.

— Só vou te dar feliz aniversário depois da meia-noite para não dar azar — falo quando o cumprimento.

— Dificilmente você traria azar, Nanda. A propósito, você está linda.

Sorrio em agradecimento. Caprichei na produção colocando um vestido verde florido acinturado e deixei o cabelo solto com cachos naturais na ponta.

— Eu que cheguei cedo ou todo mundo que está atrasado? — pergunto, me acomodando e estranhando o tamanho da mesa. Ou ele não chamou muita gente, ou vai juntar as mesas ao lado, quando mais pessoas chegarem.

— Todo mundo? Todo mundo quem?

Olho para ele sem entender.

— Os convidados? Seus amigos? Pelo seu aniversário?

Ele parece surpreso e então sorri para mim.

— Hoje somos só nós, Nanda. Vou deixar para vê-los amanhã. Imaginei que você tivesse entendido quando te convidei.

Ai, meu Deus. Vim para um encontro sem saber e ainda paguei o mico de demonstrar que não sabia.

— Numa escala de um a dez, quanto você acha que sou lerda agora? — falo com as mãos no rosto, envergonhada.

— Espero que você não se incomode por ser só a gente. — Ele fica aguardando minha resposta.

— Não, não me incomodo. — Penso melhor. — Na verdade, acho que até prefiro. Fico um pouco desconfortável entre pessoas que não conheço bem, então...

— Quer dizer que já sou um conhecido? — Há um sorriso com indício de algo mais em seu tom de voz.

— A julgar pelo tanto que a gente se fala, eu diria que sim — devolvo a ele com a mesma entonação.

Ok. É oficial.

Está aberta a temporada de flertes da noite.

Sorrimos um para o outro e pegamos o cardápio.

Peço lasanha de espinafre com queijo, acompanhada de uma salada caprese e um suco de morango com leite. Rodrigo opta por um suflê de legumes e me copia na salada, além de um suco verde sem açúcar.

Quando o garçom se afasta, Rodrigo comenta:

— Você gosta bastante de suco com leite?

— Mais o de morango. Ou maracujá. E coco. É, acho que gosto. — Sorrio. — Por quê?

— É que normalmente eles levam leite condensado no preparo.

Aponto o dedo para ele, como se fizesse um touché.

— Me pegou. Exatamente por isso que gosto.

— É, mas é aí que mora o perigo. Açúcar em excesso não faz bem.

Olho para ele meio sorrindo, meio sem entender. Acabei de levar uma reprimenda pela bebida que pedi?

— Se o restaurante fosse vegano, provavelmente, o suco teria sido feito com leite condensado de soja. Bem melhor, não?

Dou um meio sorriso e procuro mudar de assunto, perguntando sobre como anda seu curso de instrutor iogue.

Gosto de como Rodrigo fala da importância da ioga para ele e como se envolve com o tema. Seus olhos brilham e suas mãos assumem um ritmo agitado, nitidamente empolgado, que me encanta.

Quando nossos pratos chegam, ele ainda está falando, o que para mim não é um problema, já que posso comer enquanto o escuto. O restaurante é ótimo e a lasanha está maravilhosa.

Aliás, acho que o Cadu iria adorar.

Reprimo o pensamento na hora. *Por que estou pensando nele agora?*

No dia seguinte ao acidente, quando cheguei ao Rabanada, Cadu me perguntou sobre minha mãe e novamente lhe agradeci por tudo. Depois, a todo momento ele parecia sem graça perto de mim, e por consequência, passei a agir da mesma forma.

— E o TCC, como anda? — pergunta Rodrigo, me tirando do devaneio.

— Quase acabando, finalmente! Na próxima semana tenho a penúltima reunião com minha orientadora e apresento mês que vem, acredita?

Considero pedir uma sobremesa, mas mudo de ideia ao lembrar da crítica ao meu suco. Terminamos de jantar e não há muito o que fazer aqui.

— O que você acha de ir para um barzinho? Podemos continuar nossa conversa ao som de uma música ao vivo, que tal? — proponho.

Rodrigo esboça uma reação que não consigo identificar, porque logo a expressão muda para outra, mais neutra. Era desagrado? Ou indecisão? De qualquer forma, ele concorda.

Pedimos a conta e vamos ao estacionamento, onde deixamos nossos carros. Combinamos de ele me seguir até minha casa para eu deixar o carro — vantagens de cidade pequena — e vamos juntos para a segunda parte da noite. Tenho a impressão de que estou precisando de um drinque.

Não consigo evitar e me empolgo ao cantar “Te devoro”, acompanhando a dupla de voz e violão.

— Adoro essa música — falo em uma parte instrumental, aproveitando para tomar o último gole da caipirinha que pedi.

Rodrigo está bebericando uma água. De vez em quando, ele acompanha a música batucando o dedo sobre a mesa. Mas, na maior parte das vezes, parece incomodado com o barulho. Apesar disso, a conversa flui muito bem.

Olho para o celular e me espanto ao ver que já é quase meia-noite. Me distraí tanto com as músicas e com nosso papo que mal senti o tempo passar.

— Preocupada com o horário?

— Não, não. Só curiosidade mesmo. Aliás, é quase seu aniversário!

— É mesmo? Então quero te pedir uma coisa.

— O quê? — pergunto na expectativa, pela maneira como ele me olha.

— Quero passar a virada dos meus 25 anos aproveitando a música. Dança comigo?

Eu ficaria surpresa por ele demonstrar interesse nas canções só agora, mas não acho que seja nelas que ele está interessado.

Pego sua mão quando ele a estende e vamos para perto de onde outras pessoas dançam. A dupla começa a tocar uma versão mais lenta de “Xote dos milagres” e Rodrigo me puxa, colocando meus braços em seu pescoço e segurando minha cintura. Estremeço ao sentir o toque. Logo, entramos no ritmo da melodia e, por um instante, nos perdemos na dança.

— Será que já é meia-noite? — sussurra ele no meu ouvido.

— Agora é você quem está preocupado com o horário?

— Queria saber se já é meu aniversário e se tenho direito a te pedir um presente.

— E qual seria? — pergunto, com o coração acelerado, sabendo a resposta.

Rodrigo me olha e, lentamente, encosta os lábios nos meus.

O beijo de Rodrigo é suave e, acompanhado do perfume cítrico, me faz sentir acolhida. Sua mão esquerda deixa minha cintura para tocar meu rosto, e me entrego, puxando seu corpo mais para perto do meu.

A dupla segue seu repertório, variando cada vez mais as canções. Porém, mal notamos o que acontece, envolvidos exclusivamente um com o outro. Rodrigo sugere que voltemos a nos sentar e é o que fazemos. Dessa vez, colocamos nossas cadeiras lado a lado e ele me abraça.

Só então me dou conta de que é a primeira vez que beijo outra pessoa além do Vinícius nos últimos dois anos e meio. Diferente do que imaginei, não foi estranho.

E essa noção é libertadora.

Chego segunda-feira na faculdade para a reunião com Paula. Rodrigo queria me ver ontem, mas expliquei que precisava voltar cedo para São Paulo. Enquanto essa correria não acabar, não posso me dar ao luxo de tirar muitas folgas.

Ele me disse que adorou a noite de sábado, e respondi que eu também. Porém, seria mentira dizer que estou muito empolgada. Foi uma noite gostosa e só. Parece que ele está interessado em repetir a dose e, como tivemos uma química legal, gosto de conversar com ele e de estar em sua companhia, por que não?

Vou até a lanchonete em busca de um suco, já que cheguei cedo, e, quando faço o pedido, meu celular toca na bolsa. Procuro por ele sem sucesso e desisto assim que para de tocar. Pago a conta e me sento em uma das mesas para remexer na bolsa. Quando finalmente encontro o aparelho, quase caio de costas ao ver quem me ligou.

Vinícius.

Fico em choque. É a última pessoa que imaginei que estaria me ligando.

Passei dias tentando falar com ele, logo que terminamos, e fui ignorada. Por que isso agora? Será que ele me ligou sem querer, por engano?

Suponho que foi isso e pego meu suco.

Porém, meu celular volta a tocar.

Vinícius mais uma vez.

Encaro a tela, indecisa sobre atender ou não. Suspiro e acabo aceitando a ligação. Só tem uma maneira de descobrir o motivo desse telefonema.

— Nanda?

É estranho ouvir a voz dele depois de tanto tempo. É mais estridente do que eu lembrava.

— O que você quer? — tento ser objetiva, mas não consigo evitar o tom cortante.

— Me desculpa te ligar assim, sei que é repentino...

— E põe repentino nisso! — Solto uma risada irônica.

— É. Eu sei. Bom, só queria saber se a gente pode conversar.

— Conversar? Sobre? — Franzo a testa, mesmo que ele não possa me ver.

— Tem umas coisas que eu queria falar para você.

— Olha, sendo bem sincera, Vinícius, eu não sei se ainda tem qualquer coisa que precise ser dita entre a gente. De qualquer forma, estou entrando em uma reunião daqui a cinco minutos, então, não tenho como falar com você.

— Tudo bem, mas eu não queria conversar por telefone. Você toparia me encontrar?

— Encontrar você?

— Isso. Pode ser em qualquer lugar, o que for melhor para você. Só queria ter essa oportunidade. Por favor. Por nós.

— Não existe um "nós" há um bom tempo e é no mínimo cara de pau sua resolver me falar isso.

Se ele quer me encontrar, melhor não dificultar as coisas.

— Ok, ok, me desculpa. De qualquer forma, você pode me ouvir? É importante para mim. — Ele faz uma pausa. — Por favor.

Fecho os olhos, mal acreditando no que está acontecendo.

Por um lado, confesso, essa seria a oportunidade de colocar um ponto-final nessa história, minha chance de ter respostas.

— Ok — concordo afinal. — Mas com uma condição.

— Claro, o que você quiser — ele se apressa em dizer, aliviado.

— Você vai ter que ser absolutamente sincero comigo e responder a qualquer pergunta que eu fizer.

SOL

PARTE III

Na astrologia, é a essência de cada um.

No tarô, é símbolo de esperança.

Dani

visto por último hoje às 15:09

HOJE

Você não vai acreditar no que acabou de acontecer 17h26

Vou te mandar áudio explicando porque é mais rápido. 17h27

Você deve estar megaocupada aí, mas ouve assim que puder, tá? 17h27

* * * Capítulo 35 * * *

Combino de encontrar Vinícius na tarde de sábado em uma sorveteria do centro, que eu estava curiosa para conhecer. Assim, se eu perceber que ter aceitado o encontro foi um erro, pelo menos, não perco a viagem.

Além disso, resolvi aproveitar a ocasião e riscar mais um item da minha lista.

Vim de metrô até a 25 de Março e estou caminhando por ela há pelo menos uma hora. Estou usando a parte da manhã para me dedicar a mim e reunir forças para o que me espera à tarde.

Andar por aqui é definitivamente uma perdição. Se não me controlar, compro tudo o que aparecer pela frente. Com cinquenta reais, fiz a festa em uma loja de bijuterias. Até encontrei um anel com o símbolo do signo de Peixes, que combina muito com meu pingente. Agora, sigo rumo ao Mercado Municipal, onde pretendo almoçar antes de voltar caminhando até a sorveteria.

O dia está quente e fica ainda mais abafado em meio à muvuca. Preciso também ficar atenta, porque furtos são comuns aqui, então, grudo minha bolsa perto de mim e ando com passos firmes.

Se bem que a arquitetura de alguns prédios daqui é tão bonita, tão antiga, que *preciso* parar para admirar. Assim, quando estanco de supetão, só sou impedida de pegar o celular para tirar uma foto porque quase sou atropelada pelas pessoas que continuam a caminhar como se eu não estivesse aqui.

Entro em uma loja de decoração atraída por um conjunto lindo de almofadas. Ando pelos corredores tentada a comprar bibelôs ou qualquer outra coisa do tipo, mas, apesar da vontade de gastar, desanimo ao pensar no tanto de pó que essas coisas acumulam.

Então, chego na seção de vasos e, na mesma hora, sei que vou levar um comigo.

Quando minha barriga ronca, sinto que é hora de avançar para a próxima parada. Logo avisto o Mercadão e fico boquiaberta com seu esplendor.

Isso sim é uma arquitetura admirável! Como eu nunca sequer passei por aqui antes?

Vou andando sem nem saber para onde olhar: se para os vitrais, se para os artigos sendo vendidos nos quiosques. Há tantas especiarias e variedades de alimentos que quero parar a cada passo que dou.

Não resisto quando vejo um kit de temperos artesanais em embalagens lindas e compro um de presente para a dona Mazé. Ela me ajudou tanto quando pedi para aprender a cozinhar, além de incontáveis outras vezes, que é o mínimo que posso fazer.

Vou aonde vendem o famoso sanduíche de mortadela e peço um com um refrigerante. Tenho sorte e consigo me sentar em uma banqueta no balcão. O alívio é instantâneo. Acho que nem havia percebido o quanto eu estava cansada.

Arregalo os olhos quando meu lanche chega. Tenho minhas dúvidas de que vou aguentá-lo sozinha. A quantidade de recheio aqui é o equivalente ao que compro de frios para durar uma semana para mim e para Dani.

Sem exagero.

De qualquer forma, quase derreto de prazer quando mordo. É delicioso! Tenho certeza de que estou com o rosto todo sujo, já que praticamente tenho que enfiá-lo no lanche para comer, mas vale a humilhação.

Quando ainda falta cerca de um quarto para terminá-lo, estou prestes a explodir. Odeio deixar comida no prato, então, peço para embrulharem o restante. Mais tarde eu e ele teremos uma conversinha lá em casa.

Chego antes de Vinícius e corro para o banheiro para dar uma ajeitada na minha aparência. Esse negócio de passar a manhã andando pelo centro em um dia relativamente quente não foi muito benéfico.

Mas não quero estar arrumada para ele. Me sentir bonita vai me dar muito mais segurança, e preciso de cada pedacinho dela que puder reunir.

Apoio meus pertences na pia, inclusive o buquê que comprei a caminho daqui. A mesinha ao lado do sofá vai voltar a ter um vaso, mas não vou mais ficar esperando que alguém me dê flores para eu ter o que colocar nele. Tiro da bolsa o nécessaire, quase o equivalente a um kit de primeiros socorros, e escovo os dentes. Aproveito para lavar o rosto e reaplicar a maquiagem e o perfume. Quando solto o cabelo, antes trançado, a mulher que me olha está infinitamente melhor do que a que chegou minutos atrás.

Sorrio para ela, dando uma piscadinha, e saio em busca de uma mesa.

Porém, não preciso me preocupar. Vinícius já chegou e olha ansiosamente para a porta, à minha espera. Seu cabelo cresceu a um comprimento próximo do que costumava usar quando estávamos juntos. Ele veste uma camiseta vermelha que foi presente meu, e não sei se a escolha foi intencional.

Apesar de, no conjunto, ele estar similar a quando namorávamos, é como se ele fosse um desconhecido.

Tento prestar atenção a como me sinto e a que tipo de reação sua imagem pode ter me despertado.

Nada.

O lanche no mercadão certamente mexeu muito mais comigo.

Assim que me nota, Vinícius pula da cadeira. Chego perto da mesa e ele se inclina para me cumprimentar, mas apenas aceno com a cabeça, sentando-me logo em seguida.

Ele disfarça e se senta também.

— Você está linda, Nanda. Parece estar muito bem — fala quase gaguejando.

— Obrigada, Vinícius. Eu me sinto bem. — Para não ser indelicada, devolvo um comentário, sem saber muito o que dizer: — Você está... como eu me lembrava.

— Obrigado... acho.

— Bom. Por que estamos aqui? — vou direto ao assunto.

Vejo que o peguei desprevenido. Acho que ele não esperava que eu fosse tão direta.

— Como eu falei, tinha algumas coisas que eu queria te dizer... que precisava te dizer.

Assinto, esperando que ele continue. Quando ele não entende a deixa, falo por ele.

— E que coisas seriam essas?

Vinícius gagueja, procurando pelas palavras certas.

— Em primeiro lugar — consegue dizer —, acho que te devo desculpas.

Ok, agora sim ele me surpreende.

— Você não merecia ser tratada daquele jeito. Eu sei que errei.

Noto que está sendo sincero, tanto porque sua voz sai carregada, quase estrangulada, quanto porque ele evita me olhar. Vinícius sempre teve dificuldade em assumir seus erros.

— Por quê, Vinícius? O que eu fiz de errado? — sussurro, quase sem acreditar que finalmente tenho a oportunidade de fazer essa pergunta.

— Você acredita se eu disser que nem eu sei? Acho que comecei a ficar insatisfeito, as coisas não me pareciam mais como antes e, quando vi, tinha me apaixonado. Acho que tive medo de te magoar.

Esquento de nervoso na mesma hora.

— Não. Você não teve medo de me magoar. Você optou pelo mais fácil para você, sem se importar comigo. Não venha me dizer, agora, que você pensou no meu bem. Não foi isso que aconteceu — solto as palavras como uma enxurrada, e ele se retrai, constrangido.

Respiro fundo para me acalmar.

— Agradeço que você tenha percebido que cometeu um erro e que tenha sentido vontade de se desculpar. Mas por que agora?

Vinícius olha para as mãos, apoiadas na mesa, em silêncio. Quando estou prestes a repetir a pergunta, cogitando que talvez ele não tenha me ouvido, ele levanta a cabeça e me olha de um jeito que... não sei definir.

— A maneira como terminei com você não foi meu único erro — finalmente responde. — Também me arrependi de ter terminado com você.

Fico estupefata.

— O que você quer dizer com isso? — questiono para ter certeza.

— Eu ainda amo você, Nanda.

O mundo para.

Chacoalho a cabeça, em dúvida se isso está acontecendo. Esfrego os olhos e, quando abro, tudo continua igual.

Vinícius continua me encarando. E acabou de dizer que ainda me ama.

Ele percebe que não consigo falar e continua se explicando:

— Fui levado pelo momento, Nanda, por uma ilusão, uma aventura passageira, e deixei para trás o que realmente importava. Em poucas semanas, eu já tinha me arrependido. Você está certa, não sou corajoso e empurrei com a barriga um relacionamento que nem deveria ter começado. Nós terminamos e finalmente me senti livre, com uma oportunidade de voltar atrás. — Sua voz quase beira o desespero.

Vinícius parece insano, tomado por uma febre, e fico um pouco assustada com sua reação acalorada.

Ele me olha com atenção. Esboço uma pergunta, mas ele se adianta.

— Você está diferente... Mais forte. Nunca te vi assim.

E, então, finalmente entendo. Sinto vontade de rir, mas me controlo.

— Quem terminou, Vinícius?

Ele me olha sem entender.

— O seu namoro. Quem terminou? Você ou ela?

— Isso é importante? — pergunta, franzindo a testa.

— Sim, é importante. Você prometeu que seria sincero — lembro-o de nosso acordo.

Ele se dá por vencido, antes de dizer:

— Ela.

Eu sabia.

Só agora enxergo Vinícius.

Ele é exatamente como eu era, não sabe ficar sozinho.

Namoramos não porque queríamos estar um com o outro, mas porque queríamos estar com *alguém*. Ele cumpriu o papel que eu desejava enlouquecidamente, e fiz o mesmo por ele, até que outra pessoa apareceu. E, assim que ela saiu de campo, ele voltou atrás. Porque imaginava que eu ainda estaria esperando por ele, tão vulnerável e disponível quanto demonstrei estar em nossas primeiras semanas separados.

Eu nunca tinha percebido o quanto éramos parecidos. A diferença é que eu jamais teria sido capaz de magoá-lo.

— Eu te amo, Nanda — repete ele.

Há poucos meses, essa era a cena dos meus sonhos. Agora, tudo o que sinto é alívio, por finalmente ter deixado Vinícius e a antiga Fernanda para trás.

Eu não o amo mais. Talvez nunca o tenha amado, compreendo.

Olho bem fundo em seus olhos antes de responder.

— Não. Você não me ama, Vinícius. Você não sabe o que é isso.

Ele fica surpreso.

— E você por acaso sabe? — devolve ele com ironia, um sorrisinho de deboche no canto dos lábios que elimina por completo toda a sua atuação anterior, comprovando minha teoria de que ele só não quer ficar sozinho.

— Pode ser que eu também não saiba — digo, me levantando —, mas tenho total certeza de que estou muito mais perto de descobrir do que você.

E saio, deixando Vinícius e nosso passado para trás, mas, desta vez, levando meu orgulho e meu amor-próprio comigo.

E acabei não pedindo o sorvete. Droga!

← **Rodrigo**
visto por último hoje às 15:09

HOJE

Nenhuma chance mesmo de você vir pra Mogi e a gente se ver? 15h09

Ai, desculpa, Rô! Não consigo mesmo. Tô ocupada aqui, só cheguei agora em casa e preciso me jogar no TCC =/ 18h01

Aliás, aquelas suas técnicas de meditação têm me ajudado MUITO. Obrigada! Tem sido difícil lidar com o nervosismo... 18h03

* * * Capítulo 36 * * *

— Você pegou tudo? — pergunta minha mãe quando bato a porta do carro.

— Peguei.

— E vai me avisar quando chegar, né?

— Vou. — Sorrio para ela.

Na próxima segunda, terei minha última reunião antes de entregar o TCC. Ainda tenho alguns ajustes e, por mais que eu esteja me dedicando, tenho receio de não dar tempo de terminar. Sendo assim, aproveitei o feriado em São Paulo e pedi folga na sexta para emendar com o final de semana. Nem acreditei quando o sr. Arlindo concordou! Corri para Mogi assim que saí do restaurante só para pegar o carro da minha mãe e, agora, estou a caminho de Bertioga.

Estou ansiosa para meu final de semana prolongado de reclusão. Além de ser uma maneira de manter minha meta de ir mais vezes para a praia, vou poder me desligar de tudo e todos, e focar somente o trabalho que tenho pela frente.

— Ah, espera. Comprei uma coisa. — Minha mãe corre para dentro.

Enquanto espero, pego na bolsa a lista que fiz com meu planejamento para o fim de semana. O TCC é prioridade, mas vou ter momentos de descanso, então, preciso aproveitar!

FIM DE SEMANA DA NANDA

- Terminar o TCC
- Caminhar pela orla de manhã
- Noite de filmes e pizza
- Pegar um dia de praia
- Visitar o Sesc
- Ir na feirinha da rodoviária
- Passear no shopping da Riviera

— Aqui. — Minha mãe volta afobada, entregando uma cesta. — Preparei um kit para você. Tem vela aromática, umas máscaras para o rosto e um vinhozinho, se quiser fazer uma noite de autocuidado.

— Te amo — digo feliz para ela, colocando a cesta no banco de trás.

Eu me despeço e dou a partida. Aumento o som do rádio, coloco uma playlist com pop dos anos 1990 e 2000 e desço a serra cantarolando, tentando aliviar o estresse.

Falando assim, parece que apenas movimento os lábios no ritmo das músicas, quando, na verdade, realizo minha própria performance, cantando de forma estridente e fazendo movimentos tão amplos quanto possível.

Chego à baixada e vou direto ao supermercado, já que não tive tempo de trazer nada de casa. Ando pelos corredores e sinto uma satisfação enorme de não me limitar mais a macarrão instantâneo e alimentos congelados. Ainda assim, pego um ou dois de cada, porque imagino que não terei tempo ou paciência para cozinhar todas as refeições.

Munida do básico, vou para o apartamento.

É hora de começar a maratona de finalização do TCC — e meu fim de semana personalizado!

* ✱ *

Acordo na manhã de sábado ainda me sentindo cansada, então, fico na cama mais um tempo, criando coragem para me levantar. Passei os últimos dias trabalhando intensamente e tenho checado minhas mensagens poucas vezes ao dia. Quem me viu e quem me vê!

A recordista é minha mãe, perguntando como tudo está por aqui. Dani também me manda ao menos um "oi" eventual, e quase a invejo por não precisar passar pela tortura do TCC. Como ela é uma das alunas queridinhas da faculdade por seu excelente desempenho, conseguiu convencer o orientador dela a apresentar relatórios do seu estágio em vez fazer um trabalho típico. Porém, minha inveja passa assim que me lembro de seu ritmo frenético diário, ainda mais agora que ela está para ser efetivada.

Eu e Rodrigo continuamos trocando mensagens, ele sempre mencionando o fato de ainda não termos nos visto de novo. No final de semana passado, fiquei em São Paulo para conversar com o Vinícius; neste, vim para cá. Falei para ele que as coisas ficarão mais fáceis quando o TCC acabar.

Acho fofo esse interesse dele por mim, ao mesmo tempo que às vezes fico um pouco irritada. Não o estou evitando, só estou passando por um período turbulento, e minha prioridade é a faculdade. Não sei se ele compreende isso muito bem.

Cadu me mandou uma mensagem. Desejou boa sorte, disse que tem certeza absoluta de que meu trabalho está excelente e que fiz bem em me isolar.

Não poderia ser o Rodrigo a pensar assim? Por que as coisas têm que ser tão complicadas?

Decido finalmente me levantar e vou até a cozinha preparar o café da manhã. Ainda não vi a cara da praia, então me parece uma boa ideia caminhar um pouco na orla antes de voltar ao trabalho.

Animada com a ideia, vou até o quarto me trocar e coloco um vestido soltinho, prendo o cabelo em um rabo de cavalo, passo protetor no rosto e nos ombros, e calço meu chinelo. Pego os óculos escuros na bolsa e, quando ligo o celular para escolher a *playlist* do dia, vejo uma nova mensagem de Rodrigo, perguntando qual o nome do meu prédio.

Estranho a mensagem, mas respondo. Ele visualiza na hora.

Rodrigo
O que acha de uma pausa nos estudos? 10h03

Era o que eu estava indo fazer ;) 10h12

Opa, que bom, então. Quer companhia? 10h12

Companhia? Como assim? 10h12

Resolvi fazer uma surpresa! Já que Maomé não vai até a montanha, a montanha vai até Maomé. Logo estou aí, já desci a serra! 10h13

Não respondo. *Não sei o que dizer.*

Toda a minha empolgação anterior desaparece, sendo rapidamente substituída por... *O quê? Irritação? Frustração?*

Invasão. Estou me sentindo invadida.

Deixei bem claro para Rodrigo que minha viagem tinha o intuito de me dedicar ao trabalho e o quanto isso é importante para mim. Estava implícito que eu viria para cá, também, para ter um tempo só meu, sem me preocupar com mais nada além de mim mesma.

E Rodrigo desrespeitou isso. Ainda que ele não soubesse toda minha intenção, desrespeitou o que eu abertamente disse que queria, relevou o que falei porque queria estar comigo, sem nem considerar que, talvez, eu não quisesse estar com ele. Não agora, não aqui.

Percebo que a Nanda do passado teria ficado emocionada com a atitude dele. Seria um sonho imaginar que alguém se deslocaria de cidade para estar comigo. Tão romântico!

E a Nanda do passado teria cometido um erro monstruoso. Porque ela teria ignorado todas as pequenas advertências de incompatibilidade e se permitido apaixonar pela ideia que criasse de Rodrigo.

Não, ele não é uma má pessoa, apesar de um ou outro comentário questionável. Longe disso!

Mas não é o que quero para mim. E isso faz toda a diferença do mundo.

Eu jamais conseguiria conviver com alguém controlando o que como ou deixo de comer por conta do que ele tem como princípio. Sou super a favor de ele ter o estilo de vida que quiser, mas isso não dá a ele o direito de definir o meu.

Jamais aceitaria estar com alguém que me criticasse por eu querer postar uma foto nossa no Facebook ou que desdenhasse de eu usar tanto essa rede porque ela não é legal o suficiente para ele.

E, principalmente, jamais encararia um relacionamento com alguém que não sabe respeitar meu espaço. Que desrespeita minhas prioridades por serem incompatíveis com suas próprias vontades.

A Nanda do passado estaria apaixonada por Rodrigo, esperando que ele mudasse com o tempo e se tornasse quem ela idealizava.

Foi o que fiz com Vinícius. E não vou repetir a dose.

Rodrigo pode ser o melhor sujeito do mundo, pode ser minha combinação astrológica perfeita, mas não é quem eu quero. *Eu* decido quem é minha melhor combinação.

E *não é* o Rodrigo.

Começo a repetir para mim mesma em voz alta, rodando pela sala com os braços abertos, e sinto vontade de gargalhar. Pareço ter enlouquecido, completamente alucinada.

E, pela primeira vez na vida, completamente no controle de mim mesma.

Quando Rodrigo me avisa que chegou, mando apenas um "descendo". Saio do elevador e o vejo me aguardando na recepção. Ele abre os braços para me recepcionar com um sorriso largo de satisfação.

Sinto uma pontada por saber que vou decepcioná-lo, mas não posso decepcionar a mim mesma. Eu não pedi para que viesse aqui, foi ele quem se colocou nessa situação.

Eu me aproximo e Rodrigo instantaneamente vem para me dar um beijo. Viro o rosto, e sua boca toca minha bochecha. Na hora, vejo-o enrijecer de surpresa.

Quando olho para ele, solto as palavras mais clichês para situações como esta:

— Precisamos conversar.

Volto ao apartamento exausta, a cabeça explodindo.

Nunca me disseram que era difícil terminar um relacionamento que nem começou.

Rodrigo não aceitou muito bem no começo. Falou que eu poderia ter falado antes de ele resolver vir para a praia, que perdeu tempo e estava se sentindo um idiota.

Respirei fundo e expliquei que, para começo de conversa, eu nem fazia ideia do que ele planejava. E que já tinha explicado o porquê de eu estar aqui. Então, tentei explicar que eu estava disposta a continuar a conhecê-lo melhor, mas que percebi que não daria certo, que éramos incompatíveis em diversos aspectos.

— Sei que somos diferentes — falou —, mas pode dar certo!

— Claro que poderia — rebati — se, e somente se, nós dois estivéssemos dispostos a fazer funcionar.

— Eu estou disposto! — disse ele, tão rápido e tão enérgico que percebi que ele tinha entendido que o problema era eu duvidar das intenções dele.

Ficou na cara o momento em que ele percebeu a verdadeira questão, pela forma como murchou inteiro, dos olhos ao corpo.

— Mas você não está.

— Não, não estou. Sinto muito, Rodrigo.

Ele balançou a cabeça, em concordância, finalmente aceitando.

— Não, tudo bem. Eu me precipitei. É que realmente gostei de você.

Sorri para ele com compaixão.

— Eu também gostei de você. Adoraria que as coisas fossem diferentes. Seria tão mais fácil! Mas espero que você entenda que não posso fazer isso comigo. Nesse meu processo de *autodescoberta* — enfatizei o termo —, preciso respeitar minhas decisões. Entende?

Foi a palavra-chave. Bastou falar no idioma dele que sua postura mudou na hora. Ele até me parabenizou pelo meu avanço!

Se eu soubesse, teria jogado um "meditação" aleatório no começo da conversa só para preparar o terreno e facilitar a conversa.

Nós nos despedimos com um abraço e ele foi embora.

Agora estou largada no sofá, decidindo se saio para minha caminhada, dou início ao preparo do meu almoço ou recomeço a estudar.

Quero a opção "Férias".

online

HOJE

Mensagem pra deixar você orgulhosa de mim 12h28

Eita, o que te fez sair do exílio TCC? 12h29

O Rodrigo. Acabei de "terminar" com ele. 12h29

Nunca imaginei que você seria do tipo que termina por mensagem. É por isso que devo estar orgulhosa de você? Pq, sério, não acho isso legal, miga, desculpa 12h30

Não foi por mensagem. Ele veio aqui. 12h31

COMO É QUE É? 12h31

ME LIGA AGORA!!! 12h31

* * * Capítulo 37 * * *

Tive um professor no terceiro ano do ensino médio que comparava nossa época pré-vestibular à São Silvestre. Para ele, a fase final dos estudos se assemelha à subida da Brigadeiro: o instante exatamente anterior ao fim, mesclando a expectativa da conclusão com o cansaço das etapas anteriores. A principal questão é o esforço que esse ponto em particular exige: é aqui que o empenho se faz necessário e é preciso acreditar ser capaz de vencer o desafio.

Acredito que o mesmo valha para meu TCC. Desci a serra para subir minha metafórica Brigadeiro e questionei se realmente daria conta do recado.

Mas consegui!

Ontem, de volta a São Paulo, tive meu último encontro com a Paula e detalhei os progressos finais. Ela sorriu satisfeita com o resultado e indicou um ou outro ajuste. Agora estou entrando na Paulista metafórica, sabendo que já passei pelo mais difícil e só preciso manter um pouco mais o ritmo, usando os últimos resquícios de fôlego para alcançar a linha de chegada.

E já posso avistá-la.

Meu coração está aos saltos conforme digito furiosamente, sentada em minha cama, mal acreditando que estou acabando.

Quase consigo ouvir os gritos da torcida, me incentivando na reta final.

Releio minha conclusão. Mudo duas ou três vírgulas, substituo algumas palavras por sinônimos e... Acabei!

Acabei meu TCC!

Ai, meu Deus! ACABEI!

Sei que ainda preciso apresentá-lo, então, tecnicamente, ainda não acabei, *acabei*.

Mas dane-se. O mais difícil já foi e mereço comemorar!

Saio dançando pela casa, mal contendo minha animação! Pego o celular, dando gritinhos de empolgação, e publico no meu Facebook a notícia. Instantaneamente, começo a receber curtidas e comentários me dando os parabéns.

Inflo de orgulho.

Tenho dez dias para me preparar para a apresentação, imprimir e encadernar as cópias do trabalho. Sinto aquele frio na barriga só de me imaginar em frente à banca examinadora, com meus amigos e familiares presenciando a defesa.

E se eu gaguejar? E se falar alguma besteira?

Não posso colocar tudo a perder nos acréscimos do segundo tempo!

De repente, tenho um lampejo, uma ideia que se forma e que, no fundo, eu já sabia que precisaria colocar em prática em algum momento.

Acho que tenho uma boa maneira de treinar para o *grand finale*.

Quando pego o celular, fico surpresa ao ver uma mensagem de Cadu no WhatsApp:

Cadu
Se tem alguém que merece parabéns, esse alguém é você. Você é gigante, Nanda, e te admiro demais. 18h37 ✓✓

Fecho os olhos e sorrio.

Tenho certeza de que meu coração vai sair pela boca a qualquer instante e que o tremor das minhas mãos pode ser mensurado pela escala Richter.

Assim que o sr. Arlindo chegou ao restaurante na quarta-feira, pedi licença e solicitei uma reunião, na sexta, para apresentar minha proposta. Ele se lembrou do nosso acordo e concordou. Meio a contragosto, mas concordou.

Agora estou esperando que ele venha me chamar para a prévia da minha apresentação. Se tudo der certo, não só ficarei ainda mais segura de estar pronta para a apresentação oficial como também acabarei com essa competição ridícula: eu e Cadu vamos garantir nossos empregos e não preciso mais me preocupar se vou terminar o ano no olho da rua ou não.

— Você parece estar prestes a vomitar — comenta Cadu ao entrar no escritório e me ver encarando a parede, sozinha.

Dou um pulo de susto, e ele se apressa em se desculpar.

— Tudo bem, eu estava distraída.

— Algo que você queira dividir?

Ainda estou um pouco aérea desde a mensagem que ele me mandou. Fiquei feliz na hora, especialmente porque estava eufórica. Mas, ao mesmo tempo, não sei como interpretar. Foi só um parabéns genuíno de um colega de trabalho?

Desde então, me passou pela cabeça conversar com ele. Porém, o que eu diria? Fiz isso uma vez e ele foi bastante claro sobre não querer misturar as coisas.

— Tenho uma reunião importante com seu tio.

— Vai dar tudo certo — diz ele e me encara, e tenho a sensação de que há mais não sendo dito.

— Assim espero. — Sorrio, tentando me animar.

Mas ele continua me encarando. Sério. Quase desesperado.

E eu me perco nos olhos dele. Me perco na vontade de eliminar a distância entre nossas cadeiras, de me jogar em seus braços.

É tudo tão esquisito.

Não entendo o Cadu. E menos ainda o porquê de ele mexer tanto comigo.

Não posso aceitar que ainda seja carência minha. Vinícius e Rodrigo não me mostraram que superei essa fase? Por que, então, ainda me importo tanto com ele? Por que meu coração continua disparando quando ele me olha? Por que desejo estar perto dele, mesmo quando os dois parecem evitar que isso aconteça?

— Nanda — ele rompe o silêncio, como se tivesse tomado coragem para algo, e percebo que essa não é a primeira vez que ele age assim nos últimos dias. Tive a sensação, algumas vezes, de ele me encarar como se ponderasse algo e, no último instante, mudasse de ideia —, eu...

— Vamos lá, Fernanda? — me chama sr. Arlindo, e o que quer que Cadu fosse dizer fica para depois.

É hora de focar mais uma etapa do projeto de vida de Fernanda Cardoso.

— Antes de tudo — começo quando o sr. Arlindo está acomodado na ponta da mesa de reuniões —, gostaria de agradecê-lo pela oportunidade que concedeu ao me contratar e por ter permitido que eu utilizasse os dados do Rabanada para desenvolver meu trabalho.

Ele assente com a cabeça e faz um gesto com as mãos, indicando que eu continue.

— Minha proposta se baseia em um diagnóstico apurado das necessidades do restaurante. Como o senhor sabe, não temos um setor de Recursos Humanos propriamente dito e...

— Espera, espera — interrompe ele, confuso. — O que isso tem a ver com o software que você havia me dito anteriormente?

— Bom — começo a explicar —, foi necessário alterar o tema do meu trabalho quando constatei que a proposta anterior não era urgente como a atual.

— Na visão de quem?

— Na minha — respondo com firmeza. — Afinal, fui eu que desenvolvi o estudo de caso.

— Mas é a mim que ele se destina.

Isto não está saindo como imaginei. Não mesmo.

— Olha, sr. Arlindo, tem uma série de ajustes que podem ser feitos para tornar o desempenho do restaurante melhor, a começar por...

— Aqui, deixe-me ver esse trabalho — interrompe ele, pedindo a cópia que fiz para que lesse com calma, após minha apresentação.

Fico sem saber como reagir e a entrego automaticamente.

Ele pula praticamente todas as páginas, ignorando os dados que justificam a proposta, e vai direto às mudanças que indico. Conforme lê, seu rosto fica vermelho e sua expressão adquire um semblante de ira.

— Isso é um absurdo! Você por um acaso está sugerindo que não sei administrar meu restaurante? Que sou algum tipo de crápula incapaz de saber quem trabalha para mim?

— Não, sr. Arlindo! — tento me justificar, sentindo o desespero aumentar. — O senhor tem muitas preocupações diferentes e seria mais eficaz se as tarefas fossem divididas.

— É mesmo? E com que dinheiro isso seria feito? — fala ele, com ironia. — Não sei se você pensou nisso, mas, para atender a essa sugestão, eu precisaria contratar mais um funcionário!

Como se fosse a ideia mais absurda do universo.

— Está tudo detalhado no documento, sr. Arlindo! Se o senhor me deixar explicar...

— Não. Já aguentei tolice demais para uma só tarde.

— Mas...

— Chega! — Ele ensaia deixar a sala, furioso. No último instante, se vira e sou tomada por um último fio de esperança. — Mais uma coisa: não precisa cumprir seu contrato até o final de dezembro. Você está demitida.

Quando ele sai, fico sem acreditar no que aconteceu.

Fui demitida.

E nem ao menos pude apresentar minha proposta.

A Gi não vai tirar férias. A Adriana não vai aplicar sua criatividade. Dona Mazé e todos os outros vão continuar preocupados, incertos de como conseguirão sobreviver a cada novo mês.

Minha frustração é tão grande que estou anestesiada. Desenvolvi um trabalho que ficará na estante, juntando poeira, depois de ser apresentado. A aprovação, se vier, vai garantir meu diploma e mais nada.

Saio de meu estado de entorpecimento e, quando dou por mim, estou banhada em lágrimas. Choro tão convulsivamente que me encosto na parede para ter mais apoio e cubro o rosto com as mãos.

Perco a noção do tempo.

Cadu, de repente, bate na porta.

Ele entra sem demora, fechando-a, e corre em minha direção, ignorando qualquer constrangimento que possa ter existido entre nós nas últimas semanas.

— O que aconteceu?

Só consigo balançar a cabeça em negativa, enquanto ele me abraça.

— Ele não aprovou?

Digo que não, chorando em seu peito, me permitindo extravasar ainda mais toda a decepção. Ele passa a mão na minha cabeça e beija minha testa, em um gesto repleto de carinho.

— Ele nem me ouviu, Cadu — digo entre soluços.

— Sinto muito mesmo, Nanda. Sei o quanto você se dedicou.

Pouco a pouco me acalmo.

— Ele ficou tão ofendido — falo, relembrando a cena —, como se eu tivesse feito algum tipo de afronta.

Cadu balança a cabeça, incrédulo.

— O problema não é nada do que você falou, Nanda, é dele com ele mesmo. Não foi nada profissional o que o meu tio fez, e isso só mostra o quanto ele ainda precisa melhorar e o quanto você tem razão.

— Ele me demitiu — solto repentinamente.

— Ele o quê? — Cadu arregala os olhos, e acho que nunca o vi tão furioso.

— Ele me demitiu — repito, mesmo sabendo que Cadu me escutou da primeira vez. — Faltava um mês pro meu contrato de estágio acabar, mas ele disse que não preciso cumpri-lo até o fim.

Cadu fecha os olhos e respira fundo. Sinto que está se controlando.

Quando abre os olhos, a raiva ainda está lá, mas foi domada e divide lugar com uma ternura que nunca vi em nenhum outro olhar, apenas no dele.

E somente quando se dirige a mim.

— Acho melhor eu ir embora — falo, reunindo coragem para enfim sair da sala.

Cadu concorda, em silêncio.

Para minha sorte, não encontro ninguém no caminho até o escritório. Mas não consigo fugir de Gi.

Assim que nota meus olhos vermelhos, ela entende o que aconteceu e fica de pé.

Foram quase dois anos trabalhando juntas. Dois anos de amizade. Basta um olhar para que saibamos o que a outra está pensando.

— Não acredito, Nanda — murmura ela ao me abraçar, segurando as lágrimas. — Isto não é uma despedida, está entendendo? — fala com convicção. — Não dependemos do restaurante para ter contato.

— Claro que não, Gi! Sua amizade é importante para mim, não faz parte dos meus planos perdê-la.

— Bom saber. Ah, Nanda, você vai fazer tanta falta! — Ela finalmente deixa as lágrimas caírem.

Não consigo me segurar e choro junto.

Percebo que Cadu está no canto do escritório, comovido com nossa reação. Sei disso porque seu silêncio, agora, transborda lamento.

— Você explica para o pessoal o que aconteceu? — peço para Gi. — Não consigo passar por isso agora. Prometo que volto depois para me despedir de todo mundo. Mas agora... não dá.

— Claro, Nanda. E, semana que vem, eu e o Cadu estaremos lá, na sua defesa, ok?

— Obrigada, Gi — respondo sorrindo e segurando suas mãos. — Obrigada por tudo!

— Sou eu que tenho que agradecer, Nanda — diz com a voz embargada. — E vamos parar com isso, antes que eu recomece a chorar.

Nós duas rimos, tentando afastar o clima emocionado. Pego minha bolsa no armário e me viro para a despedida que, no fundo, estava tentando evitar.

Cadu me abraça e não me permite dizer nada.

— Nem pense em se despedir. Você não vai se ver livre de mim tão fácil assim.

Ele me olha com aquela intensidade tão típica dele que apenas concordo com a cabeça.

Então me viro e saio pela porta dos funcionários como ex-estagiária do Rabanada.

Dani
visto por último hoje às 11:56
HOJE
Tive a reunião com o sr. Arlindo... 14h47
E fui demitida... 14h47
Tô no metrô, voltando pra casa... 14h47

* ✳ ✳ Capítulo 38 ✳ ✳ *

Chego em casa me sentindo mais calma.

Sinceramente? Problema do sr. Arlindo não dar ouvidos às falhas do negócio dele. Meu trabalho não foi em vão: cumpri minha parte, mostrei que sou capaz de identificar as necessidades de um estabelecimento e, mais importante, descobri meus princípios e valores.

Temo pelos funcionários? É claro. Mas não sou eu que tenho que me sentir culpada pelas condições de trabalho deles. Só posso desejar que recebam melhores oportunidades — porque não tenho dúvidas de que vão aproveitá-las, se isso acontecer.

Não estou desejando o mal, apenas usando minha habilidade recém-descoberta de realizar um diagnóstico administrativo para prever uma situação de ameaça potencial a uma empresa.

Simples assim.

É uma pena terminar a faculdade sem emprego, mas quantos estudantes não passam pela mesma situação? Já provei que sou uma boa funcionária, que sou capaz de dar o meu melhor. Terei outras oportunidades, talvez até melhores do que a anterior.

Ok, ninguém garante, mas hoje estamos trabalhando com otimismo. E, pensando pelo lado positivo, terei uma semana de férias até a banca do meu TCC, o que significa mais tempo para descansar e me preparar.

Quase sinto vontade de mandar um agradecimento ao sr. Arlindo.

Quase.

Em vez disso, faço um balde de pipoca e me jogo no sofá, pronta para passar o restante da tarde assistindo a qualquer coisa que me dê vontade.

Pulo do sofá de susto com o barulho estridente do interfone.

Dou pausa na TV e me levanto para atendê-lo, me perguntando quem pode ser.

— Oi, dona Fernanda! Carlos Eduardo está na portaria.

O que Cadu está fazendo aqui?

— Obrigada, seu Zé, pode pedir para ele subir, por favor.

Ajeito as almofadas no sofá e levo o pote vazio para a cozinha, tentando acalmar meu coração. Quando abro a porta, Cadu está me olhando com uma caixinha de papelão nas mãos.

— Desculpa aparecer assim, mas eu trouxe algumas coisas que você deixou no restaurante. Não sabia se você ia precisar delas, então achei melhor trazer.

— Poxa, obrigada, Cadu — respondo, dando passagem para ele e me perguntando o que eu esqueci.

Ofereço algo para ele beber, mas ele nega, então aponto o sofá para que se sente. Em seguida, me sento ao seu lado e ele me entrega a caixa.

Começo a vasculhar. Há uma prancheta, canetas, um bloco de Post-its e até um grampeador. Mas nada disso é meu.

— Essas coisas não são minhas.

— Ah, não? É que sempre te vi usando, pensei que fossem. — Ele pega a caixa de volta.

Fico o observando e percebo que ele parece agitado. Nervoso.

— Por que você está aqui? — indago, encarando-o.

Ele levanta os olhos da caixa e, lentamente, vira o rosto para mim.

Nenhuma palavra sai de sua boca, mas o silêncio pesado que se instala entre nós soa como trovoadas que precedem a tempestade.

Com cuidado, Cadu coloca a caixa no chão, sem desviar o olhar do meu. A profundidade com que me encara é outro prenúncio do temporal prestes a me arrebatar; porém, em vez de temê-lo, quero que ele desabe o quanto antes sobre mim.

Em um gesto automático, ele morde o lábio e me faz engolir em seco. Quando seu corpo se inclina em minha direção, nossos rostos ficam próximos e um tufão toma minha barriga. Perco o ar no instante em que seus dedos tocam minha bochecha, e meu coração dispara com urgência.

Agora, os estrondos dos trovões se fazem ritmados pelas batidas do meu peito e pela respiração de Cadu. O ar que ele expira aquece minha pele e me faz perceber o quanto a distância ínfima entre nós parece quilométrica. A ponta de seu nariz quase toca a minha, e, quando se torna impossível continuar sem sentir sua pele, encosto em seu rosto, hoje com a barba feita. É surpreendente que eu o acaricie com tanta leveza, considerando a intensidade deste instante.

O gesto faz com que ele feche os olhos e se renda ao meu toque. Por instinto, também fecho os meus. Nossa ligação, agora, se dá pelo contato: de nossas testas, de nossos dedos, de nossos narizes.

Então, ele me beija e nossa conexão se completa.

O céu desaba em fúria. Contudo, apesar do caos, é como se finalmente o mundo fizesse sentido. Sinto como se tivesse explodido em mil pedaços e os reunido em um novo formato, permitindo que todas as peças estejam pela primeira vez ligadas da maneira correta.

Nossas bocas se movimentam com avidez, tão grudadas quanto o restante de nossos corpos, que se uniram sem eu nem perceber.

Mas não me importo. Porque tudo o que importa é o que estamos fazendo. O que estou sentindo. E nunca senti tanta paixão.

Cadu e eu nos beijamos com sofreguidão, como se precisássemos disso mais que do próprio ar.

Quase não consigo respirar, mas não quero parar. Não *sei* como parar. *Preciso* desse beijo. Preciso continuar sentindo seu corpo de encontro ao meu.

Assim que conseguimos nos acalmar, nos afastamos devagar. Na mesma hora, meus lábios sentem a falta dos de Cadu e continuamos com os rostos unidos por nossas testas apoiadas uma na outra. Embora meu corpo sinta o choque pela separação e continue pedindo por Cadu, minha mente não consegue assimilar o que acaba de acontecer.

— Não entendo, Cadu — sussurro, sentindo a secura em minha garganta.

— Não? — Ele acaricia meu rosto com delicadeza, colocando uma mecha do meu cabelo atrás da orelha.

— Não — respondo, passando meu dedo por sua face, sem conseguir ficar sem tocá-lo.

— Quero fazer isso há muito tempo. Praticamente desde que te conheci.

— Isso não faz sentido — falo para ele. — Você se afastou de mim, começou a me evitar. Não queria misturar as coisas.

— Eu me afastei porque começou a ser insuportável ficar perto de você e não poder fazer nada. Fiquei assustado, Nanda. — Ele endireita o corpo, deslizando as mãos do meu rosto para segurar as minhas. — Eu tinha passado por um término traumático, fiquei com medo de ainda não estar pronto para me envolver de novo. E me assustou a velocidade com que eu estava perdendo o controle das minhas emoções. O trabalho não ajudou, mas, no fim, foi uma desculpa conveniente. Se eu estivesse mesmo preparado, eu conseguiria deixá-lo de fora da equação, mas eu estava confuso. E — se apressa em acrescentar —, se está passando pela sua cabeça que eu só tomei a atitude de te dizer tudo isso agora porque meu emprego está garantido, a única participação que sua demissão teve na minha decisão de vir aqui foi me fazer perceber que eu não ia *aguentar* não te ver todos os dias. Sendo muito sincero, estava cada vez mais difícil ignorar os meus sentimentos, e eu já tinha cogitado conversar com você. Mas não sabia como fazer isso. Não queria te atrapalhar no TCC e na disputa pela vaga, não sabia se era justo jogar isso em você quando já tinha suas próprias emoções com que lidar. Eu quase falei essa semana, desde que vi que você tinha terminado o TCC, mas nunca parecia ser um bom momento.

Ele me olha com tanto carinho e com tanto desejo de que eu o compreenda. Sei que está sendo absolutamente sincero.

— Bom, eu também não estava pronta, no fim das contas. Mas foi muito confuso não saber o que estava acontecendo entre a gente, ver você falar uma coisa e fazer outra. E eu merecia decidir por mim com que eu seria capaz de lidar, teria sido muito melhor do que ficar no escuro.

— Me desculpa. Mesmo. Eu não tinha o direito de te confundir nem de decidir nada por você. Só não estava mesmo pronto — repete ele — e fiquei assustado demais quando percebi que estava apaixonado. Era a última coisa que esperava que acontecesse.

Sua declaração me deixa sem fôlego.

— Você... Apaixonado?

Cadu me olha com atenção e me presenteia com seu sorriso iluminado.

— Nanda, eu levei menos de uma música para me apaixonar por você.

E me beija novamente, mas, desta vez, com delicadeza, me fazendo sentir suas emoções em cada parte do meu corpo. E é dentro do meu peito que mais sinto seu beijo.

Quando nos separamos, continuo olhando para ele, incrédula, temendo que a felicidade que estou sentindo seja apenas imaginação.

— Você ainda não acredita?

Balanço a cabeça, negando.

— Tudo bem, vamos lá. Lembra quando a gente se encontrou no shopping? — Quando concordo, ele prossegue: — Não foi coincidência. Eu vi seu check-in e não aguentei, tive que ir atrás de você. Desculpa se foi meio *stalker*.

Sorrio abobada com a confissão.

— Eu adoro seu jeito desastrado de andar esbarrando pelas coisas e fingir que nada aconteceu. Adoro seu jeito concentrado quando está no meio de alguma tarefa. Adoro suas ideias insanamente criativas e sua determinação em ir atrás do que deseja. Adoro seu vício no Facebook. Adoro sua vivacidade, sua espontaneidade, sua maneira de se importar com os outros. Adoro seu jeito de esperar todos estarem à mesa para comer e como seu olho brilha quando você mastiga algo saboroso.

Estou sorrindo tanto que quase não sinto minhas próprias bochechas.

— Adoro quem você é. Adoro você inteira, Fernanda. — Ele me olha como nunca fui olhada.

Eu me sinto linda.

Eu me sinto uma deusa, uma musa inspiradora sendo admirada por um artista.

Qualquer receio que eu possa ter sentido pelo fato de ele ser leonino foi esquecido.

Desta vez, sou eu que avanço e o beijo, jogando-me por cima dele e o fazendo encostar no braço do sofá.

Assim que me afasto, murmuro em seus lábios:

— Eu precisei de mais de uma música para *me* encontrar, Cadu. E, desde que eu me apaixonei, eu deixo tocarem quantas músicas forem necessárias se isso significar me sentir mais próxima de você.

Quando ele sorri abertamente ao ouvir minha confissão, seu silêncio está repleto de amor.

← **Cadu**
digitando...

HOJE

Vai ser muito meloso se eu disser que acabei de chegar em casa e já estou sentindo a sua falta? 00h17

Ahhh, quer dizer que agora o senhor fala comigo por aqui? Acabou a greve de Whats? 00h18

Respondendo sua pergunta:
1 – Com certeza é muito meloso
2 – Não tenho problema algum com muito meloso ♥ 00h18

Bom saber disso ;) 00h19

Tem planos pra amanhã? 00h19

Então, tem uma certa pessoa aí que ficou me devendo uma sessão de filmes... 00h20

Que absurdo! Quem faria algo assim com você? 00h21

Pois é, é o que eu penso... 00h21

E depois o leonino sou eu, né? 00h22

* * * Capítulo 39 * * *

— Vai dar tudo certo — Cadu repete a frase que mais disse desde que nos conhecemos.

Estamos no saguão da faculdade, aguardando minha família chegar para irmos ao local onde estão acontecendo as apresentações de TCC.

Falta meia hora para a minha e estou absurdamente nervosa.

— Acho que preciso me sentar, meu sapato está me matando! — digo, e vou ao banco mais próximo.

Escolhi um vestido envelope de manga três quartos que comprei especialmente para o dia de hoje e um escarpim preto de salto. Cadu foi comigo para me ajudar.

Ele me ajudou com a etapa final, foi comigo à sorveteria do centro em que encontrei o Vinícius para finalmente provar a casquinha deles — deliciosa, por sinal — e fizemos a sessão de filmes que ele havia me proposto há tanto tempo.

Tenho me sentido nas nuvens, adorando cada segundo que temos compartilhado. E não me sinto preocupada em desejar um relacionamento. Não quero um namorado.

Quero o Cadu. É dele que gosto, não do que ele pode me proporcionar.

— Cheguei, cheguei, cheguei — anuncia Dani enquanto se aproxima quase correndo, esbaforida.

— Calma! — falo ao cumprimentá-la. — Você não está atrasada.

— Ai, eu sei, mas é que saí correndo da agência e, quando começo uma coisa com pressa, fico nesse ritmo o resto do dia.

Acho que preciso apresentar a Dani ao Rodrigo. Ela com certeza precisa de umas táticas zen. Eu e ele ainda nos falamos de vez em quando. Fui sincera ao dizer que gostei dele e espero que possamos ser amigos.

Mas desinstalei o Snapchat. Não vai dar certo se ele ficar fazendo comentários sem noção sobre minhas marmitas.

Ouço um arquejo de surpresa e me viro, em tempo de ver mamãe se aproximar de braço dado com vovó e vovô, acompanhados de Márcio, com Bel no colo.

— Como ela está linda! — comenta vovó de longe com minha mãe assim que me vê, e me levanto para abraçá-los.

Cadu e Dani me acompanham. Discretamente, minha mãe diz para mim:

— Só um colega de trabalho, não é?

E pisca quando a repreendo.

Envio uma mensagem à Gi, informando o número da sala. Ela me responde que está quase chegando, que se atrasou porque teve um imprevisto.

Meu estômago se revira quando a porta se abre e o aluno que estava se apresentando sai acompanhado de seus familiares. Algumas pessoas permanecem lá dentro, já que as defesas são abertas ao público.

— Começaremos em cinco minutos — me informa Paula, após eu cumprimentá-la. — É só o tempo de a nova banca ser constituída. Vou ficar torcendo por você na plateia, mas sei que você vai se sair bem.

— Obrigada — agradeço, e ela entende que não me refiro somente a este momento.

— Você fez por merecer!

Estou posicionada na frente da sala. Minha família está na primeira fileira com Cadu ao lado de minha mãe e Dani ao lado dele. Meus avós fazem um joinha e Bel acena, animada por ver a irmã em uma posição de destaque.

Quando meus avaliadores se sentam, Gi irrompe pela porta, aliviada por ter chegado a tempo.

Mas o que me deixa espantada não é sua entrada. E sim o fato de ela estar acompanhada do sr. Arlindo.

Cadu percebe meu olhar de assombro e se vira para entender o que me deixou assustada.

Na mesma hora entendo que isso é obra dele.

— Fernanda Cardoso, correto? — pergunta um dos membros da banca, lendo minha ficha.

— Correto.

— Ok. Você terá vinte minutos para apresentar seu trabalho, seguidos de dez minutos para comentários e perguntas. Está pronta?

Quando assinto, ele me deseja boa sorte e dispara seu cronômetro.

— Meu trabalho é um estudo de caso desenvolvido no restaurante Rabanada, onde estagiei entre março do ano passado e o final do último mês.

Faço uma breve descrição do estabelecimento, para poder contextualizar minha abordagem.

— Atualmente, o gerenciamento ocorre pelas mãos do proprietário, responsável por toda a administração. Inicialmente, meu projeto consistia na proposta de uso de um software para controle financeiro em substituição ao atual sistema de planilhas. Contudo, uma análise mais aprofundada das necessidades locais me fez alterar a proposta.

Evito olhar para as pessoas que conheço, com medo de me distrair, e mantenho o foco nos examinadores. Eles me olham com atenção, concentrados no que digo.

— Através de uma análise SWOT, foi possível realizar um diagnóstico preciso da necessidade de implantação de um setor de Recursos Humanos, a fim de atender o que vem sendo, de certa forma, negligenciado na empresa nesse sentido.

"Por meio de um questionário aberto, identifiquei a insatisfação dos funcionários com relação a aspectos como salário, férias e valorização de suas atividades. Contudo, há também um sentimento de acolhimento na equipe, além de um desejo latente de participação.

"Considerando-se as mudanças sofridas por nossa sociedade, que procura cada vez mais valorizar seus colaboradores para incentivá-los a crescer, entende-se como ameaça o fato de a equipe se dissociar ao encontrar novas e melhores oportunidades de emprego em outros estabelecimentos.

"Tomei por base, também, um fato que encontrei na análise do controle financeiro. Há cerca de dois anos, houve contratação de novos funcionários, permitindo que os demais deixassem de estar sobrecarregados pelo acúmulo de funções, e houve aumento dos lucros do Rabanada."

Nesse momento, exibo um gráfico indicando as porcentagens e a análise estatística que comprova o grau de significância das informações.

— Aqui há a prova clara de que uma melhoria nas condições de trabalho também influencia nos ganhos e rendimentos de uma empresa. E é a partir dessa melhora que proponho a implantação efetiva do setor de RH, comandado por alguém cuja atividade específica será a coordenação dessa repartição.

Sigo expondo as melhorias mais urgentes que devem ser oferecidas.

— Por fim, proponho também o início de um programa de valorização da equipe, com reuniões bimestrais individuais que não só deem feedbacks sobre a evolução de cada colaborador como também deem a ele o direito de sugerir mudanças na dinâmica do restaurante. O intuito seria a integração entre equipe e empresa, para que os funcionários se sintam reconhecidos e capazes de opinar sobre o funcionamento dela.

Minha orientadora sinaliza que tenho apenas mais três minutos, mas me sinto tranquila, só preciso finalizar minha fala.

— Uma empresa de sucesso não é aquela que apenas apresenta bons lucros, mas a que reconhece e valoriza quem a compõe, que são justamente aqueles que tornam possíveis suas conquistas.

Oferecer qualidade de trabalho e benefícios aos seus funcionários é obrigação dos empregadores, não um favor. Muito obrigada.

Assim que finalizo, sou ovacionada de pé.

Não sei o que mamãe está fazendo mais, chorando ou aplaudindo, seu rosto transbordando orgulho. Dani não se controla e solta uns gritinhos de tanta empolgação, acompanhada de minha irmã e Gi, que, também chorando e aplaudindo, murmura algo que, por leitura labial, identifico como "obrigada".

Mal contenho minha alegria. Eu consegui!

Ainda preciso passar pelos dez minutos finais, mas, pela reação de todos, sei que fui extremamente bem.

O olhar de Cadu conversa comigo e posso ouvi-lo, apesar de não emitir uma só palavra. "Eu sabia", fala. E ele compete em orgulho com mamãe, ao seu lado.

Mas é a reação do sr. Arlindo que anseio conferir.

Não faço ideia do que ele pensa por sua expressão, que faria inveja a um jogador de pôquer.

Quando todos voltam a se sentar, os examinadores começam a parte final.

— Em primeiro lugar, parabéns pelo seu trabalho, Fernanda. Você demonstrou domínio, coerência e pertinência em sua argumentação. — Após aceitar meu agradecimento, o presidente da banca continua: — Gostaria de saber com mais detalhes o que a fez mudar sua abordagem.

— Não foi algo que percebi com rapidez. Para ser sincera, precisei passar por um intenso processo de autodescoberta, que me permitiu perceber a diferença entre realizar um trabalho de acordo com os interesses do proprietário do estabelecimento e ser guiada por meus próprios valores. Essa compreensão foi essencial para o avanço do trabalho, e também a nível pessoal, já que me possibilitou avaliar minhas crenças e princípios para descobrir a abordagem ideal.

Noto os examinadores se entreolharem e discretamente sorrirem.

Mantenho a compostura, embora, por dentro, esteja dando saltos mortais de satisfação.

Eles fazem mais duas ou três perguntas, voltadas a aspectos teóricos, e encerram os questionamentos. Sou convidada a me retirar do auditório para que eles possam debater meu desempenho e estabelecer um consenso final.

Espero cinco agoniantes minutos e retorno para ouvir meu veredito.

— Bem, Fernanda, conforme comentado, você está de parabéns pelo trabalho que desenvolveu. Contudo — Ai, meu Deus, sempre tem que ter um "porém" —, não foi sua desenvoltura ou a aplicação dos conceitos satisfatoriamente compreendidos durante seus anos de curso que nos surpreendeu, mas sim sua maturidade e capacidade de perceber noções que muitos não conseguem desenvolver nem mesmo com anos de prática.

Ai, meu Deus.

— Em qualquer carreira, o diferencial de um verdadeiro profissional vai além de suas aptidões e conhecimentos técnicos. Centra-se, também, em seu espírito humano e na capacidade de mantê-lo em um mundo desigual, injusto e, muitas vezes, tentador. Nosso maior conselho, hoje, é que você jamais o perca. Temos certeza de que, munida dele, você será capaz de realizar grandes feitos e fazer a diferença em sua área de atuação.

Não consigo mais me conter e deixo as lágrimas rolarem soltas pelo meu rosto.

— Você está aprovada. Com honra e mérito! E saiba que não precisará de seu diploma para se sentir uma administradora: você já o é por natureza. Parabéns!

Levo as mãos ao rosto e começo a repetir "obrigada" incansavelmente, sem nem saber a quem estou agradecendo.

Só me sinto grata.

Por ter conseguido. Pelo caminho que precisei percorrer até este momento. Por tudo que aprendi, principalmente sobre mim mesma.

Foi essa minha maior conquista.

Quando percebo, estou sendo abraçada por toda a minha família e choro ainda mais ao ser envolvida por mamãe. Ela soluça e só consigo agradecê-la por ser um modelo tão incrível.

Assim que me desvencilho deles, corro até Cadu, que me tira do chão em um abraço e me roda no ar.

— Você é maravilhosa e é uma honra ter sido escolhido por você para estar ao seu lado, compartilhando desse seu momento de glória.

Respondo beijando seus lábios com intensidade, transmitindo toda a paixão, carinho e gratidão que sinto por ele. Ele me solta para que eu possa receber os cumprimentos de Dani, que me pega pela mão e começa a pular e gritar comigo, como se fôssemos crianças, e de Gi, que não consegue parar de me parabenizar e de dizer o quanto se sente grata por ter trabalhado comigo.

Não consigo evitar olhar por cima de seus ombros, à procura do sr. Arlindo.

Mas ele já foi embora, sem me dizer uma palavra.

Passei a tarde com minha família, depois de nosso almoço de comemoração. A noite, porém, reservei para o Cadu.

Ele me levou para um restaurante megachique, com a comida mais gostosa que provei na vida. E ainda pediu champanhe!

Acho que quero apresentar um TCC bem-sucedido toda semana.

Porém, por mais que eu estivesse adorando nossa noite, meus pensamentos não paravam de me levar para o que poderia vir *depois*.

Que, no caso, é *agora*.

Enquanto Cadu contorna o carro estacionado em frente ao prédio para se despedir de mim, já na calçada, tremo e sinto o braço arrepiar, ainda que estejamos em pleno dezembro. Meus ossos estão gelados, mas o frio não tem nada a ver com o clima.

Meu corpo está respondendo à ansiedade que sinto pelo que estou prestes a propor.

Conforme ele chega mais perto, não consigo evitar sorrir e me sentir sortuda.

— O que foi? — pergunta ele, inclinando a cabeça sem perceber e enfim parando na minha frente.

Não resisto a tocar o vinco que se formou em sua testa.

— Nada. Só estava pensando na minha sorte. Mais precisamente, em como você é gato pra cacete.

Agora é a vez dele de sorrir com gosto, e meu frio de antes é substituído pelo calor aconchegante de seus braços me envolvendo pela cintura.

— Bom, eu sei que nasci assim e tal, mas eu tinha que fazer jus a você.

— Que ótimo que você completou a frase, seu leonino, senão, não te dou mais biscoito.

Ainda estamos rindo quando nos beijamos, e tudo que mais quero é continuar sentindo seus lábios nos meus. E seu cabelo, enquanto acaricio sua nuca. E suas mãos segurando minhas costas com firmeza.

— Boa noite, Nanda — diz ele, afastando o rosto do meu, para minha infelicidade.

Talvez, só talvez, eu tenha começado a me empolgar um pouquinho, esquecendo que estamos no meio da rua, na frente do prédio.

Aparentemente é minha vez de dar uma sessão pipoca para o seu Zé.

Contudo, não tenho intenção alguma de que as coisas parem por aqui.

Me aproximo mais de Cadu e deslizo a mão para seu ombro, até alcançar o peitoral, onde meus dedos passeiam com suavidade por cima da camisa. Ainda que eu não esteja encarando seus olhos, percebo que ele acompanha meus movimentos e sente que o clima entre nós é, agora, menos despojado do que instantes antes. Então, levanto o queixo para encará-lo e me aproximo de novo de seus lábios. Em um gesto atrevido, transformo um selinho em uma mordida delicada.

O corpo de Cadu tensiona, reagindo a mim, e me desvencilho de sua boca para sussurrar em seu ouvido:

— Sobe comigo?

Ele me olha fixamente.

— Tem certeza? — sua voz sai rouca como a minha.

— Absoluta.

Dani voltou para a casa da mãe dela, então, seremos só nós dois. Até domingo.

Seguimos para o elevador, em silêncio, mas basta as portas se fecharem para que Cadu avance, me prensando contra a parede e me beijando com fervor.

Se é para dar entretenimento para o seu Zé, que seja direito.

Porém, assim que a perna de Cadu se encaixa entre minhas coxas, o elevador para e força nossa separação. Pela forma desajeitada com que ele abre a porta, sei que Cadu está tão desestabilizado quanto eu. Minha boca está inchada e minhas pernas, bambas, e preciso ajustar o sutiã, completamente torto por debaixo do vestido.

Guio Cadu pela mão e, assim que paro em frente à minha porta, a tarefa de pegar a chave na bolsa se torna quase impossível. Ele está atrás de mim, me abraçando e beijando meu pescoço, fazendo com que meu corpo se contorça inteiro de desejo.

Quando finalmente entramos e tranco a porta, Cadu me puxa com determinação até me encostar na parede, sem desgrudar nossos lábios. Sua boca, então, deixa a minha e retorna ao meu pescoço, enquanto uma de suas mãos percorre meu corpo com avidez e a outra continua segurando minha cintura com firmeza, me puxando cada vez mais em direção a ele.

Reúno forças, porque não quero parar, e me afasto com delicadeza, pegando-o pelas mãos e levando-o até o quarto.

Voltamos a nos beijar enquanto rapidamente abro os botões da camisa dele. Me delicio com a visão de seu peitoral e começo a beijá-lo, provando o sabor de sua pele e sentindo o calor que ela me oferece.

Quando ele faz um movimento para tirar meu vestido, faço que não com a cabeça.

Cadu me olha sem entender e o faço sentar em minha cama.

Então, começo a me despir devagar, passando o vestido pelos ombros e braços e o deixando cair em volta dos meus pés. Com um movimento, saio de dentro dele e permaneço apenas com a lingerie preta e meu salto alto.

Me sinto ousada.

Viva.

Livre.

Cadu me olha com adoração e desejo. Sem mais se contentar em apenas observar, me puxa para si, beijando vorazmente minha barriga.

— Você é maravilhosa — murmura entre beijos e mordiscos.

Então, em um movimento, ele me deita na cama e fica sobre mim.

Continuamos nos beijando, cada vez com mais paixão, e incendeio aos poucos.

Cadu muda o foco de seus beijos e começa a acariciar toda a minha pele com os lábios. Sua boca percorre primeiro meu rosto e segue até o pescoço, descendo por meu tronco e alcançando minhas pernas. É quando ele tira meus sapatos com doçura e beija meus pés em um gesto carinhosamente sensual.

Ele, então, termina de se despir e fico maravilhada com sua exuberância.

Cadu volta a me abraçar enquanto passa sensualmente a língua em minha clavícula e tira minhas últimas peças de roupa.

Com os olhos fixos nos meus, ele passa a mão perto da minha coxa e, quando me toca, não consigo conter um gemido. Isso provoca uma reação ainda mais apaixonada de Cadu, que começa a mexer os dedos com velocidade, um sorriso de malícia despontando no canto de seus lábios.

Olho para ele, em súplica, e ele entende o pedido.

Quando coloca o preservativo, estamos ambos prontos para a próxima etapa de nossas descobertas conjuntas.

Então, estamos unidos e a sensação é mágica.

Continuamos nos beijando enquanto movemos nossos corpos em sincronia, e percebo que jamais estive próxima de experimentar algo minimamente parecido com isso.

Enfim, sou tomada por uma das maiores certezas de que já tive na vida.

Não me sinto completa. Isso eu já era.

Pela primeira vez, transbordo.

online

HOJE

Já ouviu essa música? É a nova do Ed Sheeran 23h52

Ai, já! Tô viciada nela ♥ 23h53

So, honey, now
Take me into your lovin' arms
Kiss me under the light of a thousand stars
Place your head on my beating heart
I'm thinking out loud
Maybe we found love right where we are 23h55

=* 23h56

Acabei de ganhar uma música? 23h56

♥ 23h56

* * * Capítulo 40 * * *

Depois de passar um final de semana dos sonhos com Cadu, acordo na segunda-feira disposta a procurar novas empresas para enviar meu currículo.

Porém, tenho uma última coisa a fazer.

Coloco meu short jeans, camiseta e All Star de sempre e saio rumo ao Rabanada. Ainda não me despedi e preciso concluir essa etapa antes de partir para outra.

Quando chego, sou recepcionada com alegria pelos funcionários, que me dão os parabéns pelo TCC e dizem como têm sentido minha falta.

— Também sinto a falta de vocês, prometo vir visitar. E, quando vier almoçar aqui, quero o direito de visitar a cozinha e dar meus cumprimentos à chef!

— Pode ter certeza de que vai ser muito bem recebida — fala Adriana.

— Aqui, filha. — Dona Mazé me estende um pequeno pacote. — Guardei para quando você viesse. É para agradecer pela menina querida que você é.

Fico sem palavras com o gesto de carinho.

— Não precisava se preocupar, dona Mazé, e nem tenho nada para a senhora!

— Não foi preocupação, filha, e nem tem que pensar em me dar nada. Sei que você tentou fazer muito por todos nós e isso significa o mundo.

Sorrio emocionada e abro o presente.

É um escapulário. A corrente e o pingente sem ornamentos brilham e me tocam por ser um presente que vai além de somente um adereço.

— Me desculpa se não for sua fé, mas é para você estar sempre protegida.

— Eu adorei, dona Mazé. Obrigada!

Nosso abraço é interrompido quando escuto um pigarro.

Sr. Arlindo.

— Bom dia, Fernanda.

— Bom dia, sr. Arlindo. Prometo que não vou atrapalhar o trabalho, só vim me despedir.

— Será que poderíamos conversar? — diz ele, o que me deixa surpresa.

— Claro.

Aceno rapidamente para todos e o sigo até a sala de reuniões.

Minhas últimas lembranças daqui não são muito positivas.

— Gostaria de começar me desculpando pelo meu comportamento quando você me apresentou sua proposta. Fui injusto e peço desculpas por isso.

Ainda em choque, murmuro que tudo bem.

— Sei que você e meu sobrinho estão envolvidos em um relacionamento e, caso você venha a fazer parte da família, eu não gostaria que houvesse nenhum tipo de mal-estar entre nós.

Ok, é melhor ele ir com calma. Cadu e eu estamos juntos há menos de duas semanas, então, essa história de "fazer parte da família" me parece meio *demais*.

Embora me agrade.

— De qualquer maneira, minha decisão em ter essa conversa não tem nada a ver com o Carlos Eduardo. Refere-se à sua apresentação da última sexta-feira.

Congelo.

Esta é a hora que ele acaba com minha vida por tudo que falei.

Que bom que tive momentos maravilhosos nos últimos dias, assim, pelo menos, tive um gostinho da felicidade antes de deixar este mundo.

— Fico feliz que meu sobrinho e Gisele tenham me convencido a ir à sua apresentação. Caso contrário, eu teria sido privado do que você estava tentando me mostrar. Estou impressionado, Fernanda.

Meu coração dispara com a sugestão do que ainda pode ser dito.

— Você está coberta de razão em suas observações. E decidi que quero testá-las.

Ai, meu Deus! Ele mudou de ideia!

— Você aceita ser a analista do setor de RH do Rabanada?

Paraliso.

Isso jamais havia passado pela minha cabeça. *Jamais*.

Nos meus delírios mais insanos, Cadu seria escalado para essa função e eu ficaria com meu antigo cargo.

Mas isso?

Isso é demais. É tudo que eu queria e nem fazia ideia de que desejava.

— Isso é sério? — Não consigo segurar.

Como raríssimas vezes vi acontecer, o sr. Arlindo solta uma risada, divertindo-se com minha incredulidade.

— Completamente.

— Aceito — falo na mesma hora. — Aceito, com certeza! Ai, meu Deus, muito obrigada, sr. Arlindo!

Preciso controlar a vontade de abraçá-lo. Isso seria passar *completamente* dos limites.

— Como estamos no final do ano, podemos conversar sobre os ajustes finais durante as próximas semanas e começar efetivamente em janeiro, após o recesso.

Concordo com ele, mas acho que toparia até se me dissesse para começar agora.

— Apesar de você ainda não ter retornado às suas funções, tem um problema que preciso resolver com certa urgência e gostaria de saber se você tem alguma sugestão.

— Claro, o que seria?

Rezo para não ser inútil e conseguir dar uma resposta digna.

— As férias de Gisele. Estão vencidas e ela precisa tirá-las o quanto antes, mas o restaurante não pode ficar sem uma nutricionista responsável.

Droga. Por que ele não perguntou algo mais fácil?

Penso em alternativas. Precisamos de alguém para substituí-la, isso é óbvio. Será que compensa fazer um contrato temporário?

E, então, tenho um insight e me lembro de algo que a Adriana me contou no aniversário dele.

Como não pensei nisso antes?

— A Adriana — respondo de pronto.

— Ela é formada em Gastronomia, Fernanda.

— Sim. Mas fez técnico em Nutrição. E pode substituir Gisele por um mês, sem problema. Ela está apta, por lei, a exercer essa função também.

Ele me olha com assombro.

— Não acredito que isso já poderia ter sido resolvido.

Penso em dizer que isso reflete a importância de conhecer seus funcionários, mas mudo de ideia. Não quero abusar da sorte.

Ele já deve ter captado a mensagem.

Quando saímos da sala de reuniões, Cadu está pronto para seu horário de almoço.

— Ei, sr. Montinelli — falo para ele, que se vira em minha direção e abre seu sorriso de luz. — O que acha de almoçar comigo? Tenho novidades.

— É pra já! — E não demora para me levar à rua, onde me beija com paixão. — Boas novidades?

— Excelentes. E sabe o que mais?

— O quê?

— Acho que elas exigem uma comemoração especial mais tarde...

← **Amores da Nanda ♥**

Cadu, Dani, Você

HOJE

Oi, seus lindos! Resolvi fazer este grupo porque vcs são muito importantes pra mim e vai facilitar minha vida mandar mensagem pros dois ao mesmo tempo quando eu tiver algo de importante pra contar 12h02

Cadu
Só queria deixar claro que você está ao meu lado, esperando pra almoçar, se recusando a falar comigo, mas conversando no grupo de WhatsApp 12h03

E fiquei muito aliviado de ver que só tem a Dani além de mim aqui. Esse negócio de "amores" realmente me assustou... 12h04

Claro, que bom que você me lembrou! Faltou adicionar o Vinícius! 12h04

¬¬ 12h04

E eu precisava criar o grupo pra poder dar a notícia ao mesmo tempo, já que a Dani não está presente. 12h05

Dani
Hum... Oi, grupo? 12h06

Pronto, agora estamos todos aqui. 12h06

Adivinhem só quem é a mais nova analista de RH do Rabanada?? 12h07

* ✳ ✳ Epílogo ✳ ✳ *

Três meses depois

— Feliz aniversário, dorminhoca!

Abro os olhos e vejo Cadu, no domingo do meu aniversário, segurando uma bandeja de café da manhã digna de fazer inveja a um hotel. Ele coloca a bandeja ao meu lado enquanto me sento e me beija suavemente.

— Quero meu presente!

— Primeiro, comida.

Não discuto. Afinal, é de comer que estamos falando.

Começo atacando os minicroissants de presunto e queijo quentinhos, que quase derretem, deixando um sabor amanteigado. Sirvo-me de um copo de suco de laranja, enquanto Cadu bebe uma xícara de café puro. Como o iogurte e finalizo com melão cortado em pedacinhos.

Continuo na cama enquanto Cadu leva a bandeja embora, e fico ansiosa aguardando meu presente.

Ele entra no quarto carregando com cuidado uma caixa grande.

Em vez de me entregá-la, ele a apoia na cama e me manda ter cuidado. Assim que abro a tampa, quase tenho um ataque de fofura.

Dentro dela, um gatinho bebê, todo branco, me olha miando assustado, provavelmente por ter ficado fechado na caixa por alguns instantes.

Eu o pego no colo e começo a fazer carinho em sua cabeça, tão pequenininha. As pontinhas de suas orelhas e de seu rabo, bem como partes do seu rostinho, são um pouco mais escuras, e imagino que ele não ficará todo branco quando crescer.

— Sabia que ele estava na sua lista e, como a Dani concordou, achei que você gostaria do presente.

É claro que ele ficou sabendo do Projeto Nanda. Não tive como não contar.

— Ai, meu Deus, Cadu, eu amei! Olha só para ele!

Preciso me controlar para não o apertar. Ele é tão pequeno e parece tão frágil!

— É macho. Já sabe que nome dar para ele?

Penso nas possibilidades.

— Bom, nossa série favorita é *Friends*, e nosso casal favorito é Monica e Chandler, certo?

— Certo. Por um acaso você quer dar o nome de Bing para ele?

— Não, mas seria uma opção bonitinha. Pensa comigo. Os dois meio que têm um amigo de estimação, não têm?

— Você está comparando a gente com eles?

— Eu com certeza sou o Chandler — falo, antes que ele se pronuncie, provocando uma gargalhada em Cadu. — Mas é sério! Você é todo certinho e eu faço piada em situações que me deixam desconfortável.

— Ok, ok.

— Joey — revelo. — O nome dele é Joey.

— Oi, Joey.

Cadu acaricia o gatinho que começa a ronronar e se ajeita em meu colo, pegando rapidamente no sono.

— Espero que ele não se incomode de viajar. Já trouxe uma gaiolinha para levá-lo com a gente para Mogi.

Inclusive, preciso me levantar e me arrumar, senão, nos atrasaremos para o almoço e minha mãe vai me matar sem se importar em ser ou não meu aniversário.

— Antes — fala Cadu, e faz uma pausa —, tenho mais um presente para você.

— Mais um? Que outras surpresas você me reserva?

— Muitas. Mas, hoje, só mais essa.

Ele me entrega um envelope.

Retiro de dentro dele algumas folhas de papel dobradas.

Sinastria amorosa: compatibilidade entre mapas astrais

Fico boquiaberta com o que leio.

Um tempo depois que Cadu me pediu em namoro, finalmente contei para ele sobre a descoberta da combinação desastrosa entre Peixes e Leão que deu início ao Projeto Escorpião.

— Sei que você ainda não conseguiu marcar a consulta com a astróloga, então, tomei a liberdade de pesquisar. E encontrei uma muito bem recomendada.

— Você está falando sério?

— Seríssimo. Deixei pago e agora é só você marcar com ela quando quiser. Mas eu me adiantei um pouco.

— Você passou em consulta com ela? — Cadu confirma com um aceno. — E trouxe o resultado da nossa sinastria? — Ele confirma mais uma vez.

Meu peito se enche de amor pelo gesto. Hoje entendo que a astrologia ajuda a entender nossos pontos fracos e fortes, identificar possíveis conflitos e o que podemos ter em comum, mas jamais diria se duas pessoas devem ou não ficar juntas. Ela mostra os caminhos, mas somos nós que escolhemos quais vamos seguir.

E é por isso que o resultado da nossa sinastria pode até dizer que o ideal seria mantermos distância um do outro, mas não faria a menor diferença.

Só não muda o fato de eu estar morrendo de curiosidade para ver qual é.

— Eu amo você, Cadu — falo inesperadamente.

Ele acaricia meu rosto antes de dizer:

— E eu amo você, Nanda.

Cadu me beija, tomando o cuidado de não incomodar Joey em meu colo.

— Afinal — diz ele quando se afasta —, acho que nosso amor estava mesmo escrito nas estrelas.

Talvez estivesse. Ou não.

A única certeza que tenho é de que só depende de nós continuar escrevendo nossa história. E temos toda a intenção do mundo de continuá-la por ainda muito mais tempo...

* * *

28 de junho de 2015

Chega a hora de riscar mais um item. Um dos últimos.

Faz um ano desde minha queda na escada e achei que seria uma comemoração bastante simbólica. Afinal, foi só depois de ter caído que pude me reerguer, e hoje é minha a decisão de ser a Elphaba e desafiar a gravidade.

Meu coração está a mil e o nervoso percorre as veias. Mas não há como voltar atrás.

Quanto mais o avião sobe, mais aflita me sinto. E animada.

Cadu ficou em casa. Ele morre de medo de altura e não quis me acompanhar. Melhor assim: esta é mais uma daquelas coisas que preciso fazer sozinha.

— Preparada? — pergunta o instrutor.

Meu estômago revira de nervosismo e rezo para não estar mais parecida com a Elphaba do que gostaria. Tenho quase certeza de que devo estar verde de enjoo.

— Não sei — falo para ele, tremendo —, mas vai ter que ser assim mesmo.

Ele ri. E começa a contagem.

— Em três, dois...

Saltamos.

Estamos em queda livre e é como se eu estivesse sendo sugada pela terra.

É aterrorizante!

Onde raios eu estava com a cabeça? Eu sou muito nova para morrer e É ISSO O QUE VAI ACONTECER COMIGO.

Sinto tanto pavor que não consigo gritar nem fechar os olhos.

Sorte do instrutor estar atrás de mim. Já não deve ser agradável estar preso a alguém fazendo cosplay de tábua, então, menos mal ele ter sido poupado da visão dos meus olhos completamente arregalados. Meus óculos de proteção não estão sendo suficientes para escondê-los.

De repente, ele puxa a corda do paraquedas e, com um tranco, a queda é desacelerada.

Ai, meu Deus!

Não vou mais morrer!

E isso é o máximo!

Eu estou flutuando! Por que não fiz isso antes?

A tensão abandona meu corpo, como se nem tivesse existido, dando lugar a um prazer e alegria indescritíveis. É quando consigo aproveitar por completo o momento e observar a vista maravilhosa.

— Vale a pena, não?

Mas não consigo responder. Ele já deve estar acostumado a essa reação.

Estou voando como um pássaro, Sia.

E não tenho mais lágrimas para secar.

Quando entro no carro da minha mãe, ainda estou tremendo de empolgação. E pensar que duvidei até o último instante. Quem diria que eu conseguiria?

Retiro da bolsa a lista amassada e me lembro de quando a criei. Quase consigo sentir aquela expectativa sobre o que o futuro guardava, imaginando como seria correr atrás de cada item conforme os escrevia.

Agora, resta somente um.

Olho para ele com carinho, sentindo o peito transbordar de amor. Não faço ideia de quando ele será cumprido. Mas pensar nele me deixa feliz.

É hora de atualizar o Projeto Nanda.

Tive grandes conquistas depois que resolvi criá-lo e quero continuar nesse ritmo. Afinal, tenho uma vida inteira para me conhecer e reconhecer. Quantas vezes poderei mudar de opinião sobre algo que desejo? Quantos novos sonhos ainda podem surgir?

Preciso estar sempre disposta a novas descobertas, aberta às mudanças que me forem impostas.

Sem demora, incluo novos itens conforme as ideias surgem. Como na primeira vez, me surpreendo ao escrever coisas que jamais havia imaginado.

Assim que termino, sorrio satisfeita e guardo o papel na bolsa.

Pego o celular e mando uma mensagem para Cadu, avisando que estou voltando. Aproveito e acrescento uma das fotos do salto que o instrutor me passou.

Resolvo postá-la no Facebook, afinal, não é todo dia que se salta de paraquedas, não é mesmo?

Assim que termino, guardo o celular e coloco a bolsa no banco do carona. Dou a partida no carro e, para não perder o costume, ligo a *playlist* do dia.

Estou a cerca de vinte e três músicas de casa.

Tenho um bom tempo de cantoria pela frente.

PROJETO QUEM É A FERNANDA?
(ou simplesmente Projeto Nanda)

- Terminar o TCC → Concluído com um 10 <3
- Garantir meu emprego → Analista de RH ;)
- Me consultar com uma astróloga ✓
- Ir a pelo menos uma festa da faculdade
  → Fui, e não só na formatura
- Ir ao cinema sozinha
  → Manter ao menos uma vez por mês
- Fazer um tour pelo centro de São Paulo ✓
- Aprender a cozinhar e fazer um jantar para mim ✓
- Fazer aula de dança → NUNCA MAIS!!
- Ter um gato → Joey <3
- Pular de paraquedas ✓
- Me casar e ter filhos
- Vir mais vezes para Bertioga
  → Repetir mais vezes no ano

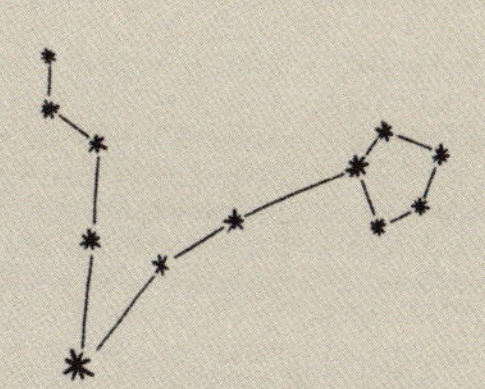

- Crescer na minha carreira
- Fazer um curso em outro país
- Aprender um novo idioma
- Encontrar uma atividade física de que eu goste
- Fazer pós-graduação
- Mudar o visual
- Comprar um carro para mim
- Conhecer diferentes cidades do Brasil
- Contribuir com alguma instituição de caridade
- Nunca me esquecer do Projeto Nanda <3

Nota da autora

A ideia para o Projeto Nanda não veio por acaso.

O ano de 2016, que antecedeu a conclusão de *Escrito nas estrelas?*, foi o mais conturbado que eu tinha vivido até então e, durante aqueles meses, parti em busca de diferentes tipos de ajuda para restabelecer minha saúde mental, física e emocional.

Na época, criei uma lista como a da Nanda, que ainda não existia na história. Me permiti colocar no papel coisas que eu queria fazer e que, por algum motivo, ainda não tinha conseguido. Visualizar essas ambições me deu um senso de orientação.

Quando, durante a escrita de *ENE?*, eu enfim entendi o verdadeiro conflito da Nanda, a lista que eu havia criado apareceu em minha mente como uma sugestão sutil — seria mentira dizer que fiz a conexão imediata entre as duas coisas. De qualquer maneira, importa dizer que *existe* uma lista da Aione e que, mesmo anos depois de sua criação, ainda me faz feliz revisitá-la, principalmente quando descubro que cumpri um novo item sem perceber: a certeza de que estou em contato comigo mesma é intensificada.

Tudo isso para dizer: caso você nunca tenha criado um projeto desses, aceita o desafio de fazê-lo agora?

Se a resposta for sim, não precisa divulgar sua lista — afinal, ela é pessoal demais para isso —, mas compartilhe sua iniciativa e como tem sido a experiência; isso pode inspirar outras pessoas a fazer o mesmo! Use também a hashtag #ProjetoEnE e marque meu perfil (**@aione_simoes**) nas publicações para que eu possa acompanhar quantos projetos diferentes a Nanda influenciou.

Espero que o experimento seja tão mágico para você quanto foi para mim e para ela!

PROJETO
CADU

* ✳ ✳ Introdução ✳ ✳ *

Oi, sou eu de novo!

Você não deve mais aguentar eu, Aione Simões, falando diretamente com você. Prometo que é a última vez (neste livro) e que serei breve.

Durante anos, flertei com a ideia de escrever um conto spin-off de *Escrito nas estrelas?*. Ele teria uma atmosfera de resoluções de Ano-Novo e seria lançado em algum fim de ano, quando é bem comum pipocarem contos de Natal.

A ideia nunca foi para o papel, mas não saiu da minha cabeça.

Quando decidimos publicar *Escrito nas estrelas?* pela Harlequin, achei que seria a oportunidade ideal para trazer o conto ao mundo.

Porém, minha intenção nunca foi escrever mais sobre a Nanda, e sim sobre o Cadu. Embora nesta nova edição o personagem tenha ganhado melhores contornos e sido um tiquinho mais humano e menos idealizado, ainda assim ele me deixava com a sensação de que havia mais a ser explorado. Minhas editoras, Julia Barreto e Chiara Provenza, sentiram o mesmo. Por mais bem resolvido que o Cadu parecesse, havia fios da história dele que poderiam ser puxados.

Ainda que ele seja um personagem extremamente importante, *Escrito nas estrelas?* é sobre a Nanda. O romance existe, mas não é central. Não caberia desenvolver a história do Cadu porque, me desculpe, sr. Montinelli, você não é o protagonista aqui, e não é culpa minha se você é leonino o bastante para se achar o centro do universo.

Mas agora chegou a hora desse meu mocinho tão querido por vocês ganhar a própria voz e trabalhar em si os aspectos que eu mesma me perguntei por tanto tempo como seriam desdobrados na vida dele com o passar dos anos. É, também, uma maneira de vocês terem um gostinho extra da vida do casal depois de um tempo, uma coisa que, eu sei, quem lê romance sempre tem a curiosidade de saber.

Boa leitura!

* * * Capítulo 1 * * *

Faltam apenas dois minutos, constato ao olhar o relógio do computador.

Estou com a sala de videoconferência aberta, aguardando dar o horário combinado. Checo mais uma vez se a câmera está funcionando e se o sistema está captando o áudio do microfone dos meus fones de ouvido. Como estou sozinho no apartamento — Mosca, o amigo que mora comigo, saiu, tinha algum compromisso, mas não prestei muita atenção ao que era —, eu nem precisaria disso. Porém, melhor estar prevenido.

Só mais um minuto.

Eu nem deveria estar ansioso desse jeito, mas tem uma coisa doida na saudade que, às vezes, não tem a ver com há quanto tempo você não está com a pessoa, mas sim com a noção de que não vai conseguir estar de novo tão cedo.

Quer dizer, faz quase um mês que a Nanda foi para Michigan fazer a especialização dela, mas só de saber que vai levar outros onze para eu sentir o cheiro de coco do xampu no cabelo dela outra vez...

É foda.

Bom, outros onze meses em teoria. Pode ser que as coisas mudem depois desta noite.

Levo a mão ao bolso da calça, checando se o estojo está lá. O frio na barriga quando meus dedos encostam no revestimento de veludo confirma que sim.

Oito e meia da noite. Está na hora.

Entro na sala no mesmo instante e aguardo.

Aguardo.

Aguardo.

Três minutos depois, recebo uma mensagem.

Desculpa!! Tô chegando agora em casa, só vou fazer xixi. Menos de uma música e já entro!!

Não tem problema, faz tudo com calma, digito em resposta.

É só xixi mesmo, meu horário do banheiro já foi, responde ela.

Mais de três anos juntos resulta em casais falarem com tranquilidade sobre seus hábitos intestinais.

Por "tudo" eu quis dizer entrar sem pressa em casa, ligar o computador etc., mas fica à vontade pra fazer o que precisar :P

Ela para de responder e, dentro de instantes, o som da sala online no computador indica que ela entrou.

— Pronto! — diz, esbaforida.

Nanda abre um sorriso enorme entre as bochechas coradas, não sei se por ter se apressado ou se pelo vento gelado de fora. Em outubro, as temperaturas em Ann Arbor já são bem geladas, ainda mais para uma brasileira. Mesmo com o cabelo castanho um tanto quanto bagunçado, sem muitas ondas definidas, e com o semblante cansado, Nanda é a mulher mais linda do mundo.

— Eu disse que não precisava correr.

— E eu ignorei, porque queria te ver. Como foi seu dia?

— Nada novo sob o sol. A Gi e o Maurício ainda não se entenderam, meu tio me encheu a paciência para entregar logo os feedbacks do mês...

— Nada novo sob o sol — repete Nanda com conhecimento de causa.

— Pois é.

Durante o período dela como analista de RH, o Rabanada melhorou muito. Nanda deu duro e viu seu trabalho dar frutos. Mas, depois de alguns anos, tendo juntado o dinheiro necessário, pediu demissão para fazer a pós. O curso tem duração de apenas um ano, e não foi uma decisão fácil, exigiu muitas mudanças e ponderações. Já eu fui promovido uns dois anos atrás como parte do programa de reestruturação de equipe do restaurante. Novas pessoas entraram e poucas saíram — entre elas, Adriana, que conseguiu um emprego que tinha mais o perfil dela e agora vive postando toda orgulhosa seus bolos e doces refinados de dar água na boca —, mas não é como se o Rabanada tivesse virado o melhor lugar do mundo para se trabalhar. Bem que eu gostaria, aliás.

— Viu o horóscopo? Falava alguma coisa sobre a necessidade de se mexer para fugir da mesmice.

Nanda me manda quase todos os dias o horóscopo para Leão. Às vezes, se lê algo muito extraordinário, manda o dela também.

— Vi. — Sorrio. — E o seu dia?

— Uma correria, por isso atrasei. Além das aulas, tive um B.O. pra resolver pra Dani. Trabalho remoto, com a amiga e boletos pagos? Lindo. Estudar em outro idioma, trabalhar e me virar em outro país? Nada lindo.

Ela desembesta a contar seu dia de cão.

Ouço com atenção, me deliciando por fazer parte da rotina dela de alguma forma. Por alguns instantes, esqueço meus planos e apenas converso como se fosse um dia qualquer.

— Queria estar aí para te fazer cafuné, você deitada no meu colo.

— Ai, era tudo o que eu mais queria.

— Mais até do que um prato de arroz e feijão?

— Muito mais.

— Falando assim, vou acabar acreditando que você não volta mesmo, se o arroz e o feijão não estão fazendo tanta falta.

Ela revira os olhos, sorrindo.

— Esse é um receio que você não precisa ter. — E, apesar da voz brincalhona, percebo uma leve irritação de fundo.

Talvez não seja a primeira vez que comento sobre ela não voltar para o Brasil.

— E se eu disser que a gente pode resolver isso mais cedo?

Ela continua sorrindo, mas agora um pouco menos abertamente.

— Como assim? — diz ela, confusa.

Chegou a hora.

Respiro fundo, me munindo de coragem.

— Fernanda Cardoso, a verdade é que essa distância me fez ter certeza do que eu já sabia: não sei viver sem você. Aliás, eu sei, mas não quero e nem acho que precise. Os três últimos anos foram os melhores da minha vida, e só vejo um caminho para nós dois. — Mexo no bolso, mas ela não consegue ver, porque a webcam só me filma do peito para cima. Mas, mesmo que conseguisse, acho que não repararia. Fico em dúvida se a imagem congelou ou se é ela quem está congelada. Então, em um movimento, exibo o estojo em frente à câmera e o abro, mostrando o anel ali dentro. — Talvez pareça precipitado, mas é só a consequência do que a gente construiu. Nanda, meu amor, quer casar comigo? Você vai me fazer o homem mais feliz do mundo por saber que, quando você voltar, vai ser minha esposa?

O suor escorre pelas minhas costas e ouço as batidas do coração soando nos tímpanos. Nanda continua imóvel, de olhos arregalados, mas sei que a peguei de surpresa.

Mas ela fica quieta por um tempo longo demais.

Por favor, de novo não, penso, engolindo em seco.

— De onde saiu isso, Cadu? — fala ela, enfim.

— Da joalheria? — arrisco uma brincadeira.

— Não o anel. Tudo. Esse pedido.

— Como assim, de onde saiu? Da minha vontade de me casar com você.

Ela balança a cabeça do outro lado, visivelmente desconfortável.

Merda.

— Não era para ser assim, Cadu.

— Pera, é sério isso? — Coloco o estojo, fechado, sobre a mesa, e não disfarço minha indignação.

— Eu que te pergunto!

— Eu te peço em casamento e você se ofende? Me desculpa se não foi exatamente como você sonhou. Eu deveria ter feito o quê, um *flash mob*? Assim seria romântico o suficiente? Nem tudo é exatamente como a gente gostaria que fosse, Nanda. A gente precisa aceitar as coisas como elas são, em vez de esperar que sejam como a gente idealiza.

Estou respirando rápido. E, admito, acho que exagerei. Mas a reação dela me faz lembrar que não é a primeira vez que peço alguém em casamento — e a lembrança não é nada feliz.

A única reação dela é franzir os lábios. Em silêncio, Nanda me encara puta da vida.

— Terminou? — pergunta ela quando também fico quieto. — Você acha mesmo que o que me incomodou foi o *jeito* do pedido? Meu Deus, Cadu, quem você acha que eu sou? Isso só prova como tudo está errado.

Tudo está errado?

— Eu realmente não sei onde eu errei.

— Cadu — começa Nanda pausadamente —, você tem certeza absoluta de que está me pedindo em casamento única e exclusivamente porque quer se casar comigo, e não porque está com medo de que eu não volte?

Abro a boca para responder, mas me calo. Sacudo a cabeça, tentando compreender. Enfim, digo:

— É óbvio que eu quero me casar com você. E, sim, eu tenho medo de te perder, mas é só uma confirmação de que quero estar com você.

Ela suspira.

— Pode até ser, mas são duas coisas diferentes. Tenta ver pelo meu ponto de vista. Pensa em tudo de que abri mão, inclusive estar com você, para poder dar esse passo profissional superimportante. Um passo, inclusive, que *você* apoiou. E agora, um mês depois, está me pedindo em casamento só para garantir que eu vou voltar para você, quando em momento algum dei motivo para acreditar no contrário? Pelo amor de Deus, Cadu! "Casar" era um dos itens originais do Projeto Nanda! Você realmente acha que eu não quero isso? Que eu não quero isso com você? — Ela faz uma pausa e então termina: — Eu quero isso, demais, mas o que quero é a parceria, o compromisso, o apoio, não o contrato. Não quero ser a propriedade de alguém.

— Eu... não é isso.

— Não? E o que você esperava que aconteceria se eu dissesse sim?

— Sei lá — digo, olhando para meu colo, os polegares brincando enquanto os demais dedos permanecem cruzados. — Não pensei muito, pra falar a verdade. Eu só senti... Senti que era o que eu devia fazer. E talvez tenha imaginado que isso significaria que eu poderia ir para aí, ficar com você um tempo.

Levanto a cabeça. Nanda fecha os olhos, como se não conseguisse acreditar no que está acontecendo.

— A gente conversou sobre você vir comigo, Cadu.

— Eu sei.

— E não era uma possibilidade. Seria caro, você teria que largar a sua vida...

— *Você* é a minha vida.

Ela me encara assustada.

— Mas eu não deveria ser.

De novo, não digo mais nada.

— Eu preciso desligar — diz ela. — A gente pode conversar depois, de cabeça fria.

Faço que sim com um aceno, voltando a olhar para qualquer lugar que não a tela.

— Sinto muito — fala Nanda com sinceridade, mas não especifica a que se refere.

Sente muito por não poder dizer sim? Sente muito por termos discutido?

Talvez sinta muito por tudo.

— Eu também.

* ✳ ✳ Capítulo 2 ✳ ✳ *

O dia seguinte é uma tortura.

Acordar para trabalhar por si só tem sido uma luta, mas é muito pior quando meu humor não está dos melhores. Passo o dia me controlando para não ser grosso com as pessoas — que, afinal, não têm culpa de como me sinto — e me segurando para não explodir com meu tio — que não tem a mesma noção e despeja o próprio mau humor em qualquer um vinte e quatro horas por dia.

Por isso, mando uma mensagem para Dani perguntando se ela estará livre à noite. Ela avisa que vai encontrar uma amiga em um bar não muito longe daqui e me convida.

Quando chego, ela e a amiga já estão lá. Inclinadas sobre a mesa, dão risada enquanto mexem no celular.

— Tá cada dia mais difícil ser hétero e solteira usando app de namoro — explica Dani, apontando para o celular, quando a cumprimento.

— Sinto muito? — respondo, em dúvida sobre o que dizer.

— Pela sua cara, fiz bem em ter pedido sua cerveja — fala ela, entregando uma longneck ainda gelada.

— Sempre precavida — digo, antes de me virar para a amiga dela. — Prazer, Cadu.

— Cadu, essa é a Tábata. Ela é escritora e foi minha cliente.

Quando conheci Dani, ela trabalhava em uma agência e depois começou a fazer uns trabalhos freelancer em paralelo: sites, principalmente, mas também outros produtos virtuais de design. Com o tempo, a demanda ficou tão grande que ela pediu demissão e abriu a própria empresa. Isso, aliás, foi uma das coisas que ajudou Nanda a optar pela pós. Agora, ela trabalha administrando toda a parte burocrática e financeira da empresa, enquanto Dani se dedica exclusivamente ao trabalho criativo. Ela tem também um outro colega que trabalha com ela na parte de desenvolvimento de sistemas.

— A Dani fez a capa de um dos meus livros e acabamos virando amigas. Muito prazer! Acho que conheci sua namorada um dia que ela estava com a Dani. Nanda, né?

Dou um sorriso amarelo, concordando. Trocamos algumas mensagens sobre nosso dia, mas ainda não conversamos direito.

— Se serve de consolo, a Nanda também está arrasada — fala Dani quando me sento, tentando me consolar.

Obviamente Nanda contou tudo para ela.

E seria bom eu fazer o mesmo com alguém. Tentei desabafar com o Mosca, mas foi um desastre. Ele percebeu minha cara de poucos amigos, perguntou o que tinha acontecido e disse que eu devia aproveitar esse tempinho longe da Nanda para passar o rodo.

Eu até poderia falar com a Dani, mas não aqui, muito menos agora.

— Você é escritora, então? O que você escreve?

— Romances. Sou autora independente, publico na Cadabra.

Assinto, tendo uma leve noção do site a que ela se refere. Nanda vive procurando livros por lá.

— Não deve ser uma área fácil — comento.

— Não mesmo. Mas estou esperançosa. A Aimée, minha agente, falou que, se meu último lançamento continuar indo bem como está, dá uma boa base para apresentar meu próximo livro para uma editora. Estou tendo bons resultados como autora independente, mas uma publicação tradicional me traria um maior alcance e mais visibilidade.

Não entendo nada do meio de atuação de Tábata, mas a empolgação com que ela fala é contagiante. Quase me deixa com inveja.

Não lembro qual foi a última vez que fiquei animado assim com alguma coisa.

Depois de um tempo conversando, Tábata se levanta para ir ao banheiro e pego meu celular. Nanda mandou uma mensagem e digo que estou com a Dani.

— Vocês precisam conversar de verdade — aconselha Dani ao perceber com quem estou falando.

— Eu sei. — Suspiro, colocando o celular na mesa.

Mas ainda não estou pronto. Fico repassando na cabeça nossa discussão, analisando tudo o que foi dito — e o que não foi. Eu entendo o que Nanda falou, mas não consigo concordar. É tão errado assim querer me casar com minha namorada?

Porém, acima da mágoa e da confusão, paira um sentimento maior.

— E se eu tiver estragado tudo?

Dani sorri para mim.

— Em primeiro lugar, eu duvido que seja possível. Mas, se for, você vai lá e conserta. Só que, para a gente consertar alguma coisa, primeiro precisa saber o que está quebrado.

Acordo no sábado muito mais cedo do que eu gostaria. Nanda, pelo visto, também madrugou, porque já enviou meu horóscopo do dia: "Leonino, você está cuidando de você? Não hesite em pedir ajuda se for preciso".

Abro a janela e encontro um dia de sol com céu azul, depois de vários nublados com chuva.

Não penso duas vezes.

Tomo um café da manhã rápido e desço até a garagem do prédio. Minha bike está presa com uma corrente no bicicletário, com o pneu um pouco murcho.

Saio caminhando com ela ao meu lado em busca do posto de gasolina mais próximo, onde eu possa calibrar os pneus. Quando estão cheios, monto na bicicleta e saio sem rumo, explorando as ciclovias dos arredores.

O vento no rosto e o calor do sol aos poucos relaxam os nós de tensão nas costas ou ao menos me deixam com a sensação de estar mais relaxado. Fazia tempo que eu não me dedicava a algo diferente do trabalho, algo só meu, e agora me pergunto por quê.

Apesar do movimento típico de São Paulo, é como se não houvesse ninguém na rua além de mim, e essa calmaria deixa mais fácil colocar os pensamentos em ordem.

Eu sabia que ficar longe de Nanda não seria fácil, mas não imaginava que me sentiria tão arrasado. E, pelo amor de Deus, ela não terminou comigo ou coisa pior, só está sendo a mulher que eu amo e que vai atrás dos próprios sonhos. Essa é uma das coisas que mais admiro nela.

Mas também não tenho culpa de só ter percebido agora, com ela fora, que estava pronto para pedi-la em casamento. Enquanto me revirava na cama ontem à noite, sem conseguir pegar no sono, me perguntei inúmeras vezes se eu teria feito o pedido caso ela não tivesse ido para os Estados Unidos. E a verdade é que não sei. Não dá para imaginar o que poderia ter acontecido nessa linha do tempo hipotética.

Olhando para a rua à frente, a avenida iluminada pelo dia se abrindo entre tantos caminhos, me sinto pequeno, diminuído. E exausto. A mágoa pela discussão ainda está aqui, mas começando a dividir espaço com o arrependimento pela forma de como agi. Foi horrível como me senti, mas é ainda mais horrível estar brigado com a mulher que amo.

Suspiro, resignado, dando o braço a torcer: talvez eu precise de ajuda.

* ✳ ✳ Capítulo 3 ✳ ✳ *

— Desculpa — dizemos juntos quando a chamada de vídeo começa.

Sorrimos arrependidos, e deixo Nanda falar.

— Desculpa se não reagi bem ao pedido. Eu sei que você não tem boas lembranças com esse assunto e deveria ter tido mais cuidado para responder.

— Eu te peguei de surpresa, foi injusto e eu deveria ter pensado mais em como você se sentiria. Desculpa fazer a gente passar por isso e desculpa não ter feito o pedido que você merece.

A baixa resolução de imagem não tinha me deixado perceber que Nanda estava quase chorando, mas agora é impossível não reconhecer as lágrimas caindo.

— Já dizia o Coldplay, né, ninguém falou que seria fácil — diz ela, tentando amenizar o clima e não desabar, mas o tom sai carregado de desânimo.

— Mas, porra, precisava ser tão difícil assim? — E sorrio ao perceber que minha paráfrase chula do restante da letra tira de Nanda uma risada.

— A gente vai dar conta, meu amor — diz ela, cheia de carinho. — E você pode me visitar daqui a uns meses, nas suas férias, como a gente tinha combinado.

— Com certeza... Eu tomei uma decisão — digo, fazendo um suspense.

— Que seria?

— Vou fazer terapia.

— Isso é ótimo, Cadu!

— Alguém me ensinou que cuidar da gente é essencial.

Nanda começou a terapia uns anos atrás. Percebeu que havia limites naquilo que poderia fazer por ela mesma e que tinha assuntos que precisava resolver com auxílio profissional. A questão com o pai biológico dela, por exemplo, não era tão bem resolvida assim como ela imaginava.

Chegou a passar pela minha cabeça, uma vez ou outra, se não seria interessante procurar terapia também, mas não dei ouvidos. Achava que não teria o que falar, que não tinha nenhuma questão...

E foi sendo ingênuo assim que acabei rejeitado duas vezes, por mulheres diferentes, em diferentes pedidos de casamento.

Porque, se eu fosse mais atento, teria percebido *antes* que a proposta não cabia em nenhuma das circunstâncias.

* * *

— Então, Carlos Eduardo, em que posso ajudar? — pergunta Mônica com um semblante impassível.

Demorei para marcar a consulta. Em minha defesa, quis pesquisar primeiro sobre as diferentes abordagens de psicoterapia para ver com qual eu me identifico mais. Depois, procurei saber sobre os profissionais do meu plano de saúde. Mônica era uma das mais bem avaliadas e só tinha consulta para o início de dezembro. Pelo menos, o último mês me deu tempo para refletir sobre meus motivos para estar aqui.

Embora não seja muito agradável estar prestes a me abrir para uma desconhecida, pelo menos o ambiente é aconchegante, com um tapete de fibras vermelhas dando um toque na decoração e um sofá de couro que dá a impressão de me abraçar quando me sento.

— Minha namorada foi para os Estados Unidos fazer um curso de um ano. E eu a pedi em casamento porque minha vida parece sem sentido sem ela.

Para quem estava desconfortável em se abrir, fico surpreso comigo mesmo. Pareço uma torneira com registro quebrado, vomitando palavra atrás de palavra. Mônica ouve meu relato sobre relacionamentos frustrados com atenção, fazendo uma anotação ou outra.

— Pelo que você me contou, a rejeição da sua atual namorada te levou imediatamente à rejeição da sua ex, correto? E te enfureceu?

— Sim. Foi como viver aquele momento traumático de novo.

Mônica assente.

— É claro que essa é uma associação possível, e não descarto que ela tenha acontecido. Mas já te ocorreu que você pode ter sentido raiva por outro motivo? — Ela percebe que não, não me ocorreu e continua: — É possível que sua raiva direcionada à sua namorada não tenha ocorrido pela associação à Sabrina, mas pura e simplesmente ligada à Fernanda. Você pode ter ficado com raiva *da* Fernanda.

O primeiro instinto é negar, mas, antes que eu seja capaz, algo em mim reconhece o que Mônica diz.

— Por ela ter me abandonado?

— Não era meu palpite, embora você usar o termo "abandono" seja bem relevante. Diria até que complementa minha teoria.

— Que seria...?

— Raiva por ela fazer o que *você* não fez. Raiva por ela ter planos para além do relacionamento. O curso da Fernanda foi uma escolha dela que, pelo que você relatou, foi discutida levando seus sentimentos em consideração. Por que uma decisão sobre algo que diz respeito a ela seria um abandono em relação a você?

Porque, sem ela, eu não tenho nenhum plano, vem o pensamento, mais rápido do que sou capaz de detê-lo.

Mas não preciso dizer em voz alta. Por sua expressão, Mônica entendeu que percebi.

Admiro tanto a capacidade de Nanda de ir atrás dos próprios sonhos, especialmente porque não me sinto capaz de fazer o mesmo. Para ir atrás, é preciso ter um, em primeiro lugar.

Meus sonhos nos últimos anos orbitaram fora de mim. Sonhei com um casamento com Sabrina, porque parecia o certo a se fazer, sem questionar se era mesmo o que eu desejava. Sonhei em fazer o restaurante do meu tio prosperar, porque é o que uma família faz.

Sonhei um futuro com Nanda porque ela se tornou a melhor parte da minha vida.

Mas não sonhei nada para mim. E nem sei por onde começar.

Então, tenho um insight.

Sorte a minha ter ao meu lado uma mulher tão incrível a ponto de me inspirar.

A Nanda, no caso. Embora a Mônica tenha sido de muita utilidade hoje em me ajudar a perceber do que eu preciso.

* ✳ ✳ Capítulo 4 ✳ ✳ *

Paro na Starbucks mais próxima, peço um expresso e abro o bloco de notas no celular assim que me sento.

Quando Nanda criou o projeto dela, foi porque precisava aprender a se amar e a se conhecer, então, focou tudo o que gostava de fazer. Daí em diante, o projeto virou também uma espécie de lista de metas de vida, nas quais ela se permitiu incluir aspirações e tudo o mais que conversasse com quem ela é — e com quem estava se tornando.

Embora o meu seja um pouco isso também, é meio diferente. Não se trata só de me amar e me conhecer, mas de me apropriar da minha vida. Não posso mais ficar orbitando ao redor do que acontece, empurrando com a barriga como se eu fosse uma vítima dos acontecimentos.

A minha vida é minha responsabilidade. Sem essa noção, não tenho como fazer escolhas de fato conscientes.

E é por isso que não preencho os itens com facilidade. A cada ideia que me ocorre em um impulso, eu paro para analisar o porquê dela e a pertinência no projeto — e é difícil. O que poderia parecer um simples "eu gosto disso" abre margem para questionamento. Eu gosto ou eu me induzi a gostar?

Hesito quando penso em incluir algo relacionado a fotografia. O hobby veio a partir do trabalho com o pai da Sabrina, mais uma coisa que me engoliu porque era o mundo no qual eu estava inserido.

Quando termino, a lista não está longa e nem muito específica. Mas é uma lista. E traz o essencial: as mudanças que quero realizar no próximo ano.

Projeto Cadu (ou resoluções para 2018)

- Andar de bike nos fins de semana
- Desenvolver algum projeto no Rabanada que me motive (o quê?)
- Me organizar financeiramente para morar sozinho (como?)
- Pedir a Nanda em casamento quando for apropriado (para ela e para mim)

* ✱ *

— Certeza que você está comendo direito? Olha como o rosto dele afinou, Beto — dispara minha mãe para mim e para meu pai assim que entro na sala.

— Certeza, dona Marta. Seu irmão segue mantendo a decisão de deixar todo e qualquer funcionário almoçar no restaurante — respondo.

— Ah, minha preocupação não é com o Arlindo. É com você mesmo, com a Nanda longe. A Lúcia está que não se aguenta de orgulho, vi no Face ela compartilhando as fotos da menina. Uma gracinha a cidade que ela está, né, filho? E você vai comer aqui, né?

Zonzo com a metralhadora verborrágica, respondo só a última pergunta:

— Vou. Quer ajuda para colocar a mesa?

— Por favor. Chegaram os pedidos da Avon, preciso separar para entregar para as clientes, mas as caixas estão todas na mesa. Beto, ajuda ele!

Sem reclamar, meu pai me olha e dá um tapinha nas minhas costas quando passa por mim, em direção à cozinha.

— Você tem ido para Mogi, filho? — Minha mãe nos segue.

— Fui uma vez desde que a Nanda viajou. Fui visitar o Joey. E a família dela, claro.

Esta foi uma das partes mais difíceis: decidir onde Joey ficaria. Levá-lo para os Estados Unidos não era uma opção. Além de caro, seria submeter o gato a muito estresse, e Nanda não teria como cuidar dele adequadamente lá. Dani disse que não tinha problema ele continuar no apartamento com ela, mas Nanda não achou justo, porque cuidar do Joey não é responsabilidade da amiga. Cogitamos deixá-lo comigo, mas Bel, minha cunhada de quase 10 anos, ficou toda animada com a possibilidade de ter mais um bichinho de estimação, ainda que temporário. Sorte que a Sofia, a cachorra da família, se dá bem com ele.

Se bem que seria mais provável a Sofia, com todo aquele tamanho, ter medo do Joey, não o contrário.

— O Natal você passa com a gente, né? A tia Marilda já colocou seu nome no sorteio do amigo secreto.

— Isso. No Ano-Novo que vou viajar com os meus amigos.

A galera da faculdade alugou uma casa em Ubatuba, e decidi ir junto. Mosca quase não acreditou quando confirmei presença, ele tinha convidado a mim e à Nanda várias vezes nos últimos anos, mas nunca calhou de a gente ir.

— Relaxa, não vai ter nenhum lance desse tipo — garantiu Mosca quando perguntei sobre possíveis esquemas com outras mulheres. Depois da sugestão dele de eu "passar o rodo", era melhor ter certeza. — O Silva vai com a namorada, o Evandro também. Vai ser rolê de boa, churrasco, praia e cerveja. Quem sabe um futebol, se vocês animarem.

— Vê se toma cuidado na estrada, fim de ano só tem louco dirigindo — diz minha mãe. — O tanto de desgraça que a gente vê na TV, nossa. O Datena mostrou ontem mesmo o acidente por causa de um bêbado, não foi, Beto?

Acho hilário como ela sempre tem um exemplo transmitido pelo *Brasil Urgente* no dia anterior — às vezes, na última semana, para ser justo — para argumentar sobre seja lá com o que for que ela quer que eu tome cuidado, de acidentes e sequestros a roubos de celular e, pasme, ataques de morcegos urbanos.

— Pode deixar, mãe. Prometo.

O Natal passa sem grandes problemas, e chego em Ubatuba na noite do dia 29. Meu tio deu como recesso de fim de ano o sábado e o dia 2, então, dia 3 estarei de volta ao trabalho.

Fui o último a chegar, por isso, vou dividir quarto com Mosca, que ficou com a cama de baixo do beliche. Deixo minhas malas no quarto e vou para o quintal, onde ainda estão assando carne e ouvindo pagode dos anos 1990.

Acordo tarde no sábado, cansado pela semana exaustiva de trabalho e pela longa viagem de carro. Passei os últimos dias todos tentando ter ideias inovadoras para o Rabanada no próximo ano, mas não consegui pensar em nada.

— Você podia pensar numa vivência de integração dos funcionários. — Gi deu a ideia. — Tem gente que ainda não entendeu nossa dinâmica e fica achando que tem o rei na barriga, sabe.

Ela continua não se dando bem com Maurício, que entrou para substituir Nanda. Dou risada, porque, no fundo, sei que ela tem dificuldade de se adaptar às mudanças. Ela e a Adriana passaram um tempão se estranhando, mas foi só a Gi se acostumar e dar o braço a torcer para se darem bem. Arrisco dizer que até viraram amigas.

— Na verdade, você tinha que propor isso para o Maurício, RH é com ele. Eu sigo sendo o cara das finanças — respondi.

— Droga. — E demos risada.

Ironia das ironias, sou o cara das finanças no restaurante, mas, na minha vida pessoal, essa parte é toda embolada. Quer dizer, não que eu tenha dívidas, mas todo mês é um custo dar conta de tudo. E vou ter que me apertar ainda mais, se quiser morar sozinho.

— Bom dia, cara — diz Mosca quando entro na cozinha. — Tem pão francês que o Silva trouxe mais cedo da padaria. Geral foi pra praia, vou logo mais.

— Valeu — agradeço, cortando um pãozinho e passando manteiga.

Fico feliz ao descobrir que ainda tem café na cafeteira e me sirvo em um copo americano.

— É, adoçaram — confirma Mosca ao ver minha careta com o primeiro gole.

Tanto eu quanto ele tomamos café puro. Nanda, que gosta do dela bem doce, fala que quem bebe sem açúcar já desistiu de viver.

Quando termino, aproveito que estamos só nós dois e puxo o assunto. Ainda não tinha conseguido falar com Mosca e não sei se vamos ter muitos momentos a sós no fim de semana.

— Seguinte — começo. — Minha ideia para um futuro não tão distante é sair do apartamento.

— Ih, você e a Nanda vão morar juntos, é?

— Não, não é isso. — Mas o frio na barriga com a mera sugestão me diz que gosto da ideia. — Acho que preciso de um espaço meu, antes mesmo de dar esse passo com ela. Ela só volta no segundo semestre, não sei também como as coisas vão ficar até lá.

Ele assente.

— Achei melhor te avisar, para você também se organizar com a grana — continuo.

— Valeu, cara. Vou fazer isso sim. Espero que dê tudo certo pra você.

Nós nos cumprimentamos com um abraço, e digo, com muita sinceridade, que também espero que as coisas deem certo.

Aproveito o resto do dia na praia bebendo caipirinha, comendo pastel e porção de isca de peixe, rindo com meus amigos. Tiro diversas fotos e envio para Nanda, que morre de inveja do calor. Ela, ao contrário de mim, está se escondendo da neve.

Mas, ao mesmo tempo, sei que está adorando viver algo que jamais teria a oportunidade de experimentar no Brasil.

Você devia fotografar mais, ela envia em resposta a minha foto do mar, em um momento que uma senhora se posicionou de frente para ele e mais ninguém aparecia naquele enquadramento. A silhueta dela saiu escurecida, com o céu laranja do entardecer de fundo criando o contraste.

Talvez, é tudo o que respondo.

No dia seguinte, véspera de Ano-Novo, acordamos em ainda mais clima de festa.

— O Cadu trabalha em restaurante, ele que tinha que assar o pernil — diz Silva aos risos na cozinha.

— Pode ter certeza de que você não vai querer conhecer meus dotes culinários. Sou só o cara do financeiro — repito.

De noite, de branco e munidos de espumante, vamos até a praia ver a queima de fogos. Combinei com a Nanda que a gente se falaria em seguida, quando eu voltasse para a casa. Duvido que o celular vá ter sinal à beira-mar, com a multidão.

Berro com os demais a contagem regressiva e explodo em gritos de alegria saudando a chegada do novo ano enquanto o céu clareia em cores e luzes, o estouro dos fogos ribombando no peito. Abraço desconhecidos, pulo sete ondinhas e faço uma prece silenciosa a um ser maior, cujo nome não consigo definir, para que eu tenha força e perseverança para encontrar minhas respostas. Peço para cumprir as minhas resoluções.

Em seguida, retorno ao apartamento.

— Feliz Ano-Novo! — diz Nanda ao atender a chamada de vídeo, quando ligo para ela do quarto.

— Ainda falta mais de uma hora aí. — Sorrio.

Não fosse o horário de verão no Brasil, a diferença do fuso entre nós seria só de uma hora, não duas.

— Mas seu 2018 começou há trinta minutos.

— Então venho do futuro para te dizer que eu continuo te amando.

É a vez dela de sorrir.

— E eu relembro que, em 2017, eu te amei o máximo que já tinha amado, mas um tico menos do que vou amar em 2018.

* ✻ ✻ Capítulo 5 ✻ ✻ *

Janeiro passa em um piscar de olhos. É mês de balanço do ano anterior, então não me sobra muito tempo para pensar em qualquer coisa revolucionária que me faça acordar com mais vontade de vir trabalhar.

No ponto em que estou, *qualquer* vontade é mais vontade. Andar de bike tem sido praticamente meu único respiro.

O Carnaval no início de fevereiro também não ajuda. Acabo tendo que ajudar Maurício com as escalas, recessos e tudo o mais, porque o restaurante fecha totalmente.

Quando dou por mim, é quase março: mês de aniversário da Nanda e, também, o mês da minha viagem. Aproveitei que ela terá o período de férias da primavera para também tirar as minhas. Faz quase sete meses que ela viajou e não falta tanto para retornar.

Um dia antes da viagem, tenho terapia. Exceto pelo recesso de fim de ano, tenho mantido as consultas semanais religiosamente.

— Animado? — pergunta Mônica.

Falamos sobre a viagem algumas vezes desde que comecei o tratamento. A apreensão com a liberação do visto e outras burocracias me fizeram perder o sono.

— Bastante.

— E isso é tudo que você está sentindo? — questiona ela, depois de me observar.

Suspiro.

— Não exatamente. Também estou com medo. De novo. Ou ainda. Sei lá.

— Consegue expressar do quê?

— De tudo, acho.

— "Tudo" é muito amplo. E acaba sendo bem semelhante a "nada", pela falta de especificidade.

Penso a respeito, tentando identificar a origem do sentimento.

— Medo de a gente não se entender. De a viagem ter expandido tanto a perspectiva de mundo da Nanda que eu não esteja mais enquadrado.

Medo de ela não voltar. De ela não me querer mais, admito para mim mesmo. Ela estava certa o tempo todo sobre meu pedido de casamento. Eu realmente pensei que seria uma garantia de que ela continuaria comigo.

— É uma possibilidade — concorda Mônica. — Embora, pelo que vocês têm conversado e pelo que você dividiu comigo, não seja o que parece.

Assim espero.

— Se me permite dizer — continua ela —, existe outra possibilidade que você não parece ter considerado.

— Qual? — Olho para ela intrigado.

— A de que *ela* não caiba mais na sua vida. Não porque se expandiu e é maior do que você. A partida dela também te trouxe novas perspectivas. Ela não foi a única a mudar, Cadu.

* * *

Meus pais me acompanham até o aeroporto, e Lúcia vai com Bel e Márcio nos encontrar lá. Ela me entrega um pacote para a Nanda, e consigo colocá-lo na bagagem de mão.

O voo é tranquilo, mas cansativo — isso porque tive a sorte de conseguir um relativamente rápido, com só uma parada ao amanhecer, em Atlanta. Chego exausto no aeroporto de Detroit, onde Nanda vai me encontrar. Alugamos um carro para o período em que eu estiver aqui, e a viagem até Ann Arbor é de menos de uma hora.

O cansaço evapora no instante em que a vejo.

Sorrindo mais do que julguei que ela fosse capaz, Nanda segura desajeitada um cartaz com "Sr. Montinelli" escrito.

Não sei quem toma a iniciativa, mas corremos desajeitados em direção um ao outro: ela desviando das pessoas que também aguardam na área de desembarque, eu me movendo tanto quanto possível com uma mochila e uma mala, tomando cuidado para a bagagem não machucar ninguém.

— Como eu senti falta disso — diz ela no momento em que se encaixa no meu abraço.

O único som que consigo emitir são suspiros, um alívio sem igual tomando meu peito enquanto o calor dela aquece meu corpo, a lateral do meu rosto acariciando seu cabelo. O perfume não é o costumeiro de coco, mas outro que não sou capaz de distinguir. Sei que é bom e não mascara, ao fundo, o cheiro que continua sendo o dela — e é esse reconhecimento que me traz a sensação de estar em casa, ainda que eu esteja em outro continente.

— Ficar longe de você durou todas as músicas do mundo — admito, enquanto caminhamos de mãos dadas rumo à saída. — Mas, agora, parece que foi um piscar de olhos.

— É como eu me sinto. Tanta coisa aconteceu em menos de um ano, mas, mesmo assim, parece que nada mudou. — Ela dá um suspiro.

— Bom, e nós temos duas semanas para você me levar nos seus lugares favoritos.

— E naqueles a que eu ainda não fui, mas que quero conhecer. Não tem sobrado muito tempo para turistar entre as aulas, o trabalho final do curso e o trabalho com a Dani.

— Podem tirar o TCC da Nanda, mas não podem tirar a Nanda dos TCCs. Ou seja lá qual for a expressão certa neste caso.

A risada dela ecoa no estacionamento, enquanto entramos no carro, e é como o silêncio depois de um dia caótico.

— Acho que algumas coisas não mudam mesmo. E aí, muita fome ou aguenta esperar até a gente chegar?

— Aguento esperar. Quero conhecer aquele lugar das panquecas.

— Seu desejo é uma ordem.

Ela dá partida no carro, ligando o rádio antes de deixar o aeroporto.

São quase onze da manhã e, no horário do Brasil, eu estaria pronto para almoçar. Porém, com o sono desregulado depois do voo e ansioso para experimentar a comida local, minha boca saliva ao pensar num prato de café da manhã tipicamente norte-americano.

No carro, apesar do sono, vou observando a paisagem pelo caminho. Na verdade, não há muito o que ver no trajeto de menos de trinta quilômetros: as vias são duplas nos dois sentidos da estrada, ladeada por árvores em todo o percurso. De vez em quando, reconheço na rádio algum hit que chegou ao Brasil, mas também escuto músicas totalmente desconhecidas.

Sei quando entramos em Ann Arbor não só por causa do estreitamento da via ou de a vegetação ter passado a ser mais de arbustos que árvores, mas pelo shopping logo na entrada da cidade, na avenida que leva ao centro, como Nanda me explica. Mais do que isso, passo a me sentir no cenário de um filme conforme as casas de telhados angulosos, típicos dos desenhos que fazemos quando crianças, vão surgindo. Nenhuma delas tem muros ou grades, e todas são cercadas por muita grama.

Conforme adentramos a cidade, os jardins vão ficando mais bem cuidados, com árvores, arbustos e flores. Sei que estamos chegando no centro quando o verde da paisagem vai diminuindo e lojas vão tomando o lugar dos imóveis residenciais.

— Vamos parar para comer, aí a gente vai pra casa, tá bem? É aqui pertinho.

Estranho quando ela diz “casa”, porque essa referência para mim é no Brasil.

Nanda estaciona o carro em uma rua tranquila, com lojas dos dois lados. Quase não distingo o restaurante, uma pequena entrada de vidro entre outras lojas de mesma fachada, partes de um complexo comercial.

— Bom dia, Liam. — Nanda cumprimenta o garçom em inglês, antes de se virar sorridente em minha direção. — Este é o Cadu!

— Ele finalmente chegou, então. Seja bem-vindo!

— Obrigado — agradeço, antes de Nanda me conduzir para uma mesa.

Tiro o casaco assim que nos sentamos. O local é aconchegante, com bancos de couro marrom e pequenas mesas quadradas de um lado, mesas com assentos como divisória no corredor central e o balcão com banquinhos redondos do outro lado. As paredes são cobertas por quadros, e é como se eu conhecesse o lugar por ver tantos outros parecidos nas séries e filmes a que assisto. Peço as panquecas, ovos e bacon que Nanda recomenda, e sinto já ter tido quase que a experiência estadunidense completa só por causa disso. Ela pede o mesmo que eu e, quando os pratos chegam, me delicio não só por finalmente estar matando a fome, mas por vê-la comer com tanto gosto, como sempre faz.

Meu Deus, como senti saudade dela.

— A gente está praticamente do lado da universidade — diz Nanda. — E de casa também. Venho aqui toda hora!

Ela já tinha me contado tudo isso e enviado selfies e fotos dos pratos, mas estar aqui é diferente. Consigo ter a percepção real e espacial. O restaurante, por exemplo, é muito menor do que eu tinha imaginado.

Satisfeitos, pegamos o carro e partimos para o alojamento onde ela está hospedada. Nanda não exagerou: mal coloco o cinto de segurança e chegamos. A rua é bastante tranquila, como toda a cidade aparenta ser, com casas dos dois lados. O prédio do alojamento fica na esquina, um retângulo de três andares de vidro e tijolos com vagas para bicicletas na entrada. Ela estaciona o carro perto da porta e subimos as escadas até o segundo andar.

O estúdio onde está hospedada sozinha é pequeno, mas aconchegante. Ela já o alugou mobiliado, mas consigo perceber um toque seu em cada cantinho, como os porta-retratos com fotos nossas, dela e da Dani e dela com a família espalhados pelo móvel da TV e na escrivaninha na sala, ou o filtro dos sonhos pendurado sobre a cama dela. O apartamento é para duas pessoas, e, assim que entro no quarto, vejo que ela juntou as duas camas para nós dois.

Estou há menos de duas horas com ela, mas consigo vislumbrar a vida que leva aqui, e meu peito se aperta de um jeito estranho. Ao mesmo tempo que estou feliz e orgulhoso de vê-la conquistando um sonho, não consigo evitar me sentir de fora. Ou estagnado na minha própria vida.

Ou vivendo algo do qual ela também não faz parte.

Vamos ter que descobrir um estar juntos diferente quando ela retornar, porque o antigo já não existe mais.

É estranho o luto pelo fim do conhecido, como ele se mescla à expectativa pelo novo. Como existe o estranhamento de se perceber em um lugar diferente, ainda tão próximo do que era que quase conseguimos tocá-lo, mas sem reconhecer onde de fato estamos e tanto ansiar pelo que vem quanto lamentar por aquilo que foi.

— Cadu? — chama ela quando me vê observando o movimento da rua lá embaixo pela janela. — Que foi?

— Nada. Só um momento contemplativo. — E a abraço de lado, dando um beijo em sua cabeça.

Ficamos ali parados, aproveitando a proximidade e o carinho um do outro por alguns instantes.

— E aí? — diz ela. — Posso te levar para conhecer a cidade?

— Pode. Mas já, já. — E a puxo para um beijo.

Assim que nossas bocas se tocam, meu corpo e o dela reagem. Eu estremeço, quase sem acreditar que este momento é real, e ela enrijece, como se eletrocutada, e sinto vontade de sorrir ao perceber que ainda surto efeito nela.

— Ou talvez — fala ela quase ronronando em meus braços, a boca passeando sedutora pela barba e pelo pescoço até chegar no lóbulo da orelha — a gente possa continuar aqui por um tempo.

Porra, ficar com ela é a única coisa que quero neste momento.

— Eu adoraria. — Nanda amolece em desânimo, percebendo o "mas" iminente. — Mas você vai precisar me dar uns minutos no chuveiro primeiro.

Ela sorri ao perceber que eu não a estava rejeitando. E que, depois de tantas horas de viagem, tomar um banho antes é de fato o mais apropriado a se fazer.

— Te dou quantos minutos a gente aguentar, no chuveiro, na cama...

Gargalho.

— Não era isso o que eu tinha em mente, mas você tem sempre essa capacidade de melhorar as coisas.

E a beijo de novo, sentindo o pau latejar, levando-a comigo até o banheiro, que não demora a ficar com o chão recoberto por nossas roupas.

* ✳ ✳ Capítulo 6 ✳ ✳ *

— Não acredito que é nossa última noite — resmunga Nanda enquanto caminhamos de volta para o apartamento, um pouco alterados depois das cervejas. Quando um vento gelado sopra, ela automaticamente leva as mãos à cabeça para segurar a cartola de St. Patrick's Day.

— Só por mais alguns meses — digo, tentando transmitir um otimismo que nem eu sinto.

— É, eu sei. Mas você ainda nem foi e eu já estou com saudades.

— Eu também.

As duas últimas semanas voaram. Nanda me mostrou mais da vida dela aqui, me levando aos seus lugares favoritos. Tiramos um dia para passear em Detroit, outro para atravessar a fronteira com o Canadá e conhecer Chatham, a cerca de duas horas de distância, e passamos também um dia em Bay City, andando de barco e explorando as belezas da cidade. Turistamos, mas tivemos muitos outros momentos tranquilos no apartamento — e, arrisco dizer, foram os meus preferidos. No aniversário dela, anteontem, levei café na cama com um "Vale Dia da Nanda", que dava a ela o direito de escolher o que quisesse como presente de aniversário. Passamos o dia fora, fazendo compras e passeando. À noite, fomos a um bar com os colegas dela do curso, que pude enfim conhecer. De volta ao apartamento, entreguei o pacote que Lúcia me deu no aeroporto: além de algumas paçoquinhas e Havaianas, havia um bracelete com pingentes do signo de Peixes, de nota musical, de gatinho, de coração e do símbolo da administração. Nanda não o tirou do braço até agora.

Ao passarmos por uma via toda enfeitada com luzes e bandeiras da Irlanda, Nanda me pede para tirar uma foto dela. Meio a contragosto, concordo.

Quando ela fica satisfeita com o resultado, seguimos caminhando em silêncio.

— Por que você tem evitado tirar fotos? — pergunta ela baixinho depois de um tempo, o vapor condensado da respiração formando uma névoa ao redor da boca.

— Eu não tenho evitado.

Não olho para ela, mas sei que Nanda não acredita e que está me analisando, pensando em como continuar.

— Você não trouxe a câmera, mesmo sendo sua primeira viagem para cá. A gente visitou um monte de lugares lindos e você quase não tirou fotos. Às vezes, você pegava o celular sem pensar e, de repente, parecia cogitar se devia ou não fazer aquilo. Mais de uma vez você mudou de ideia.

Suspiro.

— Sei lá. Tenho reavaliado algumas coisas sobre mim.

Seguimos caminhando pela rua escura. Pessoas passam animadas por nós, andando mais rápido, rindo e falando alto. Existe algo de confortável em me sentir tão diferente delas, em querer falar baixo, andar devagar e usar meu próprio idioma. É o que torna Nanda e eu diferentes, mas me traz uma sensação mais forte de união e proximidade. É o que facilita continuar falando.

— Acho que a fotografia é mais uma coisa que eu abracei influenciado por outra pessoa.

Ela franze a testa e olha para mim.

— Como assim? — pergunta, confusa mas gentil. — Isso tem a ver com aquela nossa briga?

— Talvez. — Nanda suspira e se senta na guia da calçada. Eu a acompanho. — Eu criei um Projeto Cadu, sabia?

Vejo que a deixei surpresa. A primeira expressão dela é de animação, mas noto também o vislumbre de uma sombra.

— Por que você não me contou?

— Não sei. Fiquei com receio de você achar que eu estava fazendo isso por você.

— Não é o que eu acharia. — A voz dela não esconde o indício de um leve ressentimento. — Acho que eu seria a última pessoa a pensar isso.

— Racionalmente, eu sei.

Encaramos a rua, agora vazia, amplificando o som de nossas respirações.

— Mas me conta. Como tem sido? O que tem no seu projeto e o que você já fez?

— Basicamente, andei de bicicleta. — Solto um riso autodepreciativo e conto sobre os outros itens, deixando o último de fora.

Nanda me escuta com atenção, sorrindo com carinho enquanto falo.

— Só tenho andado meio confuso — desabafo quando termino, chutando uma pedrinha no asfalto. — E desanimado. Eu não faço ideia do que poderia propor no Rabanada, nem consegui procurar outros apês ainda ou fazer um planejamento financeiro real para avaliar a possibilidade de me mudar.

Ela me abraça.

— Tem momentos que são assim mesmo. Acho que reavaliar a rota de tempos em tempos faz parte, assim como entender que a mudança não vai acontecer da noite para o dia. E quero que você saiba que eu vou estar com você enquanto descobre o caminho e vou estar depois, se você ainda quiser que eu faça parte dele, quando descobrir.

— Te amo — digo com sinceridade, dando um beijo em seus lábios. — Posso não saber de muita coisa sobre mim no momento, mas a única de que eu tenho certeza é que eu vou continuar querendo você na minha vida, não importa o que eu resolva fazer dela.

— Acho bom mesmo. Os relatos da Dani usando aplicativos de encontros são tenebrosos e eu não quero ter que recorrer a essa opção se você terminar comigo e tal.

— Ué, srta. Empoderada. Você também pode terminar comigo, não sou só eu que tenho esse poder de decisão.

— Cadu — diz ela, olhando nos meus olhos. — A gente não tem certeza de nada nessa vida, mas a única coisa que eu posso garantir é que vou continuar querendo você na minha, não importa o que eu resolva fazer dela.

Passo boa parte da viagem de volta pensando nas últimas semanas, nos últimos meses e nos que estão por vir. Tento dormir, mas só tenho cochilos inquietos, a cabeça agitada e uma angústia enorme no peito.

Foi ótimo ter passado esse tempo com Nanda, o que só aumentou minha vontade de ter nossa vida a dois. Mas, ao mesmo tempo, me sinto péssimo ao ver o quanto ela continua escalando cada vez mais alto e eu pareço perdido ao seu lado. Estagnado.

Além da saudade que já sinto, é horrível pensar que, quando eu chegar no Brasil, vou ser obrigado a voltar a minha vida de sempre, no Rabanada. Só de pensar em ir para lá fico nauseado.

Quando foi que eu deixei de gostar da minha vida?

A pergunta chega como um soco. Foi isso mesmo o que aconteceu?

Percebo que não quero me casar com Nanda me sentindo desse jeito. Não quero que a gente caminhe em ritmos tão discrepantes, ainda que cada um tenha o seu.

Mas, para isso, eu primeiro preciso retomar o meu.

— Fico feliz que você tenha aproveitado a viagem — diz Mônica em nossa consulta, dias depois de eu ter retornado ao Brasil. — Foi proveitosa em mais de um sentido, não?

Conto para ela minhas reflexões durante o voo e o quanto estar no Rabanada tem me feito mal.

— O que te impede de sair de lá?

— Várias coisas — respondo automaticamente.

— Seria bom você dizer quais.

Penso um pouco, de repente achando a resposta difícil.

— Não posso ficar desempregado. Sem um salário, aliás.

— Mas você pode procurar vagas em outros lugares, inclusive estando no restaurante. Você não precisa se demitir para procurar emprego.

Ela tem razão, mas ainda assim a ideia não me agrada.

— Eu sei, mas... Parece que vou estar traindo meu tio se fizer isso.

Mônica assente, parecendo mais satisfeita com essa resposta.

— Você não é obrigado a continuar lá se não quiser, Cadu. O restaurante não é sua responsabilidade. Seu tio não é sua responsabilidade.

— Mas é meu dever como família.

— E você não acha que já cumpriu esse dever, dedicando seus últimos anos a isso? Não acha que talvez tenha feito tudo o que podia?

— Não sei. — Suspiro.

— Vamos supor que você decida procurar outros lugares. Onde procuraria?

Quase consigo ouvir uma bola de poeira rolando no vazio da minha mente.

— Não sei. Eu poderia procurar por cargos de coordenação nas áreas de contabilidade e finanças.

Mas minha boca fica amarga só de eu pensar nessas possibilidades.

— E parecem boas opções? — pergunta Mônica.

— Não. Não mesmo.

Ela assente.

— Acho — continuo — que talvez eu só queira ganhar na loteria mesmo.

Mônica dá risada.

— E quem não quer? — Ela faz uma pausa. — Aliás, este pode ser um bom exercício. Se não precisasse de dinheiro, o que você faria? O que você se vê fazendo? Não precisa me responder — acrescenta ela, ao perceber minha expressão de quem provavelmente está com a cabeça fumegando. — Desde que você pense a respeito disso, e se permita ser sincero, o exercício é válido. Agora, queria aproveitar o gancho para uma observação sobre algo que você comentou no começo da sessão, que motivou sua conversa com a Nanda.

Mônica aguarda eu assentir para continuar.

— Gostaria de propor outro exercício além da lista. Quando possível, aproveite uma das suas idas ao parque e faça um diário do dia. Em imagens.

— Você quer que eu dê uma de blogueiro? — brinco, tentando disfarçar meu desconforto com a sugestão, e ela ri.

— Chame como preferir. Mas acho que será interessante.

Levo a tarefa da lista tão a sério que, no dia seguinte, em vez de trabalhar nas planilhas de fechamento do mês, estou com um documento aberto no computador intitulado O QUE EU GOSTARIA DE FAZER DA VIDA SE TIVESSE GRANA.

Não acho que tem sido um exercício assim tão proveitoso. Até o momento, eu incluí os itens: viajar ao redor do mundo, viver da renda de investimentos em aplicações e imóveis, ter meu próprio negócio.

Ou seja, um burguês safado.

O último item talvez seja o mais promissor, mas ainda assim é vago demais. A questão aqui não é saber se quero empreender ou não, mas *em que* eu empreenderia. Abriria meu próprio restaurante? Teria uma loja de equipamentos fotográficos?

Nada disso me parece uma opção, muito menos uma *boa* opção.

Quando o expediente enfim termina, mando uma mensagem avisando Dani que estou a caminho. Oficialmente, ela e Nanda ainda dividem apartamento, e Nanda me pediu para trazer uma encomenda para Dani, que não consegui entregar desde que voltei de viagem.

— Obrigada — diz ela, pegando o pacote embalado empolgada ao abrir a porta. Depois de tantos anos, seu Zé e o restante da equipe, mesmo quem entrou mais recentemente, nem anunciam mais minha chegada no prédio, liberam minha entrada direto. — Você não teve problemas com a alfândega, né?

— Não. Eu não trouxe muita coisa, coube tranquilo na mala.

Ela rasga a embalagem e sorri ao olhar para sua nova mesa digitalizadora.

— Isso aqui vai facilitar tanto minha vida!

— E como está o trabalho? — pergunto ao me sentar no sofá, depois de me servir de um copo de água.

— Bem, no geral. Só uma dorzinha de cabeça.

— Algum cliente?

— Por incrível que pareça, não. Dessa vez foi o Vitor. — O cara que trabalha com ela na parte de desenvolvimento de sistemas. — Ele teve que assumir um outro trabalho e não vai conseguir pegar o site de uma cliente que surgiu. Ainda estou trabalhando o layout com ela, mas, depois que aprovar tudo, entramos na parte dos códigos e preciso encontrar alguém de confiança que faça isso para mim.

— HTML? Responsivo? — Ela confirma. — Eu posso ajudar.

— Você?

— Sim! Eu fiz um curso técnico de desenvolvimento de sistemas uns anos atrás. Aliás, foi na época que entrei no Rabanada.

— Como eu não sabia disso?

— Foi uma coisa que ficou de lado. Achei que poderia ser útil, na época, mas acabou que nunca mexi com isso. Estou meio enferrujado, mas, se pegar para ler um pouco a respeito do assunto e refrescar a memória, dou conta.

— Combinado. — Ela estende a mão, e nos cumprimentamos, fechando o negócio.

* ✳ ✳ Capítulo 7 ✳ ✳ *

Mal sinto o fim de semana passar, totalmente imerso no trabalho que vou fazer para a empresa de Dani. Há anos não mexia com códigos e sistemas, mas bastou eu começar para as memórias se desbloquearem. Fico surpreso com o quanto algumas soluções me ocorrem de maneira quase instintiva, as informações armazenadas em algum canto esquecido do meu cérebro.

Estou apanhando com novas linguagens e atualizações dos últimos anos? Sim. Mas, no geral, é um trabalho prazeroso, um desafio que me motiva a seguir, em vez de me desestimular.

Na tarde de domingo, decido fazer uma pausa. Cogito ir ao parque, mas mudo de ideia. Ainda não comecei a tarefa do diário proposta pela Mônica. Meu peito aperta ao pensar em pegar a câmera, então é mais fácil não ir do que ir e me sentir culpado por não fotografar.

Sendo assim, vou até uma cafeteria de que gosto. Sentado com meu expresso, rolando o feed do Instagram no celular, ouço de repente uma voz que há muito tempo não escutava:

— Cadu?

Olho para cima em direção a ela, tentando unir o que ouvi à minha vida atual. Porque essa voz não pertence à minha vida há muito tempo.

— Sabrina?

Ela não mudou muito. Quer dizer, agora tem luzes loiras, mas o cabelo ainda é liso, na altura dos ombros. Em um primeiro momento, mal parece ter envelhecido. Mas, olhando mais atentamente, ela está com um ar mais maduro. Mais de mulher e menos de menina. É a mesma Sabrina, mas uma pessoa totalmente desconhecida.

Também pelo fato de que carrega um bebê no colo.

— Nossa, quanto tempo! Você não mudou nada — diz ela quando eu me levanto para dar um abraço nela.

— Você também não. Quer dizer, quase nada.

— Exceto pelo fato de que agora sou mãe — completa ela e sorri.

— É, exceto por isso. E como vai o...

Apaguei da cabeça o nome do cidadão com quem ela me traiu.

— Quem?

— Seu marido — digo por fim.

— Está bem — responde ela, confusa.

— Que bom que vocês estão bem, depois desses anos. Parabéns, aliás! — Aponto para a neném.

A menina olha em minha direção. Faço um gesto de oi e ela sorri, o que me faz automaticamente rir também.

De cabelo claro e ralo, sem nenhum dente na boca, não tem como não ser absolutamente encantadora babando no ombro da mãe.

— Ah, você está falando do Álvaro?

Álvaro. Isso.

— Ele não é meu marido — fala ela, rindo, um pouco constrangida. — A gente não ficou muito tempo junto, para ser sincera. Achei que você soubesse.

— Ah, não. Eu não fazia ideia.

Deixei de receber notícias dela e da família há muito tempo. Foi necessário para meu processo de cura e superação do término.

— Na verdade, conheci meu marido há pouco mais de um ano — continua. Ela percebe meu espanto e sabe que fiz as contas mentalmente. — Pois é, foi tudo bem rápido. Engravidei no segundo mês que estávamos juntos e fiquei noiva com seis meses de namoro. E nunca fui tão feliz.

— Que bom. — Estou sendo sincero. Não desejo o mal a ela. — Quando é pra ser, simplesmente é, né?

Nem sei se acredito nisso, mas é o tipo de coisa que cabe em situações como esta. E em situações em que a gente não sabe o que dizer.

Saber que ela e Álvaro não ficaram muito tempo juntos mexe comigo. Não de um jeito ruim, é apenas o reconhecimento de ter me impactado. Na minha cabeça, ela havia me traído porque não me amava e enfim tinha encontrado o amor. Era um pensamento que fazia sentido, mas também me rebaixava, me colocando numa situação de não ser bom o bastante.

Mas, se ele não era o verdadeiro amor dela também, a situação não tinha a ver com amor. Nem mesmo comigo ou com ele.

Enfim entendo o que ela tentou explicar anos atrás. E entendo que o clichê "não é você, sou eu" é totalmente verdadeiro. Porque a única pessoa com quem a situação tinha a ver era Sabrina.

Ela fez uma escolha dentro do que cabia a ela naquele momento: se priorizar. Não que ela tivesse que me trair para isso, mas precisava encerrar uma relação que não fazia mais sentido para ela.

A percepção tira um peso das minhas costas. Tira a cobrança de ser ou não suficiente. Cria uma linha entre mim e ela que, pela primeira vez, me faz enxergar as ações e os sentimentos dela como pertencentes *a ela*.

O que cria todo um paralelo para outras áreas da minha vida. Porque também me dá a noção de que minhas ações e escolhas são minhas e refletem quem eu sou.

* * *

— Acho que entendi uma coisa — digo para Mônica em nossa consulta da semana. — Quero, sim, sair do Rabanada. Mas não quero atuar na área administrativa.

Mônica sorri, e é como ter tirado nota dez em um trabalho de escola.

Criar aquela lista sugerida por ela não estava me levando a lugar algum porque a única coisa que eu vislumbrava eram as experiências que eu já tive ou que levavam em consideração aquilo que eu achava que deveria fazer.

E a verdade é que não existe uma escolha certa ou definitiva. Não é só porque me formei numa coisa que preciso seguir nisso a vida toda. Não é porque em algum momento da vida algo fez sentido que preciso me prender àquilo para sempre. Eu posso mudar. Posso me expandir. Posso descobrir que hoje sou o que um dia eu fui somado a quem me tornei.

— E o que, então, você pretende fazer? — pergunta ela.

— Ainda não sei, exatamente. Mas pensei em procurar freelas na área de desenvolvimento de sistemas. Vou continuar no Rabanada por enquanto, porque seria loucura simplesmente me demitir. — Eu adoraria não ter que trabalhar mais lá, mas não posso me dar esse luxo. Tenho contas a pagar, afinal. — Quero montar meu portfólio e pegar experiência na área. Enquanto isso, atualizo meu currículo, vou me candidatando a oportunidades que surgirem e comunico meu tio que pretendo sair do meu cargo.

Se antes eu tinha tirado dez, o sorriso de Mônica agora me conta que passei de ano direto no terceiro bimestre.

Mas ainda tenho uma importante tarefa a cumprir. Acho que enfim estou pronto.

* * *

Acordo cedo no sábado como tenho feito todos os finais de semana: visto a roupa de ciclismo e tomo café da manhã com o Mosca. Porém, antes de sair, passo em meu armário e tiro a mochila com a câmera e os equipamentos de lá.

Ao chegar no parque, pego a máquina antes que eu mude de ideia e fotografo cada detalhe: o lago, quando passo por ele, uma rachadura de tinta em um poste de iluminação, as flores do jardim. Fotografo de longe funcionários da manutenção fazendo seu trabalho, faço closes de formigas andando em fila em direção ao formigueiro.

Não sei quanto tempo passa, mas fico imerso como há muito não me sentia.

Quando o sol passa a queimar minha nuca, percebo que é hora de pedalar, antes que o dia esquente mais.

Nanda não gostava de futebol americano antes de me conhecer, penso ao avistar um grupo de pessoas jogando rúgbi no campo próximo ao lago quando passo por lá. Todos os anos, durante a época da NFL, fico procurando meios de assistir aos jogos, e ela passou a ver comigo, muitas vezes por estarmos juntos durante alguma transmissão. Fui explicando as regras conforme ela demonstrava interesse, e o resultado é que ela chegou até a ir a alguns jogos da universidade lá nos Estados Unidos.

Nossos gostos mudam com o tempo e muitas vezes são influenciados pelas pessoas que fazem parte da nossa vida. Mas isso não significa que a gente deixe de ser a gente. Faz parte da troca. Dar um pedaço nosso, receber outro de volta e virar uma coisa diferente, que continua sendo a gente, mas agora modificada por aquela experiência.

De volta ao apartamento, sentado no computador, dedicado a tratar as fotos e ficando cada vez mais satisfeito com o resultado, me sinto leve.

*** Capítulo 8 ***

O outono acaba não sendo igual e, ao virar inverno, eu também não me sinto mais o mesmo.

Quer dizer, não é como se minha vida tivesse sofrido uma revolução, mas tenho a sensação de que foi isso que aconteceu. O fato de eu encarar as coisas por outra perspectiva — porra, o fato de *ter* perspectiva — faz toda a diferença.

Tenho visitado apartamentos de vez em quando. Encontrei uns em não tão bom estado, que logo descartei, outros impecáveis, mas com um aluguel e condomínio fora de cogitação, e ainda alguns bons e mais próximos da minha realidade financeira, mas muito distantes de onde moro. Eu teria que reconstruir toda minha vida, e não me parece compensar o esforço.

Nanda ficou muito satisfeita quando contei meus planos. As últimas semanas estão sendo caóticas para ela, com a proximidade do fim do curso.

Dani tem me passado alguns projetos paralelos quando pode e também me indicou para amigos da área. Isso significa trabalho dobrado na maior parte do tempo, mas não me importo, porque sei que é uma fase. É o que tem me possibilitado fazer uma reserva de dinheiro e ganhar experiência como desenvolvedor de sistemas.

Me candidatei a algumas vagas na área desde então, mas sequer fui chamado para os processos seletivos. Sem atuação formal, tendo trabalhado em cargos administrativos e com formação técnica de anos atrás, eu sabia que não seria fácil.

Enquanto penso na solução para um código que está dando erro e para o qual não encontro resposta no Google, escarafuncho minhas coisas sobre a escrivaninha do quarto e me deparo com minhas resoluções de Ano-Novo. Automaticamente, passo a fazer anotações e a acrescentar novos itens:

Projeto Cadu (ou resoluções para 2018)

- Andar de bike nos fins de semana ✓
- Desenvolver algum projeto ~~no Rabanada~~ que me motive (o quê?)
- Me organizar financeiramente para morar sozinho (como?)
- Pedir a Nanda em casamento quando for apropriado (para ela e para mim)
- Fazer fotos e coisas ligadas a isso ✓
- Descobrir outros hobbies

Fico um pouco desanimado. Embora eu tenha me mantido firme com a bike aos finais de semana, não concluí nenhum outro item da lista original até agora.

Ok, é um avanço que eu tenha entendido que não quero desenvolver nada para o Rabanada, mas continuo sem saber *qual* projeto vou desenvolver. Trabalhar como freelancer não me parece o suficiente para dar o item como concluído.

E, tudo bem, estou mesmo guardando dinheiro. E pensando mais concretamente sobre me mudar. Mas não tenho como avançar mais do que isso no momento. Não é algo que depende apenas da minha vontade.

Não deixei de querer me casar com a Nanda, mas agora sei que, mais do que não ser o momento ideal para ela, *eu* ainda não estou pronto.

Ao menos pude me reconciliar com a fotografia, o que me motivou a me manter aberto a descobrir outros hobbies. É importante eu ter meu avanço profissional, mas minha vida não pode se resumir ao trabalho. Parar para assistir a um filme ou uma série não pode ser um simples intervalo das coisas importantes, porque é também importante por si só. As pausas são tão necessárias quanto os momentos de ação.

Suspirando, abro o Twitter, consciente de estar declaradamente procrastinando.

Vou rolando a tela, rindo com alguns tuítes e me irritando com outros. Ao ver o fio de uma garota compartilhando seu último encontro desastroso no Tinder, copio o link e encaminho no grupo do WhatsApp que tenho com a Nanda e a Dani.

E que continua nomeado como Amores da Nanda.

Seria você, **@Dani?**, digito com o link.

Não, mas poderia, ela responde em seguida, com emojis rindo e chorando.

Esses aplicativos de namoro deveriam ser mais precisos. Sei lá, ter algum tipo de filtro que tornasse as combinações entre as pessoas mais certeiras e diminuísse as chances dessas experiências frustrantes.

Como será o código de um aplicativo desses?

Curioso, abro fóruns e mais fóruns me informando, assisto a vídeos sobre o tema no YouTube e, horas depois, percebo que, talvez, eu seja capaz de desenvolver um aplicativo do tipo.

Mas qual seria o diferencial? Qual seria o filtro para melhorar a compatibilidade?

Pelas minhas pesquisas, sei que existem vários formatos de apps, inclusive que trabalham com questionários prévios, que cada pessoa preenche com suas preferências para tentar criar um perfil de compatibilidade a partir das respostas de outros usuários.

Porém, preciso de algo diferente.

Abro o WhatsApp para falar com a Nanda e ver se ela tem alguma ideia. Contudo, nem preciso mandar a mensagem.

A ajuda dela já está lá, em nossas conversas e em nossa relação.

— É ela ali, é ela! — Bel se agita quando uma mulher mais ou menos da altura de Nanda passa pelo desembarque em meio a outras pessoas.

— Ainda não, filha — minha sogra acalma a filha caçula, mas sua voz não esconde a frustração por aquela pessoa ainda não ser sua filha mais velha.

Lúcia, Bel e Márcio foram para Michigan no Natal, mas não viram Nanda desde então.

É aí que, de repente, eu a vejo.

Em seu melhor jeito de ser, tropeça ao passar pela saída, mas nem liga. Arrastando a bagagem gigantesca, Nanda se ilumina inteira ao nos ver esperando. Agora Bel está pulando e Lúcia precisa segurar a mão da filha com firmeza, embora ela mesma esteja se contendo para não correr até a primogênita.

Já eu não tenho o mesmo autocontrole.

Saio em disparada, e Nanda aumenta a velocidade quando me vê indo em sua direção. É tudo muito rápido, mas, ao mesmo tempo, é como se cada microssegundo ganhasse outra dimensão.

Passo a passo, estou mais perto, fico um instante a menos de tê-la em meus braços. A sensação é parecida com quando fui visitá-la, mas é também diferente. A ânsia é a mesma, mas o abraço que demos, por melhor que tenha sido, carregava uma pitada de desespero melancólico. Eram abraços contados até eu ir embora. Até ficarmos longe um do outro mais uma vez.

Agora, antes mesmo de meus dedos encostarem em seu suéter, antes de emoldurarem o rosto que se encaixa tão bem entre minhas mãos e de trazerem o corpo inteiro dela junto ao meu, sei que o sabor será outro. Desta vez, vai ser só saudade — e o alívio pela espera e angústia terem acabado.

Mas eu me engano.

Quando Nanda se atira contra mim, quando seus braços me cercam com tanta força e o cheiro dela invade minhas narinas, a sensação é mil vezes melhor do que qualquer outra que eu poderia ter imaginado.

* * * Capítulo 9 * * *

— Funcionou? — pergunto, com o coração martelando de expectativa.

— Funcionou! — celebra Dani.

Pulo do sofá do meu apartamento em um grito de comemoração e Nanda me abraça, orgulhosa.

— Você é um gênio! — diz, e não consigo fazer outra coisa senão beijá-la.

A versão de teste do Escrito nas Estrelas, aplicativo de relacionamentos baseado na sinastria entre mapas astrais, está oficialmente pronta. Passei os últimos cinco meses pensando em todos os detalhes, entrando em contato com diferentes profissionais para a parte da astrologia e trabalhando com Dani na parte de design e usabilidade. Agora, com ele tendo uma cara e sabendo que roda bem em celulares de diferentes sistemas operacionais, posso pensar no que fazer: lançá-lo por conta própria, o que vai exigir melhorias e ajustes finos, além de investimento em marketing, ou tentar vendê-lo para algum desenvolvedor. A segunda opção parece melhor em termos imediatos — especialmente em retorno financeiro, se der certo —, mas a primeira, ainda que mais arriscada, tem mais a ver comigo. Se o aplicativo pegar, vai ser muito mais vantajoso no longo prazo.

Mas essa é uma decisão a ser tomada com calma. Por ora, preciso celebrar essa conquista.

— E aí, agora você assina sua carta de demissão e dá o aviso prévio? — pergunta Mosca.

— Acho que ainda seria arriscado. Mas é uma possibilidade cada vez mais visível no horizonte.

Ter desenvolvido esse aplicativo, além de todos os freelas ao longo do ano, me deu uma boa bagagem, e me sinto cada vez mais desenvolvedor no lugar de administrador. No fim, encontrei um projeto que me motivasse, e o sabor de ele ter dado certo é indescritível.

— Agora só falta você passar na entrevista de segunda e a gente pode começar a pensar na lancha desse casal de sucesso — brinco com Nanda.

Desde que voltou dos Estados Unidos, ela continuou trabalhando com Dani, mas procurando vagas em outras empresas. Por mais que goste do trabalho com a amiga, seu foco é o mercado corporativo, e Dani deu a ela todo o apoio para buscar o que deseja.

— Bom, a lancha eu não sei, mas talvez pensar em aluguéis que caibam no nosso bolso? — diz ela só para mim, sem que Dani ou Mosca possam escutar.

Arregalo os olhos e ela sorri, mordendo o lábio.

Nosso namoro não poderia estar melhor. Desde que Nanda voltou, foi muito fácil reajustar nossas rotinas, porque é como se estivéssemos vivendo uma lua de mel para compensar o tempo afastados. Porém, não acho que seja o caso de uma simples fase passageira, sugerindo que as coisas vão deixar de ser boas assim em algum momento. É óbvio que elas vão mudar, tudo muda. Mas nossa relação amadureceu, porque nós dois amadurecemos. Mesmo quando a "lua de mel" acabar, nossa conexão vai continuar. Nossa comunicação vai melhorar. Nosso comprometimento um com o outro não vai mudar.

O que vai acabar, se eu entendi direito o que Nanda sugeriu, é nossa dinâmica atual.

Passo o resto da noite ansioso, querendo um momento a sós com minha namorada. Quando Dani se despede e Mosca anuncia que vai para o quarto, disparo para Nanda quase que no mesmo instante:

— Do que você estava falando?

— Eu sei que você tem pensado em morar sozinho e tal. E o ponto é que, por mais que eu ame morar com a Dani, acho que estou pronta para dar esse passo. Então pensei... Será que, em vez de sozinho, você cogitaria a ideia de morarmos juntos? É mais barato do que você arcar com tudo, e a gente pode sentir como é...

— Óbvio.

— Sério?

— Muito sério.

Volto a beijá-la, desta vez com uma euforia ainda maior.

Porra, vamos morar juntos!

Quando Mosca sugeriu essa ideia, um ano atrás, não parecia a melhor opção. Mas não sou mais o mesmo, é só ver como o Projeto Cadu se alterou com o passar dos meses. Acho que perceber isso foi mais importante do que cumprir qualquer um dos itens. A gente muda, e estar aberto não significa se afastar da nossa essência, mas seguir o fluxo cada vez mais próximo dela. Se eu fosse o mesmo de um ano atrás, minha vida também seria — e, cá entre nós, estou bem satisfeito com como as coisas têm se ajeitado até aqui.

— Não tem nada que eu queira mais do que isso. E não porque não tenha nada mais interessante na minha vida, e sim porque seria a forma perfeita de deixar o que já está bom ainda melhor. Eu te amo, Nanda, e eu *sei* que, junto, a gente consegue ir mais longe.

— Eu também te amo, Cadu. Amo nossas versões de ontem, as de hoje e as que ainda vamos descobrir amanhã.

O tempo que passamos distantes foi difícil para cacete, talvez um dos mais desafiadores que vivi — incluindo a época tenebrosa pós-término com a Sabrina. Porém, me fez entender muitas coisas sobre mim. Não foi a adversidade que me transformou ou que me fez alguém melhor.

Fui eu.

Não sei como vai ser a experiência de morar com a Nanda, assim como não sei se o Escrito nas Estrelas dará certo. Porém, nenhuma dessas coisas tem a ver com o resultado que podem vir a ter —

embora eu torça para serem os mais positivos possíveis —, e sim com as escolhas em relação a elas.

Minhas escolhas. Definindo o meu caminho.

— Ei — diz Nanda, apontando para o novo porta-retratos ao lado da TV —, você mandou revelar!

— Eu estava me perguntando quando você ia reparar.

— Está aí há muito tempo?

— Não, coloquei hoje.

Ela me dá uma almofadada.

A foto é simples. Tirei deitado no chão, pegando a roda da bike no primeiro plano e as fontes do lago do parque Ibirapuera de fundo. Os prédios de São Paulo são um borrão distante por causa do ajuste de foco e da água jorrando.

Escolhi essa foto não só porque gostei do resultado estético, mas porque ela é um lembrete — do que está registrado e do momento do registro em si.

— O que eu mais gosto nas suas fotos, Cadu, é perceber como você enxerga o mundo.

— É mesmo? — pergunto, e ela assente. — Então eu tenho uma ideia.

Pela forma como ela sorri, vejo que tem uma noção do que se passa na minha cabeça.

— Qual? — pergunta com expectativa, virando o corpo para mim.

— A gente ir agora mesmo para o quarto e eu explorar cada parte de você para mostrar como eu te vejo.

— Tenho quase certeza de que essa é uma hashtag no Instagram — diz ela, sentando-se no meu colo com o corpo de frente para mim e as pernas envolvendo a minha cintura.

— Preciso dizer que essas são fotos que não tenho intenção alguma de compartilhar?

— Obviamente não. Afinal, seria crime. — Ela beija meu pescoço.

— O único crime do qual eu assumo ser culpado é te amar demais.

— Meu Deus, Cadu. — Ela gargalha, e rio junto.

Em seguida, eu a beijo e, quando nossos corpos se colam e Nanda aperta as pernas em minha cintura, fico em pé, carregando-a comigo rumo ao quarto.

Rumo a mais uma entre as tantas noites que pretendo viver com ela.

✳ ✳ ✳ Agradecimentos ✳ ✳ ✳

(Atualizados da primeira edição)

Escrito nas estrelas? levou bem mais do que uma música para chegar até aqui. Foram ~~cinco anos~~ **dez anos** do início de sua escrita até a publicação **tradicional** e, nesse meio-tempo, muitas pessoas passaram a fazer parte dessa caminhada. Tantas que precisarei ser injusta por não caber mencionar todas. Se seu nome não estiver aqui, ainda que eu já tenha te agradecido em algum momento nesses últimos anos, saiba que este "obrigada" é para você também.

Obrigada à HarperCollins e à Harlequin por tornarem a publicação de *ENE?* real. Esperei por isso por muito mais tempo do que mantive em segredo que, um dia, este livro seria assim publicado, e só tenho a agradecer. Julia, é sempre um prazer trabalhar com você, e foi uma grata surpresa ter a combinação do seu olhar com o seu, Chiara. Obrigada pelos apontamentos perspicazes, pelas dicas valiosas e por terem tornado este livro ainda melhor. E obrigada à produtora Galeria por ter se interessado em adaptar a história da Nanda e, com isso, mudado absolutamente tudo que tínhamos imaginado para ela lá no início de 2020.

Obrigada a minha mãe e meu pai por me apoiarem e por me proporcionarem o privilégio de escolher trabalhar com o que amo. Obrigada a minha avó, Leoni, que me criou e ensinou a ler; você me apresentou o mundo ao redor do qual minha vida veio a girar, Vovó. **Sinto sua falta todos os dias.** Obrigada ao meu irmão, por ter começado sua vida profissional no meio artístico e assim ter me mostrado que eu também podia seguir o caminho das artes. Obrigada à minha tia, Cacaia, por ter sido a primeira leitora da primeira versão deste livro — e por ter me aguentado a encarando durante a leitura, ávida por sua opinião. **E obrigada, Rafa, por ter entrado**

na minha vida e agora me dar a oportunidade de te incluir na parte dos agradecimentos à família.

(E por ter trazido a Pandora com você. Foi muito mais gostoso editar este livro com ela deitada na poltrona me fazendo companhia.)

Obrigada à Increasy por confiar e acreditar no meu trabalho e ~~por transformá-lo~~ **pela intenção de transformá-lo** em forma física, **apesar de a pandemia não ter deixado**. Vou ser sempre grata pela oportunidade que vocês me deram em um momento também de transformação para a agência. Em especial, obrigada à Mari Dal Chico, cujo olhar atento, paciência e compreensão têm acrescentado muito em meu desenvolvimento como escritora e aprimoraram este livro de uma forma que eu jamais teria sido capaz de fazer sozinha. Obrigada à Deborah Silva por ter aceitado pegar o projeto de diagramação do e-book tão em cima da hora, e à Lola Salgado pela capa incrível e **pela primeira** diagramação do físico, **que não chegou a ser publicada**. Vocês deram forma a *Escrito nas estrelas?* e o tornaram mais lindo!

Obrigada a cada uma de minhas betas: Malu Diefënthaler, Pah Aleksandra, Clívia Lira, Duda Menezes, Lili Orsi e Lau Carrara. Vocês me proporcionaram a mesma sensação de ter trocado meus óculos de grau e me fizeram ler a história de Nanda com mais clareza.

Obrigada a cada uma de minhas amigas mais antigas por serem minhas maiores incentivadoras: Bru Carvalho, Lie Ezure, May Siqueira, Mah Rabassa, Deh Kano, Bru Leme, Gabi Hinojosa, Fran Hipólito, Cati Gritti, Lau Carrara, Lu Resende, Bianca Sperli. Vocês estão neste livro, seja inspirando alguma cena, seja inspirando as mais diversas características das personagens, seja me ajudando a perseverar, seja comemorando comigo cada nova etapa. Poli Tramontini, Gabi Porne e Ingrid Benício, obrigada pelas leituras tão entusiasmadas e por sempre me colocarem para cima. Obrigada, Marli Roque. Sem seu trabalho, eu jamais teria entendido a Nanda como precisei para contar a história dela.

Obrigada, Carina Rissi, por ter sanado minhas dúvidas com tanta gentileza quando terminei este livro, **lá em 2017**. E obrigada, Josie Santana, por ter sido a melhor chefe que eu poderia ter tido em minha curta experiência como CLT. Você soube identificar o que era prioridade nas minhas tarefas e boa parte do início de *Escrito nas estrelas?* foi escrito ao seu lado!

Pah e Malu, minhas pessoas, vocês precisam de um parágrafo só de vocês para sentir o quanto são importantes neste livro e na minha vida. Obrigada, Gêmea, por sempre saber o que me dizer, por acreditar tanto em mim e por viver me lembrando da importância da história da Nanda. Ter nossas vidas cruzadas a partir de nossas vidas literárias foi uma das melhores coisas que já me aconteceram. Obrigada, Ruiva, por estar há quase ~~quinze anos~~ **vinte anos** na posição de minha amiga, me ajudando a suportar os momentos mais difíceis e tornando os melhores ainda mais divertidos. A trajetória da Nanda começou com a sua trajetória, quando eu te disse no hospital que um dia eu transformaria sua queda em um livro. Promessa é dívida!

Por fim, obrigada a você que chegou até aqui e obrigada a quem acompanha meu trabalho, seja pelo Minha Vida Literária, seja por *Vidas na noite*, **por *A filha ideal, Um salto para o amor* ou *Aquele meu ousado romance* (eita, como escreveu em cinco anos!)**. Obrigada a quem apoiou a #AioneNaSuaVidaLiteraria e torceu pela publicação deste livro. **Obrigada ao Fã-clube Aionetes e ao pessoal do Clube de Membros.** Obrigada a quem o leu em e-book e pediu tanto para que ele saísse em formato físico — **finalmente saiu!** Vocês dão sentido ao que eu faço e me motivam a continuar por meio das mensagens e dos comentários que me enchem de amor. Espero ser capaz de retribuir tudo o que vocês me proporcionam!

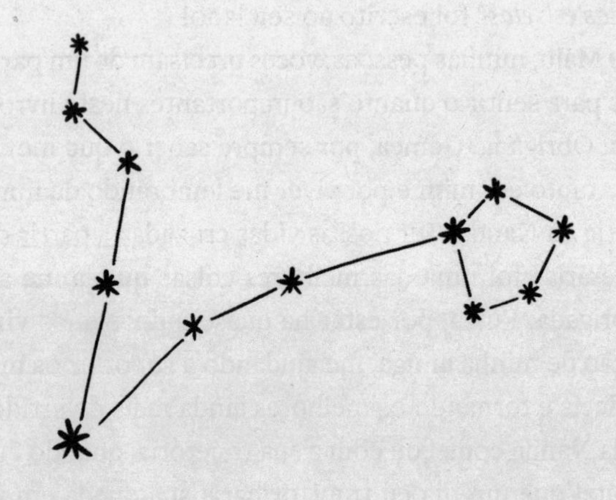

Este livro foi impresso pela Cruzado, em 2024, para a Harlequin.
O papel do miolo é pólen natural 70 g/m², e o da capa é cartão 250 g/m².